U0021222

THE EMPIRE OF ENGLISH

英語帝國

從部落到全球
1600年

李亞麗　著

國家圖書館出版品預行編目（CIP）資料

英語帝國：從部落到全球 1600 年 / 李亞麗作 . -- 初版 . -- 臺北市：墨刻
出版股份有限公司出版：英屬蓋曼群島商家庭傳媒股份有限公司城邦分
公司發行 , 2022.04

　面；　公分

ISBN 978-986-289-707-2(平裝)

1.CST: 英語 2.CST: 歷史

805.109　　　　　　　　　　　　　　　　　111003861

墨刻出版

英語帝國
從部落到全球1600年

作　　　者　李亞麗
編 輯 總 監　饒素芬
責 任 編 輯　林宜慧
美 術 編 輯　袁宜如

發 行 人　何飛鵬
事業群總經理　李淑霞
出 版 公 司　墨刻出版股份有限公司
地　　　址　台北市民生東路 2 段 141 號 9 樓
電　　　話　886-2-25007008
傳　　　真　886-2-25007796
E M A I L　service@sportsplanetmag.com
網　　　址　www.sportsplanetmag.com

發　　　行　英屬蓋曼群島商家庭傳媒股份有限公司城邦分公司
　　　　　　地址：104 台北市民生東路 2 段 141 號 2 樓
　　　　　　讀者服務電話：0800-020-299
　　　　　　讀者服務傳真：02-2517-0999
　　　　　　讀者服務信箱：csc@cite.com.tw
　　　　　　劃撥帳號：19833516
　　　　　　戶名：英屬蓋曼群島商家庭傳媒股份有限公司城邦分公司

香 港 發 行　城邦（香港）出版集團有限公司
　　　　　　地址：香港灣仔駱克道 193 號東超商業中心 1 樓
　　　　　　電話：852-2508-6231
　　　　　　傳真：852-2578-9337
馬 新 發 行　城邦（馬新）出版集團有限公司
　　　　　　地址：41, Jalan Radin Anum, Bandar Baru Sri Petaling, 57000 Kuala Lumpur, Malaysia
　　　　　　電話：603-90578822
　　　　　　傳真：603-90576622

經 銷 商　聯合發行股份有限公司（電話：886-2-29178022）、金世盟實業股份有限公司
製 版　漾格科技股份有限公司
印 刷　漾格科技股份有限公司
城 邦 書 號　LSP015

ISBN　978-986-289-707-2（平裝）
定價 NTD 500 元
2022 年 4 月初版

推薦序

　　19 世紀當英國走向世界霸主地位的時候，其被稱之為「日不落帝國」，意即在英國包含殖民地的全球領土內，太陽是不會落下的。該國語言「英語」因其壯大，也成為了「世界的語言」，時至今日這個格局仍未改變；20 世紀兩次世界大戰後，美國成了新一代的霸主，作為英國的前殖民地，始終保持著特殊的關係，美國人所用的「英語」，雖然細節不同於英國的「英式英語」，但英語卻始終是「世界通用語言」的地位。

　　本書用《英語帝國》為名，非常好的呈現了上述世界發展的歷史，從英國發展的歷史脈絡爬梳，更可以理解語言作為文化霸權的承載工具，如何在世界扮演的角色。我們一般只知道學好英語對「錢途」很重要，卻很少知道，學好一個語言，更深刻的方法是從歷史著手，如此才能通透語言，並且還能真正理解世界的真實樣貌。

　　我特別喜歡本書的前幾章從上古時期開始探討英語，這讓這本書多了幾分學術的樸實感，這讓我回憶起在撰寫碩士論文時，起初為了探討 20 世紀美國首都華盛頓特區的 50 - 90 年代的美國唐人街（Chinatown）的由來，一頭栽進了 19 世紀末葉當地華人的生活還原，在缺乏資料的情況下，透過圖像、簡報、墓誌銘、傳記、口述等等拼組成當時的歷史樣貌，對我來說是學術生涯中非常饒富趣味的一段，也是後來我能真正解開當地風土民情的基礎。所以通常我在閱讀歷史類書籍的時候，總喜歡從開卷的第一、二章讀起，而《英語帝國》一書在這方面正是下足了工夫，成就一本通俗但不失為具有知識點的讀物。

YouTuber、廣播電視節目主持人
歷史哥李易修

英語帝國關鍵時間節點

449 年：朱特人（Jutes）入侵不列顛島，開始了盎格魯-撒克遜民族（Anglo-Saxons）對不列顛島上凱爾特（Celts）民族的征服，是英語誕生之年。

597 年：基督教正式傳入不列顛，同時帶來了拉丁語。

787 年：北歐海盜入侵不列顛，同時帶來了北歐語。

891 年：阿菲烈特大帝（Alfred the Great）組織編纂《盎格魯-撒克遜編年史》，這是現存最早的英語文本。

1066 年：法國諾曼人（Norman）征服不列顛，同時帶來了法語。

1337—1453 年：英法百年戰爭期間，英語法語通過戰爭，使相互傳播交融的管道更多、更直接。

1362 年：英國法庭停止使用法語。

1382 年：約翰·威克利夫（John Wycliffe）《聖經》出版，這是英國歷史上第一部完整翻譯成英文的《聖經》。

1489 年：英國議會停止使用法語，開始用英語作為官方語言。

1542 年：英王亨利八世成為愛爾蘭國王，英語逐漸成為愛爾蘭統治者的語言。

1586 年：威廉·布洛卡（William Bullockar）出版了《語法手冊》，這是英國歷史上第一本用英語寫成的英語語法書。

1600 年：英國東印度公司成立，開啟印度成為英國殖民地的進程，標誌著印度英語的開端。

1607 年：120 名英國人抵達北美，建立詹姆斯城，開啟英國殖民北美進程。從英語發展史來看，當時正處於現代英語早期發展階段，殖民者把伊莉莎白時期的英語帶到北美新大陸，成為美國英語的起點。

1755 年：《約翰遜詞典》出版，為英語的規範化確立標竿。

1763 年：加拿大成為英國殖民地，標誌著加拿大英語的開端。

1776 年：美國獨立，標誌著美國英語的誕生。美國革命者試圖在各個領域脫離英國統治，美國英語發展先驅班傑明·富蘭克林（Benjamin Franklin）發表《美國採用新字母表和改革拼寫模式的計畫》，雖然沒被採納，但影響很大。

1788 年：英國在澳洲新南威爾斯建立殖民地，標誌著澳大利亞英語的開端。

1801 年：愛爾蘭王國和大不列顛王國統一，愛爾蘭併入英國，英語成為愛爾蘭官方語言。

1828 年：美國詞典編纂家諾亞·韋伯斯特（Noah Webster）出版了《韋伯字典》，系統全面地把美語單詞的形成、意義和用法固定下來，標誌著美國規範化民族語言的形成。

1840 年：紐西蘭成為英國殖民地，標誌著紐西蘭英語的發端。

1919 年：第一次世界大戰後簽署《凡爾賽條約》，該條約用法語和英語兩個文本簽訂，撼動了法語在國際外交領域的特殊地位，尤其是歐洲條約簽訂用語的專權地位，標誌著英語登上國際外交舞臺。

1922 年：BBC 開始廣播，在英國及全球推廣標準英語口語。

1928 年：《牛津英語詞典》第一版各卷出齊，英語有了新標準。

1934 年：英國文化教育協會成立，英國政府通過文教方式在全球傳播英語。

1946 年：2 月 1 日，聯合國確立五大官方語言：中文、英語、西班牙語、法語、俄語；6 月 24 日，英語、法語成為聯合國安全理事會（簡稱：安理會）工作語言。1973 年，阿拉伯語成為聯合國官方語言，從此聯合國有六大官方語言。1948 年西班牙語、1968 年俄語、1973 年中文和阿拉伯語相繼成為安理會工作語言，從此安理會有六大工作語言。

1946 年：美國賓州大學研發出世界上第一台通用現代電子數位電腦「埃尼阿克（ENIAC）」，英語成為電腦語言。

1964 年：美國首次舉辦託福考試（TOEFL），在全球推行美式英語。

1969 年：美國國防部高級研究計畫局網路（ARPANET）連線，標誌著網際網路的誕生，英語成為網際網路語言。

1989 年：英國文化教育協會、劍橋大學考試委員會和澳大利亞教育國際開發署共同推出雅思考試（IELTS），在全球推行英式英語。

前 言

在大西洋東北邊緣，漂浮著幾座海島，孤懸於歐洲大陸西部海岸之外，是歐亞大陸的天涯海角。其中最大的島是大不列顛島，島上有一個國家，面積只有 24 萬平方千公尺，人口只有 6708 萬（2020 年英國國家統計局預測數字）。國家雖小，卻曾稱霸世界，在人類歷史上留下了濃墨重彩的一筆，其語言也從部落語言發展成為世界通用語（lingua franca）。這個國家就是「大不列顛暨北愛爾蘭聯合王國」，簡稱「英國」，其語言是英語。

經濟全球化及資訊網路化時代，不同母語族群之間的交流更多依賴英語，從而進一步鞏固了英語作為世界通用語的地位。當今世界，以漢語為母語的人數最多，以英語為第二語言的人數最多，以漢語為母語的華人作為英語學習者人數最多的民族，更需要瞭解英語如何從一門偏居一隅的日爾曼部落語言，在近 1600 年時間裡通過對歷代強勢語言的相容並蓄，躋身世界通用語。

從文化視閾研究英語語言史具有獨特的學術價值，該領域的重要研究，主要始於第二次世界大戰以後，可謂在國內外都是一門新興的學科，有較大的發展空間，然而在國內，致力於該領域研究的學者並不多。

西方語言學界對英語語言史的研究，無論是歷時研究還是共時研究，都將其研究重點聚焦在語音、拼寫、詞彙、語法等語言的內在本體結構之上，而對影響或決定語言變化走勢的諸多外在文化因素卻沒有給予足夠重視，甚至將此類文化因素與語言研究徹底割裂開來。至 20 世紀 50 年代，這種將語言視為封閉自足的符號體系、只關注語言內部結構的研究方法才發生轉變，此後數十年間，隨著社會語言學、語用學等語言學領域的相繼拓寬成熟，語言學家才對「語言是文化的載體」這一命題產生實質興趣，並以空前開闊的視角重新審視語言與文化的複雜關聯。這種新興的語言研究觀念在歷史語言學界，尤其是英語史學界表現突出，英國語言學家理查·M·霍格（Richard M. Hogg）、大衛·克里斯托（David Crystal）、格里·諾爾斯（Gerry Knowles）等是這一領域的傑出代表。隨著語言學研究領域

不斷延展，越來越多英語史研究者致力於從文化的角度，闡釋語言結構的變化，從而深化對英語演變過程的認識與理解。

學術界系統研究英語語言史的歷史不長，而從文化視閾研究英語語言史者更是寥寥。20 世紀 80 年代，在本書作者所在地中國大陸，北京大學李賦寧教授開始給英語專業學生開設英語史課程，1998 年，中國人民大學張勇先教授開始給研究生和本科生開設英語發展史課程；進入 21 世紀，外研社推出了《當代國外語言學與應用語言學文庫》，北京大學出版社也先後推出了《西方語言學叢書》、《西方語言學原版影印系列叢書》，目的是把語言學最新前線成果引入中國。然而截至目前，中國人撰寫的英語語言史主要有秦秀白教授 1983 年出版的《英語簡史》、李賦寧教授 1991 年出版的《英語史》、朱文振教授 1994 年出版的《英語簡史》，以及張勇先教授 2014 年出版的《英語發展史》，前三部著作秉承了西方長期以來的研究路徑，重在從語言學的角度考察語言本身的音、形、意等結構變化，最後一部著作在兼顧語言特點的同時，重點講述英語起源和發展演變的歷史，涵蓋了語言學、文學、詞彙學、跨文化交際和翻譯等領域的重要內容。學界亟須有更多學者投身英語語言史的研究，尤其是通過文化來研究語言發展，從而拓寬語言學的研究範圍。

以不列顛島為本體考察，該島經歷了 5 次入侵：凱爾特入侵、羅馬征服、日爾曼征服、維京入侵、諾曼征服。以英語為本體考察，英語經歷了 2 次入侵以及 1 次文化革命：維京入侵、諾曼征服以及基督教帶來的拉丁文化革命。

筆者在給英語專業學生講授英語文化課程時，倍感學生有深入學習瞭解英語史的必要，因此有了本書的問世。本書共分 10 章，以歷史發展為線索，講述英語形成、發展的歷史，始終緊扣英語自形成伊始便不斷呈現出的在語言變體意義上的多元特徵，重點介紹形成各個時期英語特點的歷史背景，探討英語的過去、現狀及未來發展趨勢。

目　錄

第一章
英語起源：日爾曼征服

　　英語顧名思義源起英國，但至今使用已遠遠超出英國的範圍。以英語為母語的國家除了英國，還有英國以前的殖民地，以及英國移民占主導地位的十餘個國家，例如美國、加拿大、澳洲、紐西蘭、愛爾蘭、巴貝多、蓋亞那、牙買加、巴哈馬、千里達及托巴哥共和國等國家。據美國中央情報局編撰的《2016-2017 世界概況》（*The World Factbook 2016-2017*）統計，以英語為官方語言的主權實體有 54 個，以英語為官方語言的非主權實體有 27 個。

　　關於語言使用人數的全球排名向來有爭議，很難有確切的答案。推算一種語言的使用人數相當複雜、籠統，且出入很大。語言學界對「語言使用者」很難達成公認的定義。母語使用者、第二語言使用者、外語使用者是有區別的，不同的計算方法直接影響語言的實際排名。根據母語使用人數排名，居第一位的是漢語，這一點毋庸置疑，但居第二位的是哪種語言則眾說紛紜，在不同機構和專家的排行榜上，西班牙語、英語、印地語都曾名列第二。根據第二語言使用人數排名，英語僅次於法語，居第二位。根據總使用人數排名，英語僅次於漢語，居第二位。

　　全球有多少人說英語？依據的統計標準不同，結果也有很大出入。據《劍橋英語史》（*The Cambridge History of the English Language*）記載，在莎士比亞時代，全球說英語的人口大約是五百萬至七百萬，在伊莉莎白一世時代結束（1603）到伊莉莎白二世時代開始（1952）的這段時期，全球會講英語的人口增加了大約五十倍，達到 2.5 億。另據英國語言學家大衛·克里斯托（David Crystal）[1] 在 2001 年出版的《英語：全球通用語》（*English as a Global Language*）中統計，全球有 3.37 億至 4.5 億人把英語作為第一語言使用，有 2.35 億至 3.5 億人把英語作

---

[1] 本書涉及諸多外國人名，以英語為母語的外國人名標出了英語名稱。

為第二語言使用，有 1 億至 10 億人把英語作為外語使用，有少則 6.7 億至 8 億，多則 12 億至 15 億人把英語作為本族語或近似本族語使用。另有 75 個國家，英語在其政府以及法律、商業、貿易、教育領域中使用，具有一定的官方地位。據他預測，到 2050 年，世界一半人口的英語將達到熟練程度（David, Crystal, 2001: 60-61）。2006 年，他在《全球英語》（*English Worldwide*）中微調了早期的估計，稱全球大約 4 億人以英語為母語，約 4 億人以英語為第二語言，約 6 億至 7 億人以英語為外語。

（一）英語語言系譜

　　人類的語言有多少種？這是一個沒有唯一答案的問題。解答該問題的困難，不在於世界上還有許多我們尚未開拓的邊疆，而是因為我們對語言的認識在不斷變化，從一種到幾千種，眾說紛紜，不一而足。

　　從生物學角度看，人類的語言不論內部差別有多大，其實只有一種，這種語言與蜜蜂、海豚等其他動物的交流溝通方式迥異。基督教《聖經》描述了人類在建造通天塔時講的是同一種語言，上帝為了阻止人類這一宏偉計畫，一夜之間改變了人類統一語言，令彼此不能溝通，從而挫敗了人類試圖通天的宏偉計畫。1911 年出版的《大英百科全書》（*Encyclopedia Britannica*）估計全球語言有一千多種。在此之後的一百多年裡，這一數字不斷攀升。2009 年，據美國夏季語言學研究院（Summer Institute of Linguistics）統計，全球有 6909 種語言，其中亞洲有 2197 種語言，歐洲有 230 種語言。

　　語言的系譜分類也是一個見仁見智的話題。根據語言的歷史淵源、地理位置、親屬關係，世界上的語言可分為若干語系，語系內再分為若干語族，語族內再分為若干語支。比較有影響的系譜分類法有 4 種：中國北京大學分類法、英國遺傳學分類法、澳洲國家標準語言分類法、美國麻省理工學院地區分類法。北京大學中文系教授葉蜚聲、徐通鏘將世界語言分為 13 個語系，45 個語族。這 13 個語系是：漢藏語系、印歐語系、高加索語系、烏拉爾語系、阿爾泰語系、達羅毗荼語系、南亞語系、南島語系、閃米特 - 含米特語系、尼日 - 剛果語系、尼羅 - 撒哈拉語系、

科依桑語系、北美印第安語系。

印歐語系是世界上最大的語系，漢藏語系是世界第二大語系。印歐語系可分為凱爾特語族、日爾曼語族、羅曼語族、斯拉夫語族、印度語族、伊朗語族、波羅的語族等。美國語言學協會（Linguistic Society of America）認為，印歐語系有兩百多種語言，英語是其中之一。印歐語系是當今世界分佈最廣的語系，從北歐冰島到印度次大陸。原始印歐語是原始印歐民族的語言，距今已有五千多年歷史。原始印歐民族是遊牧民族，屬於新石器時代文明，其最初的家園大致位於中歐東部，相當於今天立陶宛的位置。大約在西元前三千多年，原始印歐民族開始大遷徙，他們朝著溫暖的東南方向前進，足跡遍布全歐洲，隨後進入西亞，然後南下印度，最終是海洋擋住了他們的步伐。民族大遷徙的結果，使得原本統一的原始印歐語分裂成不同的方言，這些方言漸行漸遠，逐漸演變成不同的語言。

英語隸屬於印歐語系日爾曼語族。日爾曼語族分為 3 支：東日爾曼語（以哥德語為代表）、北日爾曼語（包括丹麥語、瑞典語、挪威語和冰島語）、西日爾曼語（包括德語、荷蘭語、佛拉蒙語、菲士蘭語和英語）。從語言族譜角度看，英語與德語最為接近，但德語比英語保守，在接受外來語言影響方面遠不及英語開放，今天英語和德語的差別也非常大。

印歐語言發展趨勢是從綜合到分析，從詞形的多變化到詞形的少變化。原始印歐語是綜合性語言，其語言結構不可分析，而現代英語是分析性語言，其語言結構可以分析。按詞形變化多寡排序，印歐語系主要語言變化從多到少依次是：梵語、希臘語、拉丁語、俄語、德語。英語詞形的變化經歷了從多到少的演變過程，目前僅限於名詞、動詞和代詞仍有詞形變化。在歐洲語言中，只有英語沒有形容詞的詞形變化。英語從 5 世紀中葉至今，歷時近一千六百年，它原有的詞形變化已大為減少。近代英語詞形變化僅限於名詞的數和格，代詞的性、數、格和動詞的時態。近代英語動詞的詞形變化遠比古英語簡單，例如近代英語 ride 只有 5 個不同的形式，古英語 rīdan 卻有 13 個不同形式。英國語言學家亨利‧斯維特（Henry Sweet）把古英語時期稱為「詞形變化完備時期」（period of full inflection），把中古英語時期稱為「詞形變化減少時期」（period of levelled inflection），把近代英語時期稱為「詞形變化消失時期」（period of lost inflection）（李賦寧，1991: 2）。

（二）不列顛部落語言

　　誰是英國的原住民？這個問題很難考證，在此只能把先後來到這片土地的族群大致羅列如下。目前已知英國最早的居民是凱爾特人（Celts），凱爾特人大約鐵器時代活躍在歐洲大部分地區，是西歐最古老的土著居民，也是當今歐洲人的代表民族之一。羅馬帝國時期，凱爾特人與日爾曼人、斯拉夫人一起被羅馬人稱為歐洲的三大蠻族。大約從西元前六百年開始，他們從萊茵河下游以及塞納河流域渡海來到今天的英國，他們的語言是凱爾特語。蘇格蘭人、愛爾蘭人、威爾斯人等都是凱爾特人後裔。

　　西元 43 年，羅馬人成功入侵英國，史稱「羅馬征服」（Roman Conquest），該地區被稱為不列顛行省，拉丁語寫作 Britannia，英語拼寫為 Britain，羅馬人把他們征服的當地居民稱作不列顛人（Britons）。西元 410 年，羅馬人在不列顛的統治結束。羅馬人統治期間，拉丁語只是小部分統治階級的語言，大部分當地居民依然使用母語凱爾特語。

　　西元 449 年，朱特人（Jutes）入侵不列顛島，開始了盎格魯 - 撒克遜民族（Anglo-Saxons）對不列顛島上凱爾特民族的征服，史稱「日爾曼征服」（Germanic Conquest）。羅馬統治不列顛時期，為免遭北方蘇格蘭人和皮克特人（Picts）攻擊，羅馬人從歐洲大陸搬來了雇傭軍，這些雇傭軍主要來自日爾曼民族的三個不同部落：朱特人、盎格魯人（Angles）、撒克遜人（Saxons），因後兩個部落人數眾多，這些日爾曼人被統稱為盎格魯 - 撒克遜人。西羅馬帝國的衰落，開啟了歐洲的民族大遷徙浪潮（Migration Period），西元 5 - 7 世紀是日爾曼人大舉遷入不列顛的時代，關於他們遷徙的起因有不同的說法。一說是為應付本土危機，羅馬軍團被迫撤離不列顛後，這些雇傭軍反客為主、乘虛而入，填補了羅馬人留下的真空，佔領了島上溫暖肥沃的東南部平原地帶，把凱爾特人趕到荒涼貧瘠的西部和北部山區。另一說來自《盎格魯 - 撒克遜編年史》（The Anglo-Saxon Chronicle），據該書記載，西元 449 年不列顛國王沃蒂根（Vortigern, King of the Britons）主動邀請盎格魯人到不列顛，目的是 明不列顛對抗不斷南下騷擾的皮克特人，報酬是獲得不列顛東南部的土地。朱特人、盎格魯人、撒克遜人說的是西日爾曼語的三種不同的、但是能夠相互理解的方言，這三種方言融合形成了古英語。由於入侵不列顛島的盎格魯人最多，不列顛島逐漸以盎格魯人命名，被稱為盎格魯人的國土

（land of the Angles），古英語寫作 Engla-land，即英格蘭（England），而盎格魯人的語言，古英語寫作 Englisc，指英格蘭人的語言，即英語（English）（李賦寧，1991: 36）。

西元 597 年，基督教正式傳入不列顛，同時帶來了拉丁語。異教的盎格魯 - 撒克遜人紛紛皈依天主教，作為天主教官方通用語言的拉丁語也進入盎格魯 - 撒克遜人的生活。基督教的傳播引發了一場語言文字革命，拉丁字母取代了盎格魯 - 撒克遜人使用的盧恩符文字母，由此開啟了英語與拉丁語將近一千四百餘年的借鑒、競爭和超越的複雜關係。

西元 787 年，北歐海盜入侵不列顛島，史稱「維京入侵」（Viking Invasions），開啟了持續多年的武力移民過程。海盜來自現在的丹麥、挪威、瑞典，盎格魯 - 撒克遜人把他們統稱為丹麥人（Danes）。丹麥人的語言是北日爾曼語的一種，他們與盎格魯 - 撒克遜人之間基本能夠相互理解，丹麥語慢慢融入古英語。

西元 1066 年，法國諾曼人征服不列顛島，史稱「諾曼征服」（Norman Conquest）。諾曼人原本也是北歐海盜，西元 9 世紀和 10 世紀期間，他們入侵並定居法國北部海岸，法國人稱之為諾曼人，意思是「來自北方的人」，古法語寫作 Normans，相當於英語的 Northmen。他們定居的行省被稱為諾曼第，意思是「諾曼人的土地」，法語寫作 la Normandie，英語寫作 Normandy。諾曼人接受了法國語言和文化，他們說的是法國北部方言，與標準的巴黎法語（又稱為中央法語）之間還有區別。諾曼人統治英國後花了幾百年的時間才放棄諾曼法語（Norman French），轉而接受了英語。

社會變化深刻影響到語言發展歷史。英語在近一千六百年的歷史中，經歷了大大小小各種社會變化，其中打破連續性、帶來突變的事件或因素，成為英語發展史分期的依據。諾曼征服前的英語是古英語（Old English），法國諾曼統治時期的英語是中古英語（Middle English），引入印刷術之後的英語是現代英語（Modern English）。考察社會變化，及其引發的語言變化，有助於深入理解語言發展歷程。

英語不是孤立存在的語言，而是與其他歐洲語言保持密切聯繫。外來族群的入侵，無可避免會帶來入侵者的語言。這種新引進的入侵者語言不外乎面臨三種命運：和入侵者一起紮下根來，成為入侵者和原住民共同的語言，例如盎格魯 - 撒克遜人的語言；入侵者拋棄自己的語言，而使用原住民的語言，例如入侵英國

的丹麥人、法國諾曼人的語言；入侵者和原住民的語言同時並存，但用途不同，例如：諾曼征服之後的英國，拉丁語、法語、英語並存，拉丁語是宗教、學術用語，法語、英語是世俗的語言，法語是政府、宮廷、法律用語，英語主要是下層普通人日常生活用語。

（三）凱爾特語

凱爾特人雖然並非不列顛島的原住民，但卻是有史可考的最早的居民。早在英語形成之前，不列顛島上發現的最早的、唯一具有史料依據的語言便是凱爾特語，今天居住在蘇格蘭北部和西部山地的蓋爾人（Gaels）仍使用這種古老的語言。凱爾特人後裔現在主要分佈於西歐，現今的曼島人、蘇格蘭人、愛爾蘭人、威爾斯人、英格蘭的康沃爾人以及法國的布列塔尼人，都屬於凱爾特人，其中以威爾斯人、康沃爾人、愛爾蘭人為代表，他們其中許多人在學術和科學領域以及藝術和工藝領域都頗有建樹，並為自己的凱爾特人血統而自豪。

圍於考古成果及文字資料的匱乏，學術界對於凱爾特人的起源、分佈、語言、文化很難達成定論，許多說法依然籠罩在神話傳說與主觀臆測之中。從凱爾特一詞的拼寫，也許能管窺他們的生活方式。「凱爾特人」一詞除英語拼寫形式 Celt 外，在歐洲其他語言中的拼寫形式如下：法語寫作 Celte，德語寫作 Kelte，義大利語寫作 Celti，西班牙語、葡萄牙語寫作 Celta。這幾種拼寫形式詞幹相似，同源於希臘語的 κελται 或 κελτοι（拉丁形式為 keltoi）和拉丁語的 Celtae。因此有學者猜測，「凱爾特人」（Celt）的得名可能與一種類似斧、鏟的史前砍鑿工具 celt 或 selt 有關，他們應該十分擅長手工技藝和金屬製作，這是他們有別於其他族群的象徵和標誌。

在漫長的歷史時期，凱爾特人的活動範圍曾經歷了一個由小到大、再逐漸收縮的變化過程。大多數學者認為，法國東部塞納河、羅亞爾河上游、德國西南部萊茵河、多瑙河上游地區是凱爾特人的發源地。約西元前 10 世紀初，他們首次在這些地區出現，隨後的幾個世紀中，凱爾特人以武裝部落聯盟為單位，向周圍地區擴散、遷徙，進行軍事移民。他們是歐洲最早學會製造和使用鐵器和金制裝

飾品的民族，他們憑藉鐵制武器戰勝了尚處於青銅時代的部落，西元前 7 世紀已在法國東部、中部各地定居。他們是戰士、藝術家、鐵匠、木匠、商人、礦工、建築師。他們講凱爾特語，信仰德魯伊教（Druidism），流傳至今的凱爾特神話包括魔法師梅林的傳說以及亞瑟王的傳說。

學術界關於凱爾特人的身分也有爭議，有人明確稱之為民族集團（a group of peoples），也有人認為，這不是一個種族（race）或部落集團（a group of tribes），而是一個語言集團（a language group）或一種語言。凱爾特人的種族背景十分複雜，種族特徵並非完全單一，屬混合型集團，這表明其族源的差異性和多樣性。大多數人認為，凱爾特人是古代歐洲一個由共同語言和文化傳統凝合起來的鬆散族群，應屬古代型的民族集團。這種族群顯然不同於現代民族，現代民族是在古代民族集團經過長期的演化，不斷分解、融合、重組的基礎上形成的。當今歐洲已不存在一個完整的凱爾特單一民族，有的只是作為古凱爾特人遺裔的、依然說著印歐語系凱爾特語族諸種方言的若干個新型民族，譬如愛爾蘭人、蓋爾人、威爾斯人、布列塔尼人等。在這層意義上可以說，凱爾特人在當今則僅意味著一個語言集團。

今人對凱爾特文化的瞭解，主要來自古代的作家和地理學家留下的記載，以及位於巴伐利亞、波西米亞和北奧地利的部分凱爾特人的埋葬儀式的考古發掘。凱爾特人也曾形成了一個比較鬆散的帝國，其版圖包括歐洲中部，邊界不是固定的，因為他們經常遷徙。當代考古學家通過對著作和遺跡的探索，發現西到不列顛群島和西班牙南部，東至外西凡尼亞和黑海，都有凱爾特文明留下的印跡。

在古典作家的筆下，凱爾特人往往被描述為身材魁偉、長顱白肌、金髮碧眼的壯漢，儼然一副高加索人種和諾斯（北方）類型的典型形象。這樣的體貌特徵與同屬南歐地中海類型，身材相對矮小、膚色略暗、發色眼色較深的大部分希臘人、羅馬人，形成鮮明的對照，因而難免引起他們的驚訝和關注。

西元前 1 世紀，古希臘地理學家史特拉波（Strabo）對凱爾特人的印象如下：他們整個民族，都瘋狂地愛好戰爭。能非常英勇而且迅速地投入戰鬥，並且無論什麼藉口你招惹了他們，你都將面對危險，即使是在他們沒有任何武器的情況下，他們也會擁有力量和勇氣。

凱爾特人或許是人類歷史上第一個男女平等和性取向平等的民族，凱爾特民族的本土宗教德魯伊教在傳統上接受同性戀，凱爾特女性不但可以成為女王，還

可以成為宗教領袖。後世的歐洲，在不遵從西歐通行之薩利克法的國家，女性可以繼承王位，可是女性領導宗教的路卻曲折得多。

凱爾特人曾經大規模遷移，無處不在。從西元前 5 世紀起，他們開始向全歐洲滲透和擴張。他們成群結隊地翻過阿爾卑斯山，把鐵器的使用帶往歐洲各地。他們生活在氏族公社，和古希臘人做生意，和古羅馬人爭戰不休。大約從西元前 6 世紀開始，凱爾特人從歐洲大陸進犯並佔領了不列顛諸島，部分凱爾特人在今天的愛爾蘭和蘇格蘭定居下來，其餘的一部分佔領了今天的英格蘭南部和東部。

古凱爾特人沒有首都，他們是以部族的形式長期存在的，其在歐洲的擴張可以理解為「舉族遷徙」。進入中世紀之後，某些凱爾特人部落逐漸融合在一起，組成了現代意義上的國家。其中，愛爾蘭的凱爾特人（即愛爾蘭人）從北歐海盜手中奪取了都柏林，並把它作為自己的首都，而愛丁堡則被蘇格蘭的凱爾特人（即蘇格蘭人）選為自己的首都。

在進犯不列顛島的同時，一部分凱爾特人越過萊茵河進入法國東北部，在塞納河以北，阿登山區以西和以南的地區定居。西元前五百年以後，法國已成為凱爾特人主要的居住地區。古羅馬人把居住在今天法國、比利時、瑞士、荷蘭、德國南部和義大利北部的凱爾特人統稱為高盧人，把高盧人居住的地區稱為高盧，面積六十餘萬平方千米（相當於六千萬餘公頃）。凱爾特人曾經一度廣泛分佈在歐洲大陸上，先後征服的土地大致相當於今天的法國、西班牙、葡萄牙、義大利等國家和地區。

在羅馬帝國崛起前，凱爾特人是一股不可低估的軍事力量。西元前 387 年和前 279 年，凱爾特人分別入侵和洗劫了羅馬和希臘，一些部落甚至曾深入今天土耳其的安納托利亞地區。鼎盛時期的凱爾特人佔據了從葡萄牙到黑海之間的大片土地，幾乎可與後來崛起的羅馬帝國媲美。然而，他們最終沒能形成一個統一的國家。隨著羅馬文明的興起，凱爾特文化開始走下坡路。面對用嚴格的紀律和先進的戰術武裝起來的羅馬軍團，身材高大、作戰勇敢的凱爾特人也漸漸處於下風。凱爾特人洗劫羅馬城這段慘痛歷史一直被羅馬人銘記在心，西元前 59 至前 49 年蓋烏斯‧尤利烏斯‧凱撒（Gaius Julius Caesar）大敗高盧的凱爾特人，才得以一雪前恥。凱爾特文化的中心高盧在此後成為羅馬帝國的行省，據稱凱撒對高盧的征服，致使 100 萬凱爾特人被斬殺，另 100 萬淪為奴隸。

凱撒曾兩次遠征不列顛，但均未站穩腳跟。英國歷史上真正的「羅馬征服」

始於西元 43 年。時任羅馬皇帝克勞狄烏斯（Claudius）率領四萬大軍，用了 3 年時間終於征服了不列顛島的中部和南部。隨後，整個英格蘭被羅馬牢牢控制住了。隨著羅馬軍隊的四處征戰，凱爾特文化在歐洲大陸逐漸消亡，一點點融入羅馬文化之中，只有在羅馬人永遠沒能抵達的愛爾蘭和羅馬人永遠沒能徹底征服的蘇格蘭，他們仍延續著自己的王國。羅馬人佔領不列顛幾乎長達四百年，西元 410 年，羅馬帝國因內外交困，才不得不放棄在不列顛的軍事存在。不列顛島上的古老居民凱爾特人，因而才得以重新恢復自己的秩序。

不列顛島凱爾特人面臨的致命打擊來自日爾曼人。大約西元 449 年，居住在西北歐的三個日爾曼部族跨過北海，侵犯不列顛，填補羅馬人撤離後留下的真空，史稱「日爾曼征服」，亦稱「條頓征服」（Teutonic Conquest）。入侵者遭到凱爾特人的頑強抵抗，征服過程拖延了一個半世紀之久。這過程中的一位凱爾特部落將軍的英勇事蹟，結合了凱爾特傳說中的三個英雄人物後，在歐洲廣為傳頌，並於後世譜成了著名的亞瑟王的傳說。及至西元 6 世紀末，不列顛諸島上原先的居民凱爾特人，尤其是英格蘭的凱爾特人，幾乎滅絕殆盡，倖存者或遁入山林，或淪為奴隸。

少數倖存的不列顛凱爾特人主要聚居在愛爾蘭、蘇格蘭、威爾斯，他們不斷為爭取獨立而與日爾曼人抗爭。中世紀早期，愛爾蘭島的凱爾特人仍然保持著小股群居的習俗，西元 800 年前後，島上的倫斯特（Leinster）、芒斯特（Munster）、康諾特（Connacht）和阿爾斯特（Ulster）這四個省才聯合在一起。西元 795 年，維京人入侵愛爾蘭島，並從西元 9 世紀中葉開始在島上建立永久定居點，其中最重要的一個定居點就是都柏林。西元一千年左右，布萊恩・博羅（Brian Boru）成為所有愛爾蘭人的第一個國王，並率領愛爾蘭軍隊於西元 1014 年在克朗塔夫（Clontarf）擊敗都柏林的北歐海盜丹麥人，重創了北歐海盜在愛爾蘭的勢力。1801 年，愛爾蘭王國和大不列顛王國統一，愛爾蘭併入英國。1921 年，英國被迫允許愛爾蘭南部 26 郡獨立，北部 6 郡仍屬英國。

最初居住在蘇格蘭的大多是皮克特（Picts）人，他們也是凱爾特人的一支。西元 6 世紀，來自愛爾蘭的一個名叫「蘇格蘭」（Scotti）的凱爾特人部落侵入蘇格蘭地區的西南部（如今的阿蓋爾地區 Argyll），在那裡永久定居下來，並用自己部落的名字來為這塊新奪取的土地命名。他們向南擴張，並融合了當地土著的皮克特人，皮克特人曾一直是羅馬人的心腹大患。西元 11 世紀，蘇格蘭王國初

具雛形，南方的英格蘭王國很快表現出對這塊土地的濃厚興趣。1294 年，蘇格蘭人則以和法國人訂立「古老同盟」（Auld Alliance）作為對英格蘭野心的回應。這個「古老同盟」也成了蘇格蘭人此後三百餘年的外交基石。1296 年，英格蘭國王愛德華一世，史稱「長腿愛德華」（Edward Longshanks）武力吞併了蘇格蘭，史稱「蘇格蘭之錘」（Hammer of the Scots）。蘇格蘭騎士威廉・華勒斯（William Wallace）領導蘇格蘭人奮起反抗，1298 年在史特靈橋（Battle of Stirling Bridge）戰役獲勝後幾乎為蘇格蘭贏得了獨立。次年，在法爾科克戰敗之後，威廉・華勒斯率領部下和英格蘭人展開了遊擊戰，1305 年遭同伴出賣後被愛德華一世處死。此後，蘇格蘭貴族羅伯特・布魯斯（Robert the Bruce）自立為蘇格蘭國王，繼續帶領蘇格蘭人爭取獨立，終於在 1314 年的班諾克本戰役（Bannockburn Battle）中大獲全勝，把英格蘭軍隊從蘇格蘭國土上全部驅逐出去。1328 年，英格蘭國王愛德華三世被迫承認了蘇格蘭的獨立地位。1603 年，蘇格蘭和英格蘭王冠合二為一（Union of the Crowns），蘇格蘭國王詹姆士六世（James VI）繼承英格蘭王位，史稱詹姆士一世（James I）。1707 年，英格蘭與蘇格蘭兩國議會批准合併協議（Acts of Union），組成大不列顛王國（Kingdom of Great Britain）。

威爾斯人（Welsh）是凱爾特人的一支，其得名非常荒謬。入侵不列顛的日爾曼人反客為主，把島上原來的凱爾特居民，尤其是逃往不列顛西部的凱爾特人稱為 "Weahlas"，意即「外國人」，該詞逐漸演變成 "Welsh"，即威爾斯人。威爾斯地區長期處於諸侯割據的分裂狀態，從來沒有一個諸侯擁有足夠的實力來一統該地區。西元 13 世紀，英格蘭國王採取了和威爾斯眾多二流諸侯國結盟的方法來阻止該地區發展成為一個強大的統一體。威爾斯雖然常常處於英格蘭人的勢力範圍之內，但一直是凱爾特人維護民族獨立的堡壘。1282 年，英格蘭國王愛德華一世通過武力征服把威爾斯置於英格蘭的統治之下。威爾斯人的民族情緒持續高漲，15 世紀初由歐文・格林杜爾（Owain Glyndŵr）領導轟轟烈烈的起義，便說明了這一點。《1535 年及 1542 年威爾斯系列法案》（*Laws in Wales Acts 1535 and 1542*）把英格蘭與威爾斯在行政、政治和法律上統合為一體。

凱爾特人講的凱爾特語，是印歐語系下的一族語言，曾經在西歐十分流行，但是現在講這種語言的人只局限在不列顛島上的一些地區和法國的布列塔尼半島上。凱爾特語大致可分為四個族群：高盧語及分支南阿爾卑高盧語、加拉提亞語等，古時候遍布從法國到土耳其，從荷蘭到義大利北部的廣大地區；凱爾特伊比

利亞語，曾在亞拉岡和西班牙的其他地區使用；蓋爾亞支，包括愛爾蘭語、蘇格蘭蓋爾語等；布立亞吞支，包括威爾斯語、布列塔尼語等。前兩個族群的語言又被稱為「大陸凱爾特語」，後兩個族群的語言又被稱為「海島凱爾特語」，前兩個族群的語言已經滅絕，後兩個族群的語言還在使用，英語中仍然能找到凱爾特語的蛛絲馬跡。

不列顛凱爾特銅鏡，其背面的螺旋線條及喇叭造型，是不列顛拉登凱爾特藝術（La Tène Celtic art）的典型特徵。（攝於大英博物館，攝影師：Fuzzypeg）

　　日爾曼人來到不列顛時，凱爾特人已在此生息繁衍一千年，是毋庸置疑的不列顛主人，其語言凱爾特語具有悠久歷史。然而若論及凱爾特語對英語的影響，卻是不成比例地微不足道，主要體現在詞彙方面，尤其是地名的借用。

　　英語是非常開放包容的語言，對丹麥語、拉丁語、法語等語言都大量吸收借鑒，唯獨對凱爾特語卻非常排斥，英語中的凱爾特影響有限。造成這種結果的原因，可以追溯到「日爾曼征服」後盎格魯 - 撒克遜人對凱爾特原住民的態度：不是接觸融合的懷柔政策，而是趕盡殺絕的恐怖政策，語言上隔絕，文化上孤立，導致任何與凱爾特語有關的聯繫都被打上了恥辱標記。凱爾特人遭到大肆屠殺，

為數不多的倖存者被趕到天涯海角的窮鄉僻壤，然後被分而治之，最終被迫融入盎格魯-撒克遜文化。「諾曼征服」後，諾曼法國人對不列顛的語言採取嚴格的等級制度，毫無疑問，凱爾特語處於最低等級。

古英語吸納的凱爾特詞彙主要有三大源頭：首先，盎格魯-撒克遜人在歐洲大陸時已經吸納了部分凱爾特詞彙，主要是與戰爭、衝突等有關的詞彙，因為凱爾特人是歐陸著名的雇傭軍；其次，盎格魯-撒克遜人到達不列顛後借用的凱爾特詞彙，主要是當地地名等專有名詞；最後，從愛爾蘭傳入的凱爾特詞彙或凱爾特化的拉丁詞彙，主要是宗教詞彙，愛爾蘭傳教士在基督教傳入不列顛的過程中發揮了重要作用。

今天英語中大家熟悉的凱爾特詞彙有河流、城市等名詞，例如：泰晤士河（Thames）、倫敦（London）、約克（York）、里茲（Leeds）、林肯（Lincoln），還有凱爾特語和盎格魯-撒克遜語共同構成的合成詞，例如：白金漢郡（Buckinghamshire）、萊斯特郡（Leicestershire）。關於基督教十字架這個單詞，古英語是rood，從愛爾蘭傳入的凱爾特詞是cross，目前後者使用更加廣泛。

英語中為數不多的凱爾特語地名，反映了凱爾特人如何認識周遭的世界，體現了他們對地形地貌的觀察。英語中凱爾特語詞彙的匱乏，暴露了盎格魯-撒克遜人通過排擠壓制凱爾特語言，褫奪凱爾特人生存空間，用英語的權威性來建構入侵者的合法性，再次從側面印證了語言是有效的社會政治工具，能夠在社會分層方面發揮重要作用。

（四）盎格魯-撒克遜英語

盎格魯-撒克遜英語（Anglo-Saxon English），又被稱為古英語（Old English）是指從西元449年「日爾曼征服」到1066年「諾曼征服」之間的英語。這並非單一的語言，而是3-4種有明顯差別的方言。古英語時期有兩個重要歷史事件，給英語語言發展帶來較大影響。第一個事件是基督教傳入英國。西元597年，一個名叫聖奧古斯丁（St. Augustine）的神父從羅馬來到英國傳教，羅馬語言文化和基督教一起傳入英國，一批拉丁詞彙進入英語。第二個事件是北歐海盜入

侵英國。從西元 787 年開始，大批斯堪地那維亞人開始在英國定居，丹麥國王還一度成為英國君主。斯堪地那維亞人和盎格魯 - 撒克遜人交往頻繁，斯堪地那維亞各國詞語相繼進入英語。對這兩個事件，後面將有章節專門探討，這裡只講盎格魯 - 撒克遜人自己的語言發展脈絡。

西元 410 年，羅馬人結束了對英國的佔領，隨後，來自德國北部平原的三個日爾曼部落：朱特人、盎格魯人、撒克遜人開始乘虛而入，佔領不列顛。朱特人來自丹麥白德蘭半島（Jutland）、盎格魯人來自德國什勒斯維希地區（Schleswig）、撒克遜人來自德國霍爾斯坦地區（Holstein）。在拉丁文和早期日爾曼語中，盎格魯人被稱為 Angli，該詞來自名詞 angle，意思是「角」，意指他們世代居住的什勒斯維希的狹窄土地，像一個尖角伸入波羅的海。在古英語中，Angli 經過前母音音變，寫作 Engle。由於征服不列顛的這三個日爾曼部落中盎格魯人最多，古英語用 Angelcynn，即盎格魯民族（Angle-race），來指代所有這三個部落；用 England，即盎格魯人的國土（land of the Angles），來指代所有這三個部落共同居住的土地；用 Englisc，即英語（English）來指代這三個部落共同的語言。這三個部落說著不同的日爾曼方言，但彼此之間能聽懂，英語就是由這三種日爾曼方言，主要是盎格魯 - 撒克遜人的方言，融合而成的嶄新混合語言。

日爾曼各部落在不列顛定居以後，各自佔領一些地區。盎格魯人佔領了泰晤士河以北的英格蘭大部分地區和蘇格蘭的低地，朱特人佔領了南部肯特郡一帶地區，撒克遜人佔領了泰晤士河以南的大部分地區。各個部落建立了一些小王國，出現了英國歷史上的七國時代（the Anglo-Saxon Heptarchy）。最初由盎格魯 - 撒克遜人以及原住民羅馬不列顛人所建立的王國數目遠遠不止 7 個，但隨著時間推移，一些大國逐漸吞併了周邊的小國，最後形成了以這 7 個大國為代表的七國時代。這 7 個王國的格局，也成為後來的英格蘭王國的雛形。七國時代是指從西元 5 世紀到 9 世紀，居住在英格蘭的盎格魯 - 撒克遜部落的非正式聯盟，由肯特王國（Kent）、薩塞克斯王國（南撒克遜 Sussex）、西塞克斯王國（西撒克遜 Wessex）、埃塞克斯王國（東撒克遜 Essex）、諾森布里亞（Northumbria），東盎格利亞王國（East Anglia）和麥西亞王國（Mercia）這 7 個小王國組成。

早期的日爾曼入侵者中，自由人地位比農奴高，但都依附於國王。隨著以後幾個世紀的戰爭和農業耕作，大部分自由人或是在壓力下淪為農奴，或是依附貴族階級的領主和鄉紳。貴族階級的領主和鄉紳則是特權階級，他們通過效忠國王，

從國王那裡獲得領地，並對自己擁有的領地行使較大程度的自治權。盎格魯 - 撒克遜諸王國的政府是由部落首領會議演化而成的，國王擁有王國的行政和司法大權，貴族階級則組成國王的顧問會議，協助國王處理國政。國王將郡作為王國的基本的地區行政單位，由伯爵治理，在一些情況下這些伯爵將職位變為世襲，管理著幾個郡。郡以下的行政單位為縣，郡和縣都有各自的法庭，郡法庭由本郡的治安法官掌管，縣法庭由縣長掌管。在盎格魯 - 撒克遜時期，農業是第一產業，但入侵的丹麥人卻是活躍的商人，在 9 世紀時，城鎮的重要性開始增加。盎格魯 - 撒克遜人在愛爾蘭和羅馬派來的傳教士的影響下，開始了基督教化的過程。但愛爾蘭宗教儀式和大陸宗教儀式上的差別幾乎導致不列顛基督教會的分裂，這一巨大分歧在 663 年的惠特比宗教會議（Synod of Whitby）上終於獲得了解決。與此同時，修道院成為盎格魯 - 撒克遜時期的文化中心，那裡以精美的手抄本而聞名。

西元 886 年，西撒克遜國王阿菲烈特大帝（Alfred the Great, 848 / 849-899）吞併其他王國，統一了整個英格蘭地區，他是第一個稱呼自己為「盎格魯 - 撒克遜國王」的君主，是英國唯一一位被授予「大帝」（the Great）稱號的君主，他也被後人尊稱為「英國國父」。他是盎格魯 - 撒克遜民族的救星，同時也是挽救

英國溫徹斯特的阿菲烈特大帝塑像，為紀念他逝世一千年而立。（攝影師：Odejea）

英語命運的人，英國人認為，沒有阿菲烈特就沒有英格蘭，沒有英格蘭就沒有英語。他不僅帶領臣民英勇反抗北歐維京海盜民族的入侵，還是一個善於學習的人，他鼓勵教育和文藝，親自組織並參加外國文學作品和學術著作的翻譯，以及該國文學的抄寫和校訂工作。他 40 歲開始學習拉丁語，組織力量把拉丁語典籍翻譯成英語，並把西撒克遜王國教育界的語言由拉丁語改為英語。在所有英國君主中，他第一個規定非神職貴族階層必須接受教育，政府官員和軍官必須具備讀寫能力。他親自參與了英譯

聖比德（Saint Bede）《英格蘭教會史》（*Historia Ecclesiastica Gentis Anglorum / The Ecclesiastical History of the English People*）的工作，英格蘭（Angle-land / England）和英語（Englisc / English）這兩個單詞就是在翻譯該書的過程中首次出現的。西元 891 年，他還組織編纂《盎格魯 - 撒克遜編年史》（*The Anglo-Saxon Chronicle*），這是最早的英語文本，1154 年完成的最後一版編年史《派克編年史》（*Parker Chronicle*）是最後一部用古英語寫成的文本。他大力完善國家的法律體系和軍隊結構，甚至被某些天主教徒視為聖徒，英國聖公會尊稱他為天主教英雄，並把他的光輝形象描繪在英國教堂的彩色玻璃上。

由於全國長期沒有統一，古英語時期存在著多種方言，主要的方言有 4 種：

1. 諾森布里亞語（Northumbrian）：亨伯河（the Humber）以北的方言；

2. 麥西亞語（Mercian）：介乎亨伯河與泰晤士河之間的英國中部地區的方言；

3. 肯特語（Kentish）：居住在英國東南部地區的朱特人的方言；

4. 西撒克遜語（West Saxon）：泰晤士河以南的方言。

諾森布里亞語和麥西亞語這兩種方言又合稱為盎格里亞方言，即盎格魯人居住地區的方言。這四種方言都曾一度佔據主導地位，每種方言在英語形成的過程中都起到了不同程度的作用，但西撒克遜語保存下來的手稿最多，因而對後世英語的形成發展作用最大。

西元 899 年，阿菲烈特大帝去世後，其長子愛德華繼位，史稱「長者愛德華」（Edward the Elder），成為史上第二位「盎格魯 - 撒克遜國王」。他是一位非常優秀的軍事統帥，但他的繼位引發了堂兄埃塞沃德（Ethelwald）的強烈不滿。埃塞沃德的父親是阿菲烈特的哥哥、前國王埃塞爾雷德一世（Æthelred），埃塞沃德認為叔父阿菲烈特的王位得自自己的父親，如今叔父去世了，理應把王位歸還給自己。他在丹麥人的支持下，於諾森布里亞宣佈登基為英國國王，同時愛德華則在泰晤士河畔加冕，從此進入兩雄割據混戰時期。902 年，兩位國王打了一場著名的「霍姆戰役」（Battle of the Holme），愛德華獲勝，埃塞沃德戰死。

與此同時，愛德華與丹麥人也正式決裂，在與丹麥人的戰鬥中，他的兩個姐妹給他很大幫助，一個是姐姐麥西亞伯爵夫人，另一個是妹妹佛蘭德斯伯爵鮑德溫二世的夫人，尤其是姐姐埃賽弗麗達（Ethelfleda）以遺孀的身分繼任為麥西亞女伯爵（Lady of the Mercians）後，親自率兵和哥哥一起對抗進犯之敵，多次獲得勝利。西元 917 年，愛德華從丹麥人手中奪回了東盎格利亞，之後陸續收復了

諾丁漢、林肯、斯坦福德等地，廢除了丹麥人的法令，重新恢復撒克遜法，丹麥人退守少數據點之中，最終不得不投降。西元918年，當姐姐麥西亞女伯爵去世後，愛德華把麥西亞納入自己的直接控制之下。

愛德華的女兒嫁給了西法蘭克王國國王查理三世（Charles III），這個國王的綽號是糊塗王查理（Charles the Simple or the Straightforward），大概是因為他把塞納河下游地區割讓給了入侵的維京海盜，由此建立了諾曼第公國，成為當時英法兩國的大患。不過當時由於查理對維京海盜的軟弱，卡佩家族的巴黎伯爵厄德自立為王，查理三世一直在與卡佩家族爭奪誰是正統國王。最初查理三世在蘇瓦松戰役戰勝了羅貝爾一世（厄德的弟弟），然而法蘭克諸侯們又推舉羅貝爾的女婿勃艮第公爵魯道夫繼續與他作對。查理三世在923年的叛亂中被弗爾芒杜瓦伯爵赫爾貝爾二世俘虜，6年後死於監禁地。查理三世的妻子帶著三歲的兒子路易逃回娘家英格蘭。936年，魯道夫去世後，路易被請回西法蘭克，加冕為西法蘭克國王，故他也被稱為「海歸」路易，不過三十多年後，這位海歸路易後代的王位還是被卡佩家族奪走了。

第一位英格蘭國王埃塞爾斯坦向聖卡斯柏特（St. Cuthbert）敬獻福音書。繪於西元934年，現收藏於英國劍橋大學

西元924年，愛德華死後，其4個兒子輪流當王。先是兒子埃爾夫沃德（Ælfweard）繼位，但他繼位16天後去世，其同父異母哥哥埃塞爾斯坦（Æthelstan, 894-939）繼位，成為「盎格魯-撒克遜國王」，同時也是第一位英格蘭國王（First King of England）。隨著丹麥人勢力的衰退，北歐海盜中的另外一支挪威人的勢力卻在逐漸增強，成為埃塞爾斯坦在位期間最大的敵人。埃塞爾斯坦曾經多次率軍擊敗挪威人，使得王國聲威大振，就連僻處西部的威爾斯諸侯也來覲見他。埃塞爾斯坦終身未婚，沒有子嗣，他去世後同父異母的弟弟愛德蒙

（Edmund）繼位，這時挪威人在都柏林國王奧拉夫（Olaf）的率領下捲土重來，再次攻佔約克，逼迫愛德蒙國王承認其為約克王，之後的十幾年間，為爭奪約克，雙方多次交戰。946年，愛德蒙被闖入聚會的盜賊殺死，其弟弟埃德雷德（Eadred）繼位，終於擊退了挪威人的入侵，於954年收復約克。

愛德華的四個兒子，打敗了不斷入侵的北歐人，使盎格魯 - 撒克遜人的統治在英格蘭全面復興。955年，埃德雷德去世後，其兄長、前任國王愛德蒙之子愛德威（Eadwig）繼位，他在位期間，麥西亞和諾森布里亞的領主們擁立其弟埃德加（Edgar）為國王起來反叛。957年，愛德威在格羅斯特戰役中被擊敗，被迫簽訂合約，將王國以泰晤士河為界一分為二，愛德威自己統治肯特和西撒克遜，而將北方領土交給了弟弟埃德加。959年，愛德威死後，埃德加統一了英格蘭，屆時王國大業已經穩定，埃德加被封為「和平者（Edgar the Peaceful）」。他的主要功績是將英格蘭劃分為郡，每郡設郡守，直接對國王負責，在郡下面設區，區下面是市，從郡、區到市有一套嚴密的司法系統維持治安，並建立規範的稅收制度，原來的各個盎格魯 - 撒克遜王國至此已經名存實亡了。

在諸侯分封體制方面，英格蘭領先於歐洲大陸，避免了領主割據局面的出現。西元973年，埃德加在巴斯（Bath）舉行了盛大的加冕典禮，從而奠定了日後英王加冕的先例，這次加冕標誌著英格蘭王國真正徹底的統一，成為一個高度集中的國家，而不是一群諸侯的鬆散聯合體。同時英語開始發展成為英格蘭的書面語言，英國文學也開始萌芽，英格蘭民族和文化已基本成型。

因受到北歐海盜頻頻入侵的影響，古英語時期的文學藝術中心經歷了由東北向西南發展的變遷。早期古英語文學作品是用諾森布里亞方言創作的，由於斯堪地那維亞人的侵略，英國的文化中心由諾森布里亞南遷至麥西亞，至西元9世紀，又進一步南遷至西撒克遜。古英語詩歌作品，通過西撒克遜抄寫者的努力，才得以保存下來。在阿菲烈特大帝時期，古英語詩歌、散文有長足的發展，這些作品主要是用西撒克遜方言寫成的。

古英語和現代英語迥異，無論在讀音、拼寫、語法和詞彙上都有很大不同。

古英語的拼寫與讀音基本能夠保持一致，不過當時沒有什麼拼寫規則。古英語有7個單母音，3個雙母音，單母音和雙母音都有長音短音的區別（葉品娟，2009 (11): 113-114）。入侵不列顛島的日爾曼部族主要是靠口語交流，沒有成熟的書寫體，後來不列顛人為了創作自己的文學作品，而向愛爾蘭僧侶學會了使用

拉丁字母（田學軍，2005 (2): 103-107）。

　　古英語語法和德語較相近，形態變化很複雜。古英語的名詞有數和格的分別；數分為單數、複數；格分為主格、所有格、與格、賓格，一個名詞共有 8 種變化形式。此外，名詞還分陽性、中性和陰性。這些性的區分並不是以生理性別來判斷的，例如「婦女」這個單詞就是陽性名詞。形容詞的形態變化分為強、弱兩種，它的數和格也共有 8 種變化。動詞只有現在式和過去式兩種時態變化，但根據不同人稱有不同的變位，與之相比，現代英語僅現在式第三人稱單數保留了 -s/-es 的變位。

　　古英語詞彙與現代英語詞彙有很大差異。古英語詞彙大約有兩萬五千到三萬個，大多數古英語詞彙都是西日爾曼語的固有詞彙，因此有著濃厚的日爾曼語族的特點。這主要表現為複合法是重要的構詞方法，複合詞在古英語詞彙中佔有顯著的重要地位。據統計，在史詩《貝武夫》（*Beowulf*）全部的 3182 行詩句中，竟有 1069 個複合詞。有些複合詞中不重讀的部分，漸漸失去獨立地位，而演變為詞綴，如 for-, in-, -ful 等派生構詞法，在古英語中得到廣泛使用。現代英語共有 24 個名詞字尾、15 個形容詞字尾，例如 -dom, -hood, -ship, -ness, -the, -ful, -ish 等詞綴，都可溯源到古英語時期。但古英語詞彙中也有一些從其他語言借來的詞，凱爾特語、拉丁語、北歐語這三種語言對古代英語詞彙產生了影響。原來居住在英國的凱爾特人的語言，只有極少數詞進入英語詞彙，主要是保存在英國地名裡面的凱爾特詞語。羅馬帝國時期，羅馬商人的影響力很大，羅馬帝國解體後，羅馬商人帶給不列顛的拉丁語遺產仍然頑強地留存了下來，隨著基督教傳入英國，有更多的拉丁詞彙進入古英語詞彙。北歐海盜侵擾、定居不列顛，從而給古英語帶來了許多北歐詞彙，促使英語詞彙不斷擴大。

　　關於古英語的特點，張勇先教授在《英語發展史》（2014：43-46）一書中總結了 10 點：

　　1. 單詞中的每個字母都發音，容易讀出來（這一點與現代英語不同）。

　　2. 在單詞的形態（拼寫）和意義方面，古英語單詞與相對應的現代英語單詞有幾種情況：相同或類似、形態相同但意義大相徑庭、音形意全都不同。古英語原有的大約 85% 的單詞被北歐語、拉丁語或法語取代，保留下來的本民族詞彙大多是單音節詞，系現代英語最常用的基本詞彙。

　　3. 含有古英語（日爾曼方言）成分的地名在英國中部和西南部依然常見。

4. 古英語單詞的性、數、格繁複，類似現在的俄語語法或法語語法。

5. 古英語名詞有 3 種非自然的性（即陰性、陽性和中性 3 種語法性別），修飾名詞的冠詞和形容詞也要做出相應的調整，即名詞的性、數、格不同，修飾這個名詞的冠詞和形容詞也不同。

6. 古英語人稱代詞形式多變，其數量比現代英語多得多。不但有主格、屬格、與格和賓格的區別，還有陰性、陽性和中性的區別。古英語人稱代詞在數的方面也比現代英語複雜，比如，第一人稱和第二人稱均有單數、雙數和複數的區別。

7. 古英語有兩種時態，現在時和過去時，過去時的動詞變化往往是不規則的。

8. 因外族入侵，古英語兩次瀕臨滅絕的境地。古英語在求生存求發展的過程中，單詞的屈折變化逐漸消失，句中詞序逐漸形成主謂賓的固定模式。語法的簡化和詞序的固定使英語從一種綜合性的語言變成了分析性的語言。

9. 與希臘語和拉丁語等古典語言相比，古英語是弱勢語言。古英語對外來詞的態度是來者不拒、不分內外、講求實用，只要有用便予以接納。

10. 古英語詞彙比較簡潔，但具有鮮明的民族特性，因而產生了強大的凝聚力和號召力。

盎格魯 - 撒克遜英語詩歌主要有兩種修辭方式：押頭韻（alliteration）以及雙字隱喻（kenning）。由詩歌頭韻產生的許多短語一直保留至今，如全力地（might and main）、敵友（friend and foe）、出自喜愛而做的事（a labour of love）等。雙字隱喻通常是由兩個名詞組成的複合名詞，例如，鯨路（whale path）、天鵝路（swan road）、海豹浴場（seal bath）等都指大海；天空的蠟燭（sky's candle）和天上的寶石（heaven's jewel）都指太陽；榮譽的揮動者（glory's wielder）和勝利的賜予者（victory's bestower）指上帝；古墓的守衛者（barrow's guardian）和夜晚的獨飛者（night's alone-flier）指惡龍；戰鬥的閃光物（battle-flasher）指刀劍等。

從羅馬人撤離到諾曼人入侵這段時期之間，英國最重要的兩部史料是阿菲烈特大帝組織集體編撰的《盎格魯 - 撒克遜編年史》以及聖比德撰寫的《英格蘭教會史》，前者是用古英語寫作，後者是用拉丁文寫作。在英語語言文化史上，《盎格魯 - 撒克遜編年史》地位更重要，它不僅記錄了英國歷史，還保存了古英語文本。《盎格魯 - 撒克遜編年史》大約從 9 世紀後期開始編撰，一直到 1154 年結束編撰，目前流傳下來的版本一共有 9 個，每個都不盡相同，其中 7 個版本收藏在大英圖書館，1 個版本在牛津大學圖書館，1 個版本在劍橋大學圖書館。

《盎格魯-撒克遜編年史》主要是阿菲烈特大帝在位時期組織編寫的編年史。從西元 7 世紀、8 世紀起，盎格魯-撒克遜各國已有人開始撰寫編年史，但這些編年史都是地方性的，記載互有出入。阿爾弗雷德大帝統一英國後，需要有一部統一的歷史記載，於是組織一批學者，把各地編年史加以校訂增刪，彙編成該部編年史。該編年史從西元前 60 年凱撒親征不列顛寫起，一直記載到西元 891 年，後來修道院修士續寫到 1154 年英王史蒂芬（Stephen of Blois）去世。不同版本記錄的關於西元 891 年以前的內容基本相同，因為大都來自西撒克遜首都溫徹斯特藏本。西元 891 年後的內容就有很大出入，長短詳略，各不相同。有的抄本在威廉征服英國後得到補充，例如坎特伯雷教堂就參與了增補工作。

從書名看，《盎格魯-撒克遜編年史》實際上應以 5 世紀中期，盎格魯-撒克遜人來到不列顛開始記錄，在此之前的材料都是轉自其他史稱有關本島和歐洲大陸的事情。據該書記載，西元 443 年不列顛人派人跨過北海，邀請盎格魯人前來協助抵抗皮克特人，此後朱特人、盎格魯人、撒克遜人相繼移居不列顛島，建立了 7 個國家，形成「七國時代」。在此後的三、四個世紀裡，各國爭雄，征戰不已。到 829 年，西撒克遜國王埃格伯特（Egbert）征服麥西亞，統一亨伯河以南之地，編年史稱他為第八位「不列顛統治者」，同時還列舉了以前的七位國王，勾畫出此前列國代興、交替稱霸的局面。編年史除記載王位繼承及篡外，極少談到列國的內政，更不涉及典章制度。然而在其字裡行間，人們依然可以捕捉到某些有用資訊。這部編年史用古英文寫成，是優秀的古英語散文作品，有的地方還收入詩歌。這部編年史注重世俗歷史，並較多記錄英國中部和南部的材料和口頭傳說。對於此編年史，英國史學界自豪地稱之為古英語史書的基礎權威著作，一個西方國家以其自己的語言寫成的第一部連貫的本國歷史，一個西方國家以其自己的語言寫成的散文著作。

大約 950-1000 年間，古英語詩人基涅武甫（Cynewulf）的四部手抄本詩集面世，幾乎所有後世流傳下來的所有古英語詩歌都收錄在這四部手抄本中。

這一時期最著名的英雄史詩《貝武夫》（*Beowulf*），或譯「貝奧武甫」，完成於西元 8 世紀左右，講述斯堪地那維亞的英雄貝武夫的英勇事蹟，是迄今為止發現的英國盎格魯-撒克遜時期最古老、最長的一部較完整的文學作品，也是歐洲最早的方言史詩，與法國的《羅蘭之歌》、德國的《尼伯龍根之歌》並稱為歐洲文學的三大英雄史詩。《貝武夫》的唯一手抄本是用西元 10 世紀古英語

西撒克遜方言書寫的，這個手抄本現保存於倫敦大英博物館中。這部作品的作者已無從可考，可能是西元 8 世紀英國北部或中部一位基督教詩人，他把英雄傳說、神話故事和歷史事件三者結合起來，仿效古代羅馬民族史詩《埃涅阿斯紀》（Aeneid），加上帶有基督教觀點的議論，寫下了長達 3182 行的詩作。

這部英國最初的文學作品與許多國家的文學作品一樣，不是書面的，而是口頭的，靠口口相傳保留下來。最初這類故事與傳說都是由能說會道的人複述，故事都是用歌唱的吟誦體裁來講述。當時人們認為任何好故事，只有經過說唱或吟誦，才能更為動聽。在早期撒克遜英國，遊吟詩人吟誦表現人民英雄事蹟的歌曲，每唱一次就對這些故事增飾一次，有的還把許多不同的故事編成一個長篇故事，通過口耳代代傳遞，最後才有寫本。但寫下來的只是其中一小部分，而保存下來的又是寫本中的一小部分。

《貝武夫》取材於斯堪地那維亞的歷史和人物，這部史詩的神話成分也來自斯堪地那維亞的民間傳說：關於熊或蜜蜂與狼（Beo and Wulf / Bee and Wolf）的故事。這樣一來，斯堪地那維亞的歷史事件和民間傳說便結合起來，成為中世紀歐洲口頭文學的重要傳統。口頭文學傳統於西元 6 世紀中葉，由入侵不列顛島的盎格魯人帶到島上，隨後，這個異教的口頭文學傳統又和基督教結合起來，最終被一位不知姓名的教會詩人用文字固定下來，這就是《貝武夫》史詩的創作過程。

這部英格蘭的古典英雄史詩從發生的歷史背景、地理位置、主要人物都與英國毫不相干。詩中的主人公貝武夫來自瑞典，在丹麥完成其英雄壯舉。全詩分為兩部分：第一部分講述 12 年中，半人半魔的妖怪哥倫多（Grendel）每晚騷擾丹麥國王洛斯格（King Hrothgar）修建的宏偉宮殿，捉食洛斯格的士兵。此時恰逢瑞典南部濟茲（Geats）王子貝武夫率家臣來訪，欲幫助洛斯格國王除害。國王當晚設宴款待，妖怪哥倫多再次出現，捉食一名濟茲戰士，貝武夫與之格鬥，扭斷其臂，妖怪落荒而逃，因受重傷在回到棲身的洞穴後死去。第二天晚上，哥倫多的母親前來為子復仇，貝武夫在一湖泊的洞穴中將其殺死。史詩第二部分描述貝武夫返回本國，被擁戴為王，統治國家 50 年，舉國大治。最後貝武夫以垂老之軀殺死噴火巨龍，身受重創死去，史詩以貝武夫的葬禮結束。

雖然《貝武夫》取材於斯堪地那維亞的歷史和人物，但在《貝武夫》寫作的時代，盎格魯 - 撒克遜部落征服了古英國本土的凱爾特人，建立起了新的統治體系，《貝武夫》體現的是英國文化歷史發展的軌跡，洋溢著濃烈的處在部落制晚

期的盎格魯 - 撒克遜民族的生活氣息，傳遞極具英國特色的文化訊號。盎格魯 -
撒克遜民族克服了重重困難，最終在英國土地上定居，他們在享受勝利果實的同
時，勢必會對曾經的經歷以及新的環境和生活做出思索。當時的自然條件和科學
能力並不允許他們正確地解釋廣袤宇宙、浩瀚海洋、幽遠森林裡的神秘現象，這
使得他們對周遭環境充滿無限的想像，認為宇宙的神秘源於另一個世界的統治和
安排，因此出現掌控著沼澤的妖怪，抑或守護著山洞裡面財寶的噴火龍等角色，
也就不足為怪了。作為地球的主宰，人會期待掌控一切的權力，既然有了那麼多
的神怪，人們自然就會呼喚像貝武夫一樣的英雄。德國著名劇作家萊辛說：「一
個有才能的作家，不管他選擇哪種形式，只要不單單是為了炫耀自己的機智、學
識而寫作，他總是著眼於他的時代，著眼於他國家的最光輝、最優秀的人，並且
著力描寫為他們所喜歡，為他們所感動的事物。」《貝武夫》是盎格魯 - 撒克遜
時期人們集體智慧的結晶，代表的是那個時代的人們的喜好和願望，具有鮮明的
時代性，是記錄盎格魯 - 撒克遜時期英國人文風情的優秀畫卷。

　　《貝武夫》是篇異教題材的故事，但絕不是一首只反映原始時代的詩篇，它
是在基督教已傳入英國後寫定的，那時英國社會正在向封建社會過渡。因此，這
首詩也反映 7 世紀、8 世紀英國的社會生活與自然風貌，呈現出民間新舊生活方
式的混合，兼有民族時期的英雄主義和封建時期的英雄理想，即前一時期的剛毅
和後一時期的柔和相結合，前一時期的勇敢加上後一時期的美德，便更加高貴。

　　史詩《貝武夫》是封建主義黎明時期所複述的一個民族社會的故事，貝武夫
這位英雄是一位民族的酋長，忘我無私，具有高度責任感。他雖然是部落貴族，
但不脫離人民，體現了氏族社會瓦解時期部落人民的理想，體現了武士的品德。
《貝武夫》反映了氏族部落社會的價值觀念，對武士來說，最高的美德是忠誠和
勇敢，忠於國王，也就是忠於集體。武士憑著勇敢來達到自我完善，雖然人們相
信命運，但是勇敢的人也會從命運手裡獲得救贖。一個勇敢的戰士，在最終被命
運戰勝以前，必須做出最英勇的事蹟，這些事績將使他永遠活在後世人們的記憶
裡，這樣他就獲得了永生，成為永垂不朽的英雄。這些氏族部落社會的價值觀念
是異教的，非基督教的。

　　另一方面，《貝武夫》也是一部表現善惡鬥爭的基督教作品。哥倫多是該
隱（Cain，《聖經》人物，亞當與夏娃的長子）的後代，他和水怪母親代表邪
惡，貝武夫戰勝了他們，這就象徵著善戰勝了惡。火龍在教會的寓言裡象徵撒旦

（Satan），貝武夫戰勝了火龍，這也就象徵著耶穌基督戰勝了撒旦。在貝武夫身上的確也體現了救世主的精神，從這個角度看，古英語史詩《貝武夫》和 17 世紀約翰‧彌爾頓（John Milton）的宗教史詩《失樂園》（*Paradise Lost*）似乎也有精神上的聯繫。

盎格魯 - 撒克遜英語在其發展過程中受到許多語言的影響，尤其是拉丁語和法語，但德語對英語的影響卻容易被忽視，盎格魯 - 撒克遜人離開今天德國西岸地區，也標誌著古英語與古德語分道揚鑣，這兩門同屬西日爾曼語支的語言真的從此沒有交集，只能漸行漸遠嗎？在探討其他語言對英語的影響之前，有必要專門談談德語對英語的影響。

英語與德語的語法分離是世人皆知的故事，但英語不斷從德語吸收新事物、新觀點，從而大大豐富英語詞彙的故事卻容易被人遺忘。古英語屬綜合性語言，語法特點與現代德語很相似，名詞、代詞、動詞、形容詞均有複雜的詞尾變化，然而英語在演變過程中慢慢摒棄了絕大部分詞尾，變成了分析性語言，與德語走上了不同的道路。但是，鑒於德國和英國、美國歷史上綿延不斷的文化交流，英語能夠不斷從德語借鑒吸收新詞彙，主要是科學技術詞彙、哲學政治詞彙、軍事戰爭詞彙以及日常生活詞彙。

自中世紀以來，德國的科學技術一直比較發達，尤其是採礦業，許多礦物質是德國人首先發現的，因而也是由德國人首先命名的，英語中的許多礦物質的名稱就是直接從德語借鑒的。例如：葉岩（shale）、鎳（nickel）、石英（quartz）、鋅（zinc）等。德國科學家丹尼爾‧加布里爾‧華倫海特（Daniel Gabriel Fahrenheit, 1686-1736）發明了一套溫標體系，因此以他的名字命名為華氏溫度計量方法，英語用他的姓氏拼寫為 Fahrenheit。德國工程師魯道夫‧狄賽爾（Rudolf Diesel, 1858-1913）發明了柴油機，因此以他的名字命名該機器，英語拼寫為 diesel。

18 世紀、19 世紀德國古典哲學群星閃耀，大家輩出：康德的形而上學、黑格爾的唯心主義辯證法、馬克思恩格斯的辯證唯物主義和歷史唯物主義等，這些哲學大家的偉大思想催生了大量嶄新的哲學政治名詞，英語直接借鑒了這些詞彙，例如：客觀（objective）、主觀（subjective）、先驗（transcendental）、立場（standpoint）、世界觀（world view）、剩餘價值（surplus value）、階級鬥爭（class struggle）等。

自 19 世紀末期，德國經濟實力突飛猛進，尤其是在兩次世界大戰中，德國軍事裝備不斷推陳出新，發明並命名了許多新武器、新做法，英語直接引進了這些詞彙，例如：高射炮（flak）、裝甲車（panzer）、閃電戰（blitz）、黑市（black market）等。

論及德語對英語的影響，大量移居美國的德國移民功不可沒，雖然最後他們大都放棄德語改說英語了，但他們給美國英語帶來了許多膾炙人口的日常生活詞彙，這些詞彙也被英國英語接受了。1640 年，德國人因追求宗教自由開始陸續移民北美新大陸，1670 年移民規模擴大，19 世紀移民達到高潮：19 世紀中葉，德國先有馬鈴薯歉收引發的大饑荒，導致受災農民背井離鄉去美國，成為經濟移民；接著 1848 年爆發了資產階級民主革命，次年大批躲避迫害的德國城市居民遠赴重洋去美國，成為政治移民。僅 19 世紀，就有近千萬德國移民抵達美國，從而在美國形成了一個所謂的「德國帶」（German Belt）：從東海岸的賓夕法尼亞州一直延伸到西海岸的奧勒岡州。據美國人口普查局（US Census Bureau）所做的《美國社會調查報告》（*American Community Survey*）統計，德裔美國人是美國最大的歐洲族裔，全球三分之一的德裔人口在美國，2014 年德裔美國人高達 4600 萬。德國移民給美國帶來了幼兒園（kindergarten）、耶誕樹（Christmas tree）、熱狗（hotdog）、漢堡（hamburger）、拉格啤酒（lager）、啤酒花園（beer garden）等，這些日常詞彙慢慢變成英語不可分割的一部分。

第二章
英語與北歐語言：
北歐語入侵

　　英語和北歐語言都同屬於印歐語系日爾曼語族，英語來自西日爾曼語支，北歐語言來自北日爾曼語支，兩者之間的親緣性很近，能追溯到共同的原始日爾曼語。在英語形成的過程中，北歐語言是征服者的語言，是最早影響英語的強勢外來語言之一，對英語的後續發展意義重大，尤其是在語法和詞彙方面。探索英語語言豐富多彩的現象和原因，首先要講古北歐語對英語的影響。

　　語法方面，英語和北歐語言是同根同源的語言，因此彼此都能輕易突破對方語言的防線，從而導致語言的融合與簡化。受北歐語言的影響，英語的詞性變化和詞尾變化逐漸消失，例如，名詞、代詞、形容詞，在數、性等方面的詞形變化和複數詞尾變化都趨於簡化。這就是為什麼北歐海盜入侵之前的古英語作品很難理解，而之後的作品則容易得多，主要是因為北歐海盜入侵是一個分水嶺，在此之前的古英語語法與現代英語語法差別很大。動詞短語是古北歐語的一大特徵，現在英語動詞短語豐富的表達性得益於對北歐語言的借鑒。

　　詞彙方面，古英語與古北歐語這兩個名字很容易使人誤解，以為這是兩種完全不同的語言，事實上這兩種語言非常相似，尤其在詞彙方面具有很大的共性，互通的詞彙很多，例如房屋（hus，即 house）和土地（land）。由於這兩種語言出現了地理上的阻隔，因此出現不同之處也是可以理解的。例如，古北歐語的定冠詞在名詞後面：house the，而古英語的定冠詞在名詞前面：the house。在英語方言中，仍能找到與北歐語言千絲萬縷的聯繫，語言學家有理由認為，古英語與古北歐語的互動在北海兩岸都在同時發生。後續來到不列顛的盎格魯人會帶來一些新的語言形式，而這種語言形式在歐陸家鄉時，可能已經深受北歐語言的影響。

（一）古英語與古北歐語

在英語語言發展的歷史長河中，其語音、語法、詞彙受其他語言影響很大。目前英語是世界通用語言，在國際交流中扮演著重要的角色，英語詞彙總量已經超過了一百萬，高於任何一種語言，這可歸因於大量外來詞進入英語詞彙中。英語不斷地吸收包括希臘語、拉丁語、基督教詞彙、北歐語、法語等外來詞，使自身詞彙在獲得豐富發展的同時，也吸收和接納了異域文明。古北歐語是早期英語詞彙的重要來源之一，在英語的發展過程中扮演了重要的角色。在特定的歷史因素和社會環境作用下，古北歐語的傳入使英語更具相容並包的文化內涵。

北歐語屬印歐語系日爾曼語族中的北支：北日爾曼語族，經歷了原始北歐語（Proto-Norse）、古北歐語（Old Norse）和現代北歐語（Modern North Germanic Languages）三個階段。西元 8 世紀時，原始北歐語開始向古北歐語發展，9 至 13 世紀是古北歐語時期，14 世紀開始進入現代北歐語時期，當代冰島語、法羅語、挪威語、瑞典語、丹麥語等都屬於現代北歐語言，其中後三種語言之間能相互理解。古北歐語分為三支：古西北歐語、古東北歐語、古哥得蘭語（Old Gutnish or Old Gotlandic）。古西北歐語主要是指古冰島語和古挪威語，其使用範圍除了這兩個地區，還包括愛爾蘭、蘇格蘭、曼島、英格蘭西北部、法國諾曼第等地。古東北歐語主要使用範圍是丹麥、瑞典、基輔羅斯（Kievan Rus）、英格蘭東部、丹麥在法國諾曼第的定居點。古哥得蘭語主要使用範圍是波羅的海的哥得蘭島（Gotland）及東部地區。11 世紀時，古北歐語是歐洲的大語種，西起北美洲東海岸，東至伏爾加河流域的廣袤地區都在講古北歐語。古北歐語是屈折度比較高的語言，有不少名詞和動詞的屈折變化。

古北歐民族使用盧恩符文（Rune），關於其最初的起源，目前尚無確切考證。西元前 1 世紀至西元 2 世紀之間，史書上已有關於口述形式盧恩符文的最早記載，後來由於北歐和地中海地區的貿易往來，才促成了盧恩符文書面形式的出現。盧恩符文共分成 3 組，每組 8 個字母，每個字母都有各自的含義以及所代表的神話寓意。現行所知的盧恩符文系統主要有三支：古弗薩克文、後弗薩克文，以及盎格魯 - 撒克遜弗托克文。

相傳盧恩符文是北歐神話中眾神之父奧丁（Odin）創立的。他用失去一隻右眼的代價，才換取了參透盧恩符文的智慧，也就是智慧之泉的智慧。據傳當時奧

丁為了尋求更高的智慧，而把自己吊在「生命之樹」（Yggdrasill）上長達九日九夜，苦思冥想關於宇宙的奧秘。當他從樹上下來的時候，就徹底領悟了盧恩符文。那時的盧恩符文是一種自然魔法系統，與季節和時令有關，崇尚大自然的力量與狀態，並給人以啟示和神諭。將對應的盧恩符文字母刻在戰士的劍上，可以使勇士在戰鬥中更加強壯，並給敵人帶來更大的痛苦和更多死亡。魔法師會把盧恩符文字母銘刻在他們使用的工具上，並在字母上面撒上鮮血，以「啟動」這些文字。

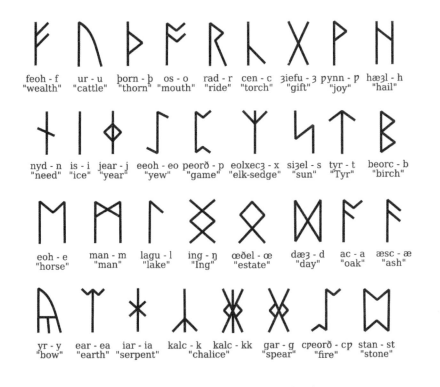

盎格魯－撒克遜人的盧恩符文北歐古字母表

關於盧恩符文的詞源，學界眾說紛紜。「盧恩」一詞的意思是「神秘的」或「隱蔽的」，可以追溯到古斯堪地那維亞語中的 "run" 一詞，意思是「秘密」；也可以追溯到哥德語中的 "runa" 一詞，意思是「秘密的耳語」；還可以追溯到德語中的 "Raunen" 一詞，意思是「密談」、「切割」或「雕刻」，盧恩符文確實主要是切割或雕刻在石頭、木塊或骨頭上。

盧恩符文除了可當作普通文字，應用於北歐日爾曼民族的字母中，還有神秘的占卜功能。可以將這些文字刻在獸皮、木片、石頭、水晶、金屬或是代表屬於這些符號的寶石上面，做占卜之用。這些具有獨特象徵意義的盧恩字母，體現了古北歐人的文化精髓，每一塊盧恩石上的符號都敘述了古老文字符號所蘊含的故事與奧義。

　　當然，在古時（甚至現在），盧恩符文不僅僅可以用來作為占卜，還可以用來追求渴望的結果。當人們心中有所渴求或希冀之時，就會從盧恩字母中選出對應的字元寫在紙上或者刻在木頭、石塊等上面，日夜攜帶。如果自己手書或篆刻的許願用的盧恩符文發揮了作用，願望和渴求實現的時候，人們就會虔誠地、充滿敬意地將它燒毀。人們認為感謝盧恩符文的幫助是應有的禮貌。用現代心理學角度來說，準備盧恩符文手稿的儀式需要精神的集中與安靜，它可能會使精神進入一個最佳運轉和最高效益的過程，這樣使用盧恩符文手稿，不是要預言或透視未來，而是要創造未來。

9 世紀刻在瑞典石碑上的盧恩符文（攝於瑞典南部 Ödeshög 附近，攝影師：Bengt Olof ÅRADSSON）

在某種程度上，盧恩符文與巫師的驅邪物和護身符性質相似，個人所攜帶的盧恩字母可以保護自己免遭危險，或達到追求愛情和成功的目的。綁在一起的盧恩字母叫作組合符文，不同盧恩符文的組合，可以形成不同的祝福之語，人們像佩戴珠寶飾物一樣戴著它們，目的是趨利避害，找到幸福和愛。

當古代斯堪地那維亞的海盜將如盧恩字母帶出北歐時，盧恩字母和基督教的象形文字共存了一段時間，但是後來基督教拒絕了這一混合物。另一方面，天主教會致力於消滅盧恩符文的使用，目的是摧毀異教徒的信仰體系，讓異教徒改信天主教。

如今，人們客觀回頭考察北歐盧恩符文，禁不住會問：為何盧恩符文內涵會如此令人深思？或許它不僅代表了自然界的啟示，也喻示了一種原生態的力量。比如，盧恩符號隨處可見，在建築物、樹叢中以及所有的曲線或直線之中，雖然它們沒有一目了然的直觀占卜意義，但是敏感的象徵符號研究者，總會從中找到想要印證的特質——人類的洞察力、想像力、理解力以及如何開發人的無窮潛力。

目前發現的最早的盧恩符文字母刻片出現在西元 8 世紀，11 世紀基督教在北歐普及後，拉丁字母逐漸取代了盧恩符文字母，最早發現用拉丁文記錄的盧恩符文本出現在 12 世紀中期，15 世紀後盧恩符文基本退出流通領域，最晚發現的盧恩符文本出現在 19 世紀的瑞典。19 世紀末，人們還期待在斯堪地那維亞偏遠地區的神職人員們能夠讀、寫或解釋盧恩字母。

在中世紀的歐洲，北歐是較晚採用拉丁語的地區，因此古北歐語是中世紀歐洲世俗文學作品的重要載體文字。目前發現的古北歐語文學作品主要來自冰島，其中最著名的有北歐薩迦（Norse Saga）、冰島薩迦、宮廷愛情、古典神話、舊約故事、語法典章、信函、政府公文等。

（二）北歐海盜入侵

西元 8 世紀末期至 11 世紀，來自北歐，尤其是丹麥和挪威的海盜和定居者頻頻騷擾英格蘭。這一事件對英語的發展產生了重要影響。英格蘭北部的北歐來客比南部多，因此北方受北歐語言影響更大，今天英國北方諸方言中依然

能找到北歐語言的痕跡。英國歷史上把那時候的丹麥人、挪威人、瑞典人統稱為北方人（Norsemen），或譯做北方來客，他們所說的語言稱為古北歐語。英格蘭書面記載中，早期入侵的北方人中最強大的是丹麥人，因此英國歷史上用丹麥人（Danes）泛指北方人。也有用地名來指稱人的，例如用斯堪地那維亞人（Scandinavians）來指代北方人。

而這些北方人自己則傾向於用一個更加浪漫的名字維京人（Viking）自稱，意即「居住在峽灣的人」。在古老的北歐語言中，維京這個詞逐漸包含了兩層意思：先是四處旅行，然後就是四處掠奪。難怪外族人認為維京這個詞從誕生之時起就殺氣騰騰，充滿刀光劍影。維京人絕不是安分守己的良民，「維京」這一自稱悍然宣告了他們的職業——海盜。

西元 789 年，維京人第一次登上有記載的歷史舞臺，《盎格魯 - 撒克遜編年史》記錄下了維京人在英國的身影：倒楣的英國稅務官誤認為維京人是商人，就按慣例去徵稅，不想反被他們殺害了。這也是有關維京海盜的最早記錄，而有關維京海盜的第二次記錄就更讓人瞠目結舌了。西元 793 年，英格蘭的林迪斯法恩（Lindisfarne）海岸突然出現了多艘龍首船，船上穿著毛皮大衣的維京人手持長矛、利劍和戰斧，他們迅速登岸後就開始了瘋狂的燒殺劫掠，把林迪斯法恩修道院裡的金銀財寶洗劫一空，修道院的保衛者們竟然會因為宗教信仰而放棄戰鬥，

挪威奧斯陸維京海盜船博物館（Viking Ship Museum）收藏的科克斯塔德船（The Gokstad Ship），大約建造於西元 890 年，是維京海盜勢力最強盛時期的海盜船代表作，也是當今世界保存最完好的維京海盜船。（攝影師：Bjørn Christian Tørrissen）

於是有的修道士當場慘遭屠戮，有的被扔到海裡，有的被掠走當奴隸。龍首船滿載戰利品揚帆遠去時，他們身後留下了仍在熊熊燃燒的房舍和飽受蹂躪的當地人。西元 794 年，維京海盜故伎重演，襲擊了伽羅（Jarrow）修道院，重演了林迪斯法恩修道院的慘劇。這兩個修道院都是大不列顛的基督教聖地，維京海盜的襲擊使大不列顛的拉丁文明遭到了致命的打擊。和更早前的盎格魯人、撒克遜人一樣，海盜迅速從武裝入侵打劫升級為武力定居拓殖，很快佔據了英格蘭東部和北部的大片土地。

　　這兩場駭人聽聞的洗劫宣告了一個新時代的到來。在之後的兩百多年裡，瘋狂的維京人的足跡遍布整個歐洲，甚至延伸到歐洲以外的世界。這些維京人總是突然從天而降、快速掃蕩而去，令人猝不及防。一時間，誰也無法擋住他們掠奪的步伐，就連偉大的查理曼大帝（Charlemagne 或 Charles the Great）也束手無策。8 世紀到 12 世紀的歐洲被後世稱作「維京時代（Viking Age）」那是一個充滿了血腥與掠奪的時代，也是維京人靠拳頭和武器打天下的時代。穿著毛皮大衣的維京人與他們的龍首船譜寫了一個傳奇的時代。中世紀時的教會比較富有，還享有一定的特權，對於基督徒來說，教堂和修道院不僅神聖不可侵犯，還是人們走投無路時最後的避難所。可是對於維京人而言，教堂也好，修道院也好，都只是讓人垂涎的肥肉而已。於是這些「遭天譴的異教徒」毫不留情地洗劫了教堂和修道院，所經之地皆是血與火的煉

美國紐約摩根圖書館與博物館（Morgan Library & Museum）收藏的《聖愛德蒙生活雜記》（*Miscellany on the Life of St. Edmund*），該書寫於 12 世紀，這是書中描繪丹麥人入侵英格蘭的插圖。

獄。當時歐洲的教堂裡到處回蕩著這樣的祈禱聲：「上帝啊，保護我們逃過北方來客的侵襲吧！別讓我們遇到他們的暴行。」

在北歐有一條不成文的規定，即長子才是家族的唯一繼承人，非長子成人後必須離開家族，用拳頭和武器去開拓自己的天地，這或許是維京人總在四處奔襲的原因吧。每個非長子都把讓自己變得更強壯當成了第一要務，維京人比試馬術、舉重、划船、操帆和游泳，每年的部族大會就是北歐的奧林匹克。即便在漫長的寒冬裡，他們也要擺上棋盤來廝殺幾局，把戰場上的攻守技巧融入下棋中。維京人並非只是頭腦簡單的武夫，這些所謂「粗笨」的維京人其實相當的心靈手巧，不僅擅長製造武器和工具，還擅長製造一些工藝複雜的珠寶。以胸針為例，他們通常會用白蠟製成胚，隨後用白銀或青銅澆鑄成型，經手工打磨後再鑲嵌上漂亮的彩石或珠寶。按說憑藉這門好手藝，他們完全夠資格成為珠寶商人，但與市儈的珠寶匠人相比，他們更喜歡做一個用劍說話的維京人。

隨著基督教在歐洲大陸的推廣，維京人在金錢和刀劍的利誘威逼下逐漸改變了信仰。他們放棄了乘坐龍首船四處劫掠的生活，漂泊不定的維京人從此在各地定居下來。維京人的營生原本是殺人掠貨、綁肉票、求贖金，周而復始，沒完沒了，9 世紀時他們已經常入侵法國北部，並在塞納河下游定居。西元 845 年，一支維京海盜艦隊沿塞納河逆流而上，圍攻巴黎，西元 911 年，不堪其擾的西法蘭克王國國王查理三世（Charles III）終於選擇了「割

首任法國諾曼第公爵羅勒塑像，位於法國法萊斯市政廣場（Falaise Town Square）。（攝影師：Michael Shea）

克努特大帝（Cnut the Great, 995-1035）攜第一任王后愛瑪給溫徹斯特海德修道院（Hyde Abbey in Winchester）敬獻黃金十字架，天使在給克努特加冕。（圖片來源：*The National Portrait Gallery History of the Kings and Queens of England* by David Williamson）

地求和」，用一塊封地向維京人「購買」和平。這塊封地就是後世著名的諾曼第，而維京人首領羅洛（Rollo, 846-930）也因此成了首位「諾曼第公爵」（Duc de Normandie / Duke of Normandy）。作為交換，羅洛和他的手下放棄了原有的信仰，改信基督教，實行法國封建制度，使用法語，諾曼第公國也就成為法蘭西文化區的一個組成部分。歷史證明法國國王的這筆買賣做得並不虧，此後諾曼第除了原有物產外，又多了一樣特產——卓越的 "Berserker"，即「狂暴戰士」。征服英國的威廉一世（William I，亦稱 William the Conqueror）、奪取西西里的羅伯特‧吉斯卡爾家族（Robert Guiscard）、建立耶路撒冷十字軍王國的鮑德溫一世（Baldwin I）等，無一不是在諾曼第這塊土地上成長起來的維京人的後代。與此同時，來到俄羅斯、法國和不列顛等地的維京人也被當地文化同化，不再是傳統意義上的維京人了。而在維京人的大本營斯

堪地那維亞，正好是從部落時代進化為王國時代的關鍵時刻，各部落首領，即新晉的國王們，正在為統治各自的王國而奔忙，再也顧不上出海打家劫舍了。當一個人的信仰被改變時，行為準則也隨之發生了變化，維京人坐著龍首船四處劫掠的日子一去不復返。曾經遍布歐洲的維京海盜「消失」了，讓歐洲人戰慄的維京時代徹底結束了。有意思的是，雖然來自維京人的威脅消失了，因它而發展起來的歐洲尚武文化卻不但沒消失還更加發揚光大。之後，這種尚武文化在十字軍東

征中發揮得淋漓盡致。

西元 8 - 11 世紀，與當時其他歐洲國家一樣，大不列顛也遭到了北歐海盜的踐踏與蹂躪。在入侵英國的北歐海盜中，尤以丹麥海盜最多。丹麥人在 9 世紀時攻佔英格蘭東部，建立了丹麥區，並襲擊和佔領了包括倫敦在內的許多重要地區和城鎮。在此要詳細講述的是丹麥王子克努特（Cnut, 995-1035）。他 1016 年成為英格蘭國王，1018 年成為丹麥國王，1028 年成為挪威國王，他統治的這三個國家史稱北海帝國（North Sea Empire），他自己則被稱為「克努特大帝」（Cnut the Great）。

1013 年，克努特的父親、丹麥國王斯韋恩一世（Sweyn Forkbeard）在英格蘭建立了丹麥王朝，這是第一個登上英國王位的丹麥人，標誌著幾個世紀以來北歐海盜對英格蘭的侵襲終於以體制化統治達到高潮。但他還未坐穩英格蘭王位，就在第二年不幸墮馬身亡，他的長子哈拉爾二世（Harald II）繼承了丹麥王位，次子克努特王子則繼承了英格蘭王位。但英格蘭當地貴族並不認可克努特，而是把流亡諾曼第的前英格蘭王室後裔迎回國內，並起兵反抗，克努特措手不及退回丹麥。不過他很快便捲土重來，英格蘭再次面臨兩國分治局面。1016 年秋，克努特徹底打敗了反抗的英國貴族勢力，成為「全英格蘭的國王」（King of all England）。1017 年，他把英格蘭諸王國重新分成了四個伯爵國，分別是西撒克遜伯爵國、麥西亞伯爵國、東盎格利亞伯爵國和諾森布里亞伯爵國。克努特剛登上英格蘭王位時，密切關注在諾曼第公國避難的前英格蘭國王後裔，埃賽爾雷德二世（古英語 Æþelræd II）的兩個兒子。同為維京海盜，克努特深知諾曼第人的厲害，於是他採取了一個不同尋常的舉動，在 1017 年迎娶了埃塞爾雷德二世的遺孀——諾曼第的愛瑪（Emma of Normandy，首任諾曼第公爵的女兒，時任諾曼第公爵的妹妹），如此一來，一是與強悍的諾曼同宗結親，二是前英格蘭王子成了他的繼子，失去了造反的理由。

1018 年，克努特的哥哥丹麥國王哈拉爾二世（Harald II）死後無子，克努特又成為丹麥國王，並將丹麥和英格蘭的行政機構合併，他抽取了大量英國賦稅後，返回丹麥繼承王位。1020 年，他將撒克遜習慣法納入其編制的法典之中。1028 年，克努特征服了挪威，迫使蘇格蘭臣服，建立起了一個包括英格蘭、丹麥、挪威、蘇格蘭大部分地區以及瑞典南部的帝國，幾乎囊括了整個北海海岸，史稱「北海帝國」，他自己當然也就成了「克努特大帝」。克努特還將女兒貢希爾達（Gunhilda of Denmark）嫁給了神聖羅馬帝國皇帝康拉德二世（Konrad II）的兒子亨利，亨利也子承父業當上了神聖羅馬帝國皇帝，即日後的亨利三世（Heinrich III），克努特的北海帝國在歐洲可謂盛極一時。

關於克努特有一個很著名的典故。當北海帝國諸事安定，富足強盛之後，宮廷中的逢迎拍馬之風也逐漸滋生，克努特對此十分不滿。當眾人再次獻媚，說天地萬物都服從於克努特大帝，在大帝面前就連海洋都要心生畏懼的時候，他終於忍無可忍發飆了。克努特領著大臣們來到海邊，當眾命令海水不得淹沒他的靴子，海水當然不會服從這項命令，拍馬屁的大臣們無不灰頭土臉。當代歷史學家諾曼·坎托（Norman Cantor）認為，克努特是盎格魯 - 撒克遜歷史上最高效的國王。

然而雄才大略的克努特離世 10 年之內，其繼位者也相繼去世。1042 年，丹麥王室絕嗣後，英格蘭人才迎回了自己的國王「懺悔者愛德華」（Edward the Confessor），但好景不長，1066 年諾曼人征服了英格蘭，克努特擔心的諾曼威脅終成事實。雖然其北海帝國不過是曇花一現，但北歐文化對英國文化的影響卻長存下來，今天在英語中還能尋到北歐語的痕跡。

（三）古英語的統一

語言是民族政治訴求的重要內容，在民族主義運動中起著對內喚醒民族意識，凝聚民族向心力，對外區別於他國的重要功能。語言是表情達意的工具，是思維的載體，對於塑造民族的共通意識和集體思維具有重要作用。同時，語言能夠闡釋和表達特定群體的文化，是人類創造性的體現，是文化群體身分建構不可或缺的要素。語言是身分認同的標誌，是區分不同民族與文化的手段，在民族組成的諸要素中，宗教和語言居於核心地位。語言是外化的表情達意的工具，其民族屬性歷史最為悠久，民族國家的形成離不開民族語言的凝聚，英語在英格蘭民族國家的形成中發揮了巨大作用。盎格魯 - 撒克遜諸方言逐漸統一為以西撒克遜方言為主的古英語，則標誌著英語在統一的過程中邁出了關鍵性的一步，古英語的統一離不開與古北歐語的他者視角的對比。

早期日爾曼拓殖者來到不列顛島，以家族或者部落為單位定居下來，這體

現了他們在歐洲大陸上複雜的族群來源，而這些單位最終也形成了獨具特色的王國，史稱「七國時代」。這並非七個疆域分明的盎格魯-撒克遜王國，國境線不斷變動，一個政權可能侵略另一個政權，如果被征服的王國得以保存其身分，而後又會重以古老的名字複現。6世紀末期，不列顛島上總共有12個王國，後來兼併為7個，8世紀末維京人入侵，把7國合併為4國：諾森布里亞、麥西亞、東盎格利亞和西撒克遜。

早在英格蘭實現政治統一之前，英格蘭民族中就已經有了「霸權」觀念，這一觀念在7世紀早期出現苗頭，到8世紀早期已相當明顯，專指英格蘭走馬燈式地變換霸主。《盎格魯-撒克遜編年史》用一個專門的單詞來指代這位霸主：「布雷特瓦爾達」（Bretwalda），這個詞可能是古英語單詞「不列顛統治者」（Brytenwalda）筆誤而產生的變體，「不列顛瓦爾達」就是一個可向英格蘭其他君主行使宗主權的最高統治者。

而這些英格蘭君主彼此之間並沒有將對方視為外國人，他們熱衷於攀親認祖，展示長長的族譜，通過各支盎格魯-撒克遜國王世系一路追溯到古英格蘭神——索爾（日耳曼地區稱Donar）和奧丁（古英語：Wotan）。在皈依基督教後，他們又成功地搭上了更顯赫的一系，從都諾和沃坦發展到亞當。顯示血緣聯繫的目的，在於強調這一龐大的族系是他們彼此都承認的大家庭，大家都是自己人，這裡顯然不包括鄰居愛爾蘭、威爾斯、法蘭克和丹麥的部落首領。

英國國家的概念尚未形成之前就已經有英格蘭民族的觀念了：「盎格魯」（Anglii）是拉丁文的書面語，「盎格魯民族」是當地語系化的說法，不管哪一種說法，都是通過語言來識別的，相比而言，義大利和德國要等到一千多年後，才通過語言和身分意識吹響統一政治體制的前奏。

在德國，普魯士主導了統一進程；在義大利，皮埃蒙特（Piemonte）完成了統一；而在早於這兩國一千多年前的英格蘭，擔此重任的是西撒克遜王國。西撒克遜可謂後來居上，在盎格魯-撒克遜王國中最早崛起的是諾森布里亞王國，該國佔據了今天英格蘭的東北部地區，其勢力在7世紀達到頂峰；麥西亞據守西米德蘭地區（West Midlands），稱霸於8世紀。在這兩個王國均因維京人的掠奪而遭削弱後，他們的鄰居西撒克遜王國才在南部稱雄並最終統一了講英語的民族。

8世紀到9世紀的激進派在定義一個民族的地位時，往往會採用語言這一標準，儘管他們承認語言並非永遠都是唯一的判定標準，單一的民族為維持強烈的

愛國主義熱情，可能會使用好幾種語言，比如瑞士就是這樣的例子。相反，幾個不同的民族也可能在同一個語言共同體內共存，比如都說塞爾維亞－克羅埃西亞語（Serbo-Croatian）的若干民族。總之語言是最常用的標準，因為語言是一個清晰的界碑，民族國家依靠語言維繫國民意識。大多數民族運動，不管是否鼓動起一個民族建立一個單一國家或者是從別的國家中獨立出來，事實上總是借助於一個「外國身分」的反面襯托才更加突顯出來的，對義大利人來說，奧地利人就是外國身分；對德國人而言，那就是法國人。9 世紀的英格蘭人也不例外，他們眼裡的外國人正是那個年代令全歐洲聞風喪膽、恨之入骨的維京人。

我們不難設想，最初的英格蘭拓殖者——盎格魯人、撒克遜人和朱特人有著相似的血緣，講屬於同一語系的不同方言，遵循共同的風俗。但是 300 年獨立發展的歷史把他們塑造成了與北海另一邊的日爾曼民族不一樣的人，盎格魯－撒克遜人轉向基督教，而丹麥人則繼續停留在異教中，兩個民族使用相近的語言，但不能夠通過普通的對話彼此理解，簡單地說，一種異質感使英格蘭人清楚地意識到自己人所共同擁有的特質是什麼。

北歐海盜一點一點地蠶食鯨吞征服了盎格魯－撒克遜王國，他們吞併了東盎格利亞，在諾森布里亞建立了一個傀儡政權推行統治，兼併了半個麥西亞，留下另一半與西撒克遜共治。他們得寸進尺又開始覬覦西撒克遜，但最終被唯一一位擁有「大帝」名號的阿菲烈特國王擊敗，阿菲烈特是一個有信仰有思想的人，一心想把他的王國建成求知者心中的聖地。在他執政早年，有一次為躲避丹麥人的追擊，敗逃至薩默塞特郡（Somerset）的一處沼澤地，按照後來的編年史的記載，養豬人的妻子沒有認出他顯赫的身分，叮囑他一定要留神照看好烤餅，但是心系國事的他卻把餅烤糊了，憤怒的農婦因此厲聲責　他。當然，這個故事是杜撰的，沒有杜撰的是，從那以後，阿菲烈特扭轉了戰局，擊退了丹麥人的進攻。

英格蘭的統一並非一帆風順，阿菲烈特開疆拓土的成果由他的後輩鞏固。他的孫子埃塞爾斯坦（Æthelstan）打造了領土大致相當於現代英格蘭的王國，但是盎格魯－撒克遜和丹麥國王之間的戰爭一直延續到諾曼征服時期，英格蘭作為一個民族國家的誕生，在阿菲烈特戰爭時便已奠定了基礎。

語言史學界熱議的話題之一是：在北歐海盜建立的「丹麥區」內，古英語與古北歐語是否能彼此溝通（mutually intelligible）？如果不能溝通，是否能說明這是兩門明顯不同的語言呢？然而能否溝通並不是一個可靠的標準，20 世紀初期，

英格蘭北部的礦工和南部的漁民溝通也會有障礙，但並不能據此認為他們講的是不同的語言。能否溝通也不是一個客觀的標準，誰能理解誰的語言才是能溝通呢？英格蘭人與丹麥人接觸越多，就越能理解丹麥語言，約克人就比溫徹斯特人覺得丹麥語好懂。

古英語和古北歐語其實沒有太多可比性。今天學界談起古英語，主要是指北歐海盜入侵英國後西撒克遜王國的官方語言，而北歐語則是指 13 世紀冰島創作的系列薩迦文學。現在，今人欲通過比較西撒克遜書面語與古冰島語作品，來試圖瞭解 9 世紀時期「丹麥區」英國人與丹麥人之間的口頭交流是否有困難，這顯然是不現實的，並且很可能誇大這兩種語言之間的差別。

北歐海盜的入侵，摧毀了麥西亞王國、諾森布里亞王國及其文學傳統。阿菲烈特大帝感歎英格蘭北方，即亨伯河（River Humber）以北文明的衰落，很可能是他個人的主觀臆斷。法國宮廷文學藝術的復興給他留下深刻印象，也希望自己的宮廷能夠復興英國文學藝術，畢竟只有他的西撒克遜王國受到北歐海盜的騷擾最少，因而成為盎格魯 - 撒克遜文化的避難所，也是英語復興的唯一希望。10 世紀時，西撒克遜方言毫無懸念地成為英語的主流方言。

10 世紀中期開始，西撒克遜諸王開始自信地自稱為英格蘭國王（King of England），而在此之前只能稱作盎格魯 - 撒克遜國王（Anglo-Saxon King）。同期，英格蘭（England）這個概念和名詞開始形成，意味著政治概念取代了民族概念，阿菲烈特大帝的重孫、西撒克遜國王愛德加（Edgar）是第一個在錢幣上印上「英格蘭人之王愛德加」（Edgar, the King of the English）字樣的國王。

統一的國家需要統一的語言。盎格魯 - 撒克遜語並非單一的語言，而是 3-4 種有明顯區別的方言。作為一個嶄新的民族國家，英格蘭需要一門官方書面語言，西撒克遜方言自然成為官方書寫的標準，後世稱之為西撒克遜後期語言（Late West Saxon）。這也是一個政治概念，西撒克遜王國內部許多被統治階級壓根就對該語言沒有認同感。在法國諾曼征服之前，英格蘭各地都有書面文本保留下來，其中絕大部分都是西元 900 年後在西撒克遜王國寫成的，這些文本不少原本是用其他方言書寫，然後由西撒克遜方言轉載。西撒克遜方言是官方記錄的語言，《盎格魯 - 撒克遜編年史》就是用該語言寫成的。西撒克遜方言還是文學的語言，《貝武夫》和《十字架之夢》（*The Dream of the Rood*）都是用該語言寫成的。目前，英國大學教授的古英語也主要是西撒克遜方言，目的是讓學生能夠讀懂這一時期

的古英語作品。

作為官方語言，西撒克遜方言與其口語逐漸拉開距離，最後成為一門喪失口頭交流價值的古體語言，好似一枚跌入時光隧道裡的琥珀，停止進化，完好地保留了該語言贏得獨尊地位時期的特徵。西撒克遜方言生命力頑強，北歐海盜入侵沒有消滅它，甚至在諾曼征服後也保存下來了。西撒克遜方言的衰落，與外在侵略無關，卻與內在權力和權威的喪失有關，西撒克遜方言的中心是西撒克遜首都溫徹斯特，當英格蘭的首都由溫徹斯特遷到倫敦後，帶捲舌音的西撒克遜方言不可避免地衰落了，進而失去了官方語言的榮耀，淪為英格蘭西南部的鄉村方言。

古北歐語是一面鏡子，映照出了古英語的統一需求和統一特質，促進了英語的發展，對英格蘭民族國家的形成功不可沒。

（四）北歐語對英語的影響

北歐語對英語的影響，離不開北歐海盜對英格蘭的入侵。8 世紀開始，北歐海盜就頻頻光顧英國海岸，掠奪戰利品後就返回北歐家鄉。9 世紀時，北歐海盜開始改變策略，不滿足於掠奪戰利品，而是想掠奪土地，放棄漂洋過海的不穩定生活，轉而拿起農具，犁田為生。北歐海盜在英國定居下來有兩個事件對北歐語和英語的影響較大，一個是歷時近百年的「丹麥區」的設立，另一個是近 30 年的丹麥國王兼任英格蘭國王的時期。

865 - 954 年間，北歐海盜建立「丹麥區」，開始在英國定居。865 年，盎格魯 - 撒克遜人所稱的「異教徒大軍」（Great Heathen Army）大舉入侵英格蘭，這次不再是掠奪後離開，而是想徹底征服英格蘭四國：東盎格利亞、諾森布里亞、麥西亞、西撒克遜，並定居不列顛。異教軍最終得逞，佔領了英格蘭北部和東部的大片土地，基本消滅了東盎格利亞、諾森布里亞、麥西亞，只剩下西撒克遜還在和北歐入侵者戰鬥。878 年，西撒克遜國王阿菲烈特打敗丹麥軍閥古斯魯姆（Guthrum），雙方開始坐下來談判，商談簽訂系列條約。879 年，阿菲烈特大帝被迫承認英格蘭東北部歸丹麥管轄，用丹麥法律治理，史稱為「丹麥區」（Danelaw）。886 年，雙方正式簽訂條約 —— 衛德莫條約（Treaty of

Wedmore），明確了雙方邊界，承諾和平相處，丹麥人統治區包含 14 個郡，丹麥區實行丹麥法，盎格魯 - 撒克遜的法律不再有效。10 世紀早期，西撒克遜國王愛德華（Edward the Elder）收回大部分失地，954 年，丹麥治下最後的諾森布里亞和約克也被收復。

1013 - 1042 年間，是丹麥王冠和英國王冠合二為一的時代。1013 年，克努特大帝的父親、丹麥國王斯溫一世（Sweyn Forkbeard）成為英格蘭國王，開啟了丹麥和英國共治的時期，尤其是在克努特大帝在位期間，兩國之間的制度性聯繫更加緊密，英格蘭成為「北海帝國」的一個組成部分。

以上兩個事件，不僅意味著兩個民族、兩個國家的軍事政治經濟版圖的變遷，同時也代表著兩門語言、兩種文化的水乳交融。雖然古英語是大多數民眾的語言，但因為丹麥人是勝利者、征服者，其北歐語的地位也非常高。古英語和古北歐語同屬日爾曼語族，前者屬西日爾曼語支，後者屬北日爾曼語支，許多詞彙同宗同源，但語法差異較大。北歐海盜定居「丹麥區」後，當地許多地名用北歐語命名，這顯示北歐人可能是開疆拓土的先驅，去到了盎格魯 - 撒克遜人未曾涉足的地方。878 年，丹麥區的北歐人皈依基督教，消除了盎格魯 - 撒克遜人與丹麥人通婚的障礙，兩門語言、兩種文化之間的交流融合更加緊密了。11 世紀上半葉，克努特大帝時期，帝國的書面語是源於英格蘭西部的西撒克遜英語方言，而通用口語則是深受北歐語影響的英格蘭中部地區英語方言。總之，在這個古英語和古北歐語雙語並行的時代，兩種語言之間交流借鑒的機會很多。諾曼征服後，古北歐語的重要性大大下降，淪為少數族裔語言，其地位甚至在英語之下。語言的演變，語言的消亡是不可抗拒的規律，英格蘭的古北歐語慢慢消失在英語的洪流中。

從西元 8 世紀開始，隨著北歐海盜的日漸強盛，英國遭到來自斯堪地那維亞人的侵襲，其中尤以丹麥人為甚。到 9 世紀末，入侵者佔據了整個英國的東半部，那時候丹麥人（當時英國把北歐人統稱為丹麥人）已在大不列顛島上建立了大片居留地。因此，8 世紀後期到 12 世紀，英國人民就與來自丹麥和挪威的入侵者和移民有了更深層次的接觸，這種接觸從不同方面對英語產生了深遠的影響。北歐人在入侵並定居英國的同時，也把他們的語言——北歐語帶入了英國。在長期的定居過程中，北歐人與當地人在政治、經濟、文化、民俗傳統等諸多層面不斷融合，為語言的變化提供了社會背景。英國文化在吸收接納北歐文化時，並非簡單地全盤接受，而是有意識地加以取捨，並融入自己的再創造，如借鑒北歐語言中

的一些語素，進而形成一種具有北歐語特徵的古英語特徵，這在語法、詞彙、地名人名這三個層面都有所體現。

雖說古北歐語和古英語是兩種語言，但雙方自說自話大概也能交流，顯示這兩種語言之間存在許多相似之處。古英語與古北歐語是聯繫較緊密的語言，兩者讀音有共通之處，在語法方面都是屈折度較高的語言，在詞彙方面的相似度也很高。出現這種情況的原因有兩點：首先是這兩門語言都可以追溯到共通的原始日爾曼母語（Proto-Germanic）；其次是在北歐海盜入侵定居英國期間，帶來了兩種語言的融合，尤其是大量的古北歐語詞彙從此進入了古英語詞彙。

語法方面，北歐語對英語產生了很大影響，加速了古英語曲折詞形的簡化過程，促進了古英語語法的改變，即從依靠詞尾變化向使用介詞的方向發展，並使詞序變化更為自由。古英語名詞的性、數、格進一步簡化，名詞複數形式大都用 -s 表示。不規則動詞的過去式開始向規則動詞的過去式轉變，英語中有許多動詞短語，這也是借鑑古北歐語的結果。當然，有學者認為動詞短語不僅僅是北歐語特有的現象，凱爾特語也具備這一特徵，因此英語中出現大量動詞短語這一現象，可能是受到諸多語言的複合影響的結果，而很難判定具體哪種語言影響有多大。

地名人名方面，北歐語也給英語留下了獨特遺產。英格蘭東部和東北部的大量地名都有丹麥語的痕跡，據不完全統計有 1500 個北歐化的地名，主要集中在約克郡和林肯郡。例如，以典型的丹麥語 "-by"（相當於 town，意思是城鎮）結尾的英語地名就超過 700 個，例如：德比（Derby）、格林斯比（Grimsby）、惠特比（Whitby）、拉格比（Rugby）等。以 "-thorpe"（相當於 village，意思是村莊）結尾的英語地名也很多，指遠離城市的聚居區或村莊，例如：斯肯索普（Scunthorpe）等。在人名後面加上兒子一詞（-son），表示父子關係，也是構成新人名的途徑，而這也是典型的北歐風格的人名姓氏，例如：傑克遜（Jackson，又譯傑克森）、約翰遜（Johnson，又譯詹森）、迪克遜（Dickson，又譯迪克森）、安德遜（Anderson，又譯安德森）等。

詞彙方面，隨著大批北歐海盜侵略、武力定居大不列顛，斯堪地那維亞語詞彙如同潮水般湧入了英格蘭。英語中，來自北歐語的借詞數量上僅次於來自法語和拉丁語的借詞，但因為這些北歐語借詞比法語和拉丁語更早進入英語，且是日常生活用語的一部分，使用頻率高，是現代英語的核心詞彙，因此對英語影響很大。如 anger, cake, cut, get, ill, knife, sky, odd, happy, law 等常用英語詞彙其實都

來源於北歐語，這些單詞字母很少，通常只有 3 - 5 個。

古英語書面記錄中保留下來的古北歐語詞彙有接近 150 個，主要是丹麥區和克努特大帝時期流傳下來的涉及政治、管理類的詞彙。這 150 個詞彙顯然不能反映兩種語言數百年交融的真相，之所以只有為數不多的古北歐語單詞進入古英語，主要是因為流傳下來的古英語書面文本是在西撒克遜王國寫成的，而該王國是唯一獨立於丹麥人勢力的國家。諾曼征服後，出現了大量以中古英語寫成的文本，在這些文本中可以找到更多的古北歐語詞彙，正是在此基礎上，學界認為英語從古北歐語借入的詞彙一度高達兩千多個，當今現代英語保留下來的古北歐語詞彙就有四百多個（Geipel, John. 1971: 69-70）。以下是部分來自古北歐語的英語單詞：

名　詞：anger (angr), bag (baggi), bait (bæit, bæita, bæiti), band (band), bark (bǫrkR), birth (byrðr), dirt (drit), dregs (dræggiaR), egg (ægg), fellow (félagi), gap (gap), husband (húsbóndi), cake (kaka), keel (kiǫlR), kid (kið), knife (knífR), law (lǫg), leg (læggR), link (hlænkR), loan (lán), race (rǫs), root (rót), sale (sala), scrap (skrap), seat (sæti), sister (systir), skill (skial / skil), skin (skinn), skirt (skyrta), sky (skȳ), slaughter (slátr), snare (snara), steak (stæik), thrift (þrift), tidings (tíðindi), trust (traust), window (vindauga), wing (væ(i)ngR) 等。

動詞：are（er，取代了古英語的"sind"），blend (blanda), call (kalla), cast (kasta), clip (klippa), crawl (krafla), cut（可能來自古北歐語 kuta）, die (døyia), gasp (gæispa), get (geta), give（gifa / gefa，與古英語詞"giefan"同源）, glitter (glitra), hit (hitta), lift (lyfta), raise (ræisa), ransack (rannsaka), rid (ryðia), run（rinna，與古英語詞"rinnan"同源）, scare (skirra), scrape (skrapa), seem (søma), sprint (sprinta), take (taka), thrive (þrífa(s)), thrust (þrysta), want (vanta) 等。

形容詞：flat (flatr), happy (happ), ill (illr), likely (líklígR), loose (lauss), low (lágR), meek (miúkR), odd (odda), rotten (rotinn / rutinn), scant (skamt), sly (sløgR), weak (væikR), wrong (vrangR), same (sami) 等。

副詞：thwart / athwart (þvert)

介詞：till (til), fro (frá)

連詞：though / tho (þó)

感歎詞：hail (hæill), wassail (ves hæill)

人稱代詞：they (þæiʀ), their (þæiʀa), them （þæim，古英語用 híe, hiera, him 表示）。

作為文化的外殼，語言的變體必然會帶來文化的變化，海盜文化在英國得到了大力張揚，海盜身上所具備的敢於冒險、勇於開拓的精神喚醒了英國人隱藏在心中的擴張欲，其海外冒險和海外擴張的野心從此一發不可收拾。英國統治者曾宣稱：「海洋是開放的，從這個意義上講，沒有一個民族可以排斥別國在海洋上的任何可延伸區域的拓展。」在巨額利潤的驅使下，英國政府及其上層統治階級大力扶持，甚至直接參與海盜的掠奪活動中，這一情況在伊莉莎白一世統治時期尤甚。英國藝術家也不斷創造各種海盜題材的作品來滿足讀者對海盜這一特殊群體的獵奇心理，海盜的形象頻頻出現在英國的詩歌、小說、戲劇和舞蹈之中。這些作品中，通常把海盜的形象無限浪漫化，美化海盜的掠奪活動，海盜也不再是兇惡狡詐的反面人物，而是化身成了敢愛敢恨、叱吒風雲的海洋勇士，成為人人讚頌的民族英雄。

第三章
英語與法語：
征服、逆襲與爭霸

　　英法兩國隔海峽相望，毗鄰的地理位置天然地使兩國的歷史、文化、經濟、政治盤錯交結、水乳交融、你中有我、我中有你。頻繁的交往中，作為交際媒介和文化載體的語言必然會留下鮮明的烙印，英語、法語的語言發展史和歷史進程就這樣巧妙地重疊了。

　　英語和法語雖同屬印歐語系，但分屬不同的語族：法語屬印歐語系的羅曼語族（Romance），即拉丁語族，它實際上由拉丁語演化而來，而英語則屬印歐語系的日爾曼語族，起源於盎格魯 - 撒克遜語。雖然英語、法語屬於不同的語族，但影響英語最大的語言卻是法語，而不是其他的日爾曼語族語言。英語是一門非常開放的語言，在形成和發展過程中通過大量吸收外來語，不斷豐富和完善自己。可以說世界上沒有哪一門語言像英語這樣包容。在英語吸收的眾多外來語中，法語佔據了最重要的地位。英語深受法語影響，起初是由於法國對英國的入侵，但如果僅僅是軍事上的優勢，不足以形成這種縱深的語言融合，更不足以使這些法語元素在英語中傳承下去，而不是泯滅於英語發展的歷史長河之中。因此，其中必然有更深層次的原因。除了語言的表層現象，任何一個民族的語言都包含且表達了本民族的文化內容及特點。當一種語言接觸另一種語言時，自然也會接觸到它的文化內容，如果文化內容足夠先進便會被學習、保留，而語言作為文化的載體，其要素也才能真正被另外一種語言所吸收且傳承下去。

　　發達的文明往往會引發相對落後文明的崇拜及效仿，而語言作為文明的傳遞和表達方式，也就成為學習和傳播的首要對象。今天英美文明的強盛，引發了英語在世界範圍內的廣泛傳播，而近代法蘭西文明的燦爛成果：法國哲學、藝術和文學的成就，使當時整個歐洲都拜倒在法國文明腳下，被「法蘭西島」的語言所吸引。正是在這樣一種氛圍中，英國感受到了學習法國文化的必要，英語欣然接

納了大量的法語元素。

11 世紀末，法語已經是發展成熟的文學語言，享譽歐洲，是當時歐洲方言中最重要的語言，其重要性甚至可以與拉丁語相提並論。13 世紀初，法蘭西走向強盛，其經濟、法律、教育和文藝蓬勃發展，展現了自羅馬人以來史無前例的繁榮昌盛局面：手工業迅猛發展；農奴制度徹底消失；知識勃興，巴黎、奧爾良等地相繼出現一批著名大學；「經院哲學」」興起；哥德式建築與雕刻日臻完美；文學成就熠熠生輝，以英雄史詩為代表的中世紀法國文學則對後世法國及歐洲文學產生了不容小覷的影響，並賦予了法語無窮的魅力，這些都推動了法語的對外傳播。法蘭西榮登基督教文明的新巔峰。

特別值得一提的是法國大學對英國大學的影響。中世紀歐洲的大學大體可分為兩類：以波隆那大學為代表的學生大學、以巴黎大學為代表的教師大學。兩者的區別主要在於組織形式不同，學生大學由學生委員會雇用教師，支付教師薪酬，並有權解雇教師，學生是大學所有者，教師只是大學員工。在教師大學裡，教師行會負責大學管理工作，校長由教師選舉產生，學生的地位類似商業領域的學徒，教師類似師傅。法國歷史上第一所大學巴黎大學（Université de Paris）是歐洲最古老的大學之一，1261 年正式使用「巴黎大學」一詞，其前身是建於 1253 年的索邦神學院（Collège de Sorbonne），亦即巴黎聖母院附屬學校，該神學院的教學活動可以追溯到 1150 - 1160 年間的天主教修士宣教活動。13 世紀，法國巴黎的師生自發組織起來，希望增補聖母院的神學教育，消息傳出後，來自法國本地及英國的學生蜂擁而至。1253 年，在聖吉納維夫山上，羅伯特·索邦（Robert de Sorbon）為遠道而來的學生準備好了校舍——索邦神學院，由於法國國王的支持，該學院很快成為中世紀知名的神學院，其盛名吸引了各國學者來此遊學，其中包括義大利詩人但丁和哲學家聖多瑪斯阿奎納。

牛津大學是英語世界最古老的大學，其具體建校時間雖不可考，但可以肯定的是從 1167 年開始，從巴黎回到英國的師生推動了牛津大學的形成和發展。11世紀伊始，越來越多的神職人員從事經院哲學的研究，並到歐洲各地講學，這種日益頻繁的學術交流活動使得歐洲相繼形成了幾個講學中心，如義大利的波隆那和法國的巴黎，並在此基礎上形成了各地神職人員都可以來講學和聽課的傳統。在 12 世紀之前，英國是沒有大學的，英國人只能去法國和其他歐陸國家求學。1167 年英格蘭國王亨利二世同法蘭西國王路易七世發生爭吵，路易七世一氣之下

召回了在法國巴黎的英國學者，並禁止他們再去法國講學或從事研究。另一說法是，法王一氣之下，把英國學者從巴黎大學趕回英國。無論實情如何，這批英國學者從巴黎回國，來到牛津，從事經院哲學的教學與研究，從而使牛津迅速發展成為英國經院哲學教研中心，並成為繼波隆那和巴黎之後歐洲的第三個學術研究中心。

1066 年，法國諾曼第公爵入侵英國，開始了在英國的諾曼王朝統治。雖然這一時期得益於軍事上征服、政治上統治的便利，法語在英國廣泛傳播，但是如果沒有文化上的優越性和吸引力，英國人對法語的使用不可能長達三個世紀，也不會在英語中使用如此多的法語借詞，並把其中的 70% 都保留下來。以飲食為例，諾曼人到來之前，英國菜式相當粗糙，只有燉肉和簡單的肉湯，但伴隨法國文化的傳入，中世紀的英國菜變得精緻多了。英語中的烹飪詞彙幾乎都源於法語（以下為現代法語和英語的拼寫對照），例如：cuisine → cuisine（烹調）；bouillir → boil（煮）；frire → fry（炸）；rôtir → roast（烤）；griller → grill（炙燒）；mincer → mince（剁肉）；braiser → braise（燜）；saucer → sauce（加調料）；brocheter → broach（用鐵叉串肉）；toster → toast（烘烤）等。因新事物的引入，新事物的法語名稱也被一併引入了。正如翻譯家裘克安所說：「早期引入的多為英語中沒有的事物名稱，以後則甚至引入類同的名詞和概念。」

英法百年戰爭爆發後，法語逐漸失去了在英國的特殊地位，英語又重新成為英國的官方語言（official language）。但人們還是使用法語，只是把它當作一門外國語，還有人編寫了兒童用的法語教材，把法語稱之為一切上流人士都應該會的語言。13 世紀末，英國人戈蒂埃・比比斯沃斯（Gautier de Bibbesworth）編寫了一本很厚的法英對照詞彙彙編，這成為法英詞典的雛形。14 世紀，英國又相繼出版了幾種法語語法手冊，而在法國，晚至 16 世紀人們才開始研究法語語法，可以說法國語法研究起源於英國。這些都顯示了當時英國人對法國文化、對法語的推崇。

歷史上這些重大的變故使英語脫離了原本的發展方向，向法語靠近，最終走上了與日爾曼語「告別」的道路。一方面，儘管直到今天英語仍然屬於日爾曼語族，但它與同語族其他語言已經相距甚遠；另一方面，它雖然深受法語影響，但是與法語還是保持著明顯的區別。因此，從某種意義上來說，英語似乎是由日爾曼語族和羅曼語族混合而誕生的語言。

（一）諾曼征服開啟的法語時代

　　法語對英語的影響並非是從諾曼征服（Norman Conquest）才開始的，早在盎格魯-撒克遜時代後期，英國就同法國有著密切的聯繫，尤其是兩國統治階級之間的聯姻，促使法語單詞進入英格蘭的語言文化和社會生活中。1042 年，懺悔者愛德華（Edward the Confessor, 1003-1066）繼承了英國王位，由於其母親是諾曼第公爵的女兒，愛德華曾長期旅居法國，他的統治使法語登上了英國的官方舞臺。他在位期間，其諾曼第親朋好友在英國各級政府機關和教堂修道院都擔任了重要職位，法語單詞作為新文化和新生活的象徵，開始進入英語詞彙。例如，人們把法國貴族的住所城堡（castle）當作一種新式建築的標誌，從而取代了古英語中的城堡（burg）一詞。然而在英法兩種語言的關係史上，最重要的事件無疑是諾曼征服，法語正是憑此成為英國的官方語言。

　　諾曼征服是以法國諾曼第公爵威廉（William, Duke of Normandy, 1028-1087）

法國貝葉博物館收藏的貝葉掛毯（Bayeux Tapestry），可能製成於 12 世紀，長 70 公尺、寬 50 公分，繡有諾曼人征服英格蘭的歷史場面。此段截圖是 1064 年諾曼第公爵威廉給到訪的哈羅德·戈德溫森提供武器的場景。（圖片來源：Lucien Musset's *The Bayeux Tapestry*）

為首的法國封建主對英國的武力征服。1066 年初，英王懺悔者愛德華死後無嗣，引發王位繼承爭端。諾曼第公爵威廉與西撒克遜伯爵哈羅德·戈德溫森（Harold Godwinson）皆聲稱享有王位繼承權。英國賢人會議根據愛德華旨意，推選愛德華王后之兄哈羅德·戈德溫森為國王，這引起威廉的強烈不滿，他以愛德華曾面許繼位為理由，要求獲得王位。1066 年 9 月末，威廉召集諾曼第、布列塔尼（Brittany）、皮卡第（Picardie）等地封建主進行策劃，悍然率兵入侵英國，英王哈哈羅德·戈德溫森迎戰。10 月 14 日，雙方會戰於黑斯廷斯（Hastings）。英軍戰敗，哈羅德·戈德溫森陣亡，倫敦

城不戰而降。12 月 25 日,威廉在倫敦西敏寺加冕為英國國王,即威廉一世,開始了諾曼王朝(1066-1154)對英國的統治,殘存的英國貴族頑強抵抗,均遭殘酷鎮壓。1071 年,威廉一世鞏固了他對英國的統治,獲得征服者的稱號(William the Conqueror)。諾曼征服是英國歷史上最後一次來自外國的武力征服,威廉一世是最後一位武力征服英國的外國人。

法國北部諾曼第公國是北歐海盜侵略法國的成果,諾曼人繼承了海盜的冒險基因。北歐海盜不僅騷擾英國、愛爾蘭,也頻頻光顧法國西北沿海地區。911 年,不堪其擾的西法蘭克王國國王查理三世(Charles III)選擇「割地求和」,用一塊封地向北歐海盜「購買」和平。這塊封地就是後世著名的諾曼第公國,而海盜首領羅勒(Rollo)也因此成了首位「諾曼第公爵」(Duke of Normandy)。諾曼人在法國北部定居大約一百年之後,開始作為歐洲的軍事列強之一迅速崛起。雖然這些北歐海盜的後裔已經皈依了基督教,並且說著流利的法語,但他們骨子裡仍然是一群武士。

諾曼人的軍事冒險在義大利取得了第一場勝利。大約 1016 年以後,諾曼的貴族開始到義大利尋求冒險,起初他們只是作為雇傭兵在其他民族的軍隊中作戰,後來慢慢佔領義大利南部地區,那裡是拜占庭帝國的一部分。諾曼人利用騎兵與弓箭手的完美配合,反敗為勝,最終把拜占庭人清出了義大利南部。諾曼人還與義大利北部的教皇利奧九世(Leo IX)爆發戰爭,憑藉騎兵的優勢,連教皇也成了他們的俘虜。隨後諾曼人從他們所在的義大利南部邊界出發,對阿拉伯治下的西西里島發動了攻擊,用船運送戰馬漂洋過海去打仗,這在當時無疑是非常先進的戰略戰術,最終征服西西里全島。

諾曼人最偉大的軍事政治成就是在 1066 年征服英格蘭。1066 年 1 月,英格蘭國王懺悔者愛德華將王位傳給具有盎格魯 - 撒克遜血統的貴族哈羅德·戈德溫森,這令諾曼第的威廉公爵非常不滿,他聲稱愛德華和哈羅德都曾經承諾讓他當英國國王。威廉和愛德華是遠房表兄弟關係,威廉稱愛德華流亡諾曼第期間,曾選中他為英格蘭的合法王位繼承人,且哈羅德曾是威廉的階下囚,當時哈羅德答應不與威廉爭奪英格蘭的王位。然而一旦回到英格蘭,哈羅德並無為威廉讓位之意,威廉率兵大舉入侵英格蘭,用武力把王冠從哈羅德頭上奪了過來。

1066 年 1 月 6 日,哈羅德登基後,他清楚威廉正在籌畫進攻,於是把軍隊駐紮在英國南部一線,對敵船動向保持嚴密警戒。3 月 18 日,英格蘭遭到了攻擊,

法國貝葉博物館收藏的貝葉掛毯，可能製成於 12 世紀，繡有諾曼人征服英格蘭的歷史場面。此段截圖呈現哈羅德國王在 1066 年黑斯廷斯戰役中陣亡。

然而威脅並不是來自南方的諾曼第，而是來自北方的挪威。覬覦哈羅德王位的挪威國王哈拉爾·哈德拉達（Harald Hardrada）在英格蘭北部登陸，並於 9 月 20 日在約克城外的福爾福德（Fulford）一役中擊敗了哈羅德的將領。在倫敦的哈羅德迅速揮師北上，9 月 25 日，他在約克城斯坦福橋（Battle of Stamford Bridge）經過慘烈的戰鬥一舉擊敗了哈德拉達的軍隊。然而，哈羅德還沒來得及收拾戰場，就不得不馬不停蹄揮師南下，途經倫敦稍事補給後，便立刻迎戰南方的新威脅。9 月 28 日威廉在英格蘭南部海岸登陸後，在黑斯廷斯建立了一個據點，命令部隊洗劫當地的村莊，收集食物準備同哈羅德開戰。10 月 14 日，威廉與哈羅德在黑斯廷斯遭遇，諾曼人大開殺戒，戰鬥持續數小時，難分勝負，哈羅德被殺後，才最終打破膠著狀態。諾曼人乘勢追殺，一舉摧毀了哈羅德的疲憊之師。戰鬥結束後，諾曼人繼續向不遠處的海港城市多佛爾挺進。盎格魯 - 撒克遜人拒絕向長驅

直入的諾曼人獻出他們的首都倫敦。威廉故伎重演，命令其部隊突襲與恐嚇當地居民，最後倫敦不得不向入侵者打開了大門。1066 年耶誕節當天，諾曼第的威廉加冕成為英格蘭的國王，即威廉一世。在隨後的幾年中，威廉鐵腕統治新領地，建立了許多城堡，以便讓貴族通過這些城堡用殘酷的手段控制附近的鄉村地區。他奉行鐵血政策，撲滅了反叛的星星之火。1072 年，諾曼人真正完成對英格蘭的征服後，便開始擴展新王國的版圖，先是入侵了威爾斯，而後在愛爾蘭的一些地區定居下來。

諾曼征服在英國產生了重要影響，哈羅德的陣亡，標誌著英國最後一位盎格魯－撒克遜國王的離世，英國從此淪入三百多年的法國異族統治。諾曼征服加速了英國的封建化進程，這一進程在盎格魯－撒克遜時代就已經開始。威廉一世建立起強大的王權統治，把全部耕地的七分之一以及大部分森林據為己有，還大量沒收反抗的盎格魯－撒克遜貴族的土地，分封給隨他而來的法國封建主、酬勞親屬和隨從。受封者要按照土地面積的大小，提供一定數目的騎兵，並親自率領他們為國王作戰。大封建主又把自己土地的一部分再分封給下級，也要求他們提供騎兵，通過這種土地分封建立起封建土地的等級所有制。土地的分封是隨征戰的進展逐漸進行的，各封建主手中的封地分散在全國各個地區，並不連成一片，這使他們很難做大，形成割據一方的霸主，從而難以與王權對抗。威廉不但要求臣屬的下級宣誓效忠上級，而且也要求臣屬的下級宣誓效忠自己，並服兵役。這和法國流行的封臣只對直接封主效忠的制度迥然不同。威廉還極力擺脫教皇對英國教會的干涉，讓法國主教接管英國教會，從而把英國教會控制在自己手中。雖然威廉一世在統治機構、法律上仍沿用英王舊制，但他主要依靠法國貴族進行統治，一時間英國統治階級幾乎全是外來者。諾曼征服後，英國已有的莊園向封建莊園過渡，封建領主是莊園的最高統治者，大部分農民喪失人身自由，淪為農奴。農奴處境艱難，承擔的義務不斷加重，教會徵收的什一稅，擴及收成以外的其他產品如牲畜、羊毛等，稱為「小什一稅」。到 13 世紀時，農奴使用公有牧地的權利也被剝奪，農民不得不抗租、抗役，利用殘存的村社組織和領主進行隱蔽或公開的鬥爭。

1086 年 8 月 1 日，威廉在索爾茲伯里召開誓忠會，要求所有等級的領主都必須參加，向威廉行臣服禮並宣誓效忠。大會達成了「索爾茲伯里誓約」（Oath of Salisbury），確立了英國封建主都必須以對國王效忠為首要義務的原則。英

國學者李德・布勒德（S. Rend Brett）在《英國憲政史譚》（*Story of the British Constitution*）中描述道：「無論如何，自 1086 年以後，所有佃戶，不問其所領之土地系直接得之於王者，或間接得之於貴族地主者，其對於王均屬直接之人民。姑無論其間接屬之於貴族地主也，所謂率土之濱，莫非王臣是也。」即國王的直屬封臣再分封土地時，次一級封臣除宣誓「因為須有您的土地，我將效忠於您」外，還必須附加一句：「除效忠國王之外。」因此，英格蘭國王是名副其實的最高統治者，所有封建土地持有者都是國王的封臣。據統計，直接領受國王封地者稱作國王的直屬封臣，共一千四百餘人。領地較大、年收入 100 英鎊以上者約一百八十人，稱作男爵，其中 12 人是威廉一世的親屬或最受威廉寵愛的諾曼大貴族，他們共佔有全國 1/4 的土地。男爵們分別承擔向國王提供一定數量騎士的義務，大男爵提供 40 至 60 名，中小男爵提供 10 至 40 名。其餘的一千兩百多人是騎士，只領有一塊領地，只承擔作為一名騎士的義務。教會同樣承擔騎士義務，高級神職人員全都成為威廉的直屬封臣。占地較多的坎特伯雷主教、林肯主教、溫徹斯特主教、伍斯特修道院院長分別承擔提供 60 名騎士的義務，領地較少的羅姆西修道院院長只承擔提供 4 名騎士的義務。

1086 年，威廉在英國實行全面土地普查，拓印成土地清冊，名為《土地調查清冊》，又譯作《末日審判書》（*Domesday Book*）。清冊清楚地寫著每郡有多少土地屬於國王，多少屬於大封建主或教會，每個封建主有多少臣屬，每個莊園有多少土地、牲畜、依附農民、奴隸、自由農民，多少森林、草地、牧場、池塘、磨坊以至各種手工業等。登記的財產專案繁多，從不動產土地、房屋到動產耕牛、豬羊，甚至鵝鴨、餐碗等都在登記之列。編制土地清冊的目的，主要是為了便於徵稅。英國人面對清查就像面臨末日審判一樣，因此該清冊又被稱為《末日審判書》。根據該普查的資料，11 世紀末英國人口已達到 150 萬，其中 5% 住在城市，大多數住在鄉村。農業是居民的主業，牧畜業只盛行於東北部的約克郡和林肯郡一帶。

強大的王權和完備的封建制度是諾曼征服給英國留下的政治遺產。英國社會的封建化進程開始於西元 7 世紀時的盎格魯 - 撒克遜時代。諾曼征服前，英國社會的政治制度是貴族民主制，國王和賢人會議（Witenagemot）共同統治國家。諾曼征服後，國王成為全國土地的最高所有者，他通過土地分封，建立了完備的封建君臣制度。諾曼征服是英國歷史上的大事件，為四百多年來盎格魯 - 撒克遜封

建制度的發展做了一個總結，同時又開創了英國封建制度全盛時期的新時代、新局面。從諾曼征服到亨利二世（Henry II）統治結束的近一個半世紀內，英國實現了封建制度從基礎設施到上層建築的全面建立，並在 13 世紀達到極盛。

英國國家檔案館收藏的《末日審判書》，書是 1900 年再版，書的封皮是 1869 年製造，書下壓著的封皮是更早時期都鐸年代製造。

　　諾曼征服給英國留下的語言遺產毫無疑問是法語，諾曼征服對英語的影響比英語史上的任何其他事件都大，開啟了法語影響英語的大門。盎格魯 - 諾曼人成為英國的統治階級後，諾曼法語便理所當然地成為英國的官方語言，並開始全面滲透到英國的各個領域。諾曼法語之所以能在英國持續使用這麼多年，主要有兩個原因：首先，諾曼征服以後，英國國王同時兼任諾曼第公爵，在法國擁有大量的土地和利益，他需要同法國保持密切聯繫。其次，直到 1200 年，英國國王、貴族、地主、軍人以及商人在法國待的時間並不比在英國待的時間短，因此法語的使用就順理成章了。自 1066 年至 1399 年這三百多年間，英國國王都說法語，政界、法庭、軍隊、教育等領域也被說法語的諾曼人控制，學校用法語上課，貴族官吏等上層人士理所當然地使用法語，他們認為法語是高尚的語言，而英語則是粗陋的，只適合貧困農民等下層人士使用。諾曼征服後，上至統治階級，下到他們的僕人都是諾曼法國人，與此同時，大批下層的諾曼法國人也來到英國定居尋求發展機會，並繼續使用他們自己的諾曼法語，這一現象持續了三百餘年。中世紀的英國三種語言並存：法語長期是官方語言，宗教界通用拉丁語，英語屬民

間口語，書面英語面臨消亡的危險。政府和貴族說法語，宗教和文化事業用拉丁語，底層的老百姓繼續用英語。直到現在，英國人會說法語，依然是時髦的表現。

在英語發展史上，諾曼征服具有標誌性意義，是古英語和中古英語的分水嶺。諾曼征服標誌著英國盎格魯 - 撒克遜時代終結，諾曼王朝建立。英國再次融入歐洲大陸，在政治上依附法國，與法國一起參與了十字軍東征，而兼任英國國王的諾曼第公爵一直覬覦法國王位，這也成為英法百年戰爭的導火索之一。法語成為英國官方語言，英語的發展進入低谷，英語似乎又一次面臨著生死存亡的關鍵考驗。從站在本國歷史舞臺中央的主角，淪為次要配角，這對英語而言焉知非福？正是在法國人統治期間，英語得以與法語親密接觸，古英語的讀音、詞彙、語法都因此發生了重大變化，從語言要素的各個方面大量借鑒法語，尤其是法語詞彙，可謂赤裸裸的「拿來主義」，增強了英語的表達能力，標誌著古英語向中古英語的過渡，為英語日後成為世界通用語打下了堅實的語言基礎。

（二）法語壟斷下的英語

盎格魯 - 諾曼統治時期，法語作為統治階級的語言，在英國處於官方語言的壟斷地位。無論哪一個階層，為了表明自己的高雅不俗，說話時總要用上幾個法語詞，這在當時已經蔚然成風。當然，不同於巴黎法語，這種法語已在諾曼法語基礎上混合了相當的英語元素。而英語卻成了下等語言，代表著低賤、平庸，通常流行於統治力量比較薄弱的農村和下層勞動人民群眾。英法兩種語言並存使用，且相互借鑒、相互補充、相互滲透，從而給英國民族語言的發展帶來了極大的影響。當英國正式廢除法語，採用英語為官方語言時，英語已發生了根本變化，完全不是原來的英語了。它吸收了法語詞彙，是古英語與法語的混合體，在語法上擯棄了複雜多變的詞尾，並過渡到以詞序為組句的基本原則，成為一種嶄新的語言，即中古英語。中古英語作為大多數普通英國民眾唯一能講的語言，依然頑強地履行著溝通、交流、記錄的重任。在這三百多年裡，中古英語經歷了「母音大推移」、「官方文書標準」以及印刷術的引入這三大事件，對日後英語的復興有重要意義。

1.「母音大推移」

大約從 1350 年開始，英格蘭南部的英語讀音開始發生變化，主要是長母音改變了發音方式。整個變化過程是循序漸進的，一直持續了三百五十餘年，大約到 1700 年才完成，即英語的書寫形式固定下來後，母音的發音方式才停止變化。

丹麥語言學家奧托‧葉斯柏森（Otto Jespersen, 1860-1943）是第一個研究這一變化的人，他率先注意到 1400 年的中古英語與 20 世紀中期現代英語的讀音有很大的區別，其長母音的發音方式與歐洲大陸語言相近，尤其是義大利語和德語，而與現代英語迥異。由於這種語音變化主要涉及母音，尤其是長母音，而子音卻基本不變，因此他把這個變化命名為「母音大推移」（The Great Vowel Shift），主要是指所有長母音的發音都提高了一個位置，只有兩個高母音 /iː/ 和 /uː/ 是例外，這兩個母音如果再提高一個部位就變成子音了，因此它們就分別變成了雙母音 /eɪ/ 和 /oʊ/，後來又演變成了現代英語裡的 /aɪ/ 和 /aʊ/，具體變化請見下表：

單詞 Word	母音發音 Vowel Pronunciation	
	母音大推移前的後期中古英語 Late Middle English before the GVS	母音大推移後的現代英語 Modern English after the GVS
bite	/iː/	/aɪ/
meet	/eː/	/iː/
meat	/ɛː/	
mate	/aː/	/eɪ/
out	/uː/	/aʊ/
boot	/oː/	/uː/
boat	/ɔː/	/oʊ/

「母音大推移」發生的確切原因一直是英語語言學和文化史上的未解之謎。有人認為是由於黑死病後英格蘭東南部湧入大量移民，操各種方言的人群彙聚在一起，出於交流的需要，人們不得不調整各自的發音習慣，那些適中的、調和型的發音在倫敦發展起來，並逐漸成為規範發音，繼而向各地擴散。總之，就是不同口音的人聚集到一起後，不斷交流最後形成的折中發音方式。英語能成為世界語和這段歷史也有關係。

「母音大推移」也有例外情況。英語中有部分單詞發音非常特殊，例如"father"這個單詞中的字母 a，"to"和"do"這兩個單詞中的字母 o 等。由於這些單詞都是超級常用詞，其讀音實在是太深入人心了，即便「母音大推移」也無法撼動它們。

「母音大推移」不僅改變了英語的讀音，也改變了英國人對拉丁語的讀音，導致英國拉丁語與歐洲大陸拉丁語的讀音產生明顯區別。正是這種改變，才引發了英國拉丁語的系列改革，同時也引起學者對英語讀音的興趣。

「母音大推移」終結的原因可能是書面英語的規範化。母音動若流水，子音靜若磐石。由於母音主要靠口形和舌頭的變化決定，是一種非常不穩定的發音方式，可以輕易地隨性改變，而子音相對來說就穩定得多，但是子音再穩定，也沒有印在書本上的文字穩定。如果沒有技術進步的干預，像「母音大推移」這樣的語音變化原本會一直進行下去，但是 15 世紀中葉以後，隨著活字印刷術在歐洲的廣泛傳播，各種文字類印刷品在英國逐漸普及，英語的拼寫也因此固定下來，英語的語音轉變受其影響趨於緩和，最終停止變化，形成了相對統一的規範讀音。然而，由於拼寫和讀音標準化的節奏並非完全同步，導致英語的拼寫和讀音有諸多不一致的地方。當然，方言、口音等導致發音產生地域或階層差別的情況依然存在。印刷術將文字固化到紙張上，答錄機將語音固化到磁帶上，現代科技徹底改變了語言的外在環境。在現代語境下，「母音大推移」這種情況恐再難發生了。

2. 喬叟與「官方文書標準」

在英語標準化的道路上，有一個公務人員、一套行政機構，在中古英語向早期現代英語的順利過渡中發揮了關鍵作用。它們是喬叟及官方文書機構。

傑佛瑞・喬叟（Geoffrey Chaucer, 1343-1400），是英國著名小說家、詩人，代表作品有《坎特伯雷故事集》（*The Canterbury Tales*）。喬叟出生於倫敦一個富裕的商人家庭，受過大學教育，精通法語、義大利語和拉丁語。1357 年開始出入宮廷，後常出訪歐洲，在義大利接觸到了但丁、薄伽丘等人的作品，這段經歷深刻影響了他日後的文學創作。喬叟逝世後，安葬在倫敦西敏寺教堂的「詩人角」（Poet's Corner），他是第一位葬於此角的詩人。

喬叟的父親是一位富裕的酒商，喬叟這個姓源於單詞 "Chaussier"（製鞋匠），暗示其祖先是鞋匠。13 歲至 17 歲期間，喬叟任英王愛德華三世（Edward III）的兒子萊昂內爾（Lionel, Duke of Clarence）王子夫婦的少年侍從。1359 年，參加對法作戰時被俘，翌年由國王贖回；1361-1367 年，在法學協會受訓；1366 年，與王后的女官結婚，此後多次代表愛德華三世出使歐洲大陸，到過比利時、法國、義大利等國，有機會遇見薄伽丘與佩脫拉克，這對他的文學創作產生了很大的影

響。1374 年，喬叟任倫敦毛皮關稅管理員，1382 年，兼任酒類及其他商品的關稅管理員。1385 年，喬叟任肯特郡治安法官，第二年被選為該郡騎士代表出席議會下院會議。1389 年，理查二世（Richard II）親政後，喬叟又先後擔任過王室建築工程主事和薩默塞特王室森林副主管。在庇護者失寵期間，喬叟被剝奪了官位和年金，經濟拮据，他曾寫過打油詩《致空囊》（*The Complaint of Chaucer to His Purse*），獻給剛登基的亨利四世（Henry IV），為自己的貧窮申訴。

「英語語言之父」傑佛瑞‧喬叟

喬叟身處新舊制度交替時期，是腳跨兩種社會的人。他同所有的人文主義者一樣，不僅是封建社會的逆子，同時還是資本主義罪惡的批判者。一方面，他反封建、反教會，另一方面，又對剛剛產生的資本主義金錢利害關係進行無情揭露。喬叟以犀利的筆鋒尖銳地揭露了教會僧侶們欺詐、貪婪和淫蕩的本性，以及愚民政策和「禁欲主義」的本質，勇敢地衝破了宗教思想的藩籬。喬叟諷刺腐朽的世俗統治階級，對瀕於衰亡的封建制度進行了無情的揭露和批判。喬叟反對封建等級制度，宣傳婦女解放，主張男女平等，頌揚自由忠貞的愛情。喬叟也大膽揭露了新興資本主義的罪惡。

文學方面，在同時代的主要英國文學家中，喬叟無疑受外來影響最深，但從英國文學發展史的角度看，他又最具有「英國性」。儘管其墓誌銘是用拉丁語寫成的，他仍被尊為「英國詩歌之父」（Father of English Poetry），是中世紀最偉大的英國詩人，他首創的英雄雙韻體（Heroic Couplet）為後世的英國詩人廣泛採

用。除了莎士比亞，喬叟算是英語作家中最傑出的一位。

語言方面，喬叟是第一位使用中古英語進行文學創作的宮廷作家，此舉提高了英語的地位，賦予英語詩意的特質，因而被譽為「英語語言之父」（Father of the English Language）。喬叟沿襲繼承了由但丁開創的用世俗民族語言進行文學創作的傳統。喬叟那個年代，宮廷語言是法語，學術語言是拉丁語，英國各地民眾之間鮮少接觸，各地區所說的方言差別頗大，還沒有印刷的書籍問世，英語缺乏統一標準，用英語創作需要勇氣。喬叟原本完全有能力用拉丁語或法語創作，但他主動選擇用下層人民的語言進行文學創作，擴大了英語的影響力，樹立了英語的權威性。喬叟居住在倫敦，使用的自然是英國中東部各郡的英語，而不是英國北部或南部方言。《牛津英語詞典》指出許多詞都是喬叟第一次記錄使用的，例　如：acceptable, alkali, altercation, amble, angrily, annex, annoyance, approaching, arbitration, army, arrogant, arsenic, arc, artillery, aspect 等。喬叟的作品雖然比《貝武夫》更接近現代英語，但今人要讀懂他的作品依然不是一件容易的事。「母音大推移」可能是造成理解障礙的原因之一，畢竟他的作品大都是在此前的產物。有評論認為，他是推動英語標準化的第一人，對現代英語的形成做出了巨大貢獻。此言不假，但更確切地說，應該是以他為代表的「官方文書標準」的形成，對英語標準化起了更大的推動作用。

自諾曼征服以來，英國的官方文書都是用法語寫成的。中古英語後期，在1430 年左右，英國政府開始發佈英語寫成的官方文書，從而開啟了英語的「官方文書標準」（Chancery Standard or Chancery English）時代，為英語的標準化奠定了基礎。

英語中的 "chancery" 一詞，是從法語中引入的拉丁詞語，原意是教堂或法庭裡用來做空間分隔的格子框架結構，後成為歐洲中世紀時期各國普遍設立的官方文書機構的名稱。官方文書機構主要負責起草、發佈、保存政府的各種文書和檔案。該機構的負責人稱為 chancellor，以後該詞用來指稱高級政府官員，例如：該詞在英國指大臣，在德國和奧地利都是指政府總理。英國最早的官方文書機構組建於諾曼征服之前，是英國的兩大行政機構之一，另外一個是財政部。英國官方文書機構原本是王室機構的組成部分，13 世紀從王室分離出來，在西敏市獨立辦公，負責起草、發布、保管王室頒發的特許狀、書面狀令、專利、公務檔案、政府文書等文件。

英語的方言差異不利於經濟發展和文化交流，也不利於國王政令的下達和民情的上傳，於是致力於解決該問題的官方文書的書面標準便應運而生，該標準指導下的英文也開始大量出現在官方檔和正式場合。和喬叟一樣，「官方文書標準」選擇以倫敦為中心的英國中東部各郡的方言為基礎，用這種方言寫作的政府公務人員通常還諳熟法語和拉丁語，這兩種語言會影響他們對英語的遣詞造句，鑒於工作性質，主要以簡潔達意為目的。「官方文書標準」的推廣是一個循序漸進的過程，主要使用者是英格蘭的政府公務人員，他們出於行政事務需要而使用英語。宗教界和法律界除外，前者依然使用拉丁語，後者大多數時候使用諾曼法語，有時使用拉丁語。「官方文書標準」推行半個多世紀後，1489 年，英國議會停止使用法語，開始把英語作為官方語言，這是英語社會地位的重大轉變，標誌著中世紀英語向早期現代英語的過渡，而這一切的基礎，都是敢為人先的喬叟和作風嚴密的官方文書機構奠定的。

3. 印刷術的引入

印刷術在語言標準化過程中發揮了重要作用。印刷術是人類大眾傳播媒介的第一個形態——印刷書報的技術基礎，歷史證明，這一技術革新首先發生在東方。西元 7 世紀，中國最早發展出了機械印刷的基本概念和方法。西元 11 世紀中葉，北宋畢昇發明了活字印刷術，但中國的封建文化妨礙了這一技術的推廣應用，使其不論在本土還是對世界的影響都受到了限制。15 世紀中葉，德國古騰堡（Johannes Gutenberg）推出了活字印刷機，這是文藝復興時期最偉大的技術創造之一。印刷術在歐洲的普及推廣，對歐洲文藝復興、宗教改革、民族語言及民族國家的形成產生了深遠影響。

彼時的歐洲正處在中世紀向資本主義的轉型時期，新興的資產階級與衰落的封建貴族及其精神支柱——天主教會正進行著全面的較量。城市復興、商業經濟崛起，聖奧古斯丁（St. Augustine of Hippo）的神學體系開始瓦解，基督教共同體演化為世俗的民族國家。起源於 14 世紀義大利的文藝復興運動已散播到整個歐洲，鼓勵商業企業、科學研究和技術創新的人文主義成為潮流，社會對知識的需求空前增加，歐洲湧現出一批著名的高等學府。歐洲自羅馬帝國崩潰以來，由基督教共同體——羅馬教皇和僧侶階層壟斷的抄寫機構已不能滿足社會的需求，人們迫切需要更便宜、更高效的文本製作方法，以代替傳統宗教抄寫機構裡費時昂

貴的手工書寫，從而在更高的層次上擴大複製規模，使文本的傳播空間向更大的社會範圍擴展。正是在這一背景下，德國美因茨的工匠古騰堡在對西歐榨酒機工藝改造的基礎上，開始了活字印刷試驗。經過十餘年的努力，古騰堡最終在 1456 年完成了這項試驗，並印出了著名的《四十二行聖經》（*42-Line Bible*）。短短幾十年中，該技術在德國及歐洲迅速普及，到 1500 年，已有一千一百多家印刷所遍及歐洲兩百多個城市，生產出了 35000 個版本、1200 萬本書籍，並導致印刷業古版書階段的終結。

印刷術對歐洲民族語言、民族國家的形成功不可沒。15 世紀開始，西歐先後出現了三個強大的近代民族國家：西班牙、英國、法國，這是繼教皇之後控制西歐的最有效的力量。作為一個新興的共同體模式，民族國家的出現標誌著治理方式的轉型與近代國家的產生，它使過去長期存在的信仰與服從共同體朝著新型的意願共同體轉化，使傳統的、建立在對神的崇拜之上的社會團結，變成一種主動參與和自主意願之上的自願合作。促使這一轉化的關鍵是建立學校及傳播人們普遍接受的文獻、知識和新聞，以此為民眾提供關於共同歷史與共同命運的觀念，以及共同的道德教育，這是任何一個共同體包括民族國家所必需的。而實現這一目標的關鍵必須有統一的民族語言，尤其是標準化的書面語言——文字。

歐洲獨特的社會發展道路，基督教的一統天下，使羅馬拉丁語成為歐洲的通用語言。從神父、主教到醫師，但凡有身分的人都以拉丁語為日常用語，而各地方言，如法語、義大利語、西班牙語、葡萄牙語、英語等，統統被視為土語和不成熟的語言，僅限於普通人的日常生活，遠未實現規範化。建立民族國家的訴求、民族團結與民族認同使民族語言的規範化成為必須。統一的國家必須要有思想交流的正式媒介，民族國家必須確立自己的語言和文字的合法地位。應運而生的印刷術，正好迎合了新的社會統治者——民族國家的迫切需求，即打破狹隘自足的分立狀態，實現民族統一的需要。在那個時代，雖然印刷的仍是《聖經》，但不再是教會控制下的清一色的拉丁文版本，而是各種語言版本的《聖經》。從 1450 年到 1520 年，德文《聖經》印了 17 版，義大利文有 11 版，法文有 10 版，《聖經》的英譯本也獲准在英國出版，1538 年英王亨利八世還要求每一個教堂都必須購置一部英譯本《聖經》以供教徒閱讀。可見，正是形成中的民族國家以其無可匹敵的優勢，通過印刷術這一媒介，讓民族語言爆發出驚人的文化力量，從而推動民族國家贏得合法的社會地位。

英國第一位印刷商威廉‧卡克斯頓，繪於英國倫敦市政廳（Guildhall）窗戶彩色玻璃上。

　　威廉‧卡克斯頓（William Caxton, 1422-1490）是英國第一位印刷商，是莎士比亞之前對英語影響最大的人。他一生出版了約 108 部書，其中有 26 本是他自己的譯作。他出版的書包括喬叟的《坎特伯雷故事集》、《伊索寓言》（Aesop's Fables）、《埃涅阿斯紀》（Eneydos）和湯馬斯 ‧ 馬羅里（Sir Thomas Malory）的《亞瑟王之死》（Le Morte d'Arthur）等。

　　1422 年，卡克斯頓出生在英國肯特郡維爾德的森林區，家中頗有一些地產，因此能夠受到良好的教育。1438 年，年輕的卡克斯頓前往倫敦，在著名的絲綢商人、後來的倫敦市長、國會議員羅伯特‧拉奇（Robert Large）手下當學徒。1441 年，拉奇去世以後，卡克斯頓跨海前往佛拉蒙區的布魯日創業，這裡是歐洲羊毛交易中心，而他專門經營英國和歐洲大陸之間的紡織品貿易。在布魯日的二十多年中，他的事業獲得了巨大的成功，成了富有的商人。1463 年，他已經成為了低地國一帶的英國商會會長，地位非常顯赫，有時還代表英王從事外交活動。1469 年，他辭去會長之職，應邀就任勃艮第公爵夫人、英國國王愛德華四世的妹妹瑪格麗特（Margaret, Duchess of Burgundy）的諮詢顧問。

卡克斯頓通曉英語、法語、德語、拉丁語，經商之餘，他喜愛閱讀，尤其對文學感興趣，自己也常常舞文弄墨。1469 年 3 月，卡克斯頓開始翻譯法國宮廷作家拉烏爾‧拉斐爾（Raoul Lefèvre）的《特洛伊史回顧》（*Recuyell of the Historyes of Troye*）等書，他的翻譯深受朋友的喜愛，朋友紛紛向他索取譯本。卡克斯頓除了找抄寫員之外，還親自筆錄譯作送給朋友。但他很快就感到自己「管禿手拙，雙目無神」，無法再抄下去了。而此時，古騰堡於 1450 年發明的活字印刷術已從美因茨沿萊茵河順流而下傳到科隆。卡克斯頓得知這一消息後，於 1471 年前往科隆。在科隆，卡克斯頓交了昂貴的學費，刻苦學習印刷術，最後終於成為英國出版界的第一人。此時的卡克斯頓，以當時的標準來看，已是一個不折不扣的老人了。約在 1474 年，卡克斯頓帶著一套鉛字活版印刷的行頭返回布魯日，在那裡創建了一個印刷所，他所印的第一部英文書就是自己翻譯的《特洛伊史回顧》。這是有史以來印刷出版的第一本英語書，莎士比亞的《特洛伊羅斯與克瑞西達》（*Troilus and Cressida*）就取材於這本書。1475 年，他與佛拉蒙區印刷商科拉爾‧芒雄（Colard Mansion）合作，在布魯日印刷出世界上第一本銅版印刷書，這是一件劃時代的大事。1476 年底，卡克斯頓應英格蘭國王愛德華四世之詔，返回英倫，在倫敦西敏寺附近建立了英國第一家印刷廠，開始大規模出版書籍。次年，卡克斯頓出版了在英國本土印刷的第一部英文書籍《哲學家的名言或警句》（*Dictes or Sayengis of the Philosophres / Sayings of the Philosophers*），這也是第一本印有出版日期的英文印刷品。1480 年，他出版了第一部帶有插畫的英語版《世界鏡鑒》（*The Myrrour of the World*），這是一部百科全書性質的書，也是他自己從法語版翻譯過來的。到 1491 年卡克斯頓去世之時，他已經出版了一百多部書籍，其中 80% 是英文書籍，有一些還是鴻篇巨制，他自己親自翻譯出版的書就達 26 種。在這些「卡克斯頓版」的書中，以孤本或殘篇留存到今天的尚有 1/3，是英國最為珍貴的「搖籃本」（Incunabula〔2〕）書籍。

2002 年，英國廣播公司評選出了英國歷史上最偉大的一百人，卡克斯頓榜上有名，排名第 68 位。就對英國語言和文學的貢獻和影響力而言，除莎士比亞之外，大概無出其右者，卡克斯頓不愧是英國文藝復興的助產士。卡克斯頓有長期的經商經驗，瞭解市場，懂得出版什麼才能滿足讀者（包括王室、貴族和平民）的閱

第三章　英語與法語：征服、逆襲與爭霸

〔2〕搖籃本（Incunabula）指歐洲活字印刷術發明之最初 50 年間所印刷的出版物。此字係拉丁文，原意為搖籃期（Cradles），故又稱此時期的出版物為搖籃本。

讀審美需求。在 15 年的倫敦出版生涯中，他出版的書籍幾乎無所不包，其中有宗教經籍、神學著作、騎士傳奇、詩歌、百科全書、歷史、哲學及倫理學等。這些書籍極大地開闊了人們的眼界，促進了英國新文化的發展。另一方面，卡克斯頓豐饒的資財也保證他得以按照興趣出版喜愛的書籍，而不必過多地考慮迎合市場需要。用今天的話來講，卡克斯頓是一個有著出版理想的出版人，而他的出版理想恰恰是文學，這也是英國文學的幸運之處。卡克斯頓幾乎出版了當時能夠得到的所有英國文學作品。1478 年他出版了喬叟的《坎特伯雷故事集》（1484 年再版，並加上了木版插圖），此後還出版了喬叟的《特洛伊羅斯與克瑞西達》以及其他詩作。1485 年改編出版了湯馬斯·馬羅里的《亞瑟王之死》。另外，卡克斯頓還翻譯出版了很多外國文學作品，例如《伊索寓言》《列那狐的故事》（*The History of Reynard the Fox*）等書。他出版的這些書籍不僅對英國早期文學的保存有著重大意義，而且深刻地影響了其後英國文學的閱讀與創作。

印刷術促進英語標準化的直接動力來自印刷商對經濟利益最大化的不懈追求。古騰堡和卡克斯頓發明印刷術的原動力也許並非是致力於推進知識的傳播，而是基於商業化的考量。隨著印刷術在西歐的傳播和普及，印刷業逐漸成為一個產業，因而對統一書面語言的需求也越來越強烈。因為只有書面語言標準化之後，潛在的讀者群才能更大，市場前景也才會更加廣闊。在卡克斯頓的時代，有多少個郡就有多少種方言。不管在口語還是書面語方面，英語還遠未定型，印刷媒介帶來的標準化，對英格蘭民族語言的書寫和語法統一帶來了可持續性和穩定性。卡克斯頓在出版英文書籍時，選用的是倫敦和宮廷中較其他方言更接近法語的語言，使英語的句法和文法大致定型。為了英語的規範化，他甚至還編了一本《法語英語詞彙》（*The Vocabulary in French and English*），這是最早的雙語詞典之一。卡克斯頓樸實無華而又奇妙生動的個人寫作語言，也對後世的英語寫作產生了一定的影響。難怪有人說，在莎士比亞之前，卡克斯頓是對英語影響最大的人。1476 年，卡克斯頓將印刷機引入英格蘭後，白話文學開始蓬勃發展。宗教改革帶來了白話文的禮拜儀式，最終產生了《公禱書》（*The Book of Common Prayer*），給英語文學帶來了深遠的影響。英語文學的文藝復興一直延伸至 17 世紀中葉查理二世復辟為止，在戲劇、詩歌等方面產生了莎士比亞、馬洛（Christopher Marlowe）、史賓賽、班·強生等一批享譽世界的文學大師。

（三）百年戰爭帶來的英語復興

自諾曼征服以降的三百多年裡，英語與法語在英國的地位具有此消彼長的關係，而語言的消長深受英法兩國關係的制約。作為隔海相望的近鄰，當英國與法國關係親密時，英國統治者的法國文化認同感高，說法語的熱情相應高漲；而當英國與法國關係緊張時，英國統治者的法國文化認同感低，說法語的熱情也相應低落。從征服者威廉一世開始，英國國王經歷了從法王臣屬到法國敵人的身分大改變，其自我身分認同也經歷了從外國人到英國人的身分大轉變。在指向這兩大轉型的過程中，英國法國之間發生了一系列里程碑似的事件。例如，1204 年英國失去法國諾曼第；1258 年，英國國王第一次同時以英法兩種語言發布敕令；1337年，英國國王第一次在國會用英語演講；1362 年，英國法庭上停止使用法語；1489 年，英國國會停止使用法語，並開始用英語作為官方語言。導致英國統治階級堅決放棄法語、復興英語的標誌性事件是 14 世紀上半葉打響的英法百年戰爭（Hundred Years' War, 1337-1453），戰爭是暴力交際手段，使語言傳播交融的管道更多、更直接。

百年戰爭爆發的原因錯綜複雜，涉及英法政治、經濟、社會、國際關係等諸多因素。雖說通常認為百年戰爭始於 1337 年，但在此之前法國和英國早已累積了多年恩怨。北歐海盜騷擾侵略法國海岸由來已久，卡洛林王朝（Carolingian Dynasty）時期，法蘭克統治者查理三世被迫同意北歐海盜在法國海岸諾曼第定居，這就是日後建立的諾曼第公國。1066 年，諾曼第公爵威廉成功入侵英格蘭，成為英格蘭國王，同時統治著英格蘭和法國諾曼第。12 世紀中期，英國安茹王朝（House of Anjou）在法國佔有廣闊領地。英國安茹王朝君主亨利二世（Henry II）採取耍賴戰略，一方面承認法國國王路易七世（Louis VII）是法律上的主人，另一方面又對法王的命令置若罔聞，根本不履行作為法國貴族的任何義務。對於一個不但擁有國王頭銜而且領土比自己大兩倍以上的強橫逆臣，路易七世視亨利二世為眼中釘、肉中刺，想盡一切辦法欲戰勝亨利二世，奪回本應屬於法蘭西國王的領土。1216 年，盎格魯-諾曼統治者失去了對諾曼第的控制。12-13 世紀，法國國王逐漸奪回部分被英王佔領的土地。14 世紀初，英國仍佔據著法國南部阿基坦地區（Aquitaine），成為法國政治統一的最大障礙。法國人試圖把英國人從法國西南部趕走，從而統一法國，英國當然不願退出，並欲奪回失去的土地，如

諾曼第、曼恩（Maine）、安茹等。另外，當時英法兩國因為貿易利益的關係，都想爭奪對佛拉蒙區（Flanders）的實際控制權，雙方的矛盾衝突進一步加深，最終導致百年戰爭爆發。

　　1337 - 1453 年間爆發的百年戰爭是英國和法國，以及後來加入的勃艮第（Burgundy）之間的戰爭，號稱世界上歷時最長的戰爭，斷斷續續進行了 116 年，是中世紀歐洲最重大的軍事衝突之一。英法兩個王室的五代君主爭奪西歐最大國家法國的王位，這也是中世紀歐洲騎士制度的巔峰之戰，百年戰爭以後騎士制度就開始沒落，西歐的封建制度也開始瓦解了。百年戰爭以法國的勝利告終，戰爭促使英法兩國現代民族國家的形成：法國完成民族統一，為日後在歐洲大陸的擴張打下基礎；英國雖然喪失了幾乎所有的法國領地，但英格蘭的民族主義空前高漲，民族認同更加清晰，為日後在歐洲之外的擴張埋下伏筆，從此英國對歐洲大陸推行「光榮孤立」政策，專注於歐洲之外的發展，成為全球最大的帝國，英語作為英格蘭民族語言的地位也得到了提高。

　　法國王位繼承問題是百年戰爭的導火線。1314 年，法王腓力四世（Philip IV）留下三子一女後去世。根據王位繼承規則，王位應由腓力的兒子繼承，後來這三個兒子也相繼去世，沒有留下任何男性子嗣，1328 年，腓力四世幼子查理四世（Charles IV）去世，始於 987 年的法國卡佩（House of Capet）王朝絕嗣。腓力四世的女兒伊莎貝拉（Isabella）是英國金雀花王朝（House of Plantagenet）的王太后，她竭力為自己的兒子英王愛德華三世（Edward III）爭取繼承法國王位。英國金雀花王朝早在 12 世紀便通過聯姻等手段在法國擁有大量土地和財產，因此自認為屬法王諸侯，但法王並不信任這些英國表兄弟，相反認為英國人的存在使自己無法獲得英國人所佔領的法國土地，進而無法進行領土擴張以及有效的中央集權統治。按理說，法王王冠應該落在腓力四世的外孫頭上，然而因為這位外孫恰好是英王愛德華三世，所以法國貴族一致反對將法國王冠授予英國國王，為此他們專門推舉腓力四世的侄子、瓦盧瓦王朝（House of Valois）的領袖為新法王。1328 年，腓力四世的侄子加冕法王，史稱腓力六世（Philip VI）。同年，法國佔領佛拉蒙區，英王愛德華三世下令禁止英國羊毛出口，而佛拉蒙地區為了保持原料來源，轉而支持英國的反法政策，承認愛德華三世為法國國王和佛拉蒙區的最高領主，使英法兩國矛盾進一步加深。1337 年，愛德華三世宣佈成為法蘭西國王，腓力六世則宣佈收回英國在法境內的全部領土，並派兵佔領基恩（Guyenne）、

挑起爭端。愛德華三世作為亞奎丹公爵和法國王侯，享有既持有公爵領地，又不受制於法王的獨立地位。腓力和愛德華都沒有考慮過向對方妥協，事實上，作為真正的中世紀騎士，他們都有打一場騎士戰爭的想法。1340 年，愛德華昭告天下，鑒於法王腓力四世是自己的外祖父，因此自己才是法國王位的合法繼承人。此後的四百多年裡，只要是公開的禮儀場合，英國王室都會反復重申愛德華的這項聲明，直到法國王室被共和力量推翻。

經濟問題是英法兩國交惡的罪魁禍首。英國的經濟命脈和王室國庫的正常運轉，在很大程度上依賴羊毛貿易。中世紀後期，佛拉蒙區是歐洲羊毛貿易中心，生產羊毛的英國人在這裡賣羊毛，而大部分由這些羊毛製成的呢絨商品則取原道返回英國。由於羊毛原料出口商和毛呢製成品進口商都要向英王繳稅，因此佛拉蒙區的羊毛製品廠商和經銷商順理成章地都願意支持英國利益。然而，佛拉蒙伯爵卻是一位法國王侯，佛拉蒙貴族也認同自己為法王一脈，他們自然希望獨享佛拉蒙區的財富，同時也可以一舉兩得地損害老對手英國人的經濟利益。

百年戰爭分為四個階段。第一階段（1337-1360）英法主要爭奪佛拉蒙區和基恩，英國處於攻勢。1337 年 11 月，英王愛德華三世率軍進攻法國，戰爭開始。1340 年，英軍在斯勒伊斯海戰（Battle of Sluys）中打敗法軍，英國控制了英吉利海峽，奪得制海權，防止法軍渡海入侵。1346 年 8 月，英軍於陸上的克雷西會戰（Battle of Crécy）大勝，又取得了陸上的優勢。之後再圍攻法國海防要塞加來港，11 個月後成功佔領加萊港。1346 年 10 月，英國在本土的內維爾十字之戰（Battle of Neville's Cross）打敗蘇格蘭入侵，擒獲親法的蘇格蘭王大衛二世（King David II of Scotland）。1348 年，黑死病（Black Death）橫掃整個歐洲，兩國停戰十年。1355 年，英格蘭再度進攻，奪取法國西南部的基恩和加斯科涅（Gascony）。1356 年 9 月，普瓦捷戰役（Battle of Poitiers）法軍大敗，法王約翰二世（John II，1350-1364 年在位）及眾臣被俘，英國借此向法國索取巨額贖金。英國人無限度地徵收苛捐雜稅和法國內部完全陷於經濟破壞的狀態，導致了 1358 年法國農民起義——札克雷暴動（Jacquerie Peasant Revolt）。法國王室則承受著英軍橫徵暴斂、國家經濟崩潰、平民起義反抗等內外煎熬，情勢非常不利。1360 年，法國被迫簽訂極不平等的《布勒丁尼條約》（*Treaty of Brétigny*），割讓出羅亞爾河以南至庇里牛斯山脈的全部領土。此外，法王還需支付 300 萬金幣的補償款作為條件，愛德華放棄對法國王位的聲索。

第二階段（1369-1380），法國扭轉不利戰局。1364 年，法國王子查理繼位，稱查理五世（Charles V, 1364-1380 年在位），他為了奪回失地，改編軍隊，整頓稅制，加緊備戰。查理五世用雇傭步兵取代部分騎士民團，並建立了野戰炮兵和新型艦隊。從 1369 年起，法國連續發動攻勢，欲奪回被侵佔的領土。法軍新任統帥貝特朗・杜・蓋克蘭（Bertrand du Guesclin）以突襲和遊擊戰術攻擊英軍，在蒙鐵爾戰役（Battle of Montiel）等多場戰役大敗英軍。1380 年，英軍已退守至沿海區域，英王擔心喪失在法國的全部領地。1396 年，英法雙方締結二十年停戰協定，英國僅保留波爾多、巴約納、布列斯特、瑟堡、加萊 5 個海港，以及波爾多與巴約納之間的部分地區。

第三階段（1415-1424）英國伺機出擊，重新佔據主動。1415 - 1429 年間，法國阿馬尼亞克（Armagnac）與勃艮第兩派發生內訌，農民市民也起義反抗，英格蘭借機重啟戰端。1415 年 8 月，英王亨利五世（Henry V, 1413-1422 年在位）趁查理六世（Charles VI, 1380-1422 年在位）即位後法國統治階級發生內訌之機，領兵進攻法國，英軍於阿金庫爾戰役（Battle of Agincourt）大敗法軍。10 月，英國與勃艮第公爵結盟，佔領法國北部，法王查理六世無力抵抗。1420 年 5 月 21 日，英、法在特魯瓦簽訂幾乎讓法國亡國的《特魯瓦條約》（*Treaty of Troyes*）。英王亨利五世成為法國攝政王，有權繼承查理六世死後的法國王位，法國已淪為英法聯合王國的一部分。1422 年，英法的亨利五世和查理六世同年去世，兩方新王亨利六世（Henry VI）和查理七世（Charles VII）為爭奪法國王位再度交火。由於王位爭奪（1422-1423）加劇，法國遭到侵略者的洗劫和瓜分，處境十分困難。捐稅和賠款沉重地壓在英占區的法國居民頭上。1428 年 10 月，英軍圍攻通往法國南方的要塞奧爾良城，形勢危急，法國人民組成抗英遊擊隊，襲擊敵人。因此，對法國來說，爭奪王位的戰爭已轉變為民族解放戰爭。

第四階段（1424-1453），法國反敗為勝，取得英法百年戰爭的最後勝利。1428 年 10 月，英軍和勃艮第派系軍隊包圍了奧爾良（Siege of Orléans），對法軍十分不利。1429 年 4 月 27 日，法王太子授予貞德（Joan of Arc, 1412-1431）以「戰爭總指揮」的頭銜。她全身甲冑，腰懸寶劍，捧著一面大旗，上面繡著「耶穌瑪利亞」字樣，跨上戰馬，率領三四千人向已被英軍包圍達半年之久的奧爾良進發。貞德先從英軍圍城的薄弱環節發動猛烈進攻，英軍難以抵擋，四散逃竄。4 月 29 日晚間 8 時，貞德騎著一匹白馬，在錦旗的帶領下進入奧爾良，全城軍民燃著火

炬熱情歡迎她。貞德率領士氣高昂的法軍，迅速攻克了聖盧（Saint Loup）要塞、奧古斯丁（Augustins）要塞、托里斯（Tourelles）要塞。5月8日，被英軍包圍209天的奧爾良終於突圍成功。奧爾良戰役的勝利，扭轉了法國在整個戰爭中的危難局面，從此戰爭朝著有利於法國的方向發展。此後，法國人民抗英運動繼續高漲，英軍節節敗退。1429年7月，法國王子查理在蘭斯加冕，稱查理七世。1430年，在「康白尼之圍」（Seige of Compiègne）

騎馬的法國民族英雄聖女貞德，源於1505年手抄本裡的插圖。

的戰鬥中，當貞德及其部隊被英軍所逼、撤退回城時，這些封建主把她關在城外，最後竟以4萬法郎將她賣給了英國人。貞德寧死不屈，她說：「為了法蘭西，我視死如歸！」1431年5月29日上午，貞德備受酷刑之後在盧昂城（Rouen）下被活活燒死，她的骨灰被投到塞納河中。犧牲時，貞德才19歲。貞德之死激起法國的民族義憤。1435年，勃艮第背棄英王，重新與法聯合，促使法軍轉入大反攻。1437年，法軍光復首都巴黎。1441年，法國收復香檳地區。1450年，法國和布列塔尼聯軍在福米格尼戰役（Battle of Formigny）中大敗英軍，整個曼恩和諾曼第地區很快回到法國手中。1450年，法軍解放諾曼第，並在巴約勒之戰（Battle of Bailleul）中重創英軍。1453年，法國奪回基恩。1453年7月17日，法軍在卡斯蒂永戰役（Battle of Castillon）中殲滅加斯科涅的英軍主力，10月19日波爾多英軍投降，法國收復加來以外的全部英占領土。1458年，法軍攻陷加萊，英國失去了在歐洲大陸的最後一個據點。

　　戰爭體制方面，開始時，兩國主要採用西歐原有的貴族兵源制，由各領主募

集軍隊，有服役時間限制。這對跨海遠征的英格蘭很不利，於是英軍轉而招募更多來自下層的雇傭兵，並配合著名的長弓兵戰術。法國則迫於戰爭初期的失利，必須擴張王室的統治權力以抵禦外敵，因此在戰爭結束時，雙方都已走上中央集權的道路。戰爭初期，英格蘭在數次戰役中的勝利，嚴重挑戰了西歐貴族騎兵的軍事壟斷地位。戰後，雖然勝利的法國仍保留著許多重騎兵傳統，但步兵能夠打敗騎兵的思想觀念已經流傳開來，步兵的重要性由此不斷提升，騎兵則最終走向消亡。

戰術思想方面，戰爭初期，法國在各次大會戰中都使用重騎兵正面衝擊，到1415 年的阿金庫爾戰役時，也模仿對手英國讓部分騎兵下馬徒步戰鬥，這說明騎兵和步兵的戰場角色已大幅改變。法國借由平民出身的聖女貞德鼓舞士氣取得最後勝利，更突顯出以騎士貴族為主的法軍在戰爭中的屢次失敗，標誌著貴族騎士階層的衰退和民族戰爭特性的興起。

武器裝備方面，百年戰爭中，雙方的武器裝備都經歷了改良和演化。14 世紀開戰時，當時最好的盔甲仍是鎖鏈甲，這和數世紀之前相比並沒有本質上的進化和改善，而 15 世紀戰爭中後期時，新形態的板甲已經成為貴族騎士們的普遍裝備。在連續不斷的圍攻戰中，雙方逐漸重視起攻城武器的設計和應用。在後期，法軍開始大規模使用火藥及火炮作為武器而取得勝利，並在這些新型武器上具有科技領先地位，由此催生了新形態的戰爭方式。

百年戰爭，不論對英國還是法國人民來說都是一場災難。當時又恰逢黑死病流行的時代，在戰爭和疫病的雙重打擊下，英法兩國的經濟大受創傷，民不聊生。西方歷史學家德斯蒙德‧蘇厄德（Desmond Seward）指出：「百年戰爭是一場持續百年的屠殺遊戲。當兩國的皇族及貴族為了自己所奪得的利益而慶祝的時候，那些痛失家園及親人的無辜平民卻只能無聲地痛哭。戰爭打了一百年，人民也哭了一百年」。在戰爭過程中，英法百年戰爭的性質發生了改變，這在戰爭史上並不多見。英法兩國先為王位繼承問題展開爭權奪利的生死爭鬥，爾後演變為英國對法國的入侵，法國則被迫進行反入侵回擊，戰爭性質從封建王朝混戰變化到侵略與反侵略，其結果可謂完全違背了英法王朝統治者的預料。

百年戰爭以法國為主戰場，給法國人民帶來了深重的災難，同時也促進了法國民族意識的覺醒。人們普遍意識到國王聯姻不僅不能解決長治久安問題，反而容易引起王位繼承權爭奪和戰爭。民族女英雄貞德勇敢地捍衛民族利益，為了民

族解放不惜犧牲自己的生命，喚醒了法國人的民族意識，振奮了民族精神。解放戰爭的勝利，不僅使法國擺脫了侵略者的統治，而且還使法國人民團結起來，民族感情迅速增強，國王得到了臣民的忠心支持。由此法國封建君主政體演變成了封建君主專制政體，王權進一步加強。百年戰爭之後的英國，在經歷了一段內部的政治紛爭（玫瑰之戰）後，也建立起中央集權的君主專制國家，開啟了英國走向強國的道路。

　　百年戰爭的過程中，席捲歐洲的黑死病對英語的復興具有重要意義。關於黑死病的起源、性質、後果，目前還沒有定論。原來認為是鼠疫，現在似乎又有人認為是通過病毒傳播的流行性疾病。歐洲流行的說法是這是一場源於亞洲的瘟疫，西元 1338 年左右，在中亞草原地區發生了一場大旱災引發的局部瘟疫，這場瘟疫通過人員流動向外四處傳播，而傳入歐洲的起點是黑海之濱克里米亞半島上的卡法（Kaffa），一座被義大利商人控制的城市，隸屬於東羅馬帝國，而附近則是蒙古人建立的欽察汗國（Qipchaq Ulisi）。瘟疫先是在蒙古大軍中蔓延，然後傳到卡法城裡。1348 年，卡法商人把瘟疫帶到歐洲本土，1349 年春，瘟疫傳入英國，並迅速蔓延到全國各地，甚至連最小的村落也不能倖免，導致英國農村勞動力大量減少，有的莊園裡的佃農甚至全部死光，而城市因人口稠密，傷亡情況更加慘烈。同年 5 月，倫敦原有的 5 萬居民只剩下了 3 萬，直到 16 世紀才恢復到原來的數量。當時英格蘭的第二大城市諾里奇（Norwich）也慘不忍睹，常住人口從 12000 人銳減到了 7000 人，該城從此再也沒能重現昔日的輝煌。著名的牛津大學也是重災區，三分之二的學生命喪黃泉。3 萬名教職員工和學生，死的死，逃的逃，一年之後只剩下了 6000 人。1351 年，疫情初步好轉時，英倫三島和愛爾蘭已經損失了總人口的 40％左右，遠遠高於英國在英法百年戰爭中的傷亡總數。1352 年後，黑死病在歐洲的肆虐勢頭開始減弱，不過在整個 14 世紀，這種令人恐怖的瘟疫仍時常死灰復燃，在 1361-1363 年、1369-1371 年、1374-1375 年、1380-1390 年間，它又曾多次掃蕩歐洲。經過一系列瘟疫的打擊，歐洲人口大量死亡，至於具體數字由於缺乏準確的統計，後世估計約為兩千五百萬，相當於當時歐洲人口的三分之一。即使在 14 世紀以後的 300 年間，黑死病也一直沒有絕跡，所造成的恐怖後果，也許只有 20 世紀的兩次世界大戰才可相提並論。

　　在語言方面，黑死病造成的後果是沉重打擊了拉丁語和法語，提高了英語在英國社會中的地位。教堂、修道院、大學、文法學校是知識密集區，同時也是說

拉丁語的高級知識份子聚集的地區。當瘟疫來臨時，這些人口密集區自然是瘟疫蔓延的重災區，神職人員和教師大批倒下，一時間竟然找不到可以替代他們的人，從而導致英國拉丁語人才的斷代。英國的法語人才也遭到了類似的打擊。說法語或會英法兩種語言的人才通常集中在王宮莊園、各級軍政機構以及商賈重地，而這些地方通常人口密度高，疫情慘重，因此英國的法語人才也遭遇了滅頂之災。城市裡說英語的下層百姓也在劫難逃，而農村由於人口稀少，受災程度相對較輕。瘟疫過後，英國人口銳減，勞動力價格走高，這無疑提高了普通勞動者的價值，同時也抬高了英語的價值，因為英語是與這些普通人溝通的唯一語言。於是，教堂、學校裡有了只會說英語的人，世俗統治階級身邊也多了只會說英語的人。令人聞風喪膽的黑死病加速舊統治階級語言的沒落，也加快民族國家語言的崛起。

（四）法語對英語的影響

　　法語和英語的互動長達千餘年，法語對英語的影響潛移默化，主要有三大浪潮：諾曼征服打開了諾曼法語影響英語的大門、13 世紀中期巴黎法語開始進入英語、17-18 世紀是法語影響英語的最後一波高潮，從此以後英語開始逆轉法語。

　　在諾曼征服之前，英法兩國統治階級之間已有一定的交流，這些交流促進了少量的法語單詞進入英格蘭的文化和生活中，這些詞在當時是一種新文化和新生活的象徵。伴隨諾曼征服而來的是英格蘭政府和上層階級的重組，這勢必會帶來大量法語單詞的湧入。然而在諾曼征服後的一百多年裡，英語中的法語單詞一度出現飽和狀態，沒有再增加。

　　13 世紀早期，英國相繼失去諾曼第和其他在法領地後，英法兩國上層的直接聯繫遭到削弱，但兩個民族之間的民間接觸與融合卻逐漸加深。1204 年，英王失去諾曼第後，英國上層統治階級被迫同時掌握法語和英語兩門語言，14 世紀英語開始廣泛地運用於文學和上層階級的演講中。影響英語的法語主要來自兩個地方方言：早期是諾曼第人的方言，後期是在法國中部享有很高聲望的巴黎方言。自從法國處於中部地區貴族的統治之下後，英語中原有諾曼第人的方言就被巴黎方言所替代，或被賦予新的意義，1250 年是這兩個時期的分水嶺。1250 年前，

英語中的法語單詞主要來自諾曼方言，大約有九百個，其中最多的是較早進入英語的、與教會有關的法語單詞。因為當時英國的教會是由法國人控制的，僧侶在傳教時很自然地就將法語傳播開來了。這些帶有宗教色彩的法語詞彙有不少都保留至今，比如 miracle, canon, capelein（後來被另一個法語單詞 chaplain 取代），cardinal, prior, Baptist 等詞都出現在 12 世紀。1250 年後，英語迎來了借用法語的第二次浪潮，這是法語湧入英語的鼎盛時期。因為 1250 年後，習慣於使用法語的上層階級開始重新使用英語，由於不熟悉英語，他們經常借用法語詞彙來表情達意。通過這種方式，上層階級為英語引入了大量的法語詞彙，這些詞彙涉及政府、法律、宗教、軍隊、食物等各個領域，英語中的法語詞彙一半都是在 1250 年到 1400 年這 150 年間進入英語的。此次借用並非來自法國諾曼第，而是以法國中部方言為基礎的巴黎法語，這個時期的法語使用不僅僅局限於英國上層階級，而且受到了中產階級的追捧，法語不再是貴族享用的特權，由此迎來了歷史上所謂的「法語的全盛期」。1258 年至 1362 年期間，法語在各種活動中得到廣泛使用。

14 世紀，英語中的法語借詞大量增加，而且許多法語單詞已經成為英語中的一個有機組成部分。當時的英國人在書信和地方檔案記錄中已大量使用法語。在英國詩人喬叟的《坎特伯雷故事集》中，不足一百五十字的序言就使用了 18 個法語單詞，可見當時的法語運用有多廣泛。除此以外，在技術性的文章中，如對狩獵、烹飪等的描寫，也可以看到不少的法語詞。由於 1362 年以前法語是律師和法庭用語，所以英語中的法律詞彙有相當一部分出自法語：大量與法律程式有關的詞，如 sue, plead, accuse, indict, arraign, depose, blame, arrest 等都出自於法語；一些罪行名稱也來自法語，如 libel, assault, arson, larceny, slander, perjury；大多數與財產有關的詞也是法語詞，如 property, estate, entail, heir, inheritance, chattels；只有少數詞如 will, own(er), landlord, goods 還保留著英語原詞。從 1362 年開始，英語逐漸取代法語的位置，成為法律用語，但仍有大量的法語詞遺留其中，例如上面提到的那些詞。14 世紀後半期，法語的使用就逐漸減少了。

15 世紀，英國人對法語的熱情漸趨冷淡，法語逐漸失去了對英語的影響力。究其原因有以下幾點：首先，在當時的法國，巴黎法語被認為是法國的標準語，而在英國廣泛使用的盎格魯 - 諾曼法語則被認為是不地道的法語方言。其次，於 1337 年爆發的英法百年戰爭持續了一個世紀，加深了英法兩國的宿仇，更激發了英國人對於使用法語的抗拒心理。更重要的是，英國上層階級逐漸失去了他們

在法院和政府部門的重要性，而農民、商人以及工匠藝人的地位開始提高，這使得英語的地位也相應得到了提升，畢竟英語是這些中產階級所使用的語言。到了1362年，英國以法律形式規定了英語在官方場合的使用，並指定英語為議會使用的官方語言。雖然法語作為一種口語語言正在退出英國的歷史舞臺，但是在15世紀它仍是特權階級的標誌及時尚文化的象徵。許多有關文化和時尚的詞就來源於法語，例如時尚（fashion）和衣服（dress）這兩個詞本身就是法語單詞；文學方面的文學（literature）、詩人（poet）、浪漫作品（romance）、悲劇（tragedy）、故事（story）等也都是法語單詞。

16世紀，法國因較早從義大利吸收文藝復興的養分，在宗教、哲學、藝術等領域都取得了輝煌的成就，尤以文學發展最為突出。16世紀的法國文學十分發達：拉伯雷的作品《巨人傳》（*Gargantua and Pantagruel*）在歐洲文學史和教育史上佔有重要地位。散文家蒙田的思想遍及五大洲，影響長達3個世紀，他的論文影響了包括莎士比亞在內的許多英國作家。隨著法國文學的發展並取得輝煌成就，巴黎不僅成為法國文學之都，更成為整個歐洲文學之都，從而產生了文學和文化上的法國中心主義。此時的英國也開始了文藝復興，文化發展的需要掀起了向巴黎學習各方面知識的熱潮，翻譯法國書籍蔚然成風，而印刷術的推行也大大便利了法國文化的傳播。雖然英語在前幾個世紀裡從法語借了相當數量的詞彙，這時卻發現仍不夠用。為了準確、充分地表達新思想、新概念和新事物，英語必須再次大量借用外來語。於是，通過傳奇文學的譯介，大量法語詞彙被借入英語詞彙中。另外，由於英國歷史上中世紀戰事頻仍，而當時掌控軍隊和艦隊的人大都說法語，且很多戰事都在法國境內進行，故這一時期英語從法語中借入的詞大多與戰爭有關。例如：陸軍（army）、海軍（navy）、和平（peace）、敵人（enemy）、武器（arms）、戰役（battle）、戰鬥（combat）、圍攻（siege）、防務（defense）、間諜（spy）、上尉（captain）、中士（sergeant）、齊射（volley）等，這些詞直到今天都還在使用。除了與軍事有關的詞外，有關政治和社會的詞也有一些，如：黨派的（partisan）、藏匿處（cache）、花瓶（vase）等。

在法語對英語的影響史上，17世紀是一個熠熠生輝的年代，是法語最後一次大規模進入英語。17世紀，法國路易十三和「太陽王」路易十四時期，興起了古典主義的文藝思潮，是歐洲的文化中心，文學、藝術空前繁榮，貴族沙龍（Salon）成風。法國人的語言、服飾、舉止皆被歐洲各國上流社會所模仿，是否會說法語

是社會地位的絕對標誌，例如在英國查理一世的宮廷中，如果一位女士不會說法語，就會遭人輕視。古典主義促進了戲劇、散文、繪畫和建築藝術的發展，創造了豐富多彩的文學藝術。這一時期，法國湧現出一批卓越的文學家和藝術家，如莫里哀、高乃依和拉辛等。當時法國的劇團經常到國外巡迴演出，所以法國藝術家的作品也在歐洲廣為流傳。在古典主義興起的過程中，法國上流社會沙龍文化的出現起了重要作用。沙龍實際上是當時上流社會社交和文學活動的場所，沙龍文化不僅風靡巴黎及外省，而且在整個歐洲上流社會也被競相模仿。例如，當時法國大使科曼熱在倫敦的沙龍就很受歡迎，賓客們皆是英國上流社會名士。

查理二世在位期間，英語再一次迎來了借入法語詞彙的高峰。查理和他的法國母親感情篤厚，幼年接受過完備的法國式教育，16-30 歲期間都住在歐洲大陸，更增添了他的法國氣質，可以說查理二世的法國性格甚於其英國性格。復辟後，他和皇室貴族把對法語的深刻瞭解和對法國文化的由衷熱愛帶回了英國。查理二世喜歡看巴黎戲劇，因此復辟後在倫敦成立了兩家王室特許劇院：皇家劇院（King's Company）和約克公爵劇院（Duke's Company），這些劇院常常客滿，帶動了英國戲劇業的興旺發展，法國戲劇理所當然成為英國戲劇模仿的典範。當時興起的宮廷面具舞也被冠以法文名稱 Masque（假面舞會）。據統計，當時最負盛名的劇作家和批評家約翰·德萊頓（John Dryden）通過自己的作品把兩百個左右的法語單詞引入標準英語。1685 年，法國廢除保護新教的法令《南特詔書》（*Edict of Nantes*），使大量法國新教徒逃亡到英國，這些難民的到來使法語詞彙再一次大量湧入英語。這一時期法語對英語的影響主要體現在大量法語詞彙的借入，這些法語詞彙大都涉及文化生活，有相當一部分保留至今。例如：ballet（芭蕾）、boulevard（林蔭大道）、coiffure（髮型）、routine（慣例）、naive（天真的）等。另外，此時從法語引進的詞彙有一個不同於其他時期法語借詞的特點：這些詞彙沒有再經歷英語化，而是直接使用了法語的拼寫和讀音，而且在說話時保留法語發音甚至被認為是一種時髦。這就是為什麼在現代英語詞彙中，有些單詞從讀音上就可以看出源自法語，如：chagrin（懊惱）、confidante（知己）、double（加倍）、rendez-vous（約會）、attaque（進攻）、bombe（甜點）等。

18 世紀，隨著資本主義的快速發展，歐洲歷史上出現了第二次偉大的思想解放運動——啟蒙運動，而法國正是啟蒙運動的中心。這一時期出現了一批偉大的啟蒙思想家，如孟德斯鳩、伏爾泰、狄德羅和盧梭等，他們的作品和思想傳遍了

全世界。從 17 世紀後半葉一直到 18 世紀末，法語在歐洲享有很高的聲譽，成為開展文化交流和宣傳啟蒙思想最適合的語言。歐洲各國宮廷都以講法語為榮，當時法國的駐外使節甚至都不需要翻譯人員隨行。18 世紀時，法語在歐洲的傳播已經達到了鼎盛時期，在好幾十年內成了歐洲的共同語言，完全取代了拉丁語在歐洲的傳統地位。17 世紀，法語在歐洲的至高地位，很大程度上得益於路易十四時期的強盛國力；18 世紀，法國國力逐漸式微之際，法語依然在歐洲廣受歡迎，完全有賴其光彩奪目的文化魅力。法國文化使全歐洲的上流社會都為巴黎的生活方式所傾倒。法國金碧輝煌的凡爾賽宮更為歐洲各地宮廷所豔羨，各國王室競相模仿凡爾賽宮來建造自己的行宮和官邸。跟歐洲其他國家一樣，與法國隔海相望的英國自然也深受法國的影響。對於英國文化人來說，到法國去接受教育是必不可少的，因此越來越多的英國人去法國留學。自 1741 年起，牛津大學和劍橋大學開設了法語課，法國文學作品，尤其是盧梭（Jean-Jacques Rousseau）的著作，深受英國讀者的喜愛。英國作家大都通曉法國語言文學、熟悉法國作家。法國的古典主義啟發滋養了他們，許多法國作品不僅被翻譯成英語出版，而且還被模仿；有些英國作家如：霍勒斯・沃波爾（Horace Walpole）和愛德華・吉本（Edward Gibbon）等，不僅用法語通信，而且用法語寫作。1713 年出版的《格拉蒙伯爵回憶錄》（*Mémoires du chevalier de Grammont*）就是英國人安東尼・漢米爾頓（Antoine Hamilton）用法語寫成的。在英國，從外交家、政客到學者沒有不會說法語的，這個時代可以說是為法國瘋狂的年代，人們張口閉口似乎每句話都要點綴上一些法語詞句。「法語熱」過後，有些法語借詞退出了英語，但還是有相當大的一部分被保留下來，這些詞彙有些從讀音上就可以看出是源自法語，如前文提到的 chagrin,double,rendez-vous,confidante 等；有些與英語融合成為現代英語詞彙，如 attaque → attack（攻擊）；bombe → bomb（轟炸）；soupe → soup（湯羹）；cravate → cravat（男式圍巾）等。

19 世紀，法語單詞還在不斷湧入英語，特別是在藝術、紡織品和家具方面。傢俱類有：chiffonier（西洋梳鏡櫃）、parquet（鑲木地板）、cheval（穿衣鏡）、glass（鏡子）；藝術類有：renaissance（文藝復興）、baton（指揮棒）、motif（主題）、profile（輪廓）、macabre（令人毛骨悚然的）；服飾類有：rosette（玫瑰花結）、reticule（小手提袋）、fichu（三角形披肩）、lorgnette（長柄眼鏡）、beret（貝雷帽）等。18 世紀後，英國在政治、經濟、社會、科學等方面逐漸崛起，19 世紀法語

加快從英語借入詞彙的步伐。

20 世紀英語對法語詞的借鑒仍在繼續。兩次世界大戰英法兩國同屬盟國，garage（車庫）、revue（諷刺時事的滑稽劇）、fuselage（飛機機身）、limousine（豪華轎車）、camouflage（偽裝）等詞詞都是那時出現的。20 世紀美國國際地位的空前強大使英語成為世界通用語，此後英語詞彙開始大規模逆轉法語。

從以上每一時期英語對法語的吸收發展來看，這個過程是從來沒有間斷過的，這種影響與兩國的歷史緊密相連，是歷史的產物。法蘭西的輝煌文明曾使法語在歐洲盛極一時，因此也使英語在發展過程中深受其影響。隨著時代的變遷，這種影響不但沒有消失，反而在英語中沉澱下來，讓現代英語展現出各種各樣的法語烙印。在英語語言的發展過程中，有的法語單詞得以保存下來，更多的是被賦予了新的形式與意義，但仍可依稀看到法語的身影。英語強大的吸收和借鑒能力，極大地豐富了英語詞彙，在可以預見的將來，這種吸收和借鑒還將持續下去。

下面具體從語音、拼寫、語法、詞彙四個方面說明法語對英語的影響。

發音方面，首先是引入法語的發音方式，促成新發音的產生，其次是改變英語原有的發音方式。英語 forest（森林）（古法語 forest，現代法語 forêt），這個單詞中的 / ɒ / 音就是受了法語的影響；中古英語 riche /rɪtʃ/（rich，富裕的）（古法語 riche，現代法語 riche /riʃ/），這個單詞中的 / ɪ / 音也是受法語發音的影響。此外，這時候的英語產生了幾個新的雙母音，其中 / ɒɪ / 這個雙母音就是從法語中借來的，例如：中古英語 voide（void，空無所有的）（古法語 voide，現代法語 vide）。在子音方面，字母 k 和 c 都可以表示 / k / 的發音，這也體現了法語的規則，同時 c 可以發成 / s /，如 city，因為法語中的 c 在 e, i, y 前往往發 / s / 的音。法語詞彙的引入使英語發音系統產生了變化。在古英語中，當音素 / f / 和 / s / 用於詞首和詞尾時，它們所對應的音位變體分別是 / f / 和 / s /，而當他們用於濁音之間時，它們對應的音位變體分別是 / v / 和 / z /。但是，由於諾曼法語外來詞的引入，在 veal, victory, zeal 以及 zodiac 這些單詞中，/ v / 和 / z / 成為單獨的兩個音素，並且出現在之前不可能出現的位置上。

拼寫方面，受法語影響，英國人也學習法國人按發音拼寫單詞的方式。相比語音而言，英語在拼寫上受法語的影響應該更大，因為當時英語作為一種平民語言更多地運用於口語，書面材料往往是由文化貴族創建的，這些貴族通常按自己的口語來寫作，連講述英國發生的故事或傳說都用法語來記載。雖然諾曼貴族及

其後裔之後開始學習並使用英語，但每當他們碰到無法用英語表達的情況時便會借助法語，因而有些詞彙的拼寫就體現出諾曼人書寫習慣的影響。13世紀中期，英語開始復興後，那些在法國受過教育的教堂抄寫員開始抄寫英語文章。由於對法語比較熟悉，他們逐漸改變了盎格魯 - 撒克遜語言的書寫形式，轉用法語取而代之。例如：/ u / 這個音被寫成 ou 或 ow，如單詞 hous（現代英語是 house，古英語中是 hus）、cow（古英語是 cu）。

語法方面，最早的英語語法書以拉丁語為藍本，法語源於拉丁語，加之法語對英語長期的歷史影響，諸多因素導致英語語法映射法語語法。英語摒棄了詞形變化，由綜合性語言變成了分析性語言，以詞序和虛詞表達語法關係。英語、法語的詞序都是主—謂—賓（定—狀—補），英語虛詞（冠詞、介詞、連詞、助詞）的使用位置與法語相同。

法語形容詞通常處於所修飾名詞中心詞之後，而英語則是前置。但英語中不乏形容詞後置的用法：secretary general（秘書長）、consul general（總領事）、consulate general（總領事館）、attorney general（司法部長）、court martial（軍事法庭）、letters patent（專利證）、proof positive（實徵證明）、sum total（總額）等。這些形容詞後置的片語早已成為英語中固定的習慣用法，而且是正式場合和書面語用法。在隨意場合和口語中，這些片語可以改為形容詞前置的英語結構。

英語動詞時態的基本用法亦與法語相似。法語直陳式現在時對應英語一般現在時，法語直陳式簡單過去時對應一般過去時，法語直陳式簡單將來時對應一般將來時，法語直陳式過去將來時對應一般過去將來時，法語直陳式複合過去時對應現在完成時，法語直陳式愈過去時對應過去完成時，法語直陳式先將來時對應將來完成時。法語、英語中的現在分詞、過去分詞、被動語態均大同小異。

詞彙方面，這是法語對英語影響最大的領域，英語詞彙烙下了鮮明的法語印記。法語詞彙大量進入英語，這些法語借詞幾乎涵蓋了所有上流社會的生活用語和抽象概念。諾曼征服之後三百多年，法語借詞如潮水般湧入英語，新增英語詞彙主要由源自法語的詞構成。英語和法語的密切程度超越了所有其他語言之間的關係，尤其是詞彙方面。相對於語法體系和語音體系來說，詞彙是開放型體系，能不斷吸納新詞。當喬叟的作品把英語送上文學神壇時，英語和法語借詞已大量混合，這些早期的法語外來語被英語發音同化，常常無法辨認。同時，也對英語語法、發音產生不同程度的影響。中古英語有一萬多個單詞借自法語，其中

75% 沿用至今，法語借詞的數量達到中古英語總詞彙量的 25%（Baugh, Albert C. 1963），這使得現代英語中出現大量的同義詞、近義詞。

英語中的法語借詞有 5 類：

一是直接借用的法語單詞（直借詞），其中有小部分保留了原型甚至發音。如：budget（預算）、sandwich（三明治）、salon（沙龍）、abattoir（屠場）、abbe（神父）、chauffeur（汽車司機）、religion（宗教）。英國貴族體系稱謂中，只有 earl（伯爵）是英語單詞，其餘全是法語：公、侯、伯、子、男爵及其夫人的名稱依次是 duke, duchess; marquis, marchioness; earl, countess; viscount, viscountess; baron, baroness。諾曼人統治期間，英國臣民飼養的動物用英語單詞 swine（豬）、boar（公豬）、ox（公牛）、cow（奶牛）、calf（牛犢）、sheep（綿羊）、lamb（羔羊）、deer（鹿），被烹調成美味的肉品後，在法國主人的餐桌上變成了法語的 pork（豬肉）、brawn（碎豬肉凍）、beef（牛肉）、veal（小牛肉）、mutton（羊肉）、venison（鹿肉）。其他動物的食用肉，在英語中並無專有的法語詞，所以仍然使用英語詞 meat（肉）來表達，如：驢肉為 donkey meat，馬肉為 horse meat 等。

二是根據法語詞義和構造方式翻譯成英語的單詞（譯借詞）。如：gratte-ciel = sky-scrape（摩天大樓）；hors la loi = outlaw（無法無天）；par coeur = by heart（記牢）。大部分借詞已被借入語同化，只能借助詞源詞典方能查明出處。如英語和法語的眾多同形詞：muscle（肌肉）、machine（機器）、costume（服裝）、garage（車庫）、debris（瓦礫）、telescope（望遠鏡）、exam（體檢）、bouquet（花束）。英語和法語的基礎詞彙、自然科學和社會科學詞彙中還有大量的同源詞，形式不盡相同，但詞根依然清晰可辨，如：error, erreur（錯誤）；superior, superieur（高級的）；hymn, hymne（讚歌）；adventure, aventure（冒險）；comedy, comedie（喜劇）。

三是法語的字首、字尾加上英語詞或英語的字首、字尾，加上法語詞融合而成的新詞（融借詞）。諾曼征服後的三百年間，英語、法語已然水乳交融、渾然天成，非語言學者已難以辨別。如：法語字首 dis-, bene-, di-, sur-, eu-, petr-, 可自由地加在英語動詞和名詞前，例如：disrupt, benevolent, dilemma, surpass, eulogize, petroleum 等。法語字尾 –able, -age, -ance, -ity, -ress, -ture 等加在英語詞後，例如：resistible, sustainable, package, disappearance, oddity, heiress, miniature 等。英語字首

un- 加法語詞為數甚眾：unimportant, unchangeable 等。英語字尾 –less, -ful, -dom, -hood, -ship 等加上法語詞：homeless, respectful, freedom, adulthood, friendship。現代英語裡很多表示否定的字首、字尾：un-, in-, il-, im-, ir-, dis-, mis-, mal-, a-, -less, -ard, aster- 等，其中只有 un- 和 -less 是英語，其餘全是法語，法語對英語的影響已達到喧賓奪主、令人匪夷所思的程度。

四是法語將數千個拉丁詞語和希臘詞語傳給英語、德語等歐洲語言（並行詞）。英語詞彙變得更加豐富，同一意思往往有 3 種詞彙表達：英語單詞、法語單詞、拉丁語單詞。

英語單詞	法語單詞	拉丁語單詞
rise（升起，上升）	mount（爬上，裝上）	ascend（攀登）
ask（問，要求）	question（詢問，問題）	interrogate（詢問，審問）
goodness（仁慈，善良）	virtue（德行，貞操）	probity（正直）
fast（牢固的，緊的）	firm（穩固的）	secure（安全的，可靠的）
fire（火）	flame（火焰）	conflagration（大火，火災）
fear（害怕）	terror（恐怖）	trepidation（顫抖）
holy（神聖的，貞潔的）	sacred（神聖的，莊嚴的）	consecrated（神聖的）
time（時間）	age（年齡，時代）	epoch（時代，時期）

上表第一組英語單詞最通俗，第二組法語單詞次之，第三組拉丁語單詞最為書卷氣。發展到現在，一般情況下前兩組單詞的意義差別較小，它們與第三組單詞差別較大。

五是諾曼征服初期，懂法語的英國人極少，為了交流只能大量同時並列使用英語、法語的同義詞（疊借詞），這就是現代英語中疊意詞俯拾皆是的原因所在。如：law and order（法律和秩序）、lord and master（主人）、act and deed（有約束力的契約）、safe and sound（平安無恙）、ways and means（方法手段）、acknowledge and confess（承認坦白）。法語詞彙對英語的影響遍及各個領域、各種活動，如政府：government（政府）、authority（權威）、sovereign（主權）、parliament（議會）、treaty（條約）、alliance（聯盟）、mayor（市長）等。宗教：clergy（神職人員）、cardinal（樞機）、parson（牧師）、vicar（代理主教）、communion（聖餐儀式）、faith（信仰）等。法律：bar（律師界）、judge（法官）、suit（訴訟）、jury（陪審團）、evidence（證據）、defendant（被告）、verdict（裁

決）等。陸、海軍：army（軍隊）、battle（戰鬥）、spy（間諜）、enemy（敵人）、captain（上尉）、archer（弓箭手）等。有關文明生活及服飾的詞：fashion（時裝）、dress（連衣裙）、habit（宗教服裝）、robe（長袍）、lace（蕾絲）等。珠寶首飾：ornament（裝飾）、jewel（珠寶）、ruby（紅寶石）、pearl（珍珠）、diamond（鑽石）等。飲食：dinner（正餐）、supper（晚餐）、feast（宴會）、mess（食堂）、beef（牛肉）、veal（小牛肉）、mutton（羊肉）、pork（豬肉）等。家庭生活：curtain（窗簾）、chair（椅子）、cushion（墊子）、blanket（毛毯）、towel（毛巾）、closet（壁櫥）等。打獵：kennel（狗窩）、falcon（獵鷹）、chase（追捕）、warren（兔穴）、covert（隱蔽的）、quail（鵪鶉）等。藝術與科學：art（藝術）、painting（繪畫）、sculpture（雕塑）、cathedral（大教堂）、mansion（宅第）等。醫藥：medicine（藥物）、physician（內科醫師）、surgeon（外科醫師）、plague（瘟疫）、pain（疼痛）、remedy（治療）等。當這些不勝枚舉的法語詞成為英語通用詞彙時，可以說英國人是借助法語來表達思想的，這冊庸置疑地證明了法語詞彙對英語的深遠影響。

英語中的法語借詞大部分是中世紀時借入的，現代英語中保留的一些詞已在法語中消失：bacon（現代法語：lard）、nice（現代法語：délicat，beau）、noise（現代法語：bruit）、plenty（現代法語：abondance）等；另一些詞形式一樣，但意義已然迥異：grange（英：農莊）/ grange（法：糧倉）、sock（英：短襪）/ socque（法：木底鞋）、sot（英：醉漢）/ sot（法：蠢人）等。這些區別很微妙，有時以英語或法語為母語的人，在使用另一種語言時難免會感到困惑。這再一次證明詞源學知識的重要性，詞的選用取決於文章體裁和話語場合。源於法語的詞應在莊重場合和正式書面語中應用；相對而言，英語原生詞則較口語化。這是學習語言和應用語言時必須掌握和遵循的原則。

英語和法語的千年恩怨，是英法兩國爭霸在語言領域的體現。雖然英法大打出手的武力爭鬥已經過去，但兩國語言領域的較量仍在繼續。諾曼征服拉開了英法直接競爭的序幕，法國挫敗了英國對歐洲大陸的野心，但英國在 18 世紀中期七年戰爭中打敗法國，確立了世界殖民霸權。英國是七年戰爭最大贏家，法國在《巴黎條約》中被迫割讓加拿大、密西西比河東岸，並從印度撤出，英國晉升海外殖民霸主，開啟日不落帝國傳奇。由於英國將這次戰爭的費用轉嫁給北美殖民地，引起當地居民不滿，七年戰爭之後 13 年，美國宣佈獨立。1814 年拿破崙帝

國覆滅，法國徹底喪失了歐洲霸主地位，但法語一直是歐洲的語言霸主，而歐洲依然是當時世界政治舞臺的中心，法語繼續在該舞臺發揮重要作用，續寫外交語言的輝煌。第二次世界大戰後，美國強勢崛起，聯合國總部落戶紐約，英語取代法語，成為第一外交語言，英語法語爭霸的主戰場由世界舞臺回歸歐洲。歐盟有28個成員國，24種官方語言，雖然其語言政策號稱各國語言一律地位平等，但事實上鑒於政治歷史背景，長期以來一直是法語獨領風騷，進入21世紀後，英語才開始在歐盟各機構內大行其道，法國人無奈地看著英語在歐盟內攻城掠池，以銳不可當之勢躋身歐盟第一大工作語言。然而近年隨著英國脫歐愈演愈烈，英語法語此消彼長，歐盟的語言版圖也充滿變數。

關於英法競爭，還有幾個涉及美國的小插曲。在美國獨立戰爭中，法國支援美國，打擊老對手英國。1803年，路易斯安那購地案（Louisiana Purchase）讓美國從法國購買了密西西比河以西、洛磯山脈以東的廣大疆域，使得美國國土面積翻了一倍。拿破崙之所以出售法國北美屬地，一方面是向美國釋放善意，另一方面還是為了對付英國。雖然當時拿破崙擁有全歐洲最強勁的軍隊，英國仍對法國構成軍事威脅，法國希望當英法戰爭爆發時，一個強大的美國可以牽制英國。美國紐約的自由女神像（Statue of Liberty），以法國巴黎盧森堡公園的自由女神像作藍本，是法國贈送給美國的禮物，以慶祝美國獨立100周年，同時紀念美國獨立戰爭期間的美法聯盟。自由女神像腳下是打碎的手銬、腳鐐和鎖鏈，象徵著北美人民掙脫英國暴政的約束。法國支持美國為的是打擊英國，卻也變相支持了法語的競爭者英語。

第四章
英語與拉丁語：
語言是政治

　　中世紀時期，拉丁語（Lingua Latīna）的宗教和學術地位至高無上，不容置疑，受到教會和王權的雙重保護。作為後起的區域性年輕語言，英語不斷從歐洲通用語拉丁語吸收營養，歷時長達千年。英語崛起之路自然伴隨著對拉丁語的挑戰，也就是對教會和王權的挑戰。16 世紀，英語終於撼動了拉丁語的地位，成為英格蘭當之無愧的民族語言。17 世紀末，英語取代拉丁語，成為國際學術語言。

　　西元 43 年，剛登基的羅馬皇帝克勞狄一世（Emperor Claudius）利用不列顛諸部落間的矛盾，終於成功征服了該島，並在此設立行省，開啟了「羅馬不列顛」（Roman Britain）時代，拉丁語連同拉丁文化開始對不列顛產生潛移默化的影響。在阿古利可拉（Gnaeus Julius Agricola）擔任不列顛總督期間，不列顛的本地貴族迅速羅馬化，他是羅馬著名史學家塔西佗（Publius Cornelius Tacitus）的岳父。阿古利可拉相當重視教育，極力推廣拉丁語，受其影響，不列顛居民，尤其是氏族貴族開始說拉丁語、崇拜羅馬諸神，並效仿羅馬貴族的生活方式，羅馬文化和風俗習慣逐步滲入不列顛。除拉丁語之外，羅馬人還借助羅馬大道、羅馬城鎮和羅馬莊園這 3 個載體來傳播羅馬文化。

　　首先，羅馬人佔領不列顛後，以倫敦為起點，在南威爾斯的卡那封、英格蘭西北部的賈斯特和北部的約克 3 個駐軍中心地之間修築了寬 6 - 7 公尺、長八千多公里的道路，即著名的羅馬大道。儘管羅馬人修路的初衷是為了方便軍事運輸，但後來這些軍事要道卻突顯出對當地商業發展、資訊傳遞的巨大貢獻（英國現在的主幹道路還沿襲了近兩千年前羅馬道路的格局）。這些道路把奢侈品從西歐輸入倫敦，然後再轉運英國其他地方，而各地的皮革、錫、寶石、穀物、奴隸等也憑藉這些道路遠銷西歐，甚至南歐各地。其次，羅馬人在不列顛大力推進羅馬化的城鎮政策。羅馬人積極推廣在其他行省取得成功的城鎮化經驗，利用凱爾特部

族首領實行地方自治，以便統治分散的不列顛部落。西元 1 世紀下半葉，羅馬人除了在不列顛建立倫敦、格洛斯特等 5 個自治市以及約克等 3 個軍事重鎮外，還設立了郡，並在每個郡設立一個首邑。最後，城市化的發展還使羅馬文化通過城鎮向鄉村輻射。西元 2 - 4 世紀，不列顛的農業生產發展較快，糧食產量增加，生產工具改進，生產所有制方面也發生了較大變化，出現了羅馬式的莊園。由於生活在羅馬時代的大多數不列顛人仍對鄉村有著難以割捨的眷戀，所以莊園在一定程度上促進了不列顛農村的羅馬化。儘管以上三個載體將不列顛引入了文明世界，但是西元 5 世紀初，羅馬帝國衰落，並最終撤離不列顛，羅馬文明在古老的不列顛島嶼上來也匆匆去也匆匆，和羅馬軍團一起撤離的還有拉丁語。

雖然拉丁語在羅馬帝國時期已經傳入不列顛，但當時不列顛民眾的語言是凱爾特語，說拉丁語的統治者人數很少，儘管羅馬商人在推廣拉丁語方面功不可沒，但拉丁語的總體影響力有限。拉丁語與英語的互動，主要發生在基督教傳入英國之後，因為拉丁語是基督教的語言。把拉丁語第二次傳入英國的先驅是坎特伯雷主教奧古斯丁（St. Augustine of Canterbury, ? - 604）。他是一名天主教本篤會修士，也是天主教會任命的第一位坎特伯雷大主教。奧古斯丁曾任羅馬聖安德勒修道院的副院長，西元 596 年，他奉格里高里一世（St. Gregory the Great）之命，率領 40 位傳教士前往英國傳教。行至法國，當地人警告這批傳教士，到英國傳教是非常困難的，因為英吉利海峽風浪險惡，旅途非常危險，可是奧古斯丁囑咐眾人繼續勇往直前，不必擔憂。西元 597 年，奧古斯丁一行人成功渡海到了英格蘭南部肯特地區，受到肯特國王愛德培（Æthelberht）的歡迎，國王親自在橡樹下聆聽聖道，將都城坎特伯雷城外的一片土地劃撥給傳教士建造教堂，並准許他們自由傳教。奧古斯丁最重要的成就是把基督教引入英國，在英格蘭建立了第一座教堂、第一所神學院、第一個教區，正是他建立了坎特伯雷主教座堂，因而被稱為「坎特伯雷的奧古斯丁」，以區別於另一位同名的基督教學者希波主教聖奧古斯丁（St. Augustine of Hippo）。

奧古斯丁在坎特伯雷全力傳揚基督教，還幫助肯特國王訂立法律，興辦學堂，出版書籍，甚至遊說肯特國王接受基督教的洗禮，而這一切都是以拉丁語為媒介完成的。根據聖比德記載，奧古斯丁在坎特伯雷建立的教堂，之後逐漸擴建為坎特伯雷主教座堂。肯特國王愛德培皈依基督教後，奧古斯丁派使者向教皇彙報工作，並請求多派傳教士赴英。西元 601 年，又有一批傳教士從羅馬出發，他們帶

去了大量禮儀用品，如主教的披帶、聖器、祭臺布、祭衣、聖人聖髑、經書等。除了帶去基督教，奧古斯丁及其後繼傳教士給英國帶去的最重要的文化遺產便是拉丁語，因為拉丁語是教會認可的宗教語言。

拉丁語是現代羅曼語族的先祖，拉丁語與希臘語同為影響歐美宗教與學術最深的語言。中世紀時期，拉丁語是當時歐洲不同國家之間溝通交流的媒介語言，也是研究神學、哲學、科學所必需的學術語言。近代以前，通曉拉丁語曾是歐美研究任何人文學科領域的必要前提條件；及至 20 世紀，拉丁語的研究逐漸衰落下去後，西方學術界才把對當今鮮活語言的研究列為重點。而今天英語在世界上的地位，堪稱可以比肩歷史上拉丁語的通用語地位，只不過流通範圍更廣、使用領域更多。

（一）威克利夫教派

語言是政治。使用拉丁語是服從教會的標誌，而使用英語則成為反抗教會和挑戰王權的象徵，這無疑是 14 世紀英格蘭語言發展的最大特色。反抗教會方面：1356 年，牛津大學神學教授約翰・威克利夫（John Wycliffe, 1320-1384）用拉丁語發表了一篇攻擊教會的文章：《教會末日》（*The Last Age of the Church*），從而拉開了英國宗教改革的序幕。挑戰王權方面：主要體現在民眾對政府政策的抗議，1377 年，為籌措與法國作戰的軍餉，英國政府規定不論貧富人頭稅均是 4 便士，1381 年更漲至 5 便士，這直接導致英格蘭南方諸郡的農民揭竿而起，攻陷倫敦，並把英國宗教領袖坎特伯雷大主教斬首。到 14 世紀末期，英國的宗教訴求及政治訴求合流為羅拉德運動（Lollard Movement）。

威克利夫是 14 世紀英格蘭著名神學家、哲學家，其宗教改革的重要成果是主持翻譯了英語版《聖經》，這是英語語言文化史上第一部完整的英語《聖經》，史稱「威克利夫《聖經》」。威克利夫主張改革教會；反對教會擁有財產和教皇在英國徵收貢賦；主張建立脫離羅馬教皇控制的英國民族教會，一切教會財產應由國王掌管；否認神職人員有赦罪權；反對敬拜聖像；要求簡化宗教儀式並用民族語言舉行聖事；相信《聖經》是教義的唯一泉源，並擁護將《聖經》譯成英語

英國神學家、宗教改革家、翻譯家約翰‧威克利夫（John Wycliffe, 1320-1384）正在發放給 William Frederick Yeames 繪製。

的行動。這些改革主張得到下層貧苦人民和下層普通神職人員的擁護，對歐洲宗教改革運動起到了先導作用。在英國歷史上所有傑出人物中，同時在英語語言、英語《聖經》以及新教信仰方面都做出巨大貢獻的非威克利夫一人莫屬了。

　　威克利夫的追隨者被蔑稱為羅拉德派（Lollards）。根據牛津英語詞典的解釋，羅拉德一詞借自中古荷蘭語，意思是「嘀咕、含混不清的發音」，最初是指黑死病期間掩埋死者的人以及他們邊埋葬邊為死者吟唱而發出的聲音，後來逐漸有異教徒的貶義。羅馬天主教用該詞泛指歐洲新教改革之前的宗教改革運動，最早用來指活躍在義大利的方濟會士，後來主要指威克利夫的追隨者，即 14 世紀中期至英國宗教改革期間的西歐異教徒。威克利夫及其追隨者自稱為「威克利夫教派」，這是一個更加中性的稱謂，該詞指有學術背景（即有拉丁文神學背景）的人，而羅馬天主教會則貶稱其為「羅拉德派」，該詞主要指沒有學術背景、沒有受過古典教育的人，或者即便受過教育也只是英語教育的人，這些人追隨威克利夫，閱讀英語《聖經》，挑戰羅馬天主教權威。英國第一批所謂的羅拉德派以牛津大學神學教授威克利夫在牛津大學的同事們為中心，1381 年，威克利夫被牛津大學開

除後，赫里福德的尼古拉斯（Nicholas of Hereford）繼續發揮領導作用。1382 年，坎特伯雷大主教威逼牛津羅拉德派放棄他們的觀點，但這一派別繼續擴張。1399 年，亨利四世即位，標誌著鎮壓浪潮的開始。1414 年，羅拉德派的一次起義很快被亨利五世打敗，起義遭到了殘酷的報復，標誌著羅拉德派公開政治影響的結束。1500 年前後，羅拉德派開始復興，到了 1530 年，老的羅拉德派與新的新教徒的力量開始合併。羅拉德派的傳統有利於亨利八世的反教權立法。

威克利夫著手翻譯英語《聖經》時，已經有法語版《聖經》，但卻沒有完整的英語版《聖經》。1382 年，威克利夫的追隨者、牛津大學神學系學者約翰・阿斯頓（John Aston）因異端邪說罪名，被押至坎特伯雷大主教面前受審，按慣例他應該說拉丁語，但為了讓更多的英國人聽懂自己的辯護，阿斯頓不顧警告，堅持用英語回答審判問題。這是英語第一次顯示出對抗教會的力量，這一事件也堅定了威克利夫英譯《聖經》的決心。

學者英譯《聖經》不僅僅是一腔熱血的衝動，還有堅實的市場基礎。14 世紀末期，英國已經形成了一個比較龐大的有錢有閒有英語閱讀能力的群體，例如富裕商人，尤其是從事印刷業務的商人，甚至直接參與了威克利夫英譯《聖經》的編輯出版工作，威克利夫《聖經》譯本已經有早期印刷作坊的編排痕跡，當時主要的印刷中心應該在英格蘭中東部某地。英國社會底層的英語閱讀能力也在提高。1391 年，英國下議院議員集體上書國王，要求規定農奴學習英語為非法行為，雖然他們的要求沒有得到國王的支援，但這顯示英國底層大眾有學習英語的需求。富裕商人和貧苦農奴學習英語的具體動機不盡相同，但是他們都有共同的使用英語的需求。

後世流傳下來的威克利夫《聖經》有兩個譯本：約於 1382-1384 年完成的早期譯本（the Early Version，或 EV）和 1395 年修訂完成的後期譯本（the Later Version，或 LV）。學界以前認為這些譯本都是威克利夫自己翻譯的，後來認為是集體努力的結晶，早期譯本主要由赫里福德的尼古拉斯等人擔綱完成，後期譯本主要由威克利夫的秘書約翰・珀維（John Purvey）完成。至於威克利夫本人具體翻譯了哪些部分，目前尚無定論，但他親自參與了翻譯，且該譯本是在他的宣導、激勵和影響下完成的，這一點毋庸置疑。威克利夫《聖經》英譯本在翻譯的過程中，遭遇了有的觀點理念很難用英語表達的困境，因而不得不借鑒拉丁語和法語的概念及詞彙。教會在批判威克利夫《聖經》英譯本時也遭遇了同樣的困境，

因而不得不借鑒英語概念及詞彙來達到攻訐批判的目的，這是拉丁語和英語深度融通的時代。

　　威克利夫認為《聖經》是基督教信仰的基石，具有最高權威，信徒皆是上帝的子民，有權通過閱讀《聖經》領會上帝的旨意。事實上，當時英格蘭教育落後，只有少數神職人員能夠讀懂教會頒布的官方拉丁文《聖經》，廣大平民百姓和下級神職人員既沒有拉丁文識讀能力，也鮮有機會直接接觸《聖經》文本。有鑑於此，威克利夫積極宣導應將《聖經》翻譯成普通百姓自己的民族語言——英語。與同時代的其他歐洲民族語譯本相比，該譯本要著名得多，主要原因如下：首先，這是一部完整的通俗拉丁文《聖經》（*Biblia Vulgata*）的全譯本，而其他民族語譯本只是其中部分經卷的譯本，多數為《使徒行傳》和《福音書》譯本；其次，該譯本不是為權貴而譯，而是為那些農民和工匠等社會下層群眾以及下級神職人員而譯，他們識讀能力有限，通常是通過傳唱和跟讀記憶的方法學習經文。威克利夫《聖經》被英國人民廣泛使用長達一個半世紀，直到 1526 年才被威廉・廷代爾翻譯的英國第一本印刷體英語《新約聖經》以及 1535 年邁爾斯・科弗代爾（Miles Coverdale）譯成的第一部完整的印刷體英語《聖經》取代，威克利夫譯本的翻譯和傳播對中世紀英格蘭文化產生了廣泛而深遠的影響。

　　自 14 世紀 70 年代起，威克利夫積極宣導《聖經》英譯及《聖經》知識的普及運動，還經文於民間。14 世紀末，威克利夫《聖經》譯本的完成與廣泛抄傳不僅打破了天主教會對《聖經》及其闡釋權的壟斷，而且挑戰了當時拉丁語作為教會唯一合法語言的至尊地位，因而引發了英國宗教界就拉丁語《聖經》能否被譯成英語等歐洲民族語言的廣泛爭議。當時主流的觀點認為英語是野蠻人的低等語言，沒有語法結構，詞彙貧乏，完全不能承擔翻譯《聖經》的重任。其實早在幾個世紀之前，英國已經有人用英語翻譯《聖經》章節，因此說英語不能翻譯《聖經》不是語言學研判，而是政治性論斷。1401 年，英國議會還通過了火燒異教徒的決議，該決議把普通民眾英語閱讀能力的提高與威克利夫教派的煽動性傳教活動直接掛鉤，指控他們非法結社集會、非法創辦學校、非法出書傳教。15 世紀初，教會規定在宗教領域全面禁止英語的使用，這一規定適得其反，至少是在短期內如此。教會不僅規定神學語言必須是拉丁語，還規定學術語言也必須是拉丁語，任何英語寫作都難逃異端邪說的指控。連喬叟的《坎特伯雷故事集》以及《十誡》（*Ten Commandments*）的英譯本都曾上過異端邪說的黑名單。

自從 1378 年威克利夫提出所有基督徒都有責任瞭解《聖經》知識之後，有關《聖經》譯成民族語合法性的爭論在英國國內一直存在。這一爭論 15 世紀初在牛津學者中尤為激烈，早在 1401 年，牛津大學已經展開關於《聖經》英語翻譯的合理性與合法性大辯論。英國著名史學家、倫敦大學教授瑪格麗特‧迪恩斯利（Margaret Deanesly）曾詳細描述此次爭論的過程和議題。以威廉‧巴特勒（William Butler）和湯瑪斯‧帕爾默（Thomas Palmer）為首的保守派反對將《聖經》翻譯成民族語，甚至把《聖經》民族語翻譯的支持者們稱為「異端」，而以彼得‧佩恩（Peter Payne）為代表的另外一部分學者則支持把《聖經》譯成民族語的行為。隨著牛津學者們爭論的加劇，這一問題也吸引了越來越多的公眾參與辯論，甚至連「售賣肉汁的廚師們也自認可以閱讀威克利夫英語《聖經》」。起初，英國天主教會對於發生在大學校園和民間的關於英語《聖經》合法性的討論沒有過多關注，但隨著時間的推移和參與人數的增多，這些爭論逐漸引起了羅馬天主教會的警惕，害怕教會尊威會受到冒犯和挑戰。鑒於威克利夫教派在英國傳播範圍和影響力的日益擴大，教會反對《聖經》民族語翻譯的決心與日俱增。

　　1407 年 10 月，坎特伯雷大主教湯瑪斯‧阿倫戴爾（Thomas Arundel）在牛津召集了一次神職人員會議，主要議題就是英語《聖經》和英語宗教小冊子的問題。這次牛津會議通過了 13 條針對威克利夫教派的章程。1409 年，阿倫戴爾頒布了《牛津憲令》（*The Constitutions of Oxford*），此時距牛津會議出臺初稿已經過去兩年了。該憲令包括一系列的條款，這些條款對牛津大學的佈道和教學等環節做出了新規定。例如，條款 6、9 到 11 涉及學校裡有關神學問題討論的限制，要求校方至少每個月都要詢問每位大學生的宗教觀點，並且禁止牛津師生閱讀兩類書籍：一是威克利夫的書籍；二是未經主教任命的 12 人委員會一致同意而私自出版的任何書籍。條款 1 到 5 以及條款 8 涉及文法學校及其他環境中的佈道和教學規定。這幾個條款明確了無執照佈道的違法性，禁止佈道者在佈道時討論神職人員的犯罪問題以及聖餐禮儀問題，該禁令涉及的人員還包括學校教師。這些條款還禁止在大學以外展開對於信仰問題的辯論。在《牛津憲令》所有條款中，最引人注目的當屬第 7 條。該條款原文如下：「誠如受祝福的耶柔米所見，把《聖經》從一種語言翻譯成另外一種語言是一件危險的事情，因為在翻譯中不容易保有原有的意義……因此，我們頒布命令，從今以後，沒有人可以私自把《聖經》的任何片段翻譯成英語或其他語言……而且沒有人可以部分或全部地閱讀任何此

類書籍⋯⋯有違背此條款者，將被視為錯誤和異端的傾向者而受到懲罰。」1409
年頒布的《牛津憲令》是限制英國用本國語進行宗教討論和寫作的罪魁禍首。此
後的一個多世紀裡，英國《聖經》英譯行為幾近銷聲匿跡。

　　《牛津憲令》旨在打擊威克利夫教派運動、限制《聖經》民族語翻譯及傳教
自由。這是自 1382 年以來一系列反對威克利夫教派運動的頂峰，是英國歷史上
最為嚴厲的審查制度之一，其規定遠遠超出了鎮壓威克利夫教派異端的目的，查
禁的範圍涉及所有有關民族教會神學思想和民族語創作的內容，這也是英國教會
首次對《聖經》英譯做出書面禁止性規定。例如，憲令規定：未經主教或教區會
議批准，無論是以書籍、文章或小冊子等形式，任何人都不得將《聖經》翻譯成
英語或其他地方語言；禁止公開或秘密閱讀或擁有民族語《聖經》譯本，無論是
威克利夫時期的還是之後的，部分譯文還是全部譯文。換言之，此次牛津《聖經》
翻譯辯論以基督教保守派的勝利而結束，《聖經》翻譯的提倡者或支持者最終沒
有獲得將上帝律法俗語化的合法授權，威克利夫《聖經》同樣沒有得到英格蘭教
會的認可，《聖經》文本的民族語化被禁止。對威克利夫《聖經》的全面查禁以
及對威克利夫教派運動的殘酷鎮壓是威克利夫宗教改革流產的重要原因，這在某
種程度上將西歐範圍內的宗教改革運動推遲了一百多年，直到路德時代才又一次
掀起改革浪潮。威克利夫與歐洲宗教改革先驅的頭銜擦肩而過，這份榮耀屬於後
來的馬丁・路德，而威克利夫僅被稱為「宗教改革的晨星」（Morning Star of the
Reformation）。

　　《牛津憲令》的頒布進一步強化了英格蘭有關基督教書籍的審查制度，任何
涉及引用《聖經》語句、基督教信仰、教義、教禮等內容的文章、書籍、宣傳冊
等都要經過天主教會的嚴格審查才能發行，甚至連英國「文學之父」喬叟的作品
也不例外。如果沒有教會的批准，任何以神學為主題的創作、討論等都將被禁止。
在該憲令生效期間，英國俗語文學及神學作品的數量大幅減少，教會審查制度的
加強，使英國文學特別是宗教文學受到極大的抑制，方言神學被禁止，英國宗教
文化發展轉入低谷時期，持續時間長達一百多年，1529 年該憲令被廢止後情況才
有所好轉。《牛津憲令》的頒布，使英國文化發生了重大變化，深刻影響了民族
語宗教作品的特質。此次辯論使得英格蘭教俗兩界對《聖經》語言和翻譯的歷史
有了更多的瞭解，也使得立志改革教會的革新派更加堅定了普及《聖經》知識的
信念，畢竟民族語化符合基督教歷史發展規律，具有不可逆轉性，對傳播教義、

振興教會具有極為重要的意義。威克利夫宗教改革的意義可以歸納為以下 3 點：

1. 奠定了英國民族教會的神學思想基礎

14 世紀，雖然羅馬天主教會稱教義理論建立在《聖經》基礎之上，然而事實卻大相逕庭：神學是以《聖經》為基礎的，但教會的權威卻建立在教會法基礎上。威克利夫《聖經》譯本無疑是另立山頭，樹立了新的權威，對教會當局強制推行的教會法構成了威脅。支撐教皇權力的教會法是宗教改革道路上的絆腳石，威克利夫不僅要把這塊巨石從改革的道路上挪開，還要完全清除路障，用一部嶄新的律法取代教會法以及其他代表教皇權威的敕令、通諭等。對威克利夫教派來說，《聖經》是最好的律法，因為《聖經》是上帝的話語，是基督教的教義經典，威克利夫及其追隨者立志完成整部《聖經》的英譯工作，這一歷史性的艱巨任務為英國人民反抗天主教權運動提供了強有力的武器。

威克利夫譯本使得英國讀者第一次有機會讀到完整的母語《聖經》，這一母語譯文是以精心篩選的通俗拉丁文原文為藍本，本著忠實原意的翻譯原則，對《聖經》原文給予充分的信任和尊重。對於英語讀者而言，閱讀母語《聖經》往往意味著疏遠教會的拉丁語，使得人們進一步意識到西歐基督教世界唯一通行的拉丁文《聖經》如同威克利夫《聖經》一樣，也只不過是一種譯文而已。使用了民族語英文的《聖經》全譯本是威克利夫及其追隨者帶給英國人民的偉大禮物，它以直接的方式啟迪英國人民，反對天主教會等級制度和教皇統治，揭露高級神職人員的言行不一，譴責教會當局與《聖經》內容不一致的要求和規定，鞭撻神職人員和僧侶的錯誤觀點及墮落腐朽的生活方式。該譯本賦予英國百姓直接閱讀《聖經》的能力和權利，打破了羅馬天主教會對《聖經》及其闡釋權的壟斷，動搖了教會的權威，使得原來只有少數神職人員才有能力和權利閱讀的《聖經》，變成英國百姓日常生活的讀物。

威克利夫《聖經》是為那些文化水準不高的下級神職人員和廣大下層百姓而譯，使得聖典真正變成英格蘭百姓自己的書。當時流行的抄傳譯本中，不僅有價格不菲的精裝本，也有價格合理的簡易本。這些譯本是普通家庭的良師益友，是孩子成長的導師，是日常生活的範例，更是人們信仰、道德和行為舉止的標杆。該譯本，特別是後期抄傳本，通俗易懂，備受英國人民喜愛，威克利夫教派成員用英語巡迴佈道，並組成眾多的讀經小組，使得譯本抄傳更為廣泛，對英國人民

的宗教生活產生了廣泛而深遠的影響。譯本所體現的對《聖經》的熱愛和所傳載的《聖經》權威思想深深紮根於英國人心靈深處，無論是英文《聖經》的閱讀者還是聆聽者，其思想都受到前所未有的啟迪。譯本中大量的短語和段落深深地印在信徒的腦海裡，成為日常生活的新用語，甚至是行為準則。

威克利夫譯本使得《聖經》在人們心目中的聖潔地位得以回歸，思想得到啟發，信仰得以匡正，這樣一來，普通信徒對神職人員的依賴就大大下降了。該母語譯本使得英格蘭人民的整個世界都發生了新變化，市民、士兵、下層百姓都歡呼雀躍地迎接這樣一種新時代的到來，那些出身高貴的階級也在細讀以前從沒有過的知識，甚至英王理查二世的妻子安妮也開始認真品讀英文《福音書》。儘管教會法嚴禁使用或閱讀方言《聖經》，但是人們不顧遭受審判甚至死亡的危險，組成眾多的讀經小組，或公開或秘密，如饑似渴品讀或聆聽民族語《聖經》，沐浴基督的靈光，領受上帝的旨意。通過讀經，人們擺脫了無知、偏見和階級仇恨，實現了自我救贖，擁有了屬於自己的宗教生活。對威克利夫《聖經》譯者們而言，每個人都應該直接知曉上帝的律法，該律法應以準確而易於理解的母語譯文形式呈獻給大眾，他們是英國新教傳統的真正先驅。它極大地動搖了羅馬教廷的神權教階制度，沉重打擊了天主教會的獨尊地位，使教會神聖不可侵犯的形象不復存在，為英國民族教會的建立奠定神學思想基礎。威克利夫《聖經》譯本猶如酵母，悄無聲息而迅速地在英國社會各個方面發生影響，吹響了英國宗教改革的號角。

2. 促進了宗教自由、政治自由思想的普及發展

威克利夫《聖經》是第一部完整的《聖經》英語譯本，也是一部為平民百姓翻譯的英文《聖經》。威克利夫的改革主張和英文《聖經》不僅得到廣大百姓的普遍擁護，而且得到知識界的支持。該譯本不僅廣泛傳播了不同於羅馬教會的新教思想，而且鮮明地表達了愛國主義思想，極大地激勵了英國有識之士和廣大群眾，啟發了英格蘭大眾的民族意識，加快了英國民族國家和民族教會建立的進程。通過讀經，人們的思想得到澄清和解放，其行動更加積極主動，加速推進了個人自由與權利思想的演進。

在威克利夫《聖經》之前，人們不得不放棄自己的母語——英語，而改學法語或拉丁語，隨著英語《聖經》的廣泛抄傳，許多家庭都擁有母語《福音書》，教會通行的拉丁語《聖經》逐步被英語《聖經》所取代。中產階級逐漸成為英國

社會中堅力量，民族主義蓬勃興起，威克利夫《聖經》的廣泛傳播，進一步發揮了英語語言統一英國社會各階級的不可替代的重要作用，同時母語《聖經》的使用，也進一步促進了英國民族意識和民族精神的興起和發展。威克利夫敏銳地洞察到了英國人民急需一部完整的母語《聖經》，他將拉丁文《聖經》翻譯成英語，賦予英國人民以真理、自由、道德、思想和行動的獨立，以啟蒙個體自由的方式，號召信徒反對教會的一切不合理要求和規定。

　　威克利夫有關民族語有利於信徒研讀《聖經》及全面領會上帝真言的觀點同樣具有政治重要性。母語《聖經》的廣泛傳播，有利於揭露教皇的獨裁、神職人員的傲慢、教堂對財富的貪婪、教會當局和神職人員的腐敗和失職，以及世俗政權和社會在保護信仰方面的懦弱和不力等，使得所有醜陋現象在上帝律法的光照下更加清晰地徹底顯露於人世，民眾反教皇、反教權、反專制的呼聲進一步高漲。同時，在反教權的鬥爭中，母語《聖經》譯本成為俗人手中有利的武器。各級教會當局極力反對將《聖經》翻譯成民族語或地方語言，主要是擔心一旦人們自由使用方言《聖經》，就意味著他們在思想和聖禮方面擁有個人自由，這是教會權威所不願看到的。英國人民至今銘記威克利夫的先行者功績，正是他大力提倡人人自由閱讀《聖經》，才點燃了宗教自由和公民自由的思想火花。

　　基督教文明能否持久、民族道德與社會正義能否伸張，首先取決於人們能否自由閱讀《聖經》，而威克利夫《聖經》使英格蘭百姓實現了這樣的自由。一旦擁有母語《聖經》，思想得到啟迪，人們就會逐漸不滿長期的專制和奴役，進一步加快思想與行動的結合，最終擁有完全的自由與權利。英國人從盲從與無知逐步轉變為更富理性或寬容，這本身就是一個偉大的奇蹟，英語《聖經》正是背後的主要推手，威克利夫猶如一位智者和真正的英雄，打造未來戰爭強有力的武器，以反對盛極一時的教會等級制度。當時教會認為，將《聖經》翻譯成英語，使普通人擁有母語《聖經》，就如同將珍珠送給豬一樣，然而威克利夫堅信母語《聖經》是百姓自我解放的最強大的武器，也是確保人人享有政治自由和宗教自由的最重要的保證。

3. 豐富了英語語言的文學表達力

　　威克利夫《聖經》譯本把英語提到了和拉丁語平起平坐的神聖地位。尤其是他的後期譯本，採用靈活的意譯方法，更多地遵從英語的語言表達習慣，充分考

慮到英國大眾的文化水準和實際需求，大量選用人們日常生活用語，淺顯易懂，便於記憶和誦讀，廣受歡迎。威克利夫《聖經》譯文生動流暢，對英語的發展做出了傑出貢獻。

14 世紀中後期，倫敦作為英格蘭的首都已經成為全國政治、經濟中心，商業和手工業發達，人員往來頻繁，以中部方言為基礎的倫敦方言逐步被各地人們接受，成為通用語。威克利夫《聖經》全譯本以英國中部方言為主體，其廣泛傳播加速了英語標準語的形成。同時，該譯本曾借鑑兩百多種當時英國流行的方言，促進了英語語言的成長，為英國民族語言的統一做出了貢獻。後期譯本的許多詞語不僅被 1526 年廷代爾的《新約聖經》、1535 年科弗代爾的《聖經》所採用，而且還出現在 1611 年出版的《欽定聖經》（*Authorized Version*，又被稱為 *King James Bible*）中。除此之外，威克利夫及其追隨者為英語引進了一千多個英語中未曾有過的拉丁語單詞，這些單詞大都被後來的翻譯作品沿用，因此這些詞彙也逐漸成為英語的日常用語。威克利夫《聖經》不僅促進了英語標準語的形成和統一，而且為英語語言的豐富和發展做出了重要貢獻，並為後世《聖經》英譯提供了良好典範。

威克利夫雖不熟悉《聖經》的希臘語與希伯來語原始文本，但是他消除了通俗拉丁文《聖經》的晦澀與含糊，使得《聖經》能以民族語的形式在民間傳頌，其譯文風格對後世《聖經》英譯產生了深遠的影響，在賦予英語以文學語言的形式方面，他與喬叟齊名。母語《聖經》譯本的成功，從實踐上充分證明了英語語言的表達力，改變了《聖經》英譯反對者們對英語語言表達力的質疑，大大提高了英格蘭人民對母語英語的自豪感與認同感。威克利夫《聖經》的完成、修訂和傳播，證明英語能夠擔當起英國神學、文學和教育的重任。英格蘭人民如饑似渴地閱讀母語《聖經》，賦予日常宗教活動和世俗生活更廣泛的《聖經》內涵，並將更多的《聖經》故事和人物用於小說、詩歌、戲劇等文學創作，極大地豐富人們的文化生活，有力地推動英國中世紀文化的發展，也為亨利八世宗教改革的到來，較早準備了堅實的宗教新思想和社會基礎。

《聖經》不僅是一部宗教經典，也是一部文學巨著。《聖經》對英國文學有著源遠流長的影響，這要歸功於那些孜孜不倦，甚至冒著生命危險把《聖經》譯成英文的翻譯家們。如果沒有他們的努力，英國文學是很難從《聖經》中直接吸收營養的。威克利夫《聖經》不僅是威克利夫及其追隨者們在宗教改革方面取得

的偉大功績，也是他們取得的最偉大的文學成就，是第一本用新的中古英語寫成的重要的散文範例，對後世的《聖經》英譯、英語語言以及散文有著深遠的影響。眾所周知，喬叟是英國中世紀最偉大的詩人，被譽為「英國詩歌之父」，而威克利夫則是英國散文的偉大創造者，被稱為「英國散文之父」，其中威克利夫《聖經》是其最偉大的代表作品。

英國著名歷史學家喬治・麥考萊・泰瑞維廉（George Macaulay Trevelyan, 1876-1962）曾稱讚威克利夫《聖經》是「一部令人欽佩的、藝術價值極高的作品，既是英語語言史的一件大事，也是宗教史上的一件大事」。威克利夫《聖經》譯本及其廣泛傳播不僅對英國人民的宗教思想和宗教生活、英語語言文學，以及英國人民個人自由與權利思想的演進都產生深遠的歷史影響，而且打擊了羅馬教會傳統的神學思想和教階制度，有力地促進歐洲大陸各國宗教思想解放和民族語譯經活動的廣泛開展，促進了歐洲民族語言的發展傳播。

（二）英語學術傳統

英國普通民眾英語閱讀能力的提高，不僅局限在神學領域，還體現在對教育及世俗學問的追求上。然而，英國社會有強大的既得利益集團，大力維護拉丁語在古典學術傳統中的統治地位。直到 16 世紀，這種現象才出現轉機，英語才戰勝拉丁文，確立了在學術界的地位。

英國中世紀的教育經歷了從宗教到世俗的轉化過程。無論是學習法律、神學，還是技術性工作，典型的中世紀教育是學徒制。教會提供的教育通常是從文科入手，即從修辭、邏輯、文法「三藝」（the Trivium）開始，然後進階到算術、幾何、天文、音樂四術（the Quadrivium），更高級別的學問包括亞里斯多德哲學、民法、教會法、醫學及神學。教會和律師學院提供的教育，不僅對立志投身這兩個行業的人有吸引力，對不打算進入這些行業的人也很有吸引力。尤其是讀寫知識很受大家的歡迎，社會各行各業都有需求。15 世紀時，完全不想當神職人員的男生也對教會文法學校（grammar school）趨之若鶩，行業公會等世俗機構也逐漸對教育產生濃厚興趣，慢慢接管了文法學校。例如，倫敦著名的聖保羅學校（St. Paul's

School）就經歷了轄權易手的事，該學校原本歸屬聖保羅教堂，後來由倫敦布商公會（London Company of Mercers）接管。教會教育逐漸向今天的普通教育過渡。

16 世紀初，世俗知識積累和更新的速度在加快。例如，當時的人們迫切需要瞭解有關美洲新大陸的知識，而傳統的教會學術體系卻不能滿足新的需求。當時，英語的地位已經逐漸鞏固，英語作為書面語已經自成體系，在出版界很有影響力，其官方語言的地位逐漸得到認可，於是人們自然期待英語取代拉丁語成為學術語言，人們有理由相信嶄新的世俗教育必將帶來嶄新的課程體系。

然而，拉丁語課程體系要退出歷史舞臺也不是一朝一夕的事。即便是在英語授課的學校也需要教授拉丁語法，許多極力推崇英語教育的學者也用英語寫過拉丁語法書，其中最著名的也許是 1549 年出版的英文版《莉莉拉丁語法》（*Lily's Grammar of Latin in English*），該書收錄了威廉・莉莉（William Lily, 1468-1522）和約翰・科利特（John Colet）的文章，該書在英國一直沿用了三百多年，是權威的拉丁文語法教材。當時流行的還有用英文寫成的希臘語法書。

拉丁文的使用範圍並不局限於教會和教育界，有的行業也用拉丁文。例如，英語的普及使用威脅到了醫學行業，過去醫師花了許多時間和精力通過學習拉丁語才進入醫學行業，而現在的醫師通過使用英語也能躋身醫學行業，這在前者眼中無疑是不公平的捷徑。

不僅僅是拉丁文容易引發爭議，對古希臘語的學術研究也曾在英國引發爭議。英國亨利八世宗教改革運動之後，英國大學不再教授羅馬天主教律法，拉丁語也黯然失色，古希臘語成為大學時髦的新學科。威克利夫教派的翻譯們深諳原文可靠性的重要價值，新印刷技術的引進也使書面文本的精確性標準大大提升。1509-1524 年，德西德里烏斯・伊拉斯謨（Desiderius Erasmus）在劍橋大學擔任古希臘文教授時，把他對文本精確性和細節的關注發展成為學術界的新標準。1516 年，他用拉丁文翻譯了古希臘文的《新約聖經》，他在英國的追隨者有湯瑪斯・利納克爾（Thomas Linacre）和湯瑪斯・摩爾（Thomas More）。伊拉斯謨很關注古希臘文本的細節，他注意到時人對古希臘文的讀音可能理解有誤，因為按照當時流行的古希臘文讀法，好幾個不同的古希臘母音讀音都是一樣的。伊拉斯謨大膽地推測以前這些古希臘母音的讀法不可能是完全相同的，一定有區分度，他大力宣導恢復古希臘文以前的讀音。他的後繼者、1540 年被任命為劍橋大學古希臘文教授的約翰・奇克（John Cheke）繼承了他的衣鉢，在劍橋大學宣傳改良

的希臘文讀音，這引起當時劍橋大學校長史蒂芬・加德納（Stephen Gardiner）的反對，1542 年他專門發布命令禁止使用改良的希臘文讀音。瑪麗女王在英國復辟天主教時，約翰・奇克差點被史蒂芬・加德納送上了異教徒的火刑柱。伊拉斯謨在法國巴黎推廣傳統希臘文讀音也遇到了阻力，被稱為「語法上的異端邪說」（grammatical heresy），他的著作還上了教皇的黑名單，禁止天主教徒閱讀。

今人很難想像研究古希臘文的讀音問題會威脅到教會的利益，但威脅確實存在，主要來自對古希臘文本的字斟句酌。當時教會規定拉丁文本的《聖經》具有至高無上的地位，古希臘文知識會挑戰拉丁文本的權威性，進而動搖教會的權威，因此也就不難理解，研究語音問題會演變成政治議題。

英語學術傳統的確立並非一蹴而就。英國學術界對英語的歧視由來已久，認為英語是野蠻人的語言，不僅不適合用來翻譯《聖經》，也不適合翻譯古希臘古羅馬的經典之作，用英語寫作無異於把珍珠送給豬。當時不少用英語寫作的學者也認同這種觀點，認為英語是粗鄙簡單的語言。16 世紀，英國社會對英語書籍的要求不斷擴大，這讓學者陷入兩難境地。一方面，他們認為英語不適合用做書面學術語言，另一方面，市場呼喚更多英語書籍，於是學者效仿一百多年前威克利夫教派翻譯者的做法，從拉丁語、法語大量借詞，同時創造新詞，唯一不同的是這次規模要大得多。

16 世紀在英語中大量引入拉丁詞彙的代表人物是湯瑪斯・伊里亞德（Thomas Elyot）。他引進的詞彙包括：abbreviate（縮略）、acceleration（加速）、accommodate（容納）、aristocracy（貴族）、barbarously（野蠻地）、circumscription（界限）、democracy（民主）、education（教育）、encyclopedia（百科全書）、historian（歷史學家）、inflection（變音）、modesty（謙遜）、society（社會）、temperature（溫度）、tolerate（容忍）等，這些詞彙一直沿用到今天。當然，也有一些詞彙並沒有流傳開來，或是後來慢慢退出了歷史舞臺。總體而言，這些從拉丁語引入的詞彙很快得到大家的認可，並迅速流傳開來，後人逐漸忘記了其外來詞的身世。伊里亞德的做法，實際上是被逼無奈，迫不得已才在古典拉丁語寫作與英語寫作之間達成妥協，但這一做法遭到保守派和激進派的雙重攻擊，保守派認為學者根本不該用英語寫作，激進派認為他的英語寫作還不夠徹底和純粹。

從拉丁語大量借詞開始受到攻擊，這些拉丁詞源的外來詞彙被貶稱為「學究

詞」（inkhorn terms）。攻擊者認為英語有足夠的能力表達任何概念，如果在當時的英語中找不到合適的詞彙，可以去古代的英語裡尋找，也一定可以找到達意詞彙。劍橋大學古希臘文教授約翰·奇克就持這樣的觀點，他認為學者寫作應該用乾淨、純潔的英語，不要和外來語混用。奇克身體力行，在翻譯《聖經》時堅持不用外來借詞，而是自己創造一些英語詞彙，但他生造的詞彙很少流傳下來。

英語借鑑拉丁句法卻沒有出現爭議，也沒有受到挑戰。當時學者用英語寫作，不僅引進了拉丁詞彙，還引進了拉丁句法。在早期英語的印刷文本中，單詞的組合是根據口語表達習慣結合在一起的，例如，英國第一位印刷家威廉·卡克斯頓（William Caxton）的作品會令今天的英語教師不知所措，因為這些文字只是當時口頭英語的忠實記錄，完全不符合今天的英語句法，但並不影響當時人們理解這些文字。因此，有學者據此認為卡克斯頓的寫作水準不高。卡克斯頓只是繼承了古英語時代以降的書面寫作規範，即把口語轉化成文字。我們今天熟悉的書面英語是拉丁語句法規範的結果，從 16 世紀 30 年代開始，書面英語逐漸向拉丁句法靠攏，可以進行語法分析。

英語作為一種學術語言，是在吸收拉丁語的基礎上發展起來，並在與拉丁語的競爭中脫穎而出。

（三）英語《聖經》

在歐洲歷史上，用民族語言翻譯《聖經》是一件頗有爭議的事情，這不僅是宗教問題，還涉及民族語言的地位，同時也關乎民族國家的權威。1229 年，天主教會在土魯斯土魯斯召開會議（The Synod of Toulouse），明文規定禁止用民族語言翻譯完整版《聖經》，但事實上禁令並沒有得到有效貫徹。到 1500 年時，歐洲已經出現了各種民族語言的印刷版《聖經》，例如西班牙語、義大利語、法語、荷蘭語、德語、捷克語等譯本，另外還有通俗版拉丁語《聖經》以及希伯來文的《舊約聖經》。但是在英格蘭，由於對威克利夫教派的鎮壓，該禁令依然得到嚴格執行。

教會禁止用英語翻譯《聖經》的理由是防止英國人曲解天主教教義。教會認

為，英譯《聖經》貌似用英語單詞表達同樣的拉丁文意思，但事實上絕非這麼簡單，翻譯在其中發揮了類似神職人員的關鍵作用。過去教徒要習得教義，必須有賴神職人員的文本解讀，而現在這一工作交給了翻譯來承擔。英譯《聖經》的翻譯主要是對羅馬天主教有不同看法的英格蘭本土人士，因而引起了天主教會的高度警惕。教會認為只有拉丁文才能準確傳達教義，而正確理解教義必須仰仗受過專業訓練的神職人員。雖說普羅大眾閱讀英語譯本後也能理解教義，但這一理解角度是受到翻譯引導的，與神職人員的權威解讀必定大相徑庭。教會還有一個擔心：讀者會被日常英語單詞誤導，從而不能準確把握教義原文的深刻內涵。

英譯《聖經》走過了一條艱難的道路。從 1382 年的威克利夫《聖經》英譯本，到 1611 年的《欽定聖經》，英語翻譯《聖經》經歷了付出生命的代價以及獲得王室贊助的榮耀，與英國政壇變革息息相關。前文威克利夫教派一節已經詳細闡述了他主持翻譯《聖經》的過程，本節主要講在他之後英語翻譯《聖經》的情況。重點要講的關鍵人物是威廉・廷代爾（William Tyndale, 1494-1536）。伊拉斯謨在劍橋大學教授希臘文期間，吸引了許多英國學者前往請教，其中就有廷代爾。1510 年，廷代爾從牛津大學來到劍橋大學，師從伊拉斯謨研習希臘文，這師徒二人走了兩條不同的政治道路：伊拉斯謨是在天主教體制內發揮批評建議作用，而廷代爾則要激進得多，欲與天主教分庭抗禮、分道揚鑣。廷代爾堅信，自己翻譯的《聖經》能使耕田農夫的《聖經》知識都有可能超過僧侶，那些說英語粗鄙，不能翻譯《聖經》的人是無恥之徒。

廷代爾是 16 世紀英國著名《聖經》翻譯家和神學家，同時也是一位傑出的人文主義者，其《聖經》翻譯具有重要的歷史地位與影響。他是 14 世紀威克利夫之後的首位《聖經》英譯者，是歷史上第一位將希臘語和希伯來語《聖經》原文翻譯成英語之人，也是採用印刷術出版英語《聖經》第一人，開創了《聖經》英譯的新篇章。他的譯本成為 16-17 世紀諸多《聖經》英譯本的藍本，其內容和風格均得到後世的繼承與發揚，其譯本所用語言奠定了現代英語語言的基礎，影響了英語語言的風格，隨之也對英語語言文學產生了深遠的影響。此外，廷代爾譯本在英國民眾中普及了《聖經》知識，傳播了改革思想，無疑對英國宗教改革乃至民族國家的建立起到了積極的推動作用。

廷代爾的翻譯工作是在國外完成的。他平生恰逢歐洲宗教改革高潮迭起的狂飆年代，歐洲大陸各國紛紛推出自己的民族語言《聖經》譯本，成為宗教改革先

驅喚醒民眾、抗衡天主教會的有力武器。身處英格蘭的廷代爾深受宗教改革思想的薰陶，決意用英語翻譯《聖經》。1509年，亨利八世成為英格蘭君主，輔佐他的大法官和主理國務的大臣是沃爾西主教（Cardinal Wolsey），這君臣二人組合嚴厲打擊英格蘭的異端邪說，堅決捍衛羅馬天主教會，教皇因此任命沃爾西主教為紅衣大主教，並授予亨利八世「信仰捍衛者」（Defender of the Faith）的光榮稱號。在那個時代的英格蘭，欲把《聖經》翻譯成英語是一件非常危險的事，廷代爾只好選擇到國外去從事譯經工作。

　　1524年，廷代爾在德國漢堡翻譯了《馬太福音》、《馬可福音》；1525年在英國商人的支持下，他在德國科隆完成了整部《新約聖經》的英譯工作，並於次年出版了直接譯自希臘語的《新約聖經》，隨後還進行了希伯來語《舊約聖經》的翻譯工作，並完成了前五章。廷代爾用當時的英語口語作為傳達上帝箴言的有效載體，其《聖經》英譯本一經問世立即在英國廣泛流傳，受到民眾的熱烈追捧，從此普通民眾皆能自行閱讀《聖經》。不過，廷代爾也因此遭到了羅馬天主教會以及以湯瑪斯・摩爾為代表的反對派學者的嚴厲攻擊。1529年，湯瑪斯・摩爾接替沃爾西出任紅衣大主教，成為亨利八世的大法官和主理國務的大臣，摩爾堅決反對廷代爾的《聖經》英譯工作。1536年廷代爾被教會以「異端」的罪名處以絞刑，屍首被焚燒。但是，廷代爾的名字並沒有隨著熊熊烈焰消失在歷史的長河中，其在英語《聖經》翻譯史、現代英語語言發展史、英國宗教改革史上的重要歷史地位和影響有目共睹。

1. 16世紀歐洲民族語言譯經背景

　　16世紀的歐洲，羅馬天主教會認可的唯一《聖經》版本是拉丁語通俗版《聖經》，即武加大譯本（Biblia Vulgata）。這部《聖經武加大譯本》是西元4世紀後期由天主教學者耶柔米耶柔米（Jerome）從希臘文和希伯來原文翻譯而成的版本。16世紀歐洲民族語《聖經》翻譯的先驅可謂大名鼎鼎的荷蘭人文主義者伊拉斯謨。從1506年起，伊拉斯謨就開始搜集整理希臘文《新約聖經》手稿文獻，經過10年努力，最終於1516年將希臘文《新約聖經》編輯出版。他在前言中這樣寫道：「我要使這些話譯成各種語言，不僅蘇格蘭人及愛爾蘭人，而且土耳其人及阿拉伯人均能閱讀。我渴望種田的人一面耕地一面唱著它，紡織者哼之於穿梭的旋律中，旅行者以此為娛樂以排除其途中的無聊……我們也許會因從事其他

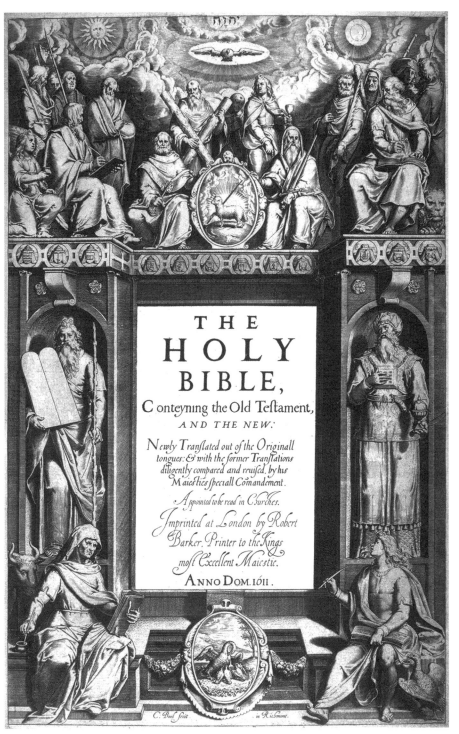

1611 年第一版《欽定聖經》，文本周圍都是耶穌的使徒。文本上方正中坐著的是彼得和保羅，他倆旁邊坐著摩西和亞倫；文本兩側四位使徒分別是四福音書的作者：馬太、馬可、路加、約翰。

的一些研究而後悔，但是當人從事這些研究時，一旦死亡來臨，他就是幸福的。這些神聖的話給予你基督的談話、治病、死亡以及復活的真實印象，使得他如此常在，以致如果他在自己的眼前，你未必會更真實地見到他」。伊拉斯謨希臘文《新約聖經》的出版標誌著一個嶄新時代的發端，激發了歐洲各國民族語《聖經》的翻譯浪潮。

1522 年 9 月，受伊拉斯謨希臘文《新約聖經》的感召，德國的馬丁·路德以此書為藍本，翻譯出版了德文版《新約聖經》。幾週之內，路德的德文版《九月聖經》就銷售了五千餘本。隨後的新版《十月聖經》則在兩年內印刷了 12000 份，據估計同時期還有超過六十餘部盜版的德語《新約聖經》問世。德文版《新約聖經》的大量印刷發行將上帝的啟示帶入了千家萬戶，使德國普通民眾有機會自行閱讀並理解《新約聖經》。另外，德文版《新約聖經》的普及不僅促進了德意志民族語言的統一，也為宗教改革運動提供了理論武器，使得新教在德國各地迅速傳播。這場源起德國的宗教改革很快蔓延到歐洲其他國家和地區。隨著宗教改革運動的不斷深入，各國湧動著用民族語言翻譯《聖經》的熱情。16 世紀 20 年代，除英國外，幾乎所有歐洲國家都有翻譯成自己民族語的多部《聖經》譯本。

當整個歐洲都掀起宗教改革的浪潮時，英國仍然是個保守的天主教國家，當時在位的英格蘭國王亨利八世堅決抵制席捲全歐的宗教改革運動。在《聖經》翻譯成民族語這個問題上，亨利八世在很長時期內也持有堅決不可為的態度。除了世俗君主的反對，英國天主教會對英語《聖經》的限制也比歐洲其他國家更為嚴厲。儘管早在 14 世紀，英國就先後出現了兩個版本的威克利夫英語完整版《聖經》，但在此後長達 140 多年的時間裡，英國沒有再出現過新的《聖經》民族語譯本。之所以出現這種情況，主要歸咎於 1409 年頒布的《牛津憲令》（*The Constitutions of Oxford*）。

進入 16 世紀後，隨著都鐸王朝經濟的發展，英國社會政治生活發生了很大的變化，普通民眾的自由意識和民族意識也與日俱增。首先，人口的增加帶來勞動力和社會需求的相應增長，刺激經濟發展和農業生產商品化進程的同時，也促進了個人主義的發展。其次，15 世紀以來，從歐洲大陸傳入英國的文藝復興思想和人文主義思想更是喚醒了英國民眾塵封已久的自由意識。另外，都鐸王朝專制君主制的建立和歐洲宗教改革運動的影響，使英國民眾的民族意識空前高漲。所有變化對英國教會構成了越來越大的威脅。

長期以來，羅馬天主教會的殘酷剝削和神職人員的驕奢淫逸、愚昧無知引起了英國民眾的普遍不滿。普通民眾對宗教的虔誠，與教會腐敗墮落的現象形成鮮明的對比。這一時期在英國，神職人員階層是令人厭惡的，但民眾對宗教的虔誠信仰卻是毋庸置疑。受人文主義思想的啟迪，英國民眾對宗教信仰自由的渴求也日益強烈，其中一個表現就是對英語民族語《聖經》的呼喚。總而言之，16 世紀初英國宗教狀況就是由民眾對神職人員階級的憎恨及對信仰自由的渴望彙集在一起的紛繁畫面，正是在這一歷史背景下，廷代爾挺身而出，開始了自己翻譯《聖經》的偉大事工。

2. 廷代爾的譯經過程

　　1494 年，在英格蘭西南部的格羅斯特郡（Gloucester）緊鄰威爾斯邊境的一個小村莊裡，廷代爾出生了。廷代爾的家鄉宗教氣息濃厚，威克利夫思想深入人心，他童年時期在當地的文法學校學過英國歷史和拉丁語等課程。1506 年，廷代爾進入牛津大學莫德林學院（Magdalen College）求學，正是在該學院他才真正接觸到希臘文《聖經》。在那段不短的時間裡，他經過勤奮不懈的學習，在語言知識和其他人文藝術方面，尤其在他十分癡迷的《聖經》知識上，都取得長足的進步。即使是病臥在莫德林的宿舍樓裡，他還私下為莫德林學院的師生誦讀神學書卷，給他們傳授《聖經》的知識和真理。1512 年廷代爾取得學士學位，1515 年獲得碩士學位，在此期間他還獲封聖職，成為羅馬天主教神職人員。隨後幾年，廷代爾去劍橋學習神學，但因不滿學院的教育方式，於 1521 年放棄神學的學習，返回故鄉格羅斯特郡，受聘給當地貴族沃爾什爵士（Sir Walsh）的兩名幼子擔任家庭教師。重返家鄉期間，當地普通神職人員對《聖經》的無知和蔑視讓廷代爾大為震驚，從而萌發了翻譯英語《聖經》的念頭。約翰‧福克斯（John Foxe, 1516/17-1587）在《殉道史》（*Actes and Monuments, popularly known as Foxe's Book of Martyrs*）中如此描述：「廷代爾先生偶遇一位神職人員，據說是一位學問淵博之士。廷代爾與他交流、討論神學上的事，該大博士被催逼到一個地步，脫口而出這樣褻瀆的話語：『我們寧願不要上帝的律法，也不能不要教皇的法令！』…… 廷代爾 ……，便反駁道：『我蔑視教皇和他的一切法令。』又說，倘若上帝讓他活下去，用不了幾年，他就可以讓一個耕田農夫比他自己更通曉《聖經》。」（Votaw, Clyde Weber. 1918: 296）

1523 年，因渴望將《聖經》譯成英語，廷代爾離開家鄉前往倫敦，尋求倫敦主教卡思伯特‧滕斯托爾（Cuthbert Tunstal）的幫助，希望獲得他的許可與資助，以便合法翻譯《聖經》。為了證實自己的外語能力，廷代爾攜帶了一篇翻譯樣稿，是他翻譯的古希臘修辭學家伊索克拉底（Isocrates）的一篇演講稿。抵達倫敦後，他輾轉托人引薦，同時將該譯文轉送給主教。然而等待他的卻是久等無果的幻滅，主教最終沒有接見他，只托人轉告廷代爾他那裡早已人滿為患，沒有空缺，建議廷代爾去其他地方碰碰運氣。廷代爾依然選擇留在倫敦苦苦尋找譯經機會，他一待就是一年多，倫敦經歷是廷代爾譯經生涯中的一個重要轉捩點。雖然他並未尋找到合法譯經的途徑，但這期間他有機會近距離接觸到許多天主教高層神職人員，目睹了他們的墮落、無知、驕奢。倫敦之前的廷代爾，涉世不深，對高層神職人員的虛偽和墮落知之甚少，對天主教會還抱有一線希望，而滯留倫敦期間，他對教會的幻想徹底破滅了。他親眼看到、親耳聽到神職人員如何吹噓自己的權威，目睹高層神職人員腐朽的生活方式，這一切更加堅定了廷代爾用英語民族語言翻譯《聖經》的信念，同時也意識到這將是一條佈滿荊棘的曲折之路。他回憶道：「在倫敦我滯留了一年左右…… 最終明白了不僅倫敦主教的府邸裡沒有地方可以翻譯《新約聖經》，就是整個英格蘭都沒有可以做這件工作的地方……」

　　1524 年，廷代爾秘密離開英國，前往德國。此時的他已無退路，根據當時的法律，未經許可離開英國被視為叛國。到達德國的廷代爾最初居住在科隆（Cologne），與助手威廉‧羅伊（William Roy）一起翻譯希臘語《新約聖經》。1525 年，他在科隆著手排印英文《新約聖經》。不幸的是，由於印刷工人走漏風聲，印好未裝訂的經文張頁全部被科隆當局查抄，提前得到風聲的廷代爾被迫帶著已印製的《馬太福音》逃離科隆，坐船前往沃姆斯（Worms）。1526 年在將科隆版《聖經》重新修訂後，廷代爾在沃姆斯首次將譯自希臘文的《新約聖經》全文印刷，由此翻開了《聖經》英譯史上嶄新的一頁。不同於先前未印刷完成的科隆版《聖經》，沃姆斯《新約聖經》版面設計為八開本，沒有前言和注釋。該書一經出版就被商人們通過各種方法偷運回英格蘭和蘇格蘭，隨即在全英國秘密流通，此後幾年，沃姆斯版《新約聖經》不斷重印，各種盜版也層出不窮，在英國的傳播也越發廣泛。

　　廷代爾《聖經》英譯本在英國國內的大範圍傳播，引起了教會的嚴厲譴責和瘋狂迫害。倫敦主教滕斯托爾在國內發布命令，要求各地教會立即搜查該書，並

親自主持公開焚燒活動，對於譯者本人的搜捕行動也隨之展開。面對巨大的危險，廷代爾沒有退縮，而是繼續自己的翻譯事業。1526 年至 1528 年間，廷代爾移居安特衛普（Antwerp），將大部分時間用於翻譯《舊約聖經》以及修訂業已出版的《新約》，有限的休息時間也常常去照顧病人和窮人。1530 年，廷代爾將已經翻譯完成的《舊約聖經》前五卷出版發行；1534 年又出版了《新約聖經》的修訂本。此後的一段時間，除了對 1534 年《新約聖經》做一些小的修正，他的主要工作是翻譯《舊約聖經》的剩餘卷章。廷代爾的進度大概已完成《舊約聖經》的歷史書、《約書亞記》、《歷代志下》，也許有可能已經譯完《約伯記》和《十四行詩集》。

1535 年春天，危險不期而至。一個化名亨利・菲利浦斯（Henry Phillips）的英國人騙取了廷代爾的信任後設計將他逮捕。在生命的最後歲月，廷代爾被天主教會羈押於布魯塞爾以北 10 公里的菲爾福德堡（Filford）長達 16 個月之久。然而即使身陷囹圄，他仍未放棄繼續翻譯尚未完成的《舊約聖經》。1536 年，17 名神學家和律師組成的陪審團，判處「拒絕悔悟」的廷代爾死刑；同年 10 月，各方營救均告失敗後，年僅 42 歲的廷代爾被帶上絞刑架，死後遺體遭焚燒。在火刑柱上，廷代爾用熱切的聲音高聲喊道：「主啊！願你開啟英國國王的眼睛！（Lord, open the King of England's eyes.）」

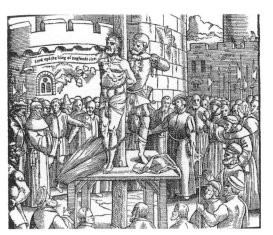

英國宗教改革家、翻譯家威廉・廷代爾行刑圖，他在比利時維爾弗德（Vilvoorde）被送上火刑柱，臨終高呼：「主啊！願你開啟英國國王的眼睛！」（圖片來源：*The Horizon Book of the Elizabethan World*）

3. 廷代爾譯經的歷史地位

西元 6 世紀末,基督教在英國廣泛傳播,此後用英語對《聖經》經文進行解釋的情況開始出現,但這種寫於拉丁語經文字裡行間的英語注釋,嚴格意義上尚不能稱為翻譯。真正意義上的英語民族語《聖經》翻譯始於西元 7 世紀,其整個發展史可以分為兩個時期:手抄本時期和印刷本時期。1526 年廷代爾印刷本《新約聖經》的面世,是這兩個時期的分水嶺。

歷史上第一部完整版英語《聖經》出現在 1382 年,由英國學者約翰·威克利夫主持翻譯而成。威克利夫之後一個半世紀裡,由於《牛津憲令》的限制,英國沒有出現任何新的《聖經》譯本,16 世紀 20 年代廷代爾《新約聖經》的問世才改變了這個局面。廷代爾《新約聖經》有彪炳史冊的重要意義:它是英國歷史上第一本印刷出版的《聖經》,也是第一本從《新約聖經》成書語言希臘語直接翻譯而成的英文《新約聖經》,從而開啟了英語譯經史的一個嶄新時代。廷代爾翻譯《舊約聖經》同樣具有非凡的歷史地位和意義,他是歷史上把希伯來語《舊約聖經》譯成英語的第一人。在他生活的年代,英國只有極少數幾位牛津和劍橋的學者通曉希伯來語,許多英國普通民眾甚至不知道有這樣一門語言的存在,更不知道它與《聖經》之間的關係,因為當時所有與宗教有關的內容,無論是祈禱、唱詩、受洗等,都是用拉丁文進行的。另外,廷代爾之前的《聖經》英語譯本,由於時代局限,均採用手抄形式,傳播範圍十分有限,普通英國民眾難以觸及;而廷代爾《聖經》譯本則採用先進的印刷術出版發行,流傳廣泛。1526 年春,人們花 2 至 6 先令[3]就可以在英國的任何地方買到一本,此後幾年廷代爾《聖經》譯本不斷印刷發行,在英國的傳播也越發廣泛。到 1530 年,英國市場上共有 6 個版本的《新約聖經》同時流通,總計印刷冊數大約有 15000 本。

廷代爾翻譯《聖經》的事工打破了《牛津憲令》對英語《聖經》的禁錮,加快了英語《聖經》翻譯的進程。廷代爾之後,即 16 世紀到 17 世紀初,《聖經》英譯十分活躍,英國出現了數個有影響力的英語《聖經》版本。這些版本都以廷代爾的翻譯作為藍本,根據時代的發展不斷地修訂和完善。1535 年,歷史上第一本印刷版的英語《聖經》是由曾擔任廷代爾助手的邁爾斯·科弗代爾完成,該版《聖經》廣泛採用了廷代爾的《新約聖經》以及他所完成的《舊約聖經》章節。1537 年,第一部在英國合法出版的《聖經》是《馬太聖經》(Matthew Bible),其《新約》以及《舊約·創世紀》只對廷代爾版本做了少許改動。1560 年《日

內瓦聖經》（Geneva Bible）的背後還是廷代爾的《聖經》譯本。而倍受推崇的1611 年《欽定聖經》也主要借鑒廷代爾的譯本，有一種說法是欽定版《舊約聖經》76%、欽定版《新約聖經》83% 的內容都來自廷代爾的譯本（Tadmor, Naomi. 2010: 16）。

綜上所述，廷代爾在《聖經》英語翻譯史上起到了承前啟後的作用，架構了一座連通古今的橋樑。因其在《聖經》英譯史上的不朽地位，廷代爾被諾頓譽為「英語《聖經》翻譯之父」。廷代爾的《聖經》英譯本不僅具有重要的歷史地位，同時也產生了深遠的影響。

（1）對現代英語語言文學的影響

首先，廷代爾的《聖經》英語譯本提高了英語語言的地位。16 世紀廷代爾譯經時，威克利夫譯本所使用的 14 世紀中古英語已不能為普通大眾所理解和接受，畢竟經過兩個世紀的發展，現代英語已初具雛形。然而，在都鐸王朝初期，大部分作品還是使用拉丁語，許多學者對英語語言持有懷疑態度，湯瑪斯·摩爾的名著《烏托邦》（*Utopia*）就是用拉丁語寫成的。在這樣一個歷史背景下，廷代爾英語《聖經》譯本的出現和廣泛流傳，大大提高了英語語言的地位，提升了其在學術研究和民眾日常生活中的影響力，促成了現代英語語言的廣泛使用。

其次，廷代爾《聖經》英譯本的問世，豐富了現代英語語言詞彙，完善了其結構，奠定了其基礎，並影響了其風格。一位作家可以通過兩種方式豐富一門語言：可以直接引入新詞或賦予詞語新的應用，也可以間接因其作品的流通，使現有的表達形式具有更廣泛的應用和新的價值。這兩種情況都適用於廷代爾。因其英語《聖經》，一些罕見的英語單詞成為大眾的日常用語，例如："beautiful"（美麗的）這個人們十分熟悉且在英語語言中不可缺少的單詞，在廷代爾以前沒有哪個作家使用過，雖然這個詞誠然並非廷代爾首創，但無疑卻因他在《聖經》裡的使用而普遍流行開來。廷代爾還創造了一些新的英語單詞、熟語和諺語，現代英語中的不少熟語都源於廷代爾的《聖經》譯本。"long-suffering"（堅忍的）、"peacemaker"（和事佬）、"scapegoat"（替罪羊）等英語詞彙都來自廷代爾，其《聖經》譯本中的遣詞造句方式，很多已融匯在現代英語語法結構中。另外一

第四章 英語與拉丁語：語言是政治

---

〔3〕先令（Shilling）曾經是英國、前英國附庸國或附屬國與大英國協國家的貨幣單位。「先令」字源於盎格魯撒克遜時期的古英語 Scilling，大約相等於當時肯特郡的一隻牛或其他地方的一隻羊的市值。

點值得一提的是，在將《聖經》譯成通俗語言的時候，廷代爾沒有把自己的譯本降低到俗語方言的水準，而是把這門語言提升到一個他所設定的簡潔標準。他的語言和風格很大程度影響了現代英語語言的遣詞和文風，因此有一種說法是他對英語語言的貢獻超過了莎士比亞和約翰‧班揚（John Bunyan）。

再者，廷代爾對英語文學也產生了持久的影響。自從廷代爾譯本印刷出版後，《聖經》才算是第一次在民間普及，而隨著《聖經》的廣泛傳播，其對世俗文學的影響也愈發強烈。事實上，英國文學的許多作品是以《聖經》故事為題材。中國《聖經》文學研究專家梁工教授在其著作《聖經解讀》中曾以 17 世紀英國著名作家莎士比亞、彌爾頓、班揚為例，分析他們作品中的《聖經》元素，從而清晰地展現出廷代爾《聖經》譯本對英語文學的深遠影響。據梁工統計，《聖經》為莎士比亞作品提供了重要素材，僅《威尼斯商人》（*The Merchant of Venice*）對它的引用就有六七十處，其中《馬太福音》和《莎士比亞十四行詩集》是他援引最多的文本。英國詩人彌爾頓的三部史詩《失樂園》（*Paradise Lost*）、《復樂園》（*Paradise Regained*）、《鬥士參孫》（*Samson Agonistes*）則悉數取材自《聖經》。班揚更是深受《聖經》影響，他出身貧寒，除了閱讀《聖經》之外，幾乎沒有受過其他教育。他在獄中創作的《天路歷程》（*The Pilgrim's Progress*）涉及許多重要《聖經》人物，該書直接間接引用《聖經》高達三百八十餘處，可謂俯拾皆是聖經典故。以上三位作家生活的年代離廷代爾時代並不遙遠，他們使用的《聖經》譯本毫無疑問是以廷代爾譯本為基礎，因此，有理由認為廷代爾對英語文學產生了不可估量的深遠影響。

（2）對英國宗教改革的影響

廷代爾譯本在英國境內的廣泛流通，把基督教教義傳播到英國四面八方，打破了長期以來教會對《聖經》的壟斷，在英國普通民眾中普及了《聖經》知識。16 世紀初期，拉丁語通俗版《聖經》依然是英格蘭各地教堂的官方指定用書，為數眾多的普通民眾因不懂拉丁語，對《聖經》內容的認識和瞭解只能完全依賴神職人員，但不少英國低級神職人員的拉丁語水準並不比普通民眾高多少。由於神職人員階級的無知和墮落，加之西歐宗教改革浪潮的衝擊，英國國內要求改革教會的呼聲很高，民眾對民族語《聖經》的渴望也十分迫切。因此，廷代爾《聖經》英譯本在歐洲大陸一出版，就被偷運回國，在各地秘密流傳。廷代爾譯本的語言

非常通俗化，同時詞序和句法結構等都儘量採取英語的表達方式，目的是讓文化層次較低的普通民眾也能閱讀《聖經》。約翰‧福克斯在《殉道史》中記述的兩個例子反映了廷代爾《聖經》譯本對普通民眾產生的巨大影響。1529 年，倫敦的一位皮革商被捕後被帶到主教面前，罪名是閱讀廷代爾翻譯的《新約聖經》，然而審訊的結果卻令主教和所有神職人員蒙羞，因為一個皮革商居然能和他們展開神學辯論，顯然皮革商對《聖經》知識的瞭解令他們無力招架。皮革商最終被關入倫敦塔，兩年後被燒死。另外一個故事的主人公是一名印刷工人，他把廷代爾翻譯的句子印在一家新開張酒館的桌布上，因而受到教廷的懲治。

　　除了普及《聖經》知識，廷代爾的英語《聖經》譯本還以印刷體的形式向英國人民宣傳了新教思想，推動了新教在英國的傳播，為英國即將到來的宗教改革奠定了群眾基礎，對英國新教國家的建立產生了積極影響。對於廷代爾在英國宗教改革史上的巨大歷史貢獻，約翰‧福克斯曾評價：「他是上帝特別挑選的器皿，如同上帝的一把鶴嘴鋤，鏟動了教皇引以為豪的主教制根基。」上千年來，西歐社會奉行教權至上的理念，羅馬教皇被視為耶穌基督在人間的代表，掌管著「上帝之劍」，神聖不可侵犯。不僅教皇指令被奉為聖旨，教會法以及教會傳統都凌駕在《聖經》之上。普通民眾因《聖經》知識的匱乏，無法辨識真偽。《聖經》被譯成英語後，更多民眾有機會接觸《聖經》，這無疑有利於新教思想在英國的傳播和壯大，許多信徒循著《聖經》的章節不斷深入探究基督教原旨，從而越來越遠離中世紀羅馬天主教傳統，日趨新教化。從這一點看，廷代爾的通俗英語版《聖經》不僅使英國普通民眾知曉了上帝福音和律法，知曉了罪與贖等基督教教義，而且清醒地認識到「因信稱義」的含義。從此，那些曾為羅馬天主教會帶來權力和財富的教義失去了效用，教會藉以控制民眾、攫取錢財的宗教儀式失去了存在的意義，教會和教皇權威也被摧毀，英國宗教改革和民族國家建立的嶄新時代隨之到來。

　　廷代爾本人曾經對翻譯《聖經》的緣由這樣說過：「什麼使我決定翻譯《新約聖經》？因為我以前的經驗使我意識到，要使普通人瞭解真理是不可能的，除非將母語《聖經》明白地擺在他們面前，這樣他們才能看到過程、命令和經文的意義。否則的話，即使教給他們任何的真理，真理的敵人們也會將之熄滅……」一本英語版《聖經》不僅點亮了英國人的驕傲，還在一定意義上創立了一個全新的英格蘭民族。正是廷代爾結束了舊世界，開創了新世界。2002 年，英國廣播公

司評選出了英國歷史上最偉大的 100 人，廷代爾榜上有名，排名第 26 位（https://en.wikipedia.org/wiki/100_Greatest_Britons 登陸時間 2019 年 3 月 31 日）。

（四）拉丁語遺產

　　拉丁語屬印歐語系拉丁語族。早在大約西元前一千年，從北方不斷湧來的移民把拉丁語口語帶到義大利半島，成為半島中部西海岸拉丁部族的語言，也即拉丁姆地區（Latium，義大利語為 Lazio）的方言，從而得名拉丁語。羅馬的崛起，使得羅馬人的拉丁語逐漸在並存的諸多方言中取得了壓倒性優勢。西元前 5 世紀初，拉丁語成為羅馬共和國的官方語言；西元前 27 年，羅馬帝國建立，拉丁語成為新興的羅馬帝國的標準語。在羅馬帝國全盛時期，隨著羅馬人軍事和政治勢力的不斷擴張，拉丁語作為帝國統治的行政語言向西傳播到西地中海諸島嶼、伊比利半島和高盧（今法國），甚至跨過海峽，傳入不列顛，向東傳至多瑙河流域的瓦拉幾亞瓦拉幾亞（今羅馬尼亞），成為當時帝國核心地區通用的語言，後來甚至傳入西亞、北非，與羅馬帝國的版圖相當。

　　拉丁語分為「古典拉丁語」（Latina Classica / Classic Latin）和「通俗拉丁語」（Sermo Vulgaris / Vulgar Latin）。羅馬帝國奧古斯都（Augustus）皇帝時期使用的文言文稱為古典拉丁語，而 2 世紀至 6 世紀普通民眾所使用的白話文則稱為通俗拉丁語。古典拉丁語是古羅馬的官方語言，在凱撒和西塞羅（Marcus Tullius Cicerō）的時代成熟。通俗拉丁語是口頭語言，被羅馬軍隊帶到整個帝國，基本取代了原有的高盧語和古西班牙語，甚至西元 5 世紀瓜分羅馬帝國的北方蠻族也樂於接受這種高度發達的文明語言。

　　基督教在歐洲取得統治地位後，拉丁語成為教會的官方語言，其影響力更加彰顯。4 世紀的《聖經》拉丁文譯本是最具權威性的教科書，5 世紀至 15 世紀，拉丁語是羅馬天主教會統治下的宗教、文化和行政的語言，又是西歐各民族間的交際語言，稱為中古拉丁語。20 世紀初葉以前，天主教傳統上用拉丁語作為正式會議語言和禮拜儀式用語，現代天主教會依然沿用拉丁語為第一官方語言。1963年，天主教教堂儀式才停止使用拉丁語。

拉丁語在西方學術界地位重要，長期以來西方學術論文大多以拉丁語寫成。羅馬帝國解體後，拉丁語口語慢慢消亡了，但拉丁語書面語卻又延續了一千多年。鑒於古典拉丁語和通俗拉丁語的差別越來越大，中古拉丁語在一定程度上已脫離了古典拉丁語，因此文藝復興時期的拉丁語作家認為當時流行的拉丁語不夠規範和純潔，有必要以古典拉丁作家為範式，推行復古的拉丁語，稱作新拉丁語。現在拉丁語被認為是一種死語言，主要是指口語拉丁語只有少數基督教神職人員及學者可以流利使用，但在學術領域書面拉丁語依然有生命力，西方國家的大學依然提供有關拉丁語的課程，生物分類法的命名規則等依然使用拉丁語，醫學界以正規的拉丁處方進行國際交流。

拉丁文字系拼音文字，拉丁字母歷史悠久。很多人習慣將 A-Z 稱為「英文字母」，事實上，應該稱為「拉丁字母」或「羅馬字母」，因為英語字母來自拉丁字母。西元前 7 世紀，拉丁字母已經誕生了，它以伊特拉斯坎（Etruscan）字母為基礎，伊特拉斯坎字母又源於希臘字母。在 26 個伊特拉斯坎字母中，羅馬人只採用了其中的 21 個。西元前 1 世紀，羅馬征服希臘後，吸納了當時通行的希臘字母 Y 和 Z，並把它們放在拉丁字母表的末尾，於是新的拉丁語字母包含 23 個字母。中世紀時期才加上字母 J，以便與字母 I 區別，後來又增加了字母 U 和 W，以與字母 V 區別，最終形成今天的 26 個字母。

拉丁語是一種高度屈折的語言。它有 3 種不同的性；名詞有 7 格；動詞有 4 種詞性變化、6 種時態、6 種人稱、3 種語氣、3 種語態、2 種體、2 個數。7 格當中有 1 格是方位格，通常只和方位名詞一起使用。呼格與主格基本一致，因此也有人認為拉丁語只有 5 個不同的格。形容詞與副詞類似，按照格、性、數屈折變化。雖然拉丁語中有指示代詞指代遠近，但卻沒有冠詞。通俗拉丁語以及拉丁語的語言後裔對古典拉丁語做了很多修改和簡化，比如古典拉丁語的中性詞在拉丁語的後裔語言中已經不存在了（羅馬尼亞語除外）。拉丁語在一定程度上缺乏希臘語的多樣性和靈活性，這可能反映了羅馬人講求實際的民族性格。比起文學創作的多樣和靈活，羅馬人更關心政府和帝國的發展與擴張，對推測和詩意的想像不感興趣，但是，即便在這種情況下，在眾多古典時期大師筆下，拉丁語依然是堪與世界上其他任何內涵豐富語言媲美的文學、詩歌語言。

現代許多西方語言和拉丁語都有千絲萬縷的聯繫。西元 476 年，羅馬帝國崩潰後，拉丁語結合各地地方方言，逐漸形成了法語、西班牙語、葡萄牙語、義大

利語、羅馬尼亞語等，對不屬於同一語族的英語也產生了相當大的影響。歐洲文藝復興時期以後，這些民族語言逐步取代了拉丁語，在歐洲民族國家的形成中發揮了重要作用。16世紀後，西班牙與葡萄牙勢力擴張到整個中南美洲，因此中南美洲又稱「拉丁美洲」（Latin America）。

　　拉丁語在歐洲地位顯赫，英語作為後起語言，其字母數量和形式與拉丁字母相似絕非偶然現象，而是彰顯了拉丁語對英語的影響廣泛而深遠。拉丁語對英語詞彙、語法、語音都有影響，其中尤其是以詞彙影響最大。英語是古典語言的蓄水池，借鑒引進了大量的外來詞彙，這是英語豐富和發展自身詞彙的重要途徑，也是英語生命力的源泉。英語詞彙大概可分為三大部分：本族詞彙、拉丁詞彙、法語詞彙，在外來的後兩種詞彙中，拉丁詞彙占比應該是最大的。英語最常用的5000個詞彙中，27%來自本民族、17%直接來自拉丁語、47%來自法語、9%來自其他語言，值得注意的是，有許多拉丁詞彙是通過法語間接進入英語的。

　　拉丁詞彙進入英語主要可以分為4個時期。首先是大陸時期，盎格魯-撒克遜人還在歐洲大陸時，其語言已經和拉丁語有了接觸，當時他們常與羅馬人進行各種貿易往來，羅馬表示特定事物的拉丁詞彙便已進入日爾曼語族各語言中，這一時期進入盎格魯-撒克遜語的拉丁詞彙主要是日常生活用語，例如：醋（vinegar）、油（oil）、葡萄酒（wine）、梨（pear）、梅（plum）、甜菜（beet）、枕頭（pillow）、壺（kettle）、街道（street）、牆（wall）、殖民地（colony）等。

　　其次是古英語時期，西元597年基督教登陸不列顛，傳教士引入基督教的同時，帶來了大量與宗教有關的詞彙，例如：天使（angel）、僧侶（monk）、修女（nun）、門徒（disciple）、彌撒（mass）、神父（priest）、祭壇（altar）、蠟燭（candle）等。

　　再次是中古英語時期，尤其是14、15世紀，大量拉丁詞彙通過法語進入英語，這些詞彙涉及神學、法律、醫學、科學、文學等領域，例如：地獄邊緣（limbo）、世俗的（secular）、合法的（legitimate）、殺人（homicide）、起訴（prosecute）、理性的（rational）、潰瘍（ulcer）、嬰兒期（infancy）、神經質的（nervous）、放大（magnify）、詩體學（prosody）、摘要（summary）、明喻（simile）等，《牛津英語詞典》（*The Oxford English Dictionary*）把上面這些詞都列為從拉丁語借入的詞。

　　最後是現代英語時期，即英國文藝復興之後的時期，當時英國人文主義者熱

衷於直接研究古希臘、古羅馬文化，古典語言和古典文學成為教育的重要內容，拉丁語和希臘語成為當時的學者撰寫論文的主要語言，16-18 世紀期間，英國許多哲學家、文學家、科學家等都直接用拉丁語寫作，有學者把大量拉丁文獻翻譯成英語，於是許多拉丁詞彙直接進入英語，大部分是學術詞彙，書卷氣較濃。例如：教育（education）、奉獻（dedication）、仁慈（benevolence）、努力（endeavor）、尊重（esteem）、上訴（appeal）、民事的（civil）、勤學的（studious）等。《牛津英語詞典》稱，文藝復興時期進入英語的外來詞有一萬兩千個以上，英語詞彙中大部分含有歐洲語言國際性成分的詞，大都源於這一批拉丁詞彙，這些詞大都屬於學術性詞彙，用來表示抽象的概念及科技術語等。

英語詞彙大量借鑒拉丁詞彙，大約半數的英語單詞直接或間接來源於拉丁語。很多英語詞彙從羅曼諸語，如法語或義大利語等演變而來，而這些羅曼諸語又是從拉丁語演變來的，例如以單詞 mercy（憐憫）為例：mercēs（拉丁語）→ merci（法語）→ mercy（英語）。有些詞則是直接從拉丁語演變而來的，例如單詞 serene（寧靜）：serēnus（拉丁語）→ serene（英語），有些則是未經變化而直接採用，例如單詞 larva（幼蟲）：lārva（拉丁語）→ larva（英語）。由此可見，相當多的英語詞彙由拉丁語演變而來。另外，有些拉丁語是由希臘語演變而來，例如單詞 school（學校）：schŏlē（希臘語）→ schŏla（拉丁語）→ scōl（古英語）→ school（現代英語）。

英語採用如此眾多的外來語後，確實豐富了原本單調的英語詞彙。英語中不同詞源的詞表達相同或相似的意思，就變成了同義詞或近義詞。英語同義詞就其樣式而言，由於來源不同而形成成對同義詞以及三詞一組同義詞。成對同義詞指一個本族語詞和一個外來詞（來自法語、拉丁語或希臘語構成的同義詞），這種同義詞數量很多，例如：friendship - amity, hide - conceal, help - aid, world - universe, deed - action, foe - enemy, fatherly - paternal, freedom - liberty, love - charity 等。三詞一組同義詞由本族語、法語詞和拉丁語或希臘語單詞構成，例如：proverb - saying - aphorism, foreword - preface - prologue, end - finish - conclude, time - age - epoch, small / little - petite - diminutive, ask - question - interrogate 等。其中本族語詞比較淳樸、常見，拉丁語或希臘語詞有較濃厚的書卷語色彩，法語詞大多介於兩者之間。這些不同來源的同義詞雖然表示同一個概念，但具有各自的側重點及文體特徵，從而使得英語成為一種表現力異常豐富的語言。

第四章 英語與拉丁語：語言是政治

英語從拉丁語和希臘語引入了許多詞根詞綴，大大擴充了英語詞彙。部分常見的字首、字尾如下：

拉丁字首	例詞	拉丁字尾	例詞
aero-	aeroplane	-ability / ibility	flexibility
anti-	antinuclear	-al	arrival
auto-	autobiography	-an / ian / arian	musician
be-	befriend	-ance / ence	appearance
bi-	bilingual	-ancy / ency	emergency
bio-	biosphere	-ant / ent	applicant
by-	by-product	-cy	accuracy
centi-	centimeter	-dom	freedom
co-	coexist	-ee	employee
col-	collocation	-er /or / ar	painter
com-	compassion	-ery	bravery
con-	concentric	-ese	Chinese
contra-	contradiction	-ess	actress
cor-	correlate	-ful	handful
counter-	counteract	-hood	childhood
cross-	crossbreed	-ics	linguistics
de-	devalue	-ism	socialism
dis-	disadvantage	-ist	violinist
em-	embody	-ity / ty	cruelty
en-	endanger	-ment	movement
ex-	ex-wife	-ness	darkness
extra-	extraordinary	-ology	futurology
fore-	forearm	-ship	friendship
il-	illegal	-sion / ssion	decision
im-	impossible	-th	growth
in-	indirect	-ure	closure
infra-	infrastructure	-en	deepen

拉丁字首	例詞	拉丁字尾	例詞
inter-	interchange	-ify	classify
intra-	intra-city	-ise / ize	modernize
ir-	irregular	-able / ible	questionable
kilo-	kilometer	-al	natural
macro-	macroeconomics	-an / arian / ian	suburban
mal-	malfunction	-ant / ent	different
micro-	microcomputer	-ary / ory	advisory
mid-	midnight	-ate	considerate
mini-	miniskirt	-en	golden
mis-	misfortune	-free	carefree
mono-	monoplane	-ful	careful
multi-	multipurpose	-ic / ical	atomic
non-	nonsense	-ish	girlish
out-	outlive	-ive	creative
over-	overhead	-like	childlike
poly-	polysyllabic	-ly	manly
post-	postwar	-ous / ious	dangerous
pre-	prepay	-some	tiresome
pro-	pro-America	-ward	downward
pseudo-	pseudoscience	-y	guilty
re-	reuse	-ward/wards	eastward(s)
self-	self-employed	-wise	clockwise
semi-	semifinal		
step-	stepmother		
sub-	subdivide		
super-	supermarket		
tele-	telecommunication		
therm(o)-	thermometer		
trans-	transplant		

第四章　英語與拉丁語：語言是政治

拉丁字首	例詞	拉丁字尾	例詞
tri-	tricycle		
ultra-	ultramodern		
under-	undersea		
uni-	uniform		
vice-	vice-chairman		

　　拉丁語對英語語法影響較小。拉丁語單詞進入英語後多半接受了英語語法規則的支配，被英語化了。例如，拉丁名詞 virus（病毒）是中性、單數、第一格，其複數第一格是 viri，這個詞是直接進入英語的，複數使用英語複數詞尾 -es 即 viruses。拉丁形容詞 longus（長的）有性、數、格、級的變化，這個詞被英語借用後，去掉了詞尾，剩下的詞根成為英語形容詞原形 long，其比較級和最高級形式分別加上英語字尾 -er 和 -est，變成了 longer 和 longest。

　　英國近代語言學家試圖把拉丁語的語法直接嫁接到英語中，例如強行規定禁止在 to 和後接動詞之間使用副詞，然而，該法則在日常口語中並沒有得到很好的貫徹。

　　現代社會有時仍然能看見書面拉丁語，雖然英語也能表達同樣的意思，但人們在引用名人名言，或者大學在擇定校訓時，依然喜歡選擇拉丁語來表達，以求達到永恆深刻、典雅雋秀的效果。例如：

Jus est ars boni et aequi. 法律就是善良和正義的藝術。

Nec hostium timete, nec amicum reusate. 不要怕敵人，也不要拒絕朋友。

Veni vidi vici. 我來，我見，我征服。——蓋烏斯・尤利烏斯・凱撒（Gaius Julius Caesar）

Fortiter in rē, suāviter in modō. 行動要堅決，態度要溫和。

Sī vīs pācem, parā bellum. 如果你想要和平，先備戰。——韋格蒂烏斯（Flavius Vegetius Renatus）

Nil desperandum. 永遠不要絕望。

Nemo mē impune lacessit. 誰也不可以欺我而不受懲罰。

Tempus fugit. 光陰似箭。（對應英語的 Time flies.）——維吉爾（Virgil）

Vox populi, vox Dei. 民意就是天意。

Salus populi suprema lex esto. 人民利益高於一切。（直譯為「人民的利益是最高法律」）——維吉爾

Non sibi, sed omnibus. 不為了自己，而為了所有人。

cōgitō ergō sum. 我思故我在。——笛卡兒

E pluribus unum. 合眾為一。——美國國徽上的格言之一

Qui tacet consentit. 沉默即默認。

Carpe diem. 及時行樂。——出自賀拉斯詩經（Horace's work Odes）

Unus pro omnibus, omnes pro uno. 我為人人，人人為我。（對應英語的 One for all, all for one）——瑞士國家格言、大仲馬的座右銘

Tempus omnia revelat. 時間會揭露一切。

Veritas. 真理。——哈佛大學校訓

Mens et Manus. 手腦並用。——麻省理工學院校訓

Dei sub numine viget. 讓她以上帝的名義繁榮。——普林斯頓大學校訓

Lux et veritas. 光明與真知。——耶魯大學校訓

Novus ordo seclorum. 時代新秩序。——耶魯商學院校訓

Hinc lucem et pocula sacra. 此乃啟蒙之所，智識之源。——劍橋大學校訓

Dominus Illuminatio Mea. 主照亮我。——牛津大學校訓

Sapientia Et Virtus. 智慧和品德（字面直譯，官方中文校訓為」「明德格物」，語出《大學》）——香港大學校訓

Via Veritas Vita. 方法、真理、生命。——格拉斯哥大學校訓

　　拉丁語口頭交流作用基本喪失殆盡後，西方社會依然迷信拉丁語的優越性，這無疑是發端於中世紀的迷思。在某種程度上，拉丁語的無用性正是其吸引力的源泉，既得利益集團不願看見拉丁語就此消失在歷史舞臺上，許多大學和文法學校依然把拉丁語作為一門課程在傳授，掌握一門死去的語言能謀得不錯的差使。新的教育機構勇於摒棄無用的知識，但直到 20 世紀末期，拉丁語等古典學術依然是傳統教育的重要組成部分，婦女最終也贏得了學習拉丁語的特權。

　　作為權力的語言，拉丁語獨領風騷千餘年。其地位逐漸被英語取代，英語也逐漸顯示出拉丁語的特徵，成為社會分層的標誌之一。例如，英語中「學究詞」

（inkhorn terms）的出現，意味著開始出現了拉丁化的英語（Latinate English），這是英格蘭新的權力語言。當然，英國社會一直不乏對「學究詞」的攻擊，總是有人提出應推廣簡潔淳樸的「撒克遜英語」（Saxon English），嚴格限制外來語的引入，但拉丁化英語的地位始終很難撼動。畢竟，從中世紀開始，英語就大量從外來語，尤其是拉丁語借詞，15 世紀時這一做法有增無減。以最早出現的英語字典為例，其目標讀者就是有一定英語閱讀能力，卻沒有拉丁語和希臘語背景知識的人。

雖然拉丁語的實用性不斷退化，但人們對古典語言語法的關注卻與日俱增，這使得人們逐漸形成了語言有正確性與錯誤性的觀點，即有關英語語法正誤的看法，包括拼寫、讀音、句法等方面。在中世紀的英國，有文化的人講拉丁語，普通人講英語；在「光榮革命」後的英國，有文化的人講拉丁化英語，而普通人則講日常通俗英語。過去神職人員、神學家憑藉拉丁語知識，壟斷了對教義的闡釋權，普通人的生活離不開神職人員；今天的醫師、律師、公務員等憑藉行話和專門術語，壟斷了對疾病、法律、政策的闡釋權，普通人的生活依然離不開這些所謂專業人士的服務。

歷史上拉丁語的長盛不衰是今天英語渴望的目標。拉丁語起源於台伯河岸的村莊方言，隨著羅馬帝國的勢力擴張而廣泛流傳於歐亞非三洲的帝國境內，並成為羅馬帝國的官方語言。西元 476 年西羅馬帝國滅亡，7 世紀初東羅馬帝國改官方語言為希臘語。在沒有國家的支持下，拉丁語通常被認為是一種死語言，然而直到 20 世紀，人們對拉丁語的興趣才開始減弱，轉而重點研究活語言。

羅馬帝國之後拉丁語的傳承，得益於宗教及學術的支持。拉丁語是基督教的語言，基督教在歐洲及全球的傳播，增強了拉丁語的影響，從中世紀至 20 世紀初葉的羅馬天主教會一直以拉丁語為通用語，其正式會議和禮拜儀式都使用拉丁語，部分基督教神職人員及學者可流利使用拉丁語。西方學術界的論文也大多用拉丁語寫成，目前生物分類法的命名規則等仍使用拉丁語，許多西方大學仍提供拉丁語課程，拉丁語一度是學術的代名詞。拉丁語是一把鑰匙，通過該語言的學習，可以瞭解古羅馬的一切及其後一千多年的歐洲歷史文化，繼而從源頭解碼西方文明。

英語是拉丁語的繼承者及掘墓人，拉丁語曾經的功能紛紛由英語來承擔，從而終結了拉丁語存在的意義。今天雖然英國國勢已去，但英語卻如日中天。除了

當今世界頭號強國美國的加持因素外，宗教、學術、政治、經濟、法律、傳媒、互聯網科技等領域依然是英語的忠實擁躉，也是英語信心十足展望下一個千年的底氣。

然而，英語會在英語國家衰落後依然是全球通用語嗎？英語會重現拉丁語的千年神話嗎？誰是英語的掘墓人？

第五章

英格蘭英語：
從「粗鄙」到優美

16 世紀初，英國文人用英語寫作時通常都會以致歉開篇，因為當時人們普遍覺得英語是一種粗鄙、惡俗、野蠻的語言。16 世紀末，英國文人用英語寫作時，心中充滿了民族自豪感，筆下流淌著對英語的溢美之情。後世文人把 16 世紀視作英語的黃金世紀，後人認為當時流通的英語版《聖經》以及英國聖公會《公禱書》（*Prayer Book*）的語言品質非常高，使用的英語韻律優美，節奏鏗鏘，比今天的英語品質還略勝一籌。

用威廉·廷代爾的話說，在他那個時代，英語是田間犁地農夫的語言，50 年後英語就完成了華麗轉身，變成「英明的女王伊莉莎白一世」（Good Queen Bess）的語言。1558 年，都鐸王朝瑪麗女王無嗣去世後，其同父異母妹妹伊莉莎白繼位，從而開啟了英國崛起的輝煌時代。在她治理下，宗教方面，英國聖公會在羅馬天主教和新教之間實現了微妙的平衡，而歐洲大多數國家都因宗教紛爭陷入戰爭泥潭。伊莉莎白政府面臨多重挑戰：國內陰謀叛亂、被教皇驅逐出教會、外國武裝威脅不斷，但最終英國都挺過來了。16 世紀 80 年代，法蘭西斯·德瑞克（Francis Drake）打劫西班牙船隊，環游世界，成為民族英雄。1588 年，英國擊敗西班牙無敵艦隊（Armada），成為海上霸主，並把愛爾蘭納入自己的統治之下，還在美洲建立起殖民地。在文學藝術方面，16 世紀也是英國的黃金年代：英國音樂界群星閃耀，人才輩出，湯瑪士·泰利斯（Thomas Tallis）、湯瑪士·莫利（Thomas Morley）、威廉·拜爾德（William Byrd）、約翰·道蘭德（John Dowland）等；1564 年，威廉·莎士比亞誕生；英國聖公會倫敦主教宣告了他的偉大發現——上帝是英國人。

英語當之無愧成為英格蘭的國家語言，這門語言和這個國家一樣，都是以伊莉莎白女王及其朝廷和首都為中心的。文物研究專家開始考據英語的光輝歷

史。當時的英國人自信心爆棚，認為自己取得的成就無與倫比，完勝古人，古人誰知道指南針、火藥和美洲新大陸啊？充滿愛國主義激情的英國人堅信英語的重要性堪比古希臘和古羅馬的經典語言，英語作家開始挑戰古典作家，英語學者開始研究英語、使用英語。英國 16 世紀正字法先驅理查·穆卡斯特（Richard Mulcaster）認為，英語已經日臻完善，值得追隨，堪與古希臘雄辯家狄摩西尼（Demosthenes）使用的語言媲美（Mulcaster, Richard. 1582: 75）。穆卡斯特的名言是：「我愛羅馬，更愛倫敦；我愛義大利，更愛英格蘭；我尊重拉丁語，崇拜英語」（I love Rome, but London better, I favor Italie, but England more, I honor the Latin ,but I worship the English.）（Mulcaster, Richard. 1582: 254）。

（一）撒克遜英語

英國學者開始拋棄拉丁語轉而用英語寫作，但這條道路並非一帆風順。剛開始時，批評不僅來自拉丁語支持者，還來自英語支持者，後者認為學者拋棄拉丁語的程度還不夠決絕徹底。以約翰·奇克（John Cheke）為代表的激進分子認為不僅要用英語寫作，且寫作內容也必須是英格蘭本土題材，這代表了 16 世紀英國學界的一股潮流，即古典題材不再是人們關注的焦點，英格蘭的撒克遜歷史才更加激動人心，引人注目。

英國人對撒克遜歷史的興趣絕非偶然，是整個歐洲潮流的一部分，當時歐洲大陸對日爾曼人的關注驟升，起因是佛拉蒙區醫師范戈普（van Gorp）關於日爾曼語的論述。他的觀點很新穎：日爾曼語是天堂的語言，伊甸園裡講的就是日爾曼語。日爾曼人沒有參與修建挑戰上帝的巴比倫塔，所以上帝沒有懲罰日爾曼人，因此日爾曼語沒有先天缺陷，而所有古典語言都是有缺陷的，希伯來語、希臘語、拉丁語等無一例外，都是被上帝做過手腳的語言，目的是讓人感到困惑，從而無法有效溝通交流。日爾曼語最大的優點是母音、子音數量龐大，能自由排列組合成海量的單音節詞彙，任何一種語言，只要詞彙量大，無疑表意更加精准，不容易出現指代不清的含混狀況。范戈普的理論對歐洲的未來影響很大，尤其是對 19 世紀的德國影響很大，當時德國興起了比較語言學熱潮，重新建構日爾曼語族的

語言體系，這對德意志民族統一、德國的建立都有正面意義。然而事物都有兩面性，這一理論的負面效應也不容忽視：日爾曼語天生就比希伯來語優越，這種觀點在後世的歷次反猶主義運動中發揮了不光彩的角色。本書主要關注的是這種觀點對英國的影響，尤其是 16 世紀中期英國宗教改革到 17 世紀中期英國內戰，這一百餘年間英國對自己的日爾曼撒克遜歷史的關注。

范戈普強調日爾曼語表意精准，這一點非常重要。他認為詞彙貧乏是希伯來語這些古典語言面臨的最大缺陷，因此不得不一詞多用，導致一詞多義現象普遍，這給文本的理解留下很大解讀空間，從而給讀者的閱讀效果帶來很大的困擾。欲讀懂一篇文章，往往需要參閱許多評論和闡釋，因而中世紀天主教會長期堅稱，《聖經》經文不是人人都能讀懂的，必須借助專業神職人員的解讀才能瞭解個中況味，洞悉其精妙之處。當《聖經》經文是用拉丁語或希臘語寫成時，情況興許確實如此，但如果英國新教徒閱讀的是母語《聖經》文本，即以西撒克遜方言為基礎的英語文本，則不會存在內容理解方面的困惑，因為撒克遜語言簡明扼要，通俗易懂，不容易產生歧義，因而完全沒有必要依賴神職人員的解讀。

英國「歷史文物學會」（Society of Antiquaries）會員的著作也深受范戈普的影響。該學會 1580 年成立，目的是研究歷史文物，為伊莉莎白英國的崛起尋找歷史注腳。該學會兩名會員威廉·坎登（William Camden, 1551-1623）和理查·羅蘭茲（Richard Rowlands, 1550-1640）都是積極推廣撒克遜文化的時代旗手。

威廉·坎登是英國歷史文物學家，其代表作是《不列顛志》（*Britannia*）和《史冊》（*Annales*）。他出生於倫敦漆匠家庭，就讀於聖保羅私立學校，後升入牛津大學，在那裡結識了英國著名詩人菲利普·西德尼（Philip Sidney），西德尼鼓勵他進行歷史文物研究。雖然沒有拿到牛津大學學位，但他還是在著名私立學校西敏公學（Westminster School）謀得教職，後來還升任校長。正是在該校教書期間，他可以利用學校假期四處遊歷，開展歷史考古科研工作，為他後來的寫作打下堅實基礎。1586 年，其代表作《不列顛志》出版，這是一本用拉丁語寫成的歷史書，是英國歷史上第一本關於英倫三島和愛爾蘭的地方誌，由於非常受歡迎，在 10 年之內發行了 5 版，每個版本都有大量的增補內容，1610 年該書的英文版面世。1615 年，坎登發表《史冊》部分章節，這是英國歷史上第一部詳細記錄伊莉莎白一世統治時期重大歷史事件的著作，1625 年英文版《史冊》出版。坎登對英國歷史的研究成果，為鼓吹以英國本土資料為創作題材的人提供了豐富的養料。

理查‧羅蘭茲是荷蘭裔英國歷史文物學家、翻譯家、出版家。他出生於倫敦東區木桶工人家庭，外祖父是來自荷蘭的難民，但他聰慧好學，進入牛津大學，學習英國早期歷史以及盎格魯 - 撒克遜語言。他皈依了天主教，但牛津大學要求學員必須宣誓效忠英國國教聖公會，虔誠的羅蘭茲寧可輟學也不改變自己的信仰。從牛津大學輟學後，他到金店當學徒，成為一名金匠，他沒有放棄對學問的追求，開始發表翻譯作品和文學作品，後由於其堅定的天主教立場，被迫流亡國外，但他沒有放棄寫作，不斷發表文章披露天主教神父在英國遭到的迫害。在巴黎期間，因為英國大使的干預，他還曾短暫入獄；在羅馬期間，教皇給他提供生活費，他最後定居安特衛普，成了多產作家，他還把自己的姓改成了理查‧費斯特根（Richard Verstegan），費斯特根是他荷蘭外祖父的姓。奇怪的是，他這樣一個批評英國政府的人，也選擇用盎格魯 - 撒克遜英語寫作，他認同范戈普關於古典語言缺陷的說法，相信和英國人交流的最好語言非英語莫屬。

從政治角度看，對撒克遜英語的興趣，是英國更大範圍內激進政治運動的產物，這場運動比英國國教聖公會更激進，在伊莉莎白一世統治時期，該運動對英國聖公會和政府總體上還是持支持態度，但伊莉莎白去世後，政治形勢發生了新的變化，該運動也有所轉向，轉而支持清教。

16 世紀，英國文人對撒克遜本土題材的興趣和追求空前高漲。他們盛讚英語中的撒克遜特質：單音節詞彙多、大量使用複合詞，同時詆毀外來語的使用，尤其是法語借詞的使用（Jones, Richard F. 1953: 241）。有的文人大勢謳歌英語北方方言，這些地區的方言是英語中更古老的語言，因此會更接近撒克遜方言。英語和拉丁語最明顯的區別體現在實詞上，英語名詞、動詞、形容詞這樣的實詞，主要是由大量的單音節片語成，而拉丁語實詞則基本都有字尾，最少也在詞根後面加一個音節的字尾。16 世紀，英國愛國主義狂熱分子鼓勵大家使用單音節詞，其中就有宮廷詩人喬治‧加斯科因（George Gasgoigne），正是他第一個神化伊莉莎白女王，塑造了嫁給英國和英國人民的童貞女王的神話。1575 年，加斯科因給詩人的建議是：「詩句中儘量少用多音節單詞，原因有很多：首先，英語中最古老的單詞基本都是單音節詞，誰的單音節詞彙用得多，就證明誰才是真正的英國人，誰才最沒有學究氣」（Jones, Richard F. 1953: 115）。20 世紀，英國首相邱吉爾的著名演講也儘量使用單音節詞：「我們將在沙灘作戰，我們將在登陸地作戰，我們將在田間街頭作戰，我們將在山上作戰，我們絕不投降。」（We shall fight on

the beaches, we shall fight on the landing grounds, we shall fight in the fields and in the streets, we shall fight in hills. We shall never surrender.）邱吉爾這段話語言簡練，鼓舞人心，只使用了一個外來詞 surrender（投降），其餘單詞都來自撒克遜英語，且大都是單音節詞。由此可見即便到今天，撒克遜英語依然對盎格魯－撒克遜民族具有特殊意義，是民族凝聚力的象徵。

16 世紀，圍繞英語中單音節詞彙利弊的爭論很激烈，觀點不盡相同。有人認為單音節詞彙不利於詩歌的押韻，會阻礙詩意的流動，也有人認為單音節詞是天然的詩歌語言，非常有節奏韻律感。17 世紀中期，單音節詞成為保皇黨和共和派之間互相攻訐的武器，雙方都拿單詞說事：在英國內戰前，共和派就用單音節詞攻擊王黨及其與法國的聯繫（當時法國國王在經濟上資助英王查理二世），而為史都華王朝復辟歌功頌德的桂冠詩人約翰・德萊頓（John Dryden）則攻擊單音節詞，為王黨辯護，雙方隔空大打口水戰。德萊頓也許是英國歷史上最早攻擊對手語言品質的文人，他會挑出對方的句子，指出其內在的不一致性。然而德萊頓並非語言學家，從語言學角度看，他當年的許多指控缺乏依據，是禁不起推敲的，但他也算是開了一個很壞的先例，從那以後英國文壇總有人理直氣壯指責他人不會使用母語，而自己卻並不具備扎實的語言學功底。

複合詞構詞法，即通過把英語中現有詞彙組合起來構成新詞的方法，是避免從外語借詞的有效手段。16 世紀，英國文人熱衷於通過使用複合詞來表達對英語的熱愛。1587 年，英國著名拉丁語翻譯家亞瑟・戈爾丁（Arthur Golding）在其翻譯作品《關於基督教真理的作品》（*A Woorke Concerning the Trewnesse of the Christian Religion*）中使用了大量的複合詞：tragediewryter, leachcraft, bacemynded, grosswitted, fleshstrings(muscles), witcraft(logic/reason), saywhat(definition), endsay(conclusion) 等。英語中單音節詞很多，把兩三個單音節詞合起來就能構成新詞，英國人已經意識到複合詞和單音節詞一樣，都是英語固有的美德，應該大力提倡國人積極使用。

16 世紀，英國文人在文學創作中大量使用古英語詞彙，追求古雅美，這其中的代表人物是文藝復興時期著名的詩人愛德蒙・史賓賽（Edmund Spenser）。他中學時就讀於倫敦的「裁縫商公會學校」（Merchant Taylors' School），其校長理查・穆卡斯特（Richard Mulcaster）對他影響很大，這位校長是英國正字法先驅、辭典編纂學奠基人，下文還會詳述他對英語的貢獻。史賓賽大量使用塵封的

古英語詞彙，並從喬叟那裡借用古英語詞彙，例如：eke（also）、quoth（said）、whilom（formerly）、ycleped（called）等。史賓賽的這一做法後繼有人，年輕的詩人約翰·彌爾頓（John Milton）也善用古英語詞彙，並開啟了把古詞作為「詩歌詞彙」（poetic diction）的傳統。

（二）英語修辭與語法

中世紀文理教育最先學習的三門學科是修辭、語法、邏輯，這都是涉及語言的藝術，三者之間的聯繫非常緊密。修辭學最初是研究如何提高語言的使用效果的，尤其是在法庭上如何通過語言來說服對方。到文藝復興時期，修辭學已經固化成一套如何遣詞造句、如何修飾潤色的規則。語法原本是指說話的藝術，但事實上主要涉及的是書面語言的形式，而語言形式與邏輯有不可分割的關係。中世紀時，這三門學科都是以拉丁語為媒介來教學的。16世紀，英語在崛起的過程中，幾乎全盤借鑒了拉丁語的修辭、語法、邏輯，只不過是換了一種語言。尤其值得一提的是英語對拉丁語修辭的借鑒，才造就了今天修辭極為發達的英語。

修辭產生於西元前5世紀的希臘，在繁榮的雅典民主制下盛極一時。無論是在集會、訴訟等公共場合，還是私人的日常交往，修辭技藝都獲得了普遍的應用。特別是在權力獲取與城邦治理中，修辭運用更具有決定性的作用，直接影響到國家的決策與前途。修辭普遍受到重視，與長期修辭實踐積累的豐富經驗，都為修辭學的確立與研究奠定了基礎，而這個任務就落到亞里斯多德頭上。他寫了大量的修辭學論著，特別是在《修辭學》（*Rhetoric*）一書中，系統地總結了修辭技藝，闡述了較完整的修辭理論思想，他給修辭下的定義常常被引用：在每一事例中發現可行的說服方式的能力（the faculty of observing in any given case the available means of persuasion）。

西方對修辭的研究源遠流長。古希臘智者是早期的修辭學家，他們認為人是萬物的尺度，因而放棄了追求真理的自然派哲學傳統，將通過說服而能影響和控制人的修辭奉為最高智慧。智者以傳授修辭學為業，並為此編了很多實用性的修辭手冊，這類作品都是從各自的修辭經驗出發，雖然總結了一些說服技巧，但具

有很大的隨意性。柏拉圖批判說，它們都沒有解決怎樣有效地使用各種方法，怎樣才能使一篇文章形成一個整體等問題。在柏拉圖看來，這類作品所講的技巧缺乏技術的必然性，很難被初學者掌握，不過是一些修辭學垃圾。其實，智者的技藝真正遭到柏拉圖反對之處，在於這些人漠視真理，一味迎合大眾，正是在這個意義上柏拉圖才將其貶為奉承的程式而予以摒棄。不過，簡單的予以否定似乎沒有意義，修辭術仍以一種巨大的力量在現實中發揮作用。相比之下，以追求真理自詡的哲學，其現實作用卻總顯得微乎其微。

訴諸來世的說教太蒼白無力，柏拉圖不得不正視修辭的價值所在，承認修辭學是一項重要的事業，沒有其幫助，即使知道什麼是真理也不能使人掌握說服的技藝。一方面，他堅決拒斥虛假修辭學，另一方面則試圖構造一種真正的修辭學。這種修辭學首先要知道事實的真相，還要能根據不同的靈魂本性找到適合的說服方式。他認為，只有這樣的修辭術才能在人力所及的範圍內取得成功，即可以被人掌握。其實，柏拉圖的改造不過是利用修辭術為哲學服務而已，這種理想的修辭術是哲學的修辭學，現實意義並不大，但這至少表明，修辭術已經受到柏拉圖的重視。

亞里斯多德正是在柏拉圖的學院中從事修辭學的研究和授課的。在這裡，他寫成了其最初的著作：論修辭術的《詩學》（*Poetics*）。後來又寫了大量修辭學論著，不過現在可見的主要是《修辭學》這部著作。亞里斯多德極為廣博的學術研究就是從修辭學開始的。亞里斯多德對修辭學的研究態度，可以說與柏拉圖有著根本的不同。他認真研究智者及演說家所運用的現實修辭技藝，充分吸收和總結其實踐經驗，並試圖對這種現實的修辭術的本質和特徵進行理論分析與說明。因而，嚴格說來，真正的修辭學研究是從亞里斯多德開始的。

亞里斯多德同樣批判了智者們的修辭術著作。在他看來，修辭術之所以能被研究和傳授，在於它是一門技術。這種技術性特徵體現在修辭術運用的說服論證上，至於其他則是附屬性的非技術因素。亞里斯多德認為，當時編纂修辭術的人，對於作為說服論證之軀幹的推理論證隻字未提，卻大談種種題外話，他們只關注敵意、憐憫、憤怒以及靈魂等情緒性因素，試圖通過影響法庭上的陪審員而干預審判結果而已，他們心中除了造成某種性質的判決外再不考慮他事。這種修辭術完全沒有把握和體現出修辭術的技術性特徵，只不過是在鑽制度不健全的漏洞而已。這也決定了他們只能無一例外地追求法庭上的辯論技巧，而涉及聽眾切身事

務的公眾演說，如果也這樣玩弄離題伎倆，效果只會更差。總之，這類修辭術著作都沒能揭示修辭技藝說服力的根源，無法使之獲得廣泛和可靠的應用。在亞里斯多德看來，修辭術的價值不在於完成某個偶然性的說服過程，而要對普遍性的說服原理進行闡明。這就是亞里斯多德修辭學研究的根本思路，從而也使他與智者乃至柏拉圖區別開來。

　　修辭一直是歐洲語言藝術的重要組成部分，但西羅馬帝國崩潰後，語言藝術相對受到冷落。中世紀教會看到了修辭的傳教價值，希波主教聖奧古斯丁（St. Augustine of Hippo, 354-430）是歐洲中世紀基督教神學、教父哲學的重要代表人物，他是修辭專業出身，曾在米蘭教授修辭學，皈依基督教後，熱衷於用修辭這種「異教」方式來傳播基督教。隨著歐洲教育的起步，尤其是中世紀大學的建立，修辭才重回大眾視野，但此時修辭已屈居邏輯之下，成為學術性很強的專門學科，大學生們常常做一些形式大於內容的修辭訓練。16 世紀，伊拉斯謨重新喚醒了歐洲對古典修辭的興趣，1512 年，他完成了專著《豐富風格的基礎》（*Copia: Foundations of the Abundant Style*），該書大受歡迎，在歐洲發行了一百五十餘個版本，成為歐洲各國學校經典的修辭教材。旅居英國期間，他完成了代表作《愚人頌》（The Praise of Folly），該書對英國 16 世紀修辭教學影響很大，伊莉莎白時期的文法學校紛紛要求學生仿寫《愚人頌》，著文讚美無用之物。另一個對英國修辭學做出貢獻的是西班牙修辭學家胡安·路易士·比韋斯（Juan Luis Vives, 1492-1540），他是牛津大學的修辭學教授，英國國王亨利八世曾聘請他做長女瑪麗公主的私人教師，他留下了許多關於修辭的著作和小冊子，對英國文人產生了巨大影響。

　　16 世紀，英語逐漸取代拉丁語的社會地位時，英國學者紛紛開始把拉丁語的語言藝術移花接木嫁接到英語上。由於英語這門語言本身就深受拉丁語影響，這樣做也無可厚非，而最先嫁接的語言藝術就是修辭。16 世紀中期，歐洲各國民族語言的修辭學蓬勃發展，英國文人開始用英語寫修辭著作，而不再用拉丁語等古典語言創作。當然，這一過程非常緩慢，因為學者用拉丁語寫作慣性太強，畢竟上千年養成的習慣不容易改變。

　　1524 年，英國學者倫納德·考克斯（Leonard Cox）推出了最早的英語版修辭著作《修辭術》（*The Arte or Crafte of Rhethoryke*），嚴格來講這並非原創作品，而主要是譯著，大都是翻譯自馬丁·路德的親密戰友菲利浦·梅蘭希通（Philip

Melanchthon）的作品。

　　1553 年，英國修辭學家湯瑪斯‧威爾遜（Thomas Wilson）出版了《修辭藝術》（*The Arte of Rhetorique*），該書被稱為第一本用英語原創的修辭書，但書中大都沿用了古典修辭學的概念，例如，他提出了修辭五原則：創意、結構、風格、記憶、表達（Invention, Disposition, Elocutio, Memoria, and Utterance），這與古典修辭五原則（inventio, dispositio, elocutio, memoria and pronuntiatio）的拉丁語表述如出一轍。該書重點關注文章的行文結構，但同時也強調使用英格蘭本土題材的重要性：我們不應該受到奇怪的學究詞彙的干擾，要像普通大眾那樣說話，這是必須牢記於心的第一要務（Among all the other lessons this should first be learned, that wee neuer affect any straunge ynkehorne termes, but to speakes as is commonly receiued.）（Wilson, Thomas. 1553: 162）。當時有一種頗有市場的觀點，認為修辭是建立在外來借詞基礎上的語言藝術，善於使用學究詞的人才是有教養的英國人，才是一流的修辭學家。威爾遜毫不留情地批駁了這種觀點，他認為從修辭角度看，完全沒有必要使用外來借詞，使用法語或義大利語等外來詞彙，在他看來無疑是在「玷污國王英語」（counterfeiting the King's English）。

　　1589 年，英國作家、文學批評家喬治‧普登漢姆（George Puttenham）出版了《英國詩歌藝術》（*The Arte of English Poesie*），把修辭與宮廷聯繫起來。他指出，宮廷用語、倫敦方言、倫敦周圍一英里（約 1.6 公里）範圍內的語言，應該成為大家效仿的典範，這些英格蘭南方紳士的說話、寫作的方式是值得大家學習的，千萬不要跟其他地方的人學習。他尤其看不起北方方言，認為那些地方的人大都是鄉野粗人，販夫走卒，發音不標準，拼寫不規範。同時，他也批評使用拉丁語的人，尤其是大學學者，這些人就是喜歡古老原始的語言。他力主在詩歌創作中使用英國宮廷的語言。

　　16 世紀，純粹為修辭而修辭的寫作手法在英國非常流行，這種修辭的目的不是有效表達，而是創造能帶來愉悅和美感的文本。英國著名語法學家威廉‧莉莉（William Lily）之孫約翰‧黎里（John Lily）就很擅長這種修辭。1579 年，他發表的著作《尤弗伊斯：才智之剖析》（*Euphues: The Anatomy of Wit*）就是這種修辭的典型代表，因此後人專門生造了一個英語單詞 euphuism，來指代這種辭藻華麗的誇飾文體。下面以該書中的一段為例，來瞭解其修辭技巧：

Ah wretched wench Lucilla how art thou perplexed? What a doubtful fight dost thou feel betwixt faith and fancy? Hope and fear? Conscience and concupiscence? O my Euphues, little dost thou know the sudden sorrow that I sustain for thy sweet sake. Whose wit hath betwitched me, whose rare qualities have deprived me of mine old quality, whose courteous behaviour without curiosity, whose comely feature without fault, whose filed speech without fraud, hath wrapped me in this misfortune.

這段話顯然辭藻華麗，且使用了多種修辭手法。例如，押頭韻：faith, fancy; conscience, concupiscence; sudden, sorrow, sustain, sweet, sake；半諧音：wretched, wench；排比句式：whose…without。這段話講的是 Lucilla 深愛著 Euphues，她自言自語，為愛煎熬。這種描寫存在的意義，並非僅僅是為了傳達實際的意義，可謂是為了修辭而修辭。

修辭不僅與宮廷語言密切相關，還和大學緊密相連。17 世紀之前，英國大學均用拉丁語修辭術訓練學生。現存的約翰・彌爾頓的手稿，就包括他在劍橋大學讀本科期間的修辭練習作業，主要是從兩個相對的角度，練習思辨和修辭能力，題目本身的實際意義不大，例如「白晝和夜晚，孰優孰劣」？這類練習的最大特點是內容實屬無稽之談，重點考查的是獨立於內容之外的文本語言結構和品質。彌爾頓正是從這些作業出發，踏上了詩歌創作之路。「快樂之人」（L'Allegro）、「幽思之人」（Il Penseroso）這兩首詩就是他在劍橋讀書期間寫成的。

英語修辭脫胎於拉丁語修辭，在日後獨立成長的道路上越走越遠，越走越穩，不僅賦予英語語言華麗的文體、典雅的古風、震撼的表達，還大大提升了英語的語言內涵和素養，有助於英語的成熟和自信。

16 世紀後期，英語語法作為獨立的體系開始形成，然而在這一過程中，拉丁語無論是從形式到內容，都深刻地影響著英語語法，有人甚至稱這種影響為套在英語語法頭上的「拉丁枷鎖」。1586 年，威廉・布洛卡（William Bullockar）出版了《語法手冊》（*Pamphlet for Grammar*），這是英國歷史上出版的第一本用英語寫成的英語語法書，宣告了英語語法時代的到來。

威廉・布洛卡是 16 世紀英國著名的印刷商人，他發明了 40 個表音的音標字母（phonetic alphabet），這些雕成哥德風格的黑色字母，一經問世便在印刷行業

推廣開來。1586 年，他借鑒著名語法學家威廉・莉莉 1534 年出版的《基本語法規則》（*Rudimenta Grammatices*），寫成了英語語法書《語法手冊》，該書使用了他自創的改良版英語拼寫體系。雖然這本語法書是用英語寫成的，但是 16 世紀英國的大部分英語語法書都是用拉丁語寫成的，例如，1594 年保羅・格里夫斯（Paul Greaves）寫的《英語語法》（*Grammatica Anglicana*）影響很大，但也是用拉丁語寫的，這些拉丁語寫的英語語法書，讓英語看上去很像拉丁語。1685 年，克里斯多夫・庫珀（Christopher Cooper）出版了《英語語法》（*Grammatica linguæ anglicanæ*），這是英國歷史上最後一本用拉丁語寫成的英語語法書。英語語法書的出版，標誌著英語和拉丁語一樣，是一門規則性很強的語言。

理查・穆卡斯特（Richard Mulcaster, 1531-1611）是英國 16 世紀兩所著名男子私立學校的校長，是英國第一個正式提出正字法的學者，號稱英國辭典編纂學奠基人。穆卡斯特出生於英國貴族世家，有良好教育背景，在伊頓公學、劍橋大學、牛津大學接受正規的傳統古典教育，精通拉丁語、希臘語、希伯來語。牛津大學畢業後，他成為倫敦裁縫商公會學校（Merchant Taylors' School）的首任校長，這所學校是當時英國最大的學校，在該校期間穆卡斯特完成了兩部專著《位置》（*Positions*）和《基本準則》（*Elementarie*），為該校的拉丁語、希臘語、希伯來語教育制定了科學嚴格的教學大綱。他還擔任了聖保羅學校（St Paul's School）的首任校長。他非常重視體育的教育價值，其著作是研究人文教育以及 16 世紀英國教育的寶貴資源。

1581 年，穆卡斯特完成了《位置》這部專著，書中提到足球的諸多好處，他認為足球有重要教育意義，有利於學生的健康和體力訓練。穆卡斯特是 16 世紀最偉大的足球推廣者，足球（football）這個單詞就是他發明的，足球這種有組織團隊活動也是他最早記錄下來的，他還是最早宣導在足球運動中引入裁判員的人。

1582 年，穆卡斯特完成了他最重要的著作《基本準則》，該書是一本推廣教學經驗的指導性著作，主要是講如何教英語。當時教育界的壟斷語言是拉丁語，但他堅稱英語有潛力取代拉丁語的地位，他呼籲大家多用英語寫作，提高英語地位，重建民族自信。他說外國人常常對英語感到很困惑，因為書面英語充滿了不確定性，單詞拼寫不穩定。他是時代的先鋒，使英語成為學術語言，他對英語充滿信心，認為英語簡潔明瞭，在表情達意方面沒有哪一種語言可以媲美英語。他深知在挑戰拉丁語的道路上，英語面臨的最大困難是缺乏統一拼寫標準，於是提

出一種介於嚴格按發音拼寫和隨意拼寫之間的妥協辦法,從此英語正字法走上軌道並迅速發展,1650 年後基本固定下來了。

為了提升英語的學術能力,使其承擔教育功能,穆卡斯特在《基本準則》一書後列出了 8000 個複雜單詞,他沒有對這些詞給出解釋,而是僅列出單詞,告訴大家這才是正確的拼寫方式。當時人們在拼寫單詞方面自由度很大,尤其是單詞末尾的不發音字母 e 的添加更是隨心所欲,例如 bad / bade 這樣的寫法並行存在。穆卡斯特這份單詞表的公布,對推廣規範拼寫起了積極作用,這份單詞表代表當時社會對詞典的呼喚,人們已經意識到單詞的意思和拼寫字母之間的偶然性,因而迫切需要把各行各業人士所說的英語單詞都規範地記錄下來,不管這些人來自哪個行業,受過何種程度的教育。《基本準則》面世 22 年後,第一本英語詞典誕生了,這便是羅伯特‧考德里(Robert Cawdrey)的詞典。

羅伯特‧考德里生卒年份不詳,他對英語最偉大的貢獻是在 1604 年出版了第一本英語詞典《按字母順序排列的詞表》(*A Table Alphabeticall*)。考德里沒有受過正規教育,但卻自學成才,當上了教師,後來還當上了英國聖公會的教堂執事以及教區長,但最後卻因為同情清教而失去了教職,不得不重操舊業,靠教書為生。他的兒子湯瑪斯‧考德里也是教師,正是他幫助父親出版了詞典。16 世紀,富裕的英國閒暇階層周遊列國,在外國期間學會了不少新詞,回國後話裡話外都是外國語言,導致外國詞彙源源不斷湧入英語。羅伯特‧考德里譴責這些人完全忘記了自己的母語,說如果他們的母親還健在,肯定不明白這些人在講什麼。他擔心英國人不清楚這些外來詞的意思,因此決定編一本詞典,該詞典是按照字母順序排列的,這在當時是一項偉大的創舉,連最有學問的階層也表示沒有想到還可以這樣排版。

羅伯特‧考德里詞典的名稱很長,全稱如下:A Table Alphabeticall, contayning and teaching the true writing, and vnderſtanding of hard vſuall Engliſh words, borrowed from the Hebrew, Greeke, Latine, or French, &c. With the Interpretation thereof by plaine Engliſh words, gathered for the benefit and help of all vnskilfull perſons. Whereby they may the more eaſily and better vnderſtand many hard Engliſh wordes, which they ſhall heare or read in Scriptures, Sermons, or elſevvhere, and alſo be made able to vſe the ſame aptly themſelues。這部詞典的名稱說明了一切:這是一份單詞表,包含有從希伯來語、希臘語、拉丁語、法語等外語借入的詞彙,

有英語解釋，目的是 明不熟悉的人認識這些外來詞，以便在閱讀《聖經》、聽佈道時更好地理解這些英語單詞，並熟練使用這些詞彙。

這部詞典的意義形式大於內容。詞典有 120 頁，收錄了 2543 個單詞，每個單詞的定義很簡單，通常只有一個單詞來解釋它，因而更像是一本同義詞典。該詞典的批評者認為詞典實用性不強，且選編條目比較隨意，缺乏明確標準，但沒有人能否認該詞典在英語發展史上的重要地位，這是英語詞典的開山之作，其意義在於 磚引玉，引發後人不斷完善英語詞典的編撰工作。此後的幾十年間，許多英語詞典紛紛問世。

（三）英語拼寫改革

語 言 作 為 一 種 「 表 達 觀 念 的 符 號 系 統 」（a system of distinct signs corresponding to distinct ideas），在交際時是以詞為獨立應用的意義單位。交際內容落實到書面上，即形成所謂的書面語，書面語必須以詞的統一正確拼寫為前提。因此，詞的拼寫法有時又叫作正字法或拼寫法，在確定詞的拼寫方式時，所依據的詞在語言系統中聯繫的總和，即該語言的拼寫體系。任何語言的拼寫體系都不是一成不變的，都經歷了自然演變和人為改革兩個方面的影響，尤其以人為改革幅度最大，影響最深遠。

中世紀時期，人們的拼寫概念存在誤區，以為單詞拼寫必須與發音對應起來，是讀音的映射。伊拉斯謨寫了許多關於希臘語的著作，他就是持這種觀點，認為希臘語的拼寫和讀音存在對應關係。英語並非嚴格意義上的拼音語言，其拼寫與讀音的關係很複雜，絕非一一對應這麼簡單。16 世紀時，英語拼寫固化的是幾個世紀以前的英語，已經跟不上讀音的變化，從而顯得非常古老了。英國學者無法套用伊拉斯謨的拼讀理論來解釋英語拼讀現象，因而發出了要求改革英語拼寫的呼聲。

英語拼寫改革史上，有兩個革命性的階段。一是 16 世紀、17 世紀，二是 19 世紀、20 世紀，本章主要講 16 世紀中期至 17 世紀中期這段歷史。英語拼寫改革大約是從 1350 年左右開始的，在此之前，諾曼法語已經統治英國將近三百年；

在那之後，英語慢慢恢復了官方語言的地位。但是在拼寫方面，已與諾曼征服之前的英語大相逕庭，畢竟三百年的法語印記無法一筆抹去，英語中已融入了大量的法語詞彙，這是不爭的事實。這個過程就是古英語向中古英語演變的過程。最先使用中古英語進行文學創作的是喬叟，他的作品建立起了中古英語最初的拼寫規範體系，然而很快這一尚未發育健全的拼寫體系便遭遇了兩次沉重的打擊。第一次是官方文書機構自以為是的求雅行為，該機構文書人員經常根據法語拼寫方法更改英語拼寫方法，這在第三章第二節第二點「喬叟與『官方文書標準』」（本書第55-58頁）已有詳細說明。第二次是印刷術的引進，1476 年，威廉·卡克斯頓在倫敦開辦英國第一家印刷所時，他已在歐洲大陸生活了三十多年，其英語拼寫知識很難與時俱進，他聘用的比利時助手的英語拼寫水準更是不敢恭維。當時每個印刷所為了追求自己與眾不同的風格，不惜在英語拼寫上做文章。另外，排字工人的工資是按行支付的，他們很樂意讓單詞變長。

英語拼寫最大的變革發生在 1525 - 1539 年間。1525 年，威廉·廷代爾翻譯了《新約聖經》，1539 年，英王亨利八世宣佈在英格蘭印刷《聖經》是合法行為。在這之前的 14 年間，廷代爾的英文版《聖經》只能在國外印刷，主要是在荷蘭印刷。荷蘭印刷工人幾乎不會英語，但這毫不妨礙他們隨心所欲地按照荷蘭語拼寫方法更改英語拼寫方法。例如：他們按照荷蘭語拼寫方式，在英語單詞中加入了不發音字母 h，ghost（荷蘭語拼寫為 gheest，後來改成 geest），aghast, ghastly, gherkin 等。有的英語單詞中的不發音字母 h 後來又去掉了，例如：ghospel, ghossip, ghizzard 後來分別拼寫成 gospel, gossip, gizzard。

1568 年，湯瑪斯·史密斯（Thomas Smith）發表了《論英語書面語改革》（*On the Rectified and Amended Written English Language*），他是英王愛德華一世、伊莉莎白一世的國務大臣，是拉開英語拼寫改革帷幕的第一人。他認為拼寫應該是讀音的忠實記錄，每個字母應該有一個固定的讀音。他反對一個字母有多個讀音，認為這是對字母的濫用，他意識到英語的讀音多於英語字母，因此他發明了一些字母來代表相應的讀音。他堅信在盎格魯 - 撒克遜英語時期，拼寫和讀音的關係是完美對應的，諾曼征服後法語的引入才打亂了英語拼讀的和諧。伊拉斯謨認為應該改變讀音來適應拼寫變化，而史密斯則認為應該改變拼寫來適應讀音變化。

1569 年，英國教育家、語法學家約翰·哈特（John Hart）發表了《正字法》（*An Orthographie*）這本小冊子，對當時的英語拼寫提出了尖銳批評，指責人們

隨心所欲、邏輯混亂。他認為英語拼寫應該完全按照音韻學的規律來，字母與讀音之間應該是唯一的對應關係，他發明了 6 個新的子音標記符號，來代表 6 個子音：/ð/, /θ/, /tʃ/, /dʒ/, /ʃ/, /ʎ/，他還發明了區分長短母音的符號。他反對使用大寫字母，認為這是另外一套與讀音相對應的拼寫體系。他認為宮廷讀音是拼寫應該記錄的最佳讀音方式。

在史密斯和哈特之後，許多學者，包括印刷商威廉·布洛卡等人，都紛紛發表關於英語正字法及語法方面的文章和書籍，呼籲改革英語拼寫體系。詞彙學家約翰·巴雷特（John Baret）提出應建立一個專門的政府機構，來負責規範語言。然而他們的建議大都因太激進、太超前於時代而不能被同時代的人接受。另外，他們由於對音韻學缺乏科學的認識，而不能提出拼寫方面的合理化建議。關於音韻學研究，英國學界要到 19 世紀才能取得實質性進展。

16 世紀，態度相對保守的學者提出的拼寫改革方案獲得了成功。1662 年，威爾斯歷史學家、作家詹姆斯·豪厄爾（James Howell）出版了《語法》（*Grammar*）一書，提出了關於英語拼寫的溫和建議。例如，把 logique 改寫為 logic, warre 改寫為 war, sinne 改寫為 sin, toune 改寫為 town, tru 改寫為 true。歷史證明後世英語基本採納了他的建議。

16 世紀，不少英國學者精通希臘語和拉丁語，對這兩種語言寫成的文學作品也諳熟於心。這些人總想在拼寫形式上，把英語和古典語言聯繫起來。他們通常在英語單詞裡加上一些不發音的字母，以便使其看上去更像古典詞彙，而不管其是否真的和希臘語或拉丁語詞彙有任何詞源上的聯繫。例如，det 變成了 debt（拉丁語的寫法是 debitum），dout 變成了 doubt（拉丁語寫法是 dubitare），sissors 變成了 scissors，sithe 變成了 scythe（訛傳是從拉丁語單詞 scindere 演變而來），iland 變成了 island（訛傳是從拉丁語單詞 insula 演變而來），ake 變成了 ache（訛傳是從希臘語單詞 akhos 演變而來）。

莎士比亞也曾借筆下人物之口，諷刺英語拼寫與讀音的不一致現象。在他的宮廷喜劇《愛的徒勞》（*Love's Labour's Lost*）中，書呆子塾師霍羅福尼斯（Holofernes）堅稱，應該改變讀音方式去適應拼寫方式，而不是改變拼寫方式去適應讀音方式。他認為應該把英語單詞中不發音字母 b 讀出來，例如 debt, doubt 等單詞中的 b 都應該讀出來。

總體而言，英語中拼寫和讀音基本一致。英語屬於表音文字，英語拼寫能直接表示音位，單詞的讀音與拼寫有著密切的聯繫，許多字母組合、詞綴、字尾已構成固定的模式。20 世紀 70 年代美國人進行了一次大規模的研究，用電腦分析了 17000 個英語單詞，結果表明 84% 的詞符合拼讀規則，只有 3% 的詞的讀音不能預知（Crystal, David. 1988: 69）。

　　理論上，最佳的拼法中每一詞素（lexical entry）應只有一種表達形式，拼寫法的基本原則是不用其他標記而能通過一條統一規則預知語音的變化。英語正體現了這一條原則，英語中每一詞素只有一種表達形式，例如：nation 與 national, nationality, nationalistic，這組詞雖然表層上讀音不同，但其詞彙拼寫（lexical spelling）一致，詞義上的聯繫一目了然，它們構成一個詞族，其成員是一個詞項的不同形式。它們與另一詞族：notion, notional, notionality 則意義不同、讀音不同，屬於不同的詞項（vocabulary item）。在每一詞族中有共同的詞根，而成員間讀音的變化遵循著重音規則、語音交替規則等音位實際發音的規則。英語字母沒有其他附加的注音符號，沒有重音符號，使得書寫便捷。

　　英語和俄語、德語、法語不同，英語無須注音，其拼寫形式即是注音，英語也不同於必須注音的文字，因為英語具有許多拼法規律，使得字母的讀音在很多情況下無須注音，因此我們說英語是遊移於無須注音和必須注音之間的一種特殊語言。英語國家教師在講授本民族語言時，採用的是從拼法入手的自然拼讀教學方法，只用重音符號和少數表示長短音的符號即可注音，他們的詞典不用國際音標注音。英語單子音的發音易於掌握，單子音在相同位置時基本上發音不變，英語母音以及母音組合有規則可循，英語拼寫和讀音規則應用面廣，實用性強，借助一些拼讀規則，基本上能做到「見詞能讀，聞音能拼」。

　　雖然有許多英語單詞的拼法符合規則，但另外一些「異端」的拼法也是客觀存在的。在英語學習的每一個層面，既有系統性，也有特殊性。只要一個系統是客觀存在的，就必然包含一個較大的範疇，將符合某一規定的諸多事物囊括其中。顯然，如果只有一項內容，例如，所謂 chicken 體系，即把 chick 加字尾 -en 構成的複數形式說成是一個體系，就沒有存在的必要了。但是，「體系」這個概念絕不能從孤立的數字角度來理解。著眼於語言整體，語言教學法強調語言發展過程中不同語言點之間錯綜複雜的關係，某種關係的重要程度取決於它為語言使用提供便利的程度。透過拼寫體系，即可洞察諸多詞彙在拼寫上的相互聯繫。

一般說來，各種語言在拼寫上要遵循以下原則：

1. 語音原則──即完全按照詞的音位構成拼寫。

2. 形態構詞原則──以構詞的形態單位即語素（morphs）為拼寫單位，同一語素拼寫相同，儘管它的讀音可能有差異。

3. 歷史傳統原則──保持在歷史上的拼寫方式，而不顧它們在讀音和形態上已經發生的變化。

4. 辨義原則──按不同的方式拼寫同音詞，以便在書面上加以辨認和識別。

以上是各種語言所採用的一般拼寫原則。對英語而言，這套規則也是有效的，雖然不能完全解釋英語中的所有拼寫現象，但有利於發現英語拼寫體系中一些具體的規律性特徵。

當字母 i 和 e 連在一起出現在一個單詞中時，其先後順序有時讓人感到棘手。老師也許會總結出如下的順口溜來幫助學生記憶：Write I before E, except after C; Or when sounded like A, as in neighbor and weigh. 意思是說，這兩個字母連在一起出現在一個單詞中時，一般情況下是先 i 後 e，例如 grief 和 relief。但有兩種情況例外：

1. 當它們緊跟在字母 c 後面時，如 receive 和 conceive；

2. 當這個字母組合的讀音與字母相似時，如順口溜中提到的兩個例子。

但與上述說法不一致的情況自然還是有的：當字母 c 的讀音與 sh 相似時，例如在 conscience 是先 i 後 e，而在 heifer 中，儘管該組合的讀音與字母 a 相差甚遠，e 還是出現在 i 的前面了。看來順口溜終究只是順口溜罷了，它沒有把所有的情況都概括出來（事實上也很難做到這一點）。但這個順口溜還是有其存在價值的，讓學生質疑、找出一些特例，這本身就是一種學習的過程。

在動詞 conceive 所對應的名詞形式（加字尾 -tion）中，字母 i 消失了，得到的是如下一組詞：conceive → conception; receive → reception; deceive → deception; perceive → perception。這種名詞形式為確定其動詞形式中 e, i 的先後順序提供了線索。問題的關鍵在於「先 i 後 e」型的動詞根本就沒有這種名詞形式（加字尾 -tion）。比如 relieve, grieve 和 achieve 的名詞形式分別是 relief, grief 和 achievement。這樣的例子很多，提醒人們應在更大的範圍內考察語言，引導人們從直接相關的部分走向不那麼直接相關的部分，絕不能觀察到一小部分就滿足了。當然，這離不開對形態學（morphology）知識有相當的瞭解。形態學研究的

是詞的構詞方法，詞的構成要遵循各種規則，而拼寫體系往往可以反映出一個詞獨特的生成過程。舉一個簡單的例子：英語中有許多單詞的字尾發音與 "us" 相近，但拼寫法卻有 -ous 和 -us 之分，從下面的例子中不難看出這一點：dangerous, cactus, courageous, status, famous, impetus, illustrious, hiatus。

對上述各詞加以分析，我們就會注意到兩個事實：

1. 以 -ous 結尾的詞都是形容詞，構成方法是「詞根加形容詞字尾」，儘管在一些具體的情況下這種構成可能不是很明顯（例如，dangerous 一詞由 danger 派生出來，而 curious 一詞的詞根是什麼就很難判斷出來，雖然我們感覺到它也是由某個詞根派生出來的）。

2. 以 -us 結尾的詞都是名詞，但它們的構詞方式卻不是「詞根加詞綴」。換句話說，-ous 是一個字尾，而 -us 卻不是，-us 甚至不是一個語素。

因此，這種字尾的讀音儘管相似，但落實到書面上的拼法卻是有區別的。要想把它們正確地區分開來，就要用到派生形態學（derivational morphology）方面的知識了。

另一個類似的例子涉及 -able 和 -ible 兩個詞綴的區分問題。它們讀音相似，都有一個 /ə/ 母音；二者都是通常附加在動詞字尾的形容詞字尾，只是在拼寫上稍有不同。看以下一組詞：applicable, considerable, accessible, perceptible, estimable, compressible, commendable, digestible。

如果僅僅著眼於這些詞的動詞詞根，還是不能弄清何時該用 -able 以及何時該用 -ible，但形態學方面的知識卻可以幫助我們取得突破性的進展。這類形容詞詞綴在附加到某一詞根上之前，上述諸詞還經歷了一個刪除的過程：applicable 並非直接由 apply 派生出來，而是源於它的名詞形式 application。首先是名詞字尾 -ation 被刪除，然後由形容詞字尾 -able 取而代之。語言學家把這一過程稱為「截縮」（truncation）。基於同樣的原因，accessible 也不是直接由其動詞詞根派生出來的，而是由名詞形式 accession 轉化而來的，但這一次被刪除的是 -ion，取代它的是 -ible。由此可總結出一條規律：以 -ation 作字尾的名詞，其形容詞必然以 -able 結尾；如果是以 -ion 結尾的名詞，其形容詞尾則為 -ible。perceptible 一詞也是這樣的情況，我們應把它的名詞形式 perception 聯繫起來，而不是聯繫它的動詞形式 perceive。這樣做的另一個理由是，該詞的名詞形式有一個 pt 子音組合，與形容詞形式一致，而動詞形式卻沒有這一結構，此外，上述觀點還有助於領會

durable 與 duration，visible 與 vision 等詞之間在拼法上的聯繫。這些詞沒有明顯的動詞詞根，因此形容詞形式也只能在名詞形式裡找到派生的依據。

還有另外幾種情況與上述內容密切相關，例如：edible 這樣的詞，它既無對應的名詞形式也無動詞形式，派生自然也就無從談起。雖然 inflate 和 dilate 有對應的名詞形式 inflation 和 dilation，但令人感到困惑的是它們的形容詞形式並不是 inflable 和 dilable，而是 inflatable 和 dilatable。用「截縮」的觀點來分析，學習者很容易把 -ation 看作一個獨立的詞綴，但就 inflation 和 dilation 這兩個詞來說，卻完全不是這麼回事。比較一下 application 中的 -ation，就會注意到後者的 -ation 是一個附加在 applic 上的詞綴，而 applic 實際上是 apply 一詞的古英語寫法，該詞是「詞根加詞綴」的形式，與 inflation 和 dilation 的構詞法不同。因此 applicable 這種拼法是合理的，而 inflable 和 dilable 卻是錯誤的拼法。可見在處理此類單詞的拼法問題時，僅考慮到名詞形式還是遠遠不夠的，還必須靈活運用相關的形態學方面的知識。

當然，以 -able 或 -ible 作字尾的詞的類型遠不止上述這幾種情況。無法回避的問題是：當字尾附加在字尾時，原詞的末尾字母會發生怎樣的變化呢？如果末尾字母是通常所說的「不發音字母」（silent letter），其命運會有 3 種可能：被去掉、被保留或去留兼可。例如，note 變為 notable，必須去掉不發音字母 e；manage 加字尾變為 manageable，必須保留字母 e；likeable 和 likable 都是 like 的形容詞形式的正確拼法，e 可去可留。如果詞尾不是不發音字母，而是子音時，該字母或被保留或被雙寫，比如 eat 和 regret 加字尾分別變成了 eatable 和 regrettable。這裡有一個值得注意的地方：eat 包含一個長母音，而 regret 的第二個音節包含一個短母音。如果單詞的末尾音節已包含子音群（consonant cluster），就不要再對末尾字母進行雙寫了，例如 test 變為 testable，think 變為 thinkable。

英語是表音文字，但英語的拼法看起來不是很規則，字母與音素不對應的現象不少，然而，有些語言學家認為英語拼寫優點很多，是幾近完美的拼寫法，英語拼寫中的不規則現象是出於某種需要而產生的，並不是任意的變化無常。許多表面看似古怪難解的拼寫和讀音現象，實則為有趣的音系規則所致。一旦懂得其中的奧義，那些古怪的現象非但不怪，反而成了妙不可言、美不勝收的語言現象。

語言文字是社會實踐的產物，為了適應社會需要，也為了便於使用，人們可以根據文字的發展趨向，必要時有意識地進行拼寫體系的改革。英語作為一種典

型的表音文字，事實上卻有許多單詞的拼法和實際讀音不相符。例如 know 中的
"k"和"w"、write 中的"w"和"e"、thought 中的"gh"、knight 中的"k"
和"gh"，在現代口語中都不發音了，可是書寫時卻還保留著。據統計，英語中
的一個 / i / 音就有二十多種不同的拼寫方式，而法語 / ɛ / 的音竟有 55 種，/ à / 音
也有 52 種拼寫方式（成昭偉、周麗紅，2003:74）。表音文字由於語音的變化而
不能很好地記錄詞的讀音時，拼寫體系的改革就勢在必行了。這樣就需要改變許
多詞的拼法，使它們更符合實際的讀音，甚至還要刪除個別已經不讀音的字母，
增加個別新的字母。事實上，德國、西班牙和葡萄牙曾經進行過這樣的文字改革，
收到了良好的效果。當然，這種改革需要一個循序漸進的過程，絕不能一蹴而就。
可以預見的是，英語拼法應該會更加系統化。

（四）女王英語

標準英國英語可以用君主英語來表示，如果當時是國王在位，就說「國
王英語」（King's English），如果是女王在位，就說「女王英語」（Queen's
English）。這種指代方式最早出現在 16 世紀伊莉莎白一世（Elizabeth I, 1533-
1603）統治時期，因此最早的標準英語是「女王英語」。從伊莉莎白一世到維多
利亞，英國兩任女王開啟的「女王英語」時代，涵蓋了英國英語迅猛發展的關鍵
時期，期間安妮女王時代英語語言文學掀起高峰。本節主要講伊莉莎白一世時期
的英語發展情況。

莎士比亞是英國歷史上的國寶級人物，他把通俗英語推廣到極致，其作品也
提到了「女王英語」。在《溫莎的風流娘兒們》（朱生豪譯）中，「快嘴桂嫂在
講到她家老爺回來後會有的盛怒情形時說，『……少不了一頓臭罵，罵得鬼哭神
愁，倫敦的官話（即 King's English）不知要給他糟蹋成個什麼樣子啦』」。顯然，
當時「倫敦的官話」（即國王英語）不僅僅代表了「標準」，還是階級、身分和
修養的象徵。這就是為什麼「國王英語」在最初生活在澳洲的英國人嘴中總是帶
有調侃、譏諷和反抗的意味，從「英語就應該這樣」，變成了「什麼！國王的英
語！國王在哪裡？」無論是「女王英語」還是「國王英語」，這個名詞顯然反映

英女王伊莉莎白一世（Elizabeth I, 1533-1603）的木版肖像畫，繪於 1588 年，以紀念英國打敗西班牙無敵艦隊，背景再現了海戰場景，伊莉莎白衣著華貴，王冠珠寶生輝，右手放在地球上，顯示英國的全球力量。該肖像畫來自沃本莊園（Woburn Abbey），目前共有三幅相同主題的畫，統稱為女王的「無敵艦隊肖像」（Armada Portrait）。

了一個正本清源的概念，反映了一場自上而下的語言革命，令人想起英國早期與其他民族、國家之間複雜的聯姻史、戰爭史，以及這個詞出現時英國文壇上正在進行的文藝復興，伊莉莎白女王一世長達 45 年的統治時期，堪稱英語發展史上的黃金時期。

這位伊莉莎白女王接受過很好的教育，可以說、寫 6 種語言：英語、法語、義大利語、西班牙語、拉丁語和希臘語，在那個女子不受正規教育的時代實屬罕見。在登上王位之前，經歷過喪母、喪父、被囚禁、被欺騙、被暗殺、被權力和宗教鬥爭洗禮；所有這些，加上她個人的智慧、謹慎、毅力和博大的雄心，使得英國在她的統治時期實現了獨立的國家身分，即君主專權向議會主權的轉化過程，確立了英國國教和英國君主為英國教會最高首領的地位，從而擺脫了羅馬教廷的控制。與此同時，她實行重商主義政策，保護和發展本國毛紡織業和其他新

興工廠手工業。她鼓勵造船和航海業，建立各類海外貿易公司，例如：1581 年，她正式向黎凡特公司（Levant Company）頒發貿易專利證書，每年向顎圖曼土耳其（Ottoman Empire）出口價值約 15 萬英鎊的呢絨；1585 年，英國在北非成立了摩洛哥公司；同年，華特‧雷利（Walter Raleigh）在北美東海岸建立了英國的第一個殖民地；1588 年，英國在西非又成立了幾內亞公司；同年，在英吉利海峽擊敗西班牙無敵艦隊，開始跨入海上強國的行列；1600 年，倫敦商人在伊莉莎白女王的支持下成立了著名的東印度公司。總而言之，在伊莉莎白女王一世的統領下，英國已經擺脫了她繼位時羸弱、內困外擾和矛盾重重的局面，其經濟繁榮、文化璀璨、海上稱霸的局面已經形成。因此，那時的英國人用「女王英語」來標榜自己的民族語言——一個擺脫了長期被征服、控制、脅迫和欺凌的民族，一個在政治、宗教、文化、商貿和海上爭霸都有了自己發言權的民族，這一切已經變得如此自然和必要。

1603 年，蘇格蘭國王詹姆士六世繼承英格蘭王位，改名號詹姆士一世（James I, 1566-1625），他的私人王室紋章也換了新顏：同一頂王冠下，左邊是紅白兩色的英格蘭玫瑰，右邊是紫色蘇格蘭薊花，代表英格蘭、蘇格蘭都在他統治之下。
（圖片來源：Sodacan　參考資料：Montagu, James (1840) *A Guide to the Study of Heraldry*, London: William Pickering, p. 65）

約翰‧莎士比亞故居，位於英國亞芬河畔史特拉福（Stratford-upon-Avon），這裡是他兒子——英國戲劇家威廉‧莎士比亞誕生之地。

　　即便不為強調民族與霸氣的需要，僅憑莎士比亞、培根、哈威的文字和思想，以及當時英格蘭無敵的艦隊、商隊和英文版《聖經》，「女王英語」也會像蒲公英的種子那樣遍布全球。至於為什麼「女王英語」被「國王英語」取代了呢？因為 1603 年，伊莉莎白一世死後登上王位的是個男人——詹姆士一世（James I, 1566 - 1625），他一人統治兩個王國，實現了兩個王室的聯合，但兩國議會的聯合要等到 1707 年，他曾孫女安妮女王時代才能實現，自此英國進入了大不列顛王國時代。

　　16 世紀英語詞彙量大增，是英國文藝復興的產物，英國宗教改革為伊莉莎白英語創造了條件，這一時期英國最偉大的劇作家是莎士比亞，他通過大量膾炙人口的作品，為英語的發展做出了重要貢獻。

　　威廉‧莎士比亞（William Shakespeare, 1564 - 1616），華人社會尊稱為莎翁，是英國文學史上最傑出的戲劇家，也是歐洲文藝復興時期最重要、最偉大的作家之一。16 世紀末到 17 世紀初的二十多年間，莎士比亞在倫敦開始了成功的職業

埃文河畔斯特拉特福的聖三一教堂（Holy Trinity Church），這裡是威廉‧莎士比亞出生受洗的地方，也是他死後安葬之地。（攝影師：DeFacto）

生涯，他不僅是演員、劇作家，還是宮內大臣劇團的合夥人之一，該劇團後來改名為國王劇團。1613 年左右，他退休返鄉，3 年後逝世。

　　1590 - 1613 年間是莎士比亞創作的黃金時代。他的早期劇本主要是喜劇和歷史劇，在 16 世紀末期達到了思想性和藝術性的高峰。接下來到 1608 年，他主要創作悲劇，崇尚高尚情操，常常描寫犧牲與復仇，包括《奧賽羅》、《哈姆雷特》、《李爾王》和《馬克白》，被認為屬於英語最佳範例。在人生最後階段，他開始創作悲喜劇，又稱為傳奇劇。他流傳下來的作品包括 39 部戲劇、154 首十四行詩、兩首長敘事詩。他的戲劇有各種主要語言的譯本，且表演次數遠遠超過其他任何戲劇家的作品。

　　莎士比亞，出生於英格蘭中部亞芬河畔史特拉福一個富裕的市民家庭，其父是經營羊毛、皮革製造及穀物生意的雜貨商，1565 年接任鎮民政官，3 年後被選為鎮長。莎士比亞 7 歲時被送到當地的一個文法學校念書，在那裡讀了 6 年書，

掌握了寫作的基本技巧與豐富知識。除此之外，他還學過拉丁語和希臘語。他雖受過良好的基本教育，但是未上過大學，因父親破產，他未能畢業就走上獨自謀生之路，他幹過各種職業，社會閱歷豐富。1586 或 1587 年，他到倫敦發展，當時戲劇正迅速地流行起來。他先在劇院當馬夫、雜役，後入劇團，做過演員、導演、編劇，並最終成為劇院股東。1588 年前後開始寫作，先是改編前人的劇本，不久即開始獨立創作。

莎士比亞用詞高達兩萬個以上。他廣泛採用民間語言（如民謠、俚語、古諺語和滑稽幽默的散文等），注意吸收外來詞彙，還大量運用比喻、隱喻、雙關語，可謂集當時英語之大成。莎劇中許多語句已成為現代英語中的成語、典故和格言。相對而言，他早期的劇作喜歡用華麗鏗鏘的詞句，晚期作品則顯得更加得心應手，既能用豐富多樣的語言貼切而生動地表現不同人物的特色，也能用樸素自然的詞句傳達扣人心弦的感情和思想。

現代英語是由中古英語演變發展而來，莎士比亞作為使用早期現代英語進行文學創作的傑出代表，在傳承中古英語、促進早期現代英語的形成和發展等方面做出了不可磨滅的貢獻。莎士比亞不僅是一位舉世聞名的文學大師，更是一位元出類拔萃的語言大師，其對英語語言的影響和貢獻很難被超越。

莎士比亞生活在中古英語向現代英語演變的時期，因此他在創作中不可避免地會受到中古英語的影響。其文學作品體現了對中古英語在詞彙和語法上的繼承。莎士比亞生活的時代正是早期現代英語的形成時期，他對於這一時期出現的新特徵是樂於接受的，並大膽創新英語詞彙，用作品將新創的詞廣泛傳播開來，最終對促進早期現代英語詞彙的形成和發展做出了巨大貢獻。現在使用的許多單詞都是由他首次使用之後而進入英語詞彙，或是因為他的使用，使原來的詞義或詞性發生了變化。此外，他還創造出相當數量生動活潑、簡潔精闢、色彩鮮明的片語或熟語，極大地豐富了英語的表現力，也使其作品更富有情趣、詩意和魅力。

他使用過的單詞和句子都被後來的作者有意無意地引用，許多單詞和句子在反復引用中固定下來。有些作者在使用方式中再進行引申，使詞意或句意得到了擴大。他作品的語言豐富多彩，他不但是遣詞造句的高手，而且是善用修辭的能手。作品中比喻、笑謔、擬人、雙關語等別開生面，許多佳句音韻美妙，或表現鮮明形象，或表達深刻哲理，有利於作品用詞在日常生活中的廣泛傳播。

以下是莎士比亞劇中的名言佳句，已成為英語語言不可分割的一部分。

Things base and vile, holding no quantity, love can transpose to form and dignity: love looks not with the eyes, but with mind.（*A Midsummer Night's Dream* 1.1）卑賤和劣行在愛情看來都不算數，都可以被轉化成美滿和莊嚴：愛情不用眼睛辨別，而是用心靈來判斷／愛用的不是眼睛，而是心。——《仲夏夜之夢》

The course of true love never did run smooth.（*A Midsummer Night's Dream* 1.1）真愛無坦途。——《仲夏夜之夢》

Lord, what fools these mortals be!（*A Midsummer Night's Dream* 3.2）上帝呀，這些凡人怎麼都是十足的傻瓜！——《仲夏夜之夢》

The lunatic, the lover and the poet are of imagination all compact.（*A Midsummer Night's Dream* 5.1）瘋子、情人、詩人都是想像的產兒。——《仲夏夜之夢》

Since the little wit that fools have was silenc'd, the little foolery that wise men have makes a great show.（*As You Like It* 1.2）自從傻子小小的聰明被壓制得無聲無息，聰明人小小的傻氣顯得更吸引眼球了。——《皆大歡喜》

As you like it, all the world's a stage, and all the men and women merely players; They have their exits and their entrances; And one man in his time plays many parts.（*As You Like It*）世界是一個舞臺，所有的男男女女不過是一些演員，他們都有下場的時候，也都有上場的時候。一個人的一生中扮演著好幾個角色。——《皆大歡喜》

Beauty provoketh thieves sooner than gold.（*As You Like It* 1.3）美貌比金銀更容易引起歹心。——《皆大歡喜》

Sweet are the uses of adversity.（*As You Like It* 2.1）逆境和厄運自有妙處。——《皆大歡喜》

Do you not know I am a woman? When I think, I must speak.（*As You Like It* 3.2）你難道不知道我是女人？我心裡想什麼，就會說出來。——《皆大歡喜》

Love is merely a madness.（*As You Like It* 3.2）愛情不過是一種瘋狂。——《皆大歡喜》

O, how bitter a thing it is to look into happiness through another man's eyes!（*As You Like It* 5.2）唉！從別人的眼中看到幸福，自己真有說不出的酸楚！——《皆大歡喜》

It is a wise father that knows his own child. （*The Merchant of Venice* 2.2）知子之父為智。──《威尼斯商人》

Love is blind and lovers cannot see the pretty follies that themselves commit.（*The Merchant of Venice* 2.6）愛情是盲目的，戀人們看不到自己做的傻事。──《威尼斯商人》

All that glisters is not gold.（*The Merchant of Venice* 2.7）閃光的並不都是金子。──《威尼斯商人》

So is the will of a living daughter curb'd by the will of a dead father. （*The Merchant of Venice* 1.2）一個活生生的女人的意願，卻被過世的父親的遺囑所限。──《威尼斯商人》

Some rise by sin，and some by virtue fall.（*Measure for Measure* 2.1）有些人因罪惡而升遷，有些人因德行而沒落。──《一報還一報》

O, it is excellent to have a giant's strength; but it is tyrannous to use it like a giant. （*Measure for Measure* 2.1）哎！有巨人的力量固然好，但像巨人那樣濫用力量就是一種殘暴行為。──《一報還一報》

I'll pray a thousand prayers for thy death but no word to save thee.（*Measure for Measure* 3.1）我要千遍禱告讓你死，也不祈求一字救你命。──《一報還一報》

Beauty, wit, high birth, vigour of bone, desert in service, love, friendship, charity, are subjects all to envious and calumniating time.（*Troilus and Cressida* 3.3）美貌、智慧、門第、膂力、事業、愛情、友誼和仁慈，都必須聽命於妒忌而無情的時間。──《特洛伊羅斯與克瑞西達》

You gods divine! Make Cressida's name the very crown of falsehood，if ever she leave Troilus.（*Troilus and Cressida* 4.2）神明啊！要是有一天克裡希達背叛特洛伊勒斯，那麼就讓她的名字永遠被人唾罵吧！──《特洛伊羅斯與克瑞西達》

Beauty! Where is thy faith?（*Troilus and Cressida* 5.2）美貌！你的真誠在何方？──《特洛伊羅斯與克瑞西達》

Take but degree away, untune that string, and, hark, what discord follows!（*Troilus and Cressida* 1.3）沒有了紀律，就像琴弦繃斷，聽吧！刺耳的噪音隨之而來！──《特洛伊羅斯與克瑞西達》

O, she dothe teach the torches to burn bright!（*Romeo and Juliet* 1.5）啊！火炬不及她那麼明亮。──《羅密歐與茱麗葉》

My only love sprung from my only hate!（*Romeo and Juliet* 1.5）我唯一的愛來自我唯一的恨。──《羅密歐與茱麗葉》

What's in a name? That which we call a rose by any other word would smell as sweet.（*Romeo and Juliet* 2.2）名字中有什麼呢？把玫瑰叫成別的名字，它還是一樣的芬芳。──《羅密歐與茱麗葉》

Young men's love then lies not truly in their hearts, but in their eyes.（*Romeo and Juliet* 2.3）年輕人的愛不是發自內心，而是全靠眼睛。──《羅密歐與茱麗葉》

It is the east, and Juliet is the sun.（*Romeo and Juliet* 2.2）那是東方，而茱麗葉就是太陽。──《羅密歐與茱麗葉》

A little more than kin, and less than kind.（*Hamlet* 1.2）超乎尋常的親族，漠不相關的路人。──《哈姆雷特》

Frailty, thy name is woman!（*Hamlet* 1.2）脆弱啊，你的名字是女人！──《哈姆雷特》

This above all: to thine self be true.（*Hamlet* 1.3）最重要的是，你必須對自己忠實。──《哈姆雷特》

The time is out of joint-O, cursed spite, that ever I was born to set it right!（*Hamlet* 1.5）這是一個禮崩樂壞的時代，唉！倒楣的我卻要負起重整乾坤的責任。──《哈姆雷特》

Brevity is the soul of wit.（*Hamlet* 2.2）簡潔是智慧的靈魂。──《哈姆雷特》

There are more things in heaven and earth, Horatio, than are dreamt of in your philosophy.（*Hamlet* 1.5）天地之間有許多事情，是你的睿智所無法想像的。──《哈姆雷特》

There is nothing either good or bad, but thinking makes it so.（*Hamlet* 2.2）世上之事物本無善惡之分，思想使然。──《哈姆雷特》

To be or not to be: that is a question.（*Hamlet* 3.1）生存還是毀滅，這是個值得考慮的問題。──《哈姆雷特》

There's a special providence in the fall of a sparrow.（*Hamlet* 5.2）一隻麻雀的生死都是命運預先註定的。──《哈姆雷特》

The rest is silence.（*Hamlet* 5.2）餘下的只有沉默。──《哈姆雷特》

Keep up your bright swords, for the dew will rust them.（*Othello* 1.2）收起你們明晃晃的劍，它們沾了露水會生銹的。──《奧賽羅》

O, curse of marriage, that we can call these delicate creatures ours, and not their appetites!（*Othello* 3.3）啊！婚姻的煩惱！我們可以把這些可愛的人兒據為己有，卻無法掌控她們的各種欲望。──《奧賽羅》

We cannot all be masters, nor all masters cannot be truly followed.（*Othello* 1.3）不是每個人都能做主人，也不是每個主人都能值得僕人忠心的服侍。──《奧賽羅》

Nothing will come of nothing.（*King Lear* 1.1）一無所有只能換來一無所有。──《李爾王》

Love's not love when it is mingled with regards that stands aloof from th'entire point.（*King Lear* 1.1）愛情裡面要是摻雜了和它本身無關的算計，那就不是真的愛情。──《李爾王》

How sharper than a serpent's tooth is to have a thankless child.（*King Lear* 1.4）逆子無情甚於蛇蠍。──《李爾王》

Blow, winds, and crack cheeks! Rage! Blow!（*King Lear* 3.2）吹吧！風啊！吹破你的臉頰，猛烈地吹吧！──《李爾王》

Tis this times' plague, when madmen lead the blind.（*King Lear* 4.1）瘋子帶瞎子走路，這就是這個時代的病態。──《李爾王》

Fair is foul, and foul is fair.（*Macbeth* 1.1）美即是醜，醜即是美。──《馬克白》

I fear thy nature; it is too full o' the milk of human kindness.（*Macbeth* 1.5）我為你的天性擔憂，它充滿了太多的人情乳臭。──《馬克白》

What's done cannot be undone.（*Macbeth* 5.1）做過的事情不能逆轉。──《馬克白》

Out, out, brief candle, life is but a walking shadow.（*Macbeth* 5.5）熄滅吧，熄滅吧，瞬間的燈火。人生只不過是行走著的影子。──《馬克白》

The night is long that never finds the day.（*Macbeth* 4.3）黑暗無論怎樣悠長，白晝總會到來。──《馬克白》

Cowards die many times before their deaths; the valiant never taste of death but once. (*Julius Caesar* 2.2）懦夫在未死以前就已經死了好多次；勇士一生只死一次。——《凱撒大帝》

語言大師莎士比亞睿智雋永的文字，是「女王英語」皇冠上的明珠，推動英語從孤島之言登上歐洲文壇，成為堪與當時歐洲主要語言媲美的重要文學語言，四百多年後依舊熠熠生輝，魅力十足。

第六章
革命的語言：
英國大革命的語言後果

1603 年，英國女王伊莉莎白一世去世，20 個世紀的語言之爭早已結束，英語已經順利取代拉丁語，成為英國國教聖公會的宗教語言，英語還是一門很成功的文學語言，逐漸在各個領域都站穩了腳跟。新繼任的國王詹姆士一世（James I）面臨著全新的挑戰，全新的挑戰帶來全新的語言後果。當時，政治鬥爭主要是國內不同派別之間的內鬥，是居於統治地位的國教和政府與激進派、挑戰者之間的關係。17 世紀中期，政治鬥爭的語言後果體現在諸多方面，例如：語言理論的世俗化、英文版《聖經》的使用，英語書寫形式的改變等。

1642 年，英國爆發內戰，建立了共和政府，1660 年史都華王朝復辟，這在英語語言發展史上是一個劃時代的重要年份，這之後的語言與現代英語比較接近，今人閱讀也不會有太多困難。儘管這之後的書面英語還是會用到今人不熟悉的拼寫方式、不懂的單詞義項，但總體而言，其表達方式與現代人的表達方式更接近，可見 17 世紀英國革命年代的語言也發生了革命性變化，見證了英語語言的重要轉型。

（一）諾曼枷鎖

以英國「歷史文物學會」（Society of Antiquaries）為代表的知識界認為，英語的光輝歷史可追溯到純潔的撒克遜語言時期，在他們心中，撒克遜語是完美的，沒有受到任何其他語言的污染。無論是不列顛原住民的凱爾特語、維京海盜的北

歐語、諾曼人的法語，還是天主教的拉丁語，都沒有能夠撼動撒克遜英語的地位。諾曼征服後，諾曼法國人把英國人置於其統治之下，也想把英語置於法語之下，但諾曼人最終失敗了。多少世紀以來，英國人一直和諾曼枷鎖抗爭，在語言學領域也不例外。

西元 1066 年，諾曼第威廉公爵征服英國後，諾曼貴族成為英國的統治階級，規定諾曼法語為上流社會、法律、政策和商務中使用的主要語言。由於諾曼貴族與英國平民階層之間交往的需要，不可避免地產生了語言融合現象。法語詞彙大量融入英語中，使得英語詞彙極大地豐富起來。現代英語詞彙的很大一部分是由法語單詞構成的，其中不少是在這個時期借用的。諾曼貴族與英國平民之間的等級差別，導致英語中出現了諸多同義詞的特殊語言現象。同時，語言的民族性、階級性也得到了驗證。諾曼征服兩個多世紀以來，沒有一位英國要人講盎格魯 - 撒克遜英語，因為這完全是下層民眾的低等語言。有人懷疑獅心王理查一世（Richard, the Lion-hearted）一生中從來沒有講過一句英語。英國著名歷史小說家華特‧司各特（Walter Scott）對此有犀利評論，他借小說《艾凡赫》（*Ivanhoe*，又名《撒克遜英雄傳》）中的一位小丑之口說：當家畜活著需要飼養時，用的是盎格魯 - 撒克遜英語名稱——cow（母牛）、calf（小牛）、sheep（羊）和 pig（豬）；當它們成為飯桌上的美味佳餚時，又換成了諾曼法語名稱——beef（牛肉）、veal（小牛肉）、mutton（羊肉）和 pork（豬肉）。

然而，諾曼人儘管征服了英國，卻並未能征服消滅英國人民的語言，平民百姓從未放棄自己的語言。大約在諾曼征服三百年後，英語重新恢復官方語言地位，成為一種靈活、嚴密、豐富而動人的表達思想感情的工具。而諾曼法語卻淪為滑稽可笑的代名詞，成為在古老的神秘劇中反派角色使用的逗人發笑的語言。最終，法語僅被當作與鄰國交往使用的外來語。諾曼征服不但未使英語消亡，反而促進其持續發展，這大概是自認強大的征服者所未料到的。

在諾曼征服之前，不列顛群島就是一個多民族、多文化和多語言共存的地區。除了盎格魯 - 撒克遜人外，該地區原住民凱爾特人的後裔威爾斯人、蘇格蘭人、愛爾蘭人、康瓦爾人都有各自的語言，都保持和發展了自己的文化。從 8 世紀末起，以丹麥人為主體的北歐人大批入侵和武力移民又帶來了斯堪地那維亞語言和文化。當然，特別重要的還有當時同基督教聯繫在一起的歐洲超級語言拉丁語以及拉丁文化。因此，當諾曼人作為征服者入主英格蘭後，該地區本來已經十分複

雜的語言和文化狀態變得更加豐富多彩。在諾曼征服之後的幾個世紀裡，除西西里島的諾曼王國之外，不列顛群島是西歐多種語言和多元文化最突出的地區。在這樣複雜的環境中，要同分別以基督教的宗教權威和統治階級的政治權力為依靠的拉丁語和法語競爭，顯然處於劣勢的英語舉步維艱，卻終於在 15 世紀百年戰爭後形成了統一的英格蘭民族的民族語言，實屬不易。但從另一方面看，這種多語言並存和競爭的環境也為英語的發展提供了極為有利的條件，使它能直接而大量地吸收各種語言的詞彙和表達法。正是在中古英語時期，英語經歷了英語史上最深刻的變化和發展，逐漸發展成為表現方式特別豐富，適應力特別強的現代語言，為未來英語文學的大繁榮創造了極為重要的條件。

英語最終能成為英格蘭的民族語言，自然有諸多因素，其中最根本的原因顯然是占人口絕大多數的盎格魯 - 撒克遜人繼續使用自己的語言。畢竟追隨威廉公爵來到英格蘭的冒險者不過兩千來人，加上後來陸續到來的八千餘人，在當時英格蘭約 150 萬的總人口中，也僅占 0.67% 而已。其次，盎格魯 - 撒克遜時代的西撒克遜王國政府十分重視教育和文化發展，大力推行標準語言，古英語已發展成為當時歐洲非常發達的民族語言，其書面語承擔著從歷史記錄、政府檔到詩歌創作的所有書寫功能，這在當時歐洲民族語言中是獨一無二的。這也是在諾曼征服之後的幾個世紀裡，英格蘭原住民在主流社會中已喪失話語權的情況下，英語書面語仍能頑強存在和發展的重要原因。

英語及其書面語能擺脫諾曼枷鎖，頑強生存和發展的根本原因是，諾曼人雖然消滅了盎格魯 - 撒克遜貴族，但當時知識份子的主體實際上是宗教界人士，特別是修道院裡的僧侶。雖然教會上層，特別是各地主教和大修道院院長，逐漸被諾曼人或歐洲大陸人取代，但從總體上看，這個受教會保護的階層並沒有受到太大衝擊。由於這個知識份子階層的存在，在諾曼人入主英格蘭之後相當長的時期內，古英語繼續用於書寫，並逐漸發展成為中古英語。在中世紀，特別是在 12 世紀新的宮廷文化興起之前，修道院不僅是宗教場所，同時也是文化中心，當時西歐絕大多數圖書資料都保留在修道院。有學者指出，在當時的歐洲，「修道院是僅有的圖書館」（Wilson, Richard M. 1968: 6）。至於文學作品，那也主要是由修道士們所創作或者記錄、抄寫的。特別值得一提的是《盎格魯 - 撒克遜編年史》（以下簡稱《編年史》）的撰寫。那是阿菲烈特大帝開創的一個在英國歷史上值得大書特書的文化事業。即使在諾曼征服之後，《編年史》的撰寫也沒有中斷，

而是在 4 個修道院裡繼續進行，其中在彼得堡修道院的書寫一直持續到 1154 年。

僧侶和神職人員們在相對來說比較獨立於王權之外的修道院和教堂裡堅持使用英語書面語，對於英語語言的發展和英語文學的傳承做出了不朽貢獻。除了用於宗教傳播（因為絕大多數教民只懂英語）和《編年史》的撰寫之外，英語還被繼續用於詩歌創作。實際上，當時的詩人主要就是修道士和神職人員，他們熟悉古英詩傳統詩藝，他們創作的一些詩歌作品有幸得以保存下來，例如，1087 年征服者威廉去世時，彼得堡修道院的《編年史》撰寫者就寫下一首現在被命名為《威廉國王之歌》（"The Rime of King William"）的英語詩。在同時或稍後的年代裡，還出現了《杜倫》（"Durham"）、《墳墓》（"The Grave"）、《靈魂對身體所述之言》（"Soul's Address to the Body"）、《阿爾弗雷德的諺語》（"The Proverbs of Alfred"）、《末日》（"Latest Day"）和《聖女》（"Holy Maidenhood"）等英語詩歌作品。1200 年前後，由於 12 世紀法國新詩運動的輝煌成就，法國文化在西歐的影響空前強大，法語在英格蘭的政治文化領域（除宗教和學術外）迅速取代了拉丁語的統治地位。

雖然古英語在諾曼入侵之後仍然在使用，古英詩傳統依然在產生新的作品，但不論是英語語言還是英語文學都處於前所未有的變化之中，同時英語語言的變化也影響著英語詩歌的發展。修道院裡保留下來的文獻，特別是《盎格魯 - 撒克遜編年史》，為今天研究英語的變化與發展保存了不可多得的寶貴材料。這些材料表明，英語的變化在諾曼征服之後不久就開始表現出來，但嚴格地說，那並非主要來自法語的影響，英語發生變化的主要原因還是在英語自身，畢竟早期中古英語發生的一些變化其實在口語中已經長期存在，也就是說，在諾曼征服之前，盎格魯 - 撒克遜語已經處在變化之中，諾曼征服對英格蘭社會、政治和文化產生的重大影響以及諾曼法語進入英格蘭只是加速了這一語言發展的進程。我們今天所說的古英語，或者說從流傳下來的絕大多數政治、宗教、法律文獻、文學作品以及《盎格魯 - 撒克遜編年史》裡所看到的古英語，實際上並不完全是當時人們在日常生活中使用的語言，而是一種由西撒克遜王國政府以西撒克遜方言為基礎推行的書面語，它同古羅馬時期的拉丁語一樣，與人們日常使用的語言已經有了相當距離。我們今天看到的古英語文學作品，幾乎全是在 10-11 世紀使用這種標準書面語謄寫的手抄稿。然而當這個最後的盎格魯 - 撒克遜王國覆滅之後，特別是在諾曼王朝用拉丁語取代了英語的官方地位之後，英語書面語失去了政治權威

的支持，其標準性也隨之失去了權威，它使英語的地位大為降低；但另一方面，書面英語反而因禍得福，減少了束縛，能向日常生活中的英語靠近。因此在修道院裡繼續使用英語的修道士們在遵循古英語傳統的同時，也逐漸開始使用一些更接近日常生活的用語和語言形式。所以，英語中發生的這些早期變化很可能是因為書面英語向日常生活用語靠近的原因。

由於日常英語同書面英語之間的差異，也因為修道院同世俗社會之間的距離，諾曼征服之後修道士使用的書面英語（也就是我們今天看到的早期中古英語）的變化是循序漸進的。學者通過對《盎格魯 - 撒克遜編年史》的研究認為，直到1121 年，也就是諾曼征服之後大約半個世紀，《盎格魯 - 撒克遜編年史》裡的英語還大體上可以算是古英語，到 12 世紀中期《盎格魯 - 撒克遜編年史》的撰寫終止之時，那些後期記載裡的語言才與古英語相去甚遠而更接近現代英語。

1603 年，史都華王朝的詹姆士一世繼承英格蘭王位後，關於撒克遜英語與諾曼法語之爭已經演變成了關於詹姆士一世繼位合法性之爭。長期以來，英國人認為諾曼征服是給自由的撒克遜人套上了枷鎖，自 1066 年以來的所有英國王朝都能追溯到共同的祖先諾曼征服者威廉一世，因此這些君主都不是英國人，而是外國人，是法國人。都鐸王朝設立的「歷史文物學會」，在為王室合法性辯護的路上也頻出奇招。以威廉・坎登（William Camden）為代表的「歷史文物學會」專家學者發明了一套解讀英國王室歷史的另類理論：亞瑟王是不列顛時期的傳奇領袖，是帶領本土凱爾特人在威爾斯抗擊入侵的盎格魯 - 撒克遜人的英雄，都鐸王朝號稱有威爾斯血統，因此是亞瑟王的傳人，而史都華王朝的詹姆士一世則從兩條線繼承了亞瑟王血統，一是蘇格蘭血統，二是都鐸血統。然而詹姆士一世本人似乎並不看好這套理論，他上臺不久後，「歷史文物學會」就解散了（後來又成立了獨立的「蘇格蘭歷史文物學會」和「倫敦歷史文物學會」，這兩個學會直到今天依然還在孜孜不倦地按需潤色英國歷史）。

表面上看，17 世紀上半葉學界仍在繼續撒克遜英語與諾曼法語之爭，實際上是關於英格蘭法律的權威性之爭。當時激進分子認為來自蘇格蘭的史都華王朝是諾曼人的後裔，是法國人的親密戰友，他們藐視英格蘭法律，妄圖消滅英語。英國內戰期間，革命黨人發現撒克遜英語在人民心中有非凡的號召力，是掙脫諾曼枷鎖的有力武器，是時候清算諾曼王朝的遺毒了。1649 年，查理一世被送上斷頭臺後，人們奔相走告，歡慶推翻了諾曼壓迫者。當時，人們呼籲取消威廉一世「征

服者」的名號、英國貴族主動放棄諾曼姓氏及頭銜、廢除諾曼法律、恢復「懺悔者」愛德華一世時期的法律、這些法律必須是用英語書寫的。最後一條其實是要清理英語中的法語借詞。

上述反諾曼的舉措反映了當時民眾對簡潔英語的追求，這一目標在英國「光榮革命」（Glorious Revolution）後才基本得以實現。1688 年，英國資產階級和新貴族發動了推翻詹姆士二世統治、防止天主教復辟的非暴力政變。這場革命沒有發生流血衝突，因此歷史學家將其稱之為「光榮革命」。1689 年，英國議會通過了限制王權的《權利法案》（*The Bill of Rights*），奠定了國王統而不治的憲政基礎，國家權力由君主逐漸轉移到議會，從此英國建立起了君主立憲制政體。

1685 年，詹姆士二世全然不顧國內外的普遍反對，違背以前政府制定的關於禁止天主教徒擔任公職的《宣誓條例》（*Test Act*），先是委任天主教徒到軍隊任職，後又任命更多的天主教徒到政府部門、教會、大學去擔任重要職務。1687 年 4 月和 1688 年 4 月，他先後發布兩個「寬容宣言」（Declaration of Indulgence / Declaration for Liberty of Conscience），給予包括天主教徒在內的所有非國教教徒以信教自由，並命令英國國教的主教在各主教區的教壇上宣讀，引起英國國教主教們的普遍反對。同時他還殘酷迫害清教徒，向英國工商業主要競爭者——法國靠攏，嚴重危害了資產階級和新貴族的利益。1688 年 6 月 20 日，詹姆士二世得子，意味著其信仰英國國教的女兒瑪麗沒有希望繼承王位。為防止天主教徒承襲王位，資產階級和新貴族決定推翻詹姆士二世的統治。由輝格黨（Whigs）和托利黨（Tory）的 7 位名人出面邀請詹姆士二世的女婿、荷蘭執政奧蘭治親王威廉（Prince of Orange）來英國，保護英國的宗教、自由和財產。信奉新教的威廉接受邀請，並於 9 月 30 日發布宣言，要求恢復他的妻子瑪麗，即詹姆士二世第一個妻子所生的長女的繼承權。1688 年 11 月 1 日，威廉率領 1.5 萬人在托爾灣登陸。消息傳到倫敦，詹姆士二世出逃德意志，途中被截獲送回倫敦。後經威廉同意，詹姆士二世逃亡法國，從此法國對英國的政治影響趨弱，法語對英語的語言影響也相應弱化。1688 年 12 月，威廉兵不血刃進入倫敦。1689 年 1 月，議會舉行全體會議，宣佈詹姆士二世遜位，由威廉和瑪麗共同統治英國，史稱威廉三世和瑪麗二世，同時議會向威廉提出一個《權利宣言》（*Declaration of Right*），宣言譴責詹姆士二世破壞法律的行為；指出以後國王未經議會同意不能廢除任何法律；不經議會同意不能徵收賦稅；天主教徒不能擔任國王，國王不能與天主教徒結婚

等。威廉接受宣言中提出的要求，並正式批准其為法律，即《權利法案》。

英國內戰和「光榮革命」的政治意義毋庸贅述，其語言學意義是破除了諾曼枷鎖，英國人有權選擇自己的君主，有權選擇自己的語言，英語朝著更加簡潔的方向發展。

（二）《聖經》語言

14 - 16 世紀，英國出現了 10 個代表性新教《聖經》的譯本，除《威克利夫聖經》外，這些譯本都以路德的宗教改革思想為綱領，並受英國當時歷史和知識狀況影響，呈現建制世俗化和智識世俗化傾向。英譯本《聖經》回歸原本，強調字面意思，擁護王權，展現英國本土社會生活，提倡民族語譯本，是新興社會階層反教權主義的重要手段和英國近代化的重要組成部分，也是英語發展史上的重大轉折性事件。

基督教的興起、傳播和改革常伴隨著對《聖經》的重釋與翻譯。文藝復興之後，宗教的社會和文化意義弱化，宗教逐漸成為私人事務，在公共領域逐漸去政治化。民族——國家體制的建立、理性主義的發展、經濟增長的持續以及宗教世俗化是不可阻擋的歷史潮流，在中世紀晚期隨著歐洲經濟、政治和社會狀況的逐步變化早已萌芽。這一時期英國資本主義經濟初步發展，培養了新興市民階層，世俗王權加強，民眾民族意識日增。14 - 16 世紀在歐洲思想領域，文藝復興弘揚人文主義，宗教改革宣導因信稱義，啟蒙運動推崇理性主義，相繼挑戰天主教神學體系，這些思潮陸續傳入英國。同時，造紙與印刷術的普及，降低了《聖經》印刷成本，16 世紀英國經濟和教育發展，民眾識字率提升，《聖經》從宗教精英和王公貴族獨享的奢侈品轉變為普通民眾能夠消費的公共文化產品；另一方面，羅馬教會日益腐朽，引發強烈不滿，宗教改革人士不斷揭露僧侶和教會的貪婪，反對教廷干涉俗權，主張建立獨立於羅馬教廷、不依附任何外國勢力的民族教會和以世俗王權為核心的獨立民族國家。在此背景下，《聖經》民族語譯本成為實現這一歷史訴求的客觀需要和推動力，14 - 16 世紀英國《聖經》翻譯呈現出明顯的世俗化傾向。

英國宗教改革先驅約翰‧威克利夫的譯本，正式拉開了《聖經》翻譯的世俗化序幕。甚至在更早的《七十士希臘語譯本》（*Septuagint*）中，世俗政治與權力糾葛就與神秘體驗共存。《聖經》英譯本的世俗化涉及建制世俗化和智識世俗化，前者表現為宗教改革者借助《聖經》翻譯推動教會建制改革，即王權和俗權代替教權，僧侶淡出平信徒（laity）宗教生活，普通民眾享有《聖經》闡釋和翻譯權；後者涉及情感、信仰與宗教體驗的轉變，即隨著人文主義的傳播與理性科學意識的增強，宗教信仰成為個體的心靈感受，《聖經》翻譯由關注上帝的超驗神性轉向人類的臨即經驗，彰顯人類自主權。14 - 16 世紀期間，英國《聖經》世俗化歷程中出現了 10 部代表性新教譯本：

譯本	譯者或修訂者	原本	地位與特徵
《威克利夫聖經》（1382, 1388）	威克利夫及其門徒尼古拉斯‧赫里福德（Nicholas Hereford）、約翰‧特里維薩（John Trevisa）、約翰‧珀維（John Purvey）等	耶柔米《拉丁文聖經》	首部英譯本《聖經》
廷代爾的《新約》（1526）與《摩西五經》譯本（1530）	威廉‧廷代爾	首部直接從希伯來語《舊約》與希臘語《新約》翻譯而成的譯本	首部印刷版英譯本《新約》
《科弗代爾聖經》（*Coverdale's Bible*, 1535）	邁爾斯‧科弗代爾	《新約》根據廷代爾譯本修訂編輯，《舊約》中《摩西五經》和《約拿書》以廷代爾譯本為基礎	首部完整的印刷版英譯本《聖經》
《馬太聖經》（*Matthew Bible*, 1537）	約翰‧羅傑斯（John Rogers，化名湯瑪斯‧馬太 Thomas Matthew）	廷代爾和科弗代爾譯本的綜合體	譯本有旁批與評論

譯本	譯者或修訂者	原本	地位與特徵
《塔弗納聖經》（*Taverner's Bible*, 1539）	理查·塔弗納（Richard Taverner）	以修訂《馬太聖經》為基礎，改變其用詞與風格，並參照希臘語原本修訂其《新約》譯本	刪除或緩和了《馬太聖經》中尖銳的新教注釋，首部在英國境內印刷的《聖經》全譯本
《大聖經》（*Great Bible*, 1539）	邁爾斯·科弗代爾	依據《馬太聖經》修訂而成	欲取代《科弗代爾聖經》和《馬太聖經》，英國教會脫離羅馬教皇管轄後首部欽定《聖經》譯本，放在教堂供教徒閱讀
《艾德蒙·貝克聖經》（1549, 1551）	約翰·戴（John Day）彙編，埃德蒙·貝克（Edmund Becke）修改編輯	依據塔弗納《舊約》和廷代爾《新約》完成	回歸廷代爾譯本，塔弗納譯本糾正過的一些錯誤仍在該譯本出現
《日內瓦聖經》（*Geneva Bible*）	《新約》（1557）譯者威廉·惠廷翰（William Whittingham）；《舊約》（1560）譯者安東尼·吉爾比（Anthony Gilby）、湯瑪斯·山普森（Thomas Sampson）等	依據希伯來語和希臘語原本翻譯，參考了其他語言的譯本	首次用活字鉛印的小型版《聖經》，採用羅馬字體而非古代哥德式黑體印刷
《主教聖經》（*Bishop's Bible*, 1568）	坎特伯雷大主教馬修·派克（Matthew Parker）組織監督修訂	以《大聖經》為基礎	第二部欽定英譯本，取代《大聖經》在教會供教徒閱讀
《欽定聖經》（*King James Bible*, 1611）	詹姆士一世組織學者修訂	以《主教聖經》為基礎，也參考其他譯本	學術和文學價值突出

英語帝國：從部落到全球 1600 年

英國也經歷了君權神授，擁護王權的時期。中古歐洲是處於羅馬天主教會統轄下的基督教大世界，共同信仰讓歐洲各民族產生精神認同感，對國家、民族和君主沒有迫切需求。14 - 16世紀資本主義生產關係發展後，城市興起，市民階層壯大，民族意識覺醒，渴望建立獨立的民族國家和民族教會以推動經濟進一步發展，世俗王權也希望擺脫對教皇長期的依附。各國王室和民眾都渴望擺脫教會的經濟剝削和政治束縛，二者結成同盟，國王被擁立為實現國家統一、民族獨立的核心力量，世俗王權取代教權，成為國家的精神象徵，基督教大世界的教權主義與普世主義開始衰落。

英國在王權與教權的較量中建立起以都鐸王朝為核心的民族國家，這種新的政治體制用「主權在王」的民族國家概念代替「主權在神」的基督教信條，君權統治代替了神權統治。英國歷史上加強王權和建立近代民族國家與宗教世俗化幾乎同步進行，宗教改革期間宣導的「民族教會」對民族國家的形成產生了關鍵推動作用，《聖經》英譯本的出版與流通成為教權與王權較量的場所，也加速了「上帝的選民」轉型為現代民族國家公民的歷史進程。這一時期的《聖經》翻譯帶有濃厚的王權色彩，新教譯者充分借助插圖、序跋、旁注等多種途徑向王權靠攏，呼籲將教權置於王權之下，翻譯的政治與國家的政治交織在一起。

《馬太聖經》和《科弗代爾聖經》都在1537年得到亨利八世欽定，後面這個版本修訂後經國王特許再版，1539年獲得授權在英國全境發行，定名《大聖經》，王室要求全民閱讀並將這一譯本提供給每個教堂。科弗代爾在致國王的獻詞中稱，譯本中的任何錯誤應由具備神聖智慧的國王親手糾正、修改或完善，第二版導言稱譯本「蒙陛下最仁慈的特許」。譯本卷頭插圖有幅木刻畫，亨利八世端坐於王座，上方雲端浮現耶穌頭像，曰：「我找到了稱心如意之人」，言下之意是亨利八世才是基督在人間的代言人，明顯宣揚了君權神授的思想。

《日內瓦聖經》是獻給伊莉莎白一世的，譯者在首版序言中自稱「英國教會在日內瓦的謙卑子民」。然而，「詹姆士一世、雅各賓時期文化及英國國教都具有宗教改革和保守傳統雙重性質，尋求在喀爾文教義和天主教保守主義間的中間道路」（Rather, Michael G. 2009: 1-9）。詹姆士一世繼位時，《日內瓦聖經》在民眾中的地位已取代了《主教聖經》，詹姆士一世認為前者的注釋滲透著加爾文宗教的政治和社會思想，嚴重威脅王權，遂於1604年親自組織學者修訂和重譯《聖經》。新譯本有四頁致國王的獻詞，對「最高貴強大」的君主極盡讚美，聲

稱當伊莉莎白女王這顆西方耀眼的明星隕落時，英國人深恐宗教混亂會將英倫大地丟進黑暗，而詹姆士一世如太陽光芒萬丈，消除了民眾恐慌。獻詞結尾祈禱國王的支持，因為他的贊助將讓譯者在面對國內外天主教徒或國內誹謗時安心釋然（Metzger, Bruce M. 2001: 34）。譯者視國王為國家秩序和統一的依靠，擁護王權至上的觀念。

《欽定聖經》翻譯時「國家全能論」（Erastianism）在英國廣泛傳播，國家機構與教會奮力爭奪實際統治權。譯者深悟國王「遵守和支持英國君主制和英國國教內部等級結構」的贊助目的（Rather, Michael G. 2009: 1），秉承地方官員或世俗政權是授權地方教會的正當機構的新教信仰，在譯本中大量添加 "office" 和 "ordain" 等暗含官方授權教職的單詞。如《提摩太前書》第三章第一節的 "the office of a bishop"，第十節和第十三節的 "the office of a deacon"，《希伯來書》七章第五節的 "the office of the priesthood"，《使徒行傳》第一章第二十二節的 "must one be ordained"。在整個譯本中，"ordain" 使用 44 次，"the priest's office" 使用 29 次。此外，譯者增加了希臘語原文中沒有的某段聖職授予的歷史，如《提多書》（The Epistle of Paul to Titus）第三章第十五節括弧中的內容。《聖經》其實不涉及任何聖職授任的具體手段或形式，譯者的強調和補充都有神學、教會或政治和現實動機（Johns, Lorin L. 2004: 115）。詹姆士一世是譯本最高贊助人，希望新譯本傳播以君為父的觀念，即國王是民眾的政治和精神領袖，國王、《聖經》和教會的統一將確保英國人民的統一。譯者用 "office" 和 "ordain" 這兩個單詞強調教會和政治組織結構的等級制，正迎合了國王的意志，有助於將秩序施加於分裂的教會，支持君主掌握神權並鞏固其世俗權力，體現了國王作為國家象徵對全體教俗臣民行使統治權的思想。

為維護君主統治資質，譯者還有意渲染君主的陽剛形象，典型例證是對希伯來語 "saris" 的翻譯。這個詞在古代主要指被閹割的奴隸或俘虜，以《舊約聖經》為例，該詞共出現 42 處，《欽定聖經》僅 17 次直譯成 "eunuch"（閹割者），通常含混地譯為 "officers"（官員）或 "certain officer"（某官員），有 13 處譯為 "chamberlain"（貴族的管家或宮廷大臣）。歷史學家娜奧米·塔德莫爾（Naomi Tadmor）認為譯成 "chamberlain" 有歷史依據：首先，古以色列被閹割的奴隸或戰俘若忠誠主子常會受到嘉獎，並有機會參與管理皇家事務；其次，"saris" 對應的希臘語 "eunouchos" 的字面義是 "keeper of the bed"（整理床鋪

者），除指被閹割男子，也可指皇家私人侍從、管家或大臣；再次，《舊約聖經》亞拉姆語（Aramaic Language）譯本中，"saris" 有時譯成 "ray"，即大臣或高級軍官；最後，閹割奴隸和俘虜在近代早期的西歐被鄙棄（Tadmor, Naomi. 2010: 140-143）。總之，"eunuch" 意味著女人氣，不應與國家高級官員相聯繫。《創世紀》第三十九章中約瑟被賣給埃及人波提乏（Potiphar）為奴，原文中波提乏身分就是 "saris"。威克利夫譯為法老的 "geldyng"（閹馬），《日內瓦聖經》也使用 "eunuch" 保留其太監身分。其他譯本則將太監變身為剛毅的軍官：廷代爾、《馬太聖經》《大聖經》和《科弗代爾聖經》譯為 "chefe marshall"；《主教聖經》譯為 "chief officer"；《欽定聖經》譯為 "an officer of Pharaoh's，and captain of the guard"。多數英譯本將被閹割男性形象弱化、刪除或代之以各種充滿陽剛氣的稱謂，授予太監軍銜或官職，以維護君王威嚴。若君主整日被陰柔侍臣包圍，不僅招致同性戀嫌疑，也有損陽剛之氣，君王的統治資質必將大打折扣。

由於擁護君王為民族教會領袖，譯者一定程度上得到了王權的支持和庇護。威克利夫公開反對教權至上論，支持國王維護國家主權，其譯本被都鐸王朝中與教皇決裂、支持宗教改革的君主（亨利六世、亨利七世、愛德華六世和伊莉莎白一世）私藏。宗教裁判所宣判威克利夫有罪後，他受國王和貴族庇護免於出庭受審。直到 16 世紀中期，英國統治階層仍將英語與下層社會聯繫在一起，"在將歷史、法律和宗教文本翻譯成英語的態度上，統治精英似乎關注通過審查或啟蒙來控制未受正規教育之人"（Brennan, Gillian. 1989: 18-36）。英譯《聖經》由此成為權力操控的形式，是世俗統治精英向大眾傳遞資訊、控制其思想以維護社會穩定和等級制度的工具。

英語《聖經》民族語譯本走過了一條艱辛的路。為維護與平信徒的等級界限，教會通過拉丁語和神秘闡釋將《聖經》據為己有，使之成為遙不可及、只能膜拜的聖言。教會宣稱《聖經》是神聖經典，不僅其教義和訓誡必須嚴格遵守，其文字也不能更改，上帝之言只能用希伯來文、希臘文和拉丁文書寫，英語等民族語言野蠻粗鄙，用它們翻譯聖言是在褻瀆神靈。14 - 16 世紀，基督教大世界內部開始形成獨立的民族共同體，這些共同體尋求各種途徑表達自己的民族身分，以民族語重譯《聖經》成為不可抵擋的歷史潮流。14 世紀時，英語成為英格蘭通行的口頭語言，隨著民族意識的高漲、民族文化的發展和識字率的提升，普通民眾用英語閱讀與解釋《聖經》、直接與上帝交流的欲望日益強烈。英譯者順應這一潮

流，抵抗僧侶特權，賦予平信徒闡釋文本和製造意義的權力。他們採納街頭巷尾的俗語，將古老的《聖經》場景拉進具體的世俗生活，使它成為人人可及的公共讀本。讀者無須借助教會和僧侶深奧而枯燥的闡釋就可直接領受上帝的意旨，這種平等的閱讀和闡釋權是公民平等權的體現。過去教會為了自身利益對《聖經》妄加解釋，現在平信徒可以將自己對經文的理解與僧侶的傳道相比較，從而做出自己的獨立判斷。

新教譯者也在理論上論證了英譯《聖經》的合法性。他們破除了拉丁語至高無上的權威，捍衛民族語平等傳達《聖經》的權力，提出上帝之言可以超越語言障礙得以傳遞。威克利夫堅信語言無非是種習慣，同樣的福音無論用希伯來語、希臘語、拉丁語或英語，都能傳遞。廷代爾宣稱希伯來語的詞彙和詞序與英語相似，兩者關係較之拉丁語和希伯來語間關係更緊密，因此鼓勵字對字英譯《聖經》。《欽定聖經》譯者認為，即使最糟糕的英譯本「也包含了上帝之言，不，就是上帝之言」（Metzger, Bruce M. 2001: 189），普世真理並非僧侶和貴族的專利，也能被語言各異的普通人領受。

對民族語譯者而言，要真正讓普通人接觸和閱讀《聖經》，必須使用販夫走卒能接受的樸素語言。威克利夫堅持為買不起譯本的農民和工匠譯經，伊拉斯謨的《新約聖經》譯序稱：「但願農夫能在犁邊吟誦《聖經》，織工能在織布機邊用《聖經》驅散心頭的煩悶，旅行者能用《聖經》消遣以解除旅途的疲勞」（譚載喜，1991: 79）。路德傳承了伊拉斯謨的理想，堅持平民主義（populism），譯本採用婦孺市井的德語。廷代爾也曾說過，他可以讓一個耕田農夫比他自己更通曉聖經。法裔美國文學批評家喬治・史坦納（George Steiner）認為這些話語是《聖經》翻譯理論史上的分水嶺，提出了「翻譯在人從宗教領域邁進世俗領域的精神歷程中發揮關鍵作用」的觀點（Steiner, George. 1976: 258）。通過民族語譯本，《聖經》跨越宗教精英狹隘的範疇，向大眾開放，無論其年齡、性別、職業、身分與國籍，這種語言策略是《聖經》翻譯世俗化的重要手段。

除採納通俗民族語言，譯者和編訂者還重視以印刷手段提高譯本的可接受性和傳播效果。《日內瓦聖經》採用數位標號分節、在括弧中將可替換單詞用斜體表示、提供注釋、地圖、表格、插圖、各章概述等幫助讀者理解和記憶。這些新穎手段使它成為 16 世紀、17 世紀最受英國大眾歡迎的《聖經》。英譯本的語言優勢與印刷策略有效提高了《聖經》普及程度，普通家庭擁有《聖經》成為社會

常態。「1570 - 1630 年間，英譯本《聖經》數量增長了十倍，高於歐洲任何新教國家。……僅莎士比亞一生中，即 1564 - 1616 年間，就出現了 211 個《聖經》版本，共銷售了大約四十二萬兩千餘本」（Tadmor, Naomi. 2010: 9）。英譯本《聖經》的廣泛傳播也加快了其他相關文獻的普及，提高了科學知識和新思想傳播的速度和效率，大大提升了英語的地位，推動了英國民族語言和文字的統一，促進了民族國家的誕生。英語不僅展示出宗教語言的實力，也逐步發展成文學語言，《威克利夫聖經》與《坎特伯雷故事集》共同奠定了英國文學語言的基礎。

英語語言的表達非常豐富，在語言使用中，諺語、成語、典故等比比皆是。對於不熟悉《聖經》的英語學習者來說，可能會在語言的學習中遇到種種困難，因為《聖經》在其幾百年的英譯過程中，對語言的表達產生了深遠的影響，下面從四個方面解讀《聖經》翻譯中對英語語言的表達的影響。

第一，增添詞彙派生新詞義。英譯《聖經》主要譯自拉丁文本。通過轉譯，許多拉丁詞借入英語詞彙，例如：altar（祭壇）、angel（天使）、apostle（信徒）、candle（蠟燭）等。《聖經》中的許多宗教詞語成為英語中的日常名稱，如 Sabbath（安息日）、Good Friday（耶穌受難日）、Carnival（狂歡節、嘉年華）等。而更多源於《聖經》的詞，則派生出新的詞義，且派生意義更活躍，使用頻率更高，如 manna（天賜；嗎哪）源於《舊約·出埃及記》，當摩西率領以色列人出埃及時，在曠野斷食，此時天降食物，眾人取而食之，稱之為 "manna"。現在該詞指「不期而遇、令人振奮的東西；精神食糧」。單詞 creature, deluge, incarnation, purgatory, sanctuary 原義分別指：上帝創造的有形無形的事物、上帝降的大水、道成肉身、煉獄或暫時的苦難、祭獻上帝的場所，現在派生的常用意義分別是：生物、洪水、化身、滌罪、避難所。在《聖經》中，該隱（Cain）是人類始祖亞當和夏娃的長子，該隱以種地為生，其弟亞伯以牧羊為業，該隱和亞伯各自將自己生產的物品用作祭物，供奉耶和華，耶和華卻只喜悅亞伯供奉的祭品，而看不中該隱所獻的穀物，該隱因嫉生恨，一日趁田間無人，殺害了亞伯。由此可知，該隱是個性情狂暴，容易發怒的人。在英語中 "Cain" 便成為 "devil"（魔鬼）的代名詞，英語就用 to raise Cain 表示「大吵大鬧、大發脾氣、找麻煩」等意思。這些單詞的原始意義只用於宗教範圍內，其派生意義則在日常生活中廣泛使用。

第二，英語諺語的來源。《聖經》是英語諺語的來源之一，《聖經》中的箴言、

警句彙集了不同年代為人處事的格言諺語，包括智慧、言行、善惡、修養、處世、傳道等諸多方面，這些語言簡潔明瞭、朗朗上口，大都來自民間，在英語的發展過程中逐漸積澱下來。例如：

How much better to acquire wisdom than gold! To acquire understanding is more desirable than silver.（Proverb 16:16）. 智慧勝黃金，理解勝白銀。

Turn from evil, and do good. 離惡行善。

Seek peace and follow after it.（Psalm 34:14） 尋求和睦，一心追趕。

Be not desirous of his dainties: for they are deceitful meat. 不可貪戀他的美食，因為那是哄人的食物。

For there shall be no reward to the evil man; the candle of the wicked shall be put out. 因為惡人終不得善報，惡人的燈也必熄滅。

Blood is thicker than water. 血濃於水。

There is no crown without any cross. 王冠的榮耀由苦難鑄成。

As a man sows, so he shall reap. 種瓜得瓜，種豆得豆。

As a jewel of gold in a swine's snout, so is a fair woman which is without discretion. 女人美貌而無見識，有如金環套於豬鼻。

Man proposes, but God disposes. 謀事在人，成事在天。

第三，英語成語典故的來源。《聖經》是英語成語典故的來源之一，隨著基督教的傳播，《聖經》中大量的典故深入人心，並逐漸成為熟語進入了英語詞彙。比如大家熟悉的伊甸園（Eden）、橄欖枝（Olive）等，都清晰地展示了成語與《聖經》的關係。比如英語的一個片語：「背十字架」（bear one's Cross），這一典故來自《馬可福音》第八章第三十四節至第三十五節（Mark. 34 - 35）。當時耶穌向門徒預言他到耶路撒冷將被害，門徒彼得慌忙拉住他，勸他不要去，他責備彼得說：「若有人要跟從我，就當舍己，背起他的十字架來跟從我。」此語告誡門徒，要經得起各種磨煉和痛苦，甚至不惜犧牲生命。因此，「背十字架」就成了背負重擔、困苦與憂傷，進而表示願走犧牲生命、捨己為人的道路。「一碗紅豆湯」（a mess of pottage）源自《聖經》中雅各僅僅用一碗紅豆湯，就換得哥哥的長子權力，寓意「眼前的小利，因小失大」。「約瑟的彩衣」（Joseph's coat）源自《聖

經》中雅各為幼子約瑟做了一件彩衣，結果招致長子的忌恨，長子剝掉約瑟的彩衣，並將約瑟賣掉，又將彩衣塗上羊血後帶給父親，使父親相信約瑟已被野獸所害而悲痛不已，寓意「因福而得禍」。「死亡之吻」（a kiss of death）源自《聖經》中記載猶大出賣耶穌時，以吻耶穌作為暗號，寓意「表面友好而實際上出賣別人的行為」。「災禍將至」（the writing on the wall）蘊涵著很深的文化內涵，它源於《舊約聖經》中的《但以理書》（Daniel）中的一個典故，講的是巴比倫王國尼布甲尼撒一世的兒子伯沙撒國王，一次與千名大臣在宮中飲酒作樂，突然有一手指頭在宮中牆壁上寫下一行誰也看不懂的字，國王大驚失色，宣召天下能人解讀其意，最後國王將以色列的先知但以理（Daniel）召來，怪字才被破譯。原來那些字的意思是：「由於一直忽視神的存在，巴比倫要滅亡，伯沙撒將被殺」，果然國王當晚斃命。因此，"the writing on the wall" 就成為一條熟語，表示「災禍將至或厄運臨頭的預兆」。另外，還有許多來自《聖經》的成語，如：「像拉撒路一樣窮」（poor as Lazarus）、「像所羅門一樣聰明」（wise as Solomon）、「骯髒錢」（filthy lucre）。總之，來自《聖經》的成語很多，在《當代英語成語》中，直接源於《聖經》的成語就多達 475 條（蒲凡、王山，1994[3]）。

第四，形成豐富的語言特色和突出的文體特點。英語《聖經》，特別是《欽定聖經》的語言極具特色。它不但忠實地保持原《聖經》口頭文學的風格，又加以提煉和潤色，用優美、簡潔的散文寫成，部分地方運用了韻律，讀起來朗朗上口，樸實簡明。現摘取《欽定聖經》的一段為例進行說明。

In the beginning God created the heavens and the earth. Now the earth was formless and empty, darkness was over the surface of the deep, and the Spirit of God was hovering over the waters. And God said, "Let there be light," and there was light. God saw that the light was good，and he separated the light from the darkness. God called the light "Day," and the darkness he called "Night." And there was evening, and there was morning-the first day.（Genesis 1: 1-5）

這段文字的語言簡潔有力，句式短小精悍，句子銜接連貫流暢，一目了然，易於理解。絕大部分的詞都是英語本民族的單音節詞，簡單明瞭，節奏鮮明，讀來如行雲流水，清脆悅耳。《欽定聖經》所使用的單詞只有六千五百多個，可謂

言簡意賅，但是表述的內容卻極為豐富，因此它被當作英語表述的範本。但《欽定聖經》畢竟是一部古書，其中不乏古雅語言，這些古代詞彙，也被人們廣泛接受，成為高雅英語的典範，盡顯莊重儒雅的古典風韻，這主要表現為使用古雅詞彙、習慣用法和具有濃重的古典拉丁散文文體的色彩。然而正是其具有的典雅高貴的氣質和鮮明的文體特點，使其一直被當作英語的典範，影響著後世名人名家。美國總統林肯的演講以深刻優美而著稱，他的語言風格就深受《聖經》影響。

基督教在西方國家影響深遠，作為基督教經典的《聖經》對西方國家諸多方面有著極為深刻的影響，其中也包括英語語言。儘管英語語言在歷史和時代的演變中是不斷變化的，例如：有的舊詞消亡了，有的新詞產生了。但源於《聖經》中的熟語、格言、典故詞和派生詞等，同英語語言中的基本詞彙一樣，都具有極大的穩固性。這些詞已經完全滲透到英語語言的各方面，而其中有大量的詞語，在表達上富於聯想，讓人回味無窮。《聖經》及其自身的文化在英語語言的發展史上起到了不可估量的作用。瞭解《聖經》文化對於我們今後進一步深層次地學習英語語言有很大的 明。

（三）學術思想革命

英國社會發生政治革命的同時，學術領域也在進行翻天覆地的革命。這一時期，英國的法蘭西斯・培根（Francis Bacon, 1561 - 1626）和英國皇家學會（Royal Society）是引領學術思想革命的弄潮兒，對英國的學術發展做出了開創性貢獻。然而英語語言發展似乎獨立於這場轟轟烈烈的學術思想革命之外，依然在崇尚權威的老路上慣性前行，只是權威換上了嶄新的面孔。

傳統上，人們認為學術是對過去知識的繼承，有不容置疑的權威性。宗教知識的源泉是《聖經》和教會神父的著作，世俗知識的源泉是古希臘和古羅馬學者的思想及著述。在這種學術傳統下，英國學者能發揮的空間有限，基本只能傳承、注解、闡釋權威的古典學術。例如，1636 年之前，牛津大學解剖學教授的主要工作只是解釋希波克拉底（Hippocrates）和蓋倫（Galen）的思想，維護亞里斯多德（Aristotle）的權威。希波克拉底是古希臘著名醫師、歐洲醫學奠基人，被西方尊

為「醫學之父」；蓋倫是古羅馬最偉大的醫師，是古代學術的集大成者；亞里斯多德是古希臘著名思想家。

16 世紀晚期，這一局面開始發生改變。英國學者不再盲目崇拜古典學者及其思想，而是大膽挑戰古人在科學領域的權威。這些英國學者的代表人物是法蘭西斯・培根，他的思想在英國革命年代發揮了重要作用。培根是英國文藝復興時期著名的散文家、唯物主義哲學家、實驗科學的創始人，是近代歸納法的創始人，同時還是對科學研究程式進行邏輯組織化的先驅。主要著作有《新工具》（*Novum Organum / New Method*）、《學術的進展》（*Advancement of Learning*）以及《學術的偉大復興》（*The Great Instauration*）等。在西方實踐哲學的歷史演變中，培根和同時

英國哲學家、作家法蘭西斯・培根（Francis Bacon, 1561 - 1626）塑像，位於劍橋大學三一學院教堂，培根 12 歲就進入該學院求學。（攝影師：Solipsist）

代的伽利略都起著重要的轉折作用，他們共同開創了一種反亞里斯多德的技術實踐論傳統，這一轉折對此後整個西方的實踐觀念具有重要的影響。

培根出生於倫敦一個新貴族家庭，幼時受到良好的語言、聖經和神學教育，年僅 12 歲就到劍橋大學三一學院深造，大學學習使他對傳統觀念和信仰產生了懷疑，開始獨自思考社會和人生的真諦。培根曾作為英國駐法大使的隨員旅居法國巴黎，短短兩年半的時間裡，他幾乎走遍了整個法國，這使他接觸到不少新鮮事物，汲取了許多新思想，並且對其世界觀的轉變產生了極大的影響。培根 21 歲取得律師資格，23 歲當選為國會議員，決心變革一切脫離實際、脫離自然的知識，並且把經驗和實踐引入認識論，這是他「復興科學」的偉大抱負，也是他為之奮鬥一生的志向。1603 年，伊莉莎白一世去世，詹姆士一世繼位。由於培根曾力主蘇格蘭與英格蘭的合併，受到詹姆士的大力讚賞，因此平步青雲，扶搖直上，

受封為爵士，並成為詹姆士的顧問，歷任首席檢察官、樞密院顧問、掌璽大臣等重要職務。1621 年又授封為聖阿爾本子爵（Viscount St. Alban）。同年，培根被國會指控貪污受賄，被高級法庭判處罰金四萬英鎊，監禁於倫敦塔內，終生逐出宮廷，不得擔任議員和官職。雖然後來罰金和監禁皆被豁免，但培根因此而身敗名裂，從此不再涉足政壇，開始專心從事理論著述，寫成了一批在近代文學、思想史上具有重大影響的著作，其中最重要的一部是《新工具》。另外，他以哲學家的眼光，思考人生問題，寫出了許多形式短小、風格活潑的隨筆小品，集成《培根隨筆》。1626 年 3 月底，培根坐車經過倫敦北郊，當時他正在潛心研究冷熱理論及其實際應用問題，當路過一片雪地時，他突然想做一次實驗，便宰了一隻雞把雪填進雞肚，以便觀察冷凍在防腐上的作用。但由於他身體孱弱，經受不住風寒的侵襲，支氣管炎復發，病情惡化，於 1626 年 4 月 9 日病逝。

　　培根在哲學上最大的貢獻在於，提出了唯物主義經驗論的一系列原則；制定了系統的歸納邏輯，強調實驗對認識的作用。培根的《新工具》對唯物主義經驗論哲學起了巨大的推動作用。以經驗觀察為方式的研究自然的方法，是建立在對客觀對象的深刻分析的基礎上的。這種對物質世界的客觀把握，對於英國唯物主義的形成有著深刻的促進作用。培根以後，霍布斯（Thomas Hobbes）把培根所開創的唯物主義傳統加以系統化和片面化，形成了典型的近代意義上的機械唯物主義；而培根的經驗主義傾向的認識論，經過霍布斯，被洛克（John Locke）論證和發揮，形成了系統的唯物主義經驗論思想；培根把整體割裂開試圖把握本質的方法，給唯心主義形而上學帶來了理論基礎。培根的《新工具》帶給後人的是經驗主義、形而上學和唯物主義的理論溫床，對後世哲學思想產生了很大影響。

　　邏輯史上，有記載的最先使用歸納思想的是柏拉圖，亞里斯多德在其著作裡論述了這種方法，但是真正把歸納邏輯創建成體系的卻是培根。培根在他的著作中詳細闡述了這種方法的目的、原則、方法、局限，使得歸納法以完整的姿態呈現在世人面前，最早創建了體系化的歸納邏輯。培根的邏輯是以自然科學為主要研究對象，在此之前的科學認識是一種不自覺的認識活動。但是自從培根歸納邏輯問世之後，科學認識又多了一條途徑。人們可以更多地借助觀察、實驗，經驗材料進行科學研究。現代科學的建立，使歸納邏輯應運而生，歸納邏輯的產生，反作用於科學，促進了現代科學的發展。另一方面，當代科學邏輯，就是在培根的歸納邏輯的啟迪下發展起來的。自然科學重視觀察、實驗，分析綜合的傳統，

是與培根所開創的傳統分不開的，培根的歸納邏輯無疑為自然科學認識打開了又一扇窗。

皇家學會（Royal Society）雖說是在培根去世後成立的，但其受培根思想影響很大，是培根思想的重要後繼者。皇家學會是英國資助科學發展的組織，成立於 1660 年，其宗旨是促進自然科學的發展。它是世界上歷史最長而又從未中斷過的科學學會，在英國起著國家科學院的作用。皇家學會最初是一個由 12 名科學家組成的小團體，當時稱作無形學院。他們在許多地方聚會，包括成員們的住所以及倫敦學術中心格雷沙姆學院（Gresham College）。其中知名的成員有約翰·威爾金斯（John Wilkins）、喬納森·戈達德（Jonathan Goddard）、羅伯特·虎克（Robert Hooke）、克里斯多佛·雷恩（Christopher Wren）、威廉·配第（William Petty）和羅伯特·波以耳（Robert Boyle）等。早在 1645 年之時，他們曾聚在一起探討弗蘭西斯·培根在《新亞特蘭提斯》（*New Atlantis*）中所提出的新科學。最初這個團體並沒有立下任何規定，目的只是集合大家一起研究實驗並交流討論各自的發現。團體隨著時間改變，在 1638 年由於地理因素分裂成了兩個社群：倫敦學會與牛津學會，牛津學會較為活躍，還一度成立了「牛津哲學學會」，並制定了許多規則，如今這些規則記錄仍保存在牛津大學博多利圖書館。倫敦學會依然在格雷沙姆學院聚會討論，與會成員也逐漸增加。1658 年，在護國主奧利弗·克倫威爾（Oliver Cromwell）的軍事獨裁時期，學會被迫解散。查理二世復辟後，學會才繼續運作，這個團體被視為皇家學會的前身。

1660 年，查理二世復辟以後，倫敦重新成為英國科學活動的主要中心。此時，對科學感興趣的人大大增加，人們覺得應當在英國成立一個正式的科學機構。1660 年 11 月，克里斯多佛·雷恩在格雷沙姆學院做了一場講座後，倫敦的科學家召開了一個會議，正式提出成立促進物理－數學實驗知識的學院。約翰·威爾金斯被推選為主席，並擬定了一份「被認為願意並適合參加這個規畫」的 41 人名單。

不久，羅伯特·莫雷（Robert Moray）帶來了國王的口諭，同意成立「學院」，莫雷就被推選為這個組織的會長。兩年後查理二世在許可證上蓋了印，正式批准成立「以促進自然知識為宗旨的皇家學會」，布隆克爾子爵（Viscount Brouncker）當選為皇家學會的第一任會長，第一任的兩個學會秘書是約翰·威爾金斯和亨利·奧爾登伯格（Henry Oldenburg）。1660 年 11 月，皇家學會創立時

會員約為一百人，10 年後就增加到了兩百人以上，但是在 17 世紀末，人們對科學的興趣開始下降了，所以在 1700 年只剩下 125 位會員。這以後會員人數又有增加，到 1800 年達到 500 人，但是這 500 人中真正談得上是科學家的還不到一半，其餘都是名譽會員。1847 年後，學會決定院士的提名必須根據科學成就來決定。

英國皇家學會繼承培根思想，促進了科學的發展，然而遺憾的是 17 世紀這場轟轟烈烈的思想革命對英語語言的發展影響甚微。語言研究不受科學新思維影響，依然還在崇尚權威，只不過享受權威待遇的不再是拉丁語，而是英語。

17 世紀，拉丁語的口頭交流價值幾乎已經喪失殆盡，只有少許著眼國際讀者的文人仍然還在用拉丁語寫作。但拉丁語的地位依然崇高。在語法領域，1549 年出版的英文版《莉莉拉丁語法》依然暢銷，後續又有幾本拉丁語法書相繼面世，拉丁語的地位固若金湯。17 世紀上半葉，信仰天主教的語法學家約瑟夫·韋布（Joseph Webbe）提出了嶄新的語言教學法，即通過口語交際法學習語言，而不是當時流行的通過語法學習語言，他甚至還用這種方法來教拉丁語，沒有人懷疑教授拉丁語的必要性。這是一種非常超前的教學法，幾乎就是 20 世紀流行的交際教學法的前身。威廉·莉莉的老師、信仰清教的中學校長約翰·布林斯利（John Brinsley）致力於通過拉丁語傳授英語，這種教學法把拉丁語的一切特質也轉移到英語上了，尤其是語言的權威性。17 世紀的英語語法書還在延續 16 世紀的老套路，英語語法和拉丁語語法糾纏在一起，很難清晰區分兩者。拉丁語對英語有指導性作用，英語語法書繼續用拉丁語寫作，這令英語看上去更像拉丁語。

伊拉斯謨（Erasmus）關於希臘語的著作帶來一個很大的副作用，就是讓大家以為書面文本會有一種正確的發音方法。這種關於古典語言的權威態度，使得英語語法學家也開始強調英語的正確拼寫和發音方法。1640 年，西蒙·戴恩斯（Simon Daines）在其著作《英語正字法》（*Orthoepia Anglicana*）中提出了英語的正確發音方式，但他沒有說明所謂正確發音方式標準的依據是什麼。1653 年，約翰·沃利斯（John Wallis）發表了《英語語法》（*Grammatica Linguæ Anglicanæ*）一書，該書收錄了單詞 thou，雖然這個單詞早已從口語中消失了，但其生命在語法書上又延續了很久。

1660 年時，英國學校教授英語的方法完全借鑒了教授拉丁語的方法，因此人們把對拉丁語的權威膜拜之情轉移到英語上，大家對待英語的方式就好比英語是一門屬於過去的死語言。這種態度與 17 世紀英國的學術思想革命背景格格不入，

雖然有個別學者欲以科學的方式研究語言，但效果不彰，總體而言語言被排斥在科學之外。

（四）英國革命的語言學產物

　　17 世紀的英國資產階級革命，是從清教反對國教開始的，是用宗教作掩護進行的反封建鬥爭。英國資產階級革命披著宗教外衣，是由英國當時所處的特定歷史條件決定的，是不成熟的資本主義經濟發展階段的產物，在那個宗教勢力十分強大的時代，革命者只能從宗教教義中尋找革命的依據。正因為如此，革命吸引了社會各階級、各階層參與。隨著革命的深入發展，資產階級和新貴族拋開了宗教外衣，在公開的政治戰線上作戰，而且在革命期間產生了一整套資產階級的政治思想理論，它們成為革命中先進的思想武器，加速了資產階級革命的勝利。在這場轟轟烈烈的革命運動中，除了政治、思想、經濟、社會方面的深刻影響，還有語言學方面的遺產。在探討語言之前，先回顧一下英國革命的宗教背景及思想成果，有利於理解革命的語言遺產。

　　首先，16 - 17 世紀的英國剛剛脫離中世紀，宗教影響依然存在，資產階級反對封建專制，首先必須反對教會。在中世紀社會生活中，教會佔有很特殊的地位，不僅有物質剝削，還有精神奴役、思想禁錮、教育愚弄。當時在歐洲占統治地位的意識形態，是以羅馬天主教會為中心的神學思想，這種神學的目的就是要人們聽天由命，屈從忍受，甘做奴隸，將希望寄託於來世，從而為封建剝削制度和封建等級制度辯護，這樣就在人們思想上形成了只有神才能拯救自己的觀念。

　　其次，英國國教完全成為封建統治的支柱，反對封建統治首先必須反對國教。在中世紀末期，歐洲開始了宗教改革，在這場改革的推動下，英國在 16 世紀 30 年代也進行了宗教改革，但這場改革是由英國國王亨利八世操縱進行的，目的是為了鞏固其封建統治。改革的結果是國王又成為教會的最高首領，攬宗教與國家權力於一身。新確立的國教完全成了國王的附庸，而且國教仍然保存天主教的組織形式，從而避免那些較嚴格、較民主的形式。特別是到了英國革命前夕詹姆士一世統治時期，還不斷地恢復天主教，極力宣揚「君權神授」的理論。革命開始

時，英國教會還保留著古老的制度，大主教和主教不僅是教區的教會首腦，是宗教事務和部分民事案件的審判官，而且是上議院的議員，還是封建大地主，擁有莊園和依附農奴。革命前的英國已經成為政教合一的封建專制國家，在這種條件下，「當時反對封建制度的每一種鬥爭，都必然要披上宗教外衣，必然首先把矛頭指向教會」（馬克思、恩格斯，1972: 390）。

再次，革命前英國的經濟情況和人民的思想水準，決定了革命者只能從宗教教義中找尋革命依據，也便於發動群眾參加反封建鬥爭。資產階級從加爾文教派中找到了反封建的現成思想武器。加爾文教派主張取消天主教煩瑣的宗教儀式和禮拜，建立廉儉的教會組織，並主張主教由全體會眾選舉產生，相信發財致富是上帝選民的意志，並鼓勵不斷聚斂財富。「加爾文教的信條正適合當時資產階級中最勇敢的人的要求」（馬克思、恩格斯，1972: 391）。

英國資產階級革命，由於特定的歷史條件，決定了它利用宗教外衣作掩飾，開始進行反封建的鬥爭。但隨著鬥爭的深入和發展，宗教思想逐漸被沖淡，代之以公開的唯理論的思想。法國首相基佐（François Pierre Guillaume Guizot）在他的《1640 年英國革命史》（*History of the English Revolution of 1640: From the Accession of Charles I to His Death*）中就明確指出：「在 16 世紀的德國，革命是宗教的而非政治的。18 世紀的法國，革命是政治的而非宗教的，但 17 世紀英國革命是宗教信仰精神與政治自由精神並駕齊驅，同時進行了政治的和宗教的革命。」基佐看到了英國革命因條件的限制，一方面不得不利用宗教號召人民，另一方面已經轉向了公開的政治革命。

英國資產階級革命後期，資產階級、新貴族拋開了宗教外衣，公開提出了政治上的要求。1649 年查理一世被送上斷頭臺，英國建立了共和國，一種新的社會政治制度誕生了。革命期間，在意識形態領域出現的極其鮮明的社會政治思想代替了宗教，成為號召人民革命的思想旗幟。隨著革命的需要，在資產階級和新貴族中出現了一批著名的政治思想家。例如：湯瑪斯·霍布斯（Thomas Hobbes）在革命時期就創立了自己的政治學說，他在《利維坦》（*Leviathan*）一書中，提出了國家起源的契約學說。約翰·彌爾頓（John Milton, 1608 - 1674）在革命初期寫了許多小冊子，宣揚人類的自然權力和人民主權的理論，反對君主制，擁護共和制。彌爾頓是英國詩人、政論家、民主鬥士，作為英國文學史上最偉大的詩人之一，代表作有長詩《失樂園》《複樂園》和《鬥士參孫》。1625 年，彌爾頓進

入劍橋大學，並開始寫詩，大學畢業後又攻讀了 6 年文學。1638 年，彌爾頓到歐洲遊歷，1640 年英國革命爆發後，毅然投身革命運動之中，並發表了 5 本有關宗教自由的小冊子，1644 年，彌爾頓又為爭取言論自由而寫了《論出版自由》（*Areopagitica*）。1649 年，革命勝利後的英國成立共和國，彌爾頓發表了《論國王與官吏的職權》（"The Tenure of Kings and Magistrates"）等文，以鞏固革命政權。1660 年，英國封建王朝復辟，彌爾頓被捕入獄不久獲釋，此後他專心寫

英國詩人、政論家約翰‧彌爾頓失明後，向三個女兒口述《失樂園》。1826 年法國著名畫家歐根‧德拉克洛瓦（Eugène Delacroix）繪製。

詩。英國革命催生的社會政治思想對以後的資產階級革命產生了重大影響，成為 18 世紀法國與美國資產階級思想的先驅。

英國革命的語言學產物，主要不是體現在英語的讀音、拼寫、語法、詞彙、修辭等具體方面，而是體現在使用語言的方式上。書面語在任何時候都受制於兩個因素：作者表達思想的需要以及當時普遍認為正確的行文方式。16 世紀文本受文藝復興修辭影響很大，作者大都關注行文風格以及詞彙選擇。17 世紀英國革命爆發後，時人對語言採取了更加實用的策略，即傾向於使用簡潔的語言來表情達意。同時，這一時期也出現了不好的苗頭，即對語言採取不寬容態度，尤其是不能容忍其他人使用語言的方式。

第一，行文風格更加客觀、直接。1644 年，彌爾頓發表了一個關於為離婚辯護的小冊子，文章的寫作風格和今天迥異，下面以文章開篇對國會發表的演講為例：If it were seriously asked, (and it would be no untimely question) renowned parliament, select assembly! Who of all teachers and masters, that have ever taught, hath drawn the most disciples after him, both in religion and in manners, it might not untruly be answered, custom. 按照現在的標準看，以上這段書面語的行文特徵在現代口語裡可以接受，但用在書面語中欠妥。例如，彌爾頓在文中直接和讀者交流，向他們喊話。這個書面文本的前言很長，前言裡的內容適合現在餐後演講，而不適合作為書面語寫下來，顯然這篇文章使用語言的方式已經過時了。幾年後，布隆克爾子爵發表了一篇關於槍支後座力的文章，該文前言簡短提及社會需要研究槍支後座力，然後就開門見山直接描述自己所做的實驗，並輔以圖表以及數學演算過程。這篇文章中完全看不到說話人的身影，毫無疑問是一篇典型的現代書面文。短短幾年間，行文方式就發生了巨變。

第二，使用語言傳遞資訊的方式也發生了變化。傳統上，《聖經》和古希臘古羅馬經典著作是知識界可以引用的權威資訊來源，閱讀包含這些資訊的文本對讀者要求很高，最好讀者也是圈中人，具備同等的知識結構，才能準確理解用典的意義。這事實上限制了受眾的規模，畢竟不是人人都懂宗教典故和古希臘羅馬典故的內涵。在英國革命時期，許多文人投身革命，發表大量小冊子，動員民眾支持革命，他們深知自己的目標讀者是街頭普通人，不會拉丁語，宗教知識有限。因此，他們必須要節制用典。繼續以彌爾頓的「離婚」小冊子為例，文中有這樣幾句話：a most injured statute of Moses: not repealed ever by him who only had the authority, but thrown aside with much inconsiderate neglect, under the rubbish of canonical ignorance; as once the whole law was by some such like conveyance in Josiah's time. 要讀懂這段話,讀者必須知道摩西法則包含離婚條款,在彌爾頓的時代,大家熱議的話題是離婚條款是否依然有效。「教會的忽視」(canonical ignorance)指的是羅馬天主教廷或英國聖公會的失察。讀者還必須知道約西亞(Josiah)是誰。當然,彌爾頓受過很好的教育,故其文中用典不少,他 10 歲寫的詩可能今天的讀者也會存在理解困難的問題,主要就是沒有共同的典故知識。

第三,激進的共和派作家以舊瓶裝新酒的方式,引用《聖經》內容,目的是為現實鬥爭服務。《聖經》在他們手裡是新的權威修辭寶庫,用過去的故事影射當下的財富分配與社會結構問題。英國著名神學家威廉・珀金斯(William Perkins)曾說過,《聖經》裡包含許多神聖的科學,他說鑒於傳統社會認為創新是錯誤的,因此大家搞科研時不得不祭出《聖經》的旗號。1640 - 1660 年是英國革命最如火如荼的年代,這 20 年間革命黨人和保王黨人在各個領域短兵相接,在語言戰場上,雙方都引用《聖經》箴言典故,針鋒相對,為自己的立場辯護。這場論戰讓人看到自相矛盾的場面,如果說《聖經》什麼都能證明,也就意味著什麼也不能證明,這場論戰的結果是:1660 年後,人們不再把《聖經》視為知識的源泉,對《聖經》的引用大為下降,語言歷史學家對《聖經》的關注也大不如昔。

第四,在某些文本,尤其是文學作品中,古希臘古羅馬文人的權威性已經被莎士比亞等英國文人取代了,這一趨勢在詩歌中表現最突出。今天,英國文人在創意寫作中引經據典時依然不需要標明引文出處,這些典故是寫給懂的人看的。作者和讀者之間自古就有默契,大家都有心照不宣的共同知識源泉。弄懂典故是讀者的責任,而不需要作者明示。如果有作者寫道:生存還是毀滅(to be or not to be),這就需要讀者調動自己的知識儲備,去分析這句話在文中的作用,當然讀者首先得知道這是引用的莎士比亞的名言。17 世紀革命年代湧現出了許多新的文體和文本,例如廣告和政治宣傳。這些文本的作者有明確的寫作目的,但讀者不一定能夠完全理解作者的目的,這之間會產生偏差。對這類文本而言,一定要區分作者意圖和讀者解讀,這兩者之間總有一道鴻溝。

第五,智慧財產權概念開始萌芽,實證類知識的引用開始需要標明出處,否則就有抄襲之嫌。直到今天,報刊文章、字典、語法書等非虛構文本,依然把知識視為人類共同的財富,因而引用別人觀點時並不標明出處,這種做法是可以

理解的。但實證類知識是由有名有姓的個體發現的，不能在《聖經》或古典典籍中尋得先例，因此需要指名道姓說出相關人員，這些資訊也有利於 明讀者明辨真偽。解讀現代文本也需要專門知識，儘管不再是古典或宗教知識。在現代社會，學術是屬於個體的智慧財產權，因而在引用別人觀點時一定要明示出處。剽竊（plagiarism）就是使用別人的觀點，卻不標明出處，相當於偷竊別人的智慧財產權。在英文裡，plagiarism 這個單詞的原意是綁架奴隸或小孩，1621 年，第一次作剽竊智慧財產權使用，在那之前，由於人們沒有智慧財產權的概念，因而plagiarism 也沒有「剽竊」這一用法。

最後，賦予老詞全新的時代意義，這裡以第二人稱代詞「你」（thou）為例。1660 年，英國宗教領袖、貴格教派（Quakers）創始人喬治·福克斯（George Fox）寫了一篇文章，幫助老師區分第二人稱代詞「你」的單數複數問題，文章題目是《教師單複數入門教材》（ "A Battle-door for Teachers and Professors to Learn Singular and Plural" ），下面引用一段為例：Do not they speak false English, false Latine, false Greek ... that doth not speak thou to one, what ever he be, Father, Mother, King, or Judge, is he not ... an Ideot, and a Fool, that speaks You to one, which is not to be spoken to a singular, but to many? O Vulgar Professors, and Teachers, that speaks Plural when they should Singular ... Come you Priests and Professors, have you not learnt your Accidence. (Fox, George. 1660: 2-3)

表面來看，福克斯是談語法問題，有人甚至簡單地稱他為規定性語言學家，但從他使用第二人稱代詞 thou 可以看出他的政治觀點。一個世紀以前，即 1570 年時，在英語日常口語裡基本上已沒人使用 thou 這個單詞了。1583 年，異見人士約翰·路易斯（John Lewis）被判在火刑柱上燒死，罪名是散佈異端邪教及顛覆政權行為，這些行為中的一條是用 thou 來稱呼所有人。關於 thou 的用法，英國歷史學家、佈道師湯瑪斯·富勒（Thomas Fuller）1655 年給出了一個非常精闢的總結：「上級對下級說話可以用 thou，含有命令之意；同級之間說話也可以用 thou，含有親密熟悉之意；下級對上級說話用 thou，如果是出於無知，就有滑稽之意；如果是明知故犯，則有藐視之意」（Thou from superiors to inferiors is proper, as a sign of command; from equals to equals is passable, as a note of familiarity; but from inferiors to superiors, if proceeding from ignorance, hath a smack of clownishness; if from affectation, a tang of contempt. ）（Hill, Christopher. 1975: 247）。

福克斯是貴格教友，他教導人們用 thou 來稱呼、指代位高權重者，其實是在發表政治宣言，表明其不畏權貴的政治態度，猶如後世的革命者使用「公民」（citizen）或「同志」（comrade）來表明自己的政治立場一樣。福克斯指出，複數第二人稱代詞的用法可以追溯到羅馬皇帝，而教皇是導致歐洲各國語言濫用複數第二人稱代詞的源頭。福克斯援引拉丁語法這個古典權威，為自己的觀點佐證，他理所當然地認為拉丁語法規則適用於英語等其他歐洲語言。17 世紀中期，貴格教派在英格蘭北部勢力較大，那裡人使用 thou（你）的頻率要遠遠高於英格蘭東南部居民。

在英國革命期間，拉丁語的權威地位並未受到根本挑戰。把前瞻性的激進社會政治理念與語言的保守立場（例如使用古老詞彙）結合起來，並非是福克斯的專利發明，也不是新的語言現象，只不過在英國革命年代更加突出罷了。

學術語言及貴族語言：
「圈內人」與「圈外人」

17 世紀末期，史都華王朝復辟後，國王回來了，主教回來了，上議院回來了，審查制度早就回來了，拉丁語和法語又成了法庭的語言，並再現學術。1661－1665 年間，英國頒布《克拉倫登法典》（*Clarendon Code*），這是由四部法律組成的法典，要求國家公務人員必須信奉英國國教聖公會；所有宗教儀式必須使用聖公會的《公禱書》，當時兩千多名神職人員因反對這一規定，而被教會清退；非國教宗教團體集會人數不得超過 5 人，全是家庭成員聚會的例外；不服從國教的神職人員不得擔任教職，導致牛津和劍橋的許多宗教異見人士畢業後不能謀到教職，1689 年《寬容法》（*Toleration Act*）頒布後局面才有所改觀。這一系列法律在圈內人（insiders）和圈外人（outsiders）之間劃出了一道涇渭分明的界限，圈內人是指擁護現政權的政治、宗教團體及個人。正是在這一時期，圈內人和圈外人這兩個單詞開始在英語中廣泛使用。也正是從這一時期開始，關於如何使用英語也形成了圈內人和圈外人兩個集團，圈內人努力希望英語形成一套統一規範，躋身學術語言及貴族語言的殿堂。

（一）語言科學

1660 年，史都華王朝復辟，英國貌似又恢復了革命前的局面，然而沒有什麼能夠阻擋歷史滾滾向前的步伐，英國不可能再回到昔日革命之前的狀況，而是進入新舊共存的複雜情勢。新思想帶來新格局，英國學術界和上流社會都經歷了革

命的衝擊，英國皇家學會（Royal Society）正是在科學領域突飛猛進的大背景下建立的。語言與科學產生了神奇的聯繫，本節主要探討語言的科學。

語言的科學是指這個時代，在科學的探索和觀察精神的指引下，語言學者開始從科學的角度來研究語言。理查‧霍奇思（Richard Hodges）對英語的拼寫和讀音非常有研究，儘管其公開聲明的研究目的是 明讀者節省時間，提高閱讀《聖經》的效率。1644 年他在《英格蘭報春花》（*The English Primrose*）一書中，嘗試著用一套嶄新的方法來注解傳統的英語拼寫，即在母音字母上方標注數位來明示其發音，目的是方便讀者見字識音，看到一個單詞就能夠念出讀音，這套方法很有效，現代音標誕生後才退出歷史舞臺。1653 年，他在《真實寫作最顯見的方向》（*Most Plain Directions for True-writing*）一書中，仔細研究了同音異義詞（homophones），指出了許多拼寫不同、意思不同，但發音相同的單詞，例如：courses, courseth, corpses, 其中第二個詞中的動詞字尾 "eth" 讀作 /z/，第三個詞中的字母 "p" 是不發音的，為後人保存了不少有關詞的消亡、音的改變的具體例證，令今人對當時的單詞拼寫及讀音有了更深入的認識。他還列舉了不少同音詞組，例如：She had a sister, which was an assister, who did greatly assist her.（她有一個妹妹，非常樂於助人，曾給她幫過大忙。）在這句話中，sister 與 assister 後兩個音節讀音相同，如果 her 的首字母 h 不發音，則 assist her 與 assister 讀音也是相同的。18 世紀後，英國學者對英語口語及發音的研究很少超越單個詞語的讀音問題，回望霍奇思的研究，則顯得更加可貴。

17 世紀末，英國語言學家推出不少關於英語發音和口語方面的文章和專著，這些作品帶有很強的技術性特徵。1659 年，巴塞特‧瓊斯（Bassett Jones）發表了《話語藝術之理性》（"Herm'aelogium: or an Essay at the Rationality of the Art of Speaking"）。1665 年，歐‧普賴斯（O. Price）發表了《發音器官》（*The Vocal Organ*），書中附有發音器官圖，旨在通過觀察發音器官，傳授拼寫與發音的方法。1669 年，威廉‧荷頓（William Holder）把自己在英國皇家學會的發言整理發表，題為《演講要素》（"Elements of Speech"），這是一部關於語音學的先驅作品，其原則是記錄發音的字母拼寫方式應與自然發音高度吻合，作品還有為聾啞人準備的附錄。1670 年，喬治‧沙伯斯哥塔（George Sibscota）發表了《聾啞人話語》（"The Deaf and Dumb Man's Discourse"），從而拓寬了英語語音學的研究領域。

這一時期，英國語言學家的研究領域空前廣闊，無不閃爍著科學理性的光輝。1643 年，羅傑·威廉斯（Roger Williams）發表了《解碼美洲語言》（*A Key into the Language of America*），研究 17 世紀北美新英格蘭地區的印第安語言，主要是阿爾袞琴語（Algonquian language），這是第一部英文寫成的研究北美印第安語的著作。1644 年，H. 曼納林（H. Manwaring）出版了《海員詞典》（*The Seaman's Dictionary*），為海員的溝通交流提供切實幫助。1668 年，約翰·威爾金斯主教（Bishop John Wilkins）指出馬來語的龐雜性，他認為馬來語是當時世界上最新的語言，是由一群說不同語言的漁民因溝通需要而創造出來的，這些漁民來自緬甸勃固、暹羅、孟加拉，以及麻六甲附近國家，漁民用各自母語中最簡單的單詞拼湊出了馬來語（Leonard, Sterling A. 1962: 47）。1691 年，約翰·雷（John Ray）出版了《英語單詞集》（*A Collection of English Words*），該書按字母順序給出了兩個單字清單，一個是按英國北方人的發音拼寫的，另一個是按英國南方人的發音拼寫的，並給出了詞源（Ray, John. 1691）。這些研究拓寬了學界對方言以及世界其他語言的認識與理解。

英國語言學家還意識到了人們對世界通用語的需求，原因主要有二：迫切需要有一種嶄新的國際語言來取代日薄西山的拉丁語；各國民族語言的無序競爭引發不少宗教和政治分歧。英國學者紛紛發表看法，法蘭西斯·洛杜威克（Francis Lodowyck）是該領域的先驅，著述頗豐：1647 年，發表了《通用寫作》（"A Common Writing"）；1652 年，發表了《全新完美語言的基礎》（"The Ground-work for the framing of a New Perfect Language"）；1686 年，其論文「論全球通用字母」（"An Essay Towards an Universal Alphabet"）發表在《皇家學會哲學彙刊》（*Philosophical Transactions of the Royal Society*）上。1653 年，湯瑪斯·厄克特爵士（Sir Thomas Urquhart）發表了《全球通用語言概論》（*An Introduction to the Universal Language*）。這些研究是英國學者對世界通用語的最初思考，是英語邁向世界通用語的第一步。

然而史都華王朝復辟後，英國學界對語言的關注重點已然發生了改變，由對語言本身的科學研究，轉向王室庇護下的商業發展及殖民擴張。1661 年，蘇格蘭語言學家喬治·達爾加諾（George Dalgarno）發表了《符號藝術》（*Ars Signorum*）一書，試圖設計一種全球通用語，他在書中提到了英王查理二世對全球通用語的看法：「目的是促進不同語言民族之間的交流互動，溝通有用知識，

開化野蠻民族，傳播基督福音，增進商業往來」（諾爾斯，2004: 108-109）。這一時期的語言研究自覺擔負起了發展經濟、擴張海外殖民地的重任。

　　史都華王朝復辟後，英國出版的有關英語拼寫的小冊子開始為商業服務，讀寫能力不再是少數人的特權，而是廣大勤勉學子的應盡義務。1661 年，湯瑪斯·亨特（Thomas Hunt）出版了《拼寫勘誤》（*Libellus Orthographicus*），其副標題是「勤勉學童指南」（the diligent school boy's directory）。1671 年，湯瑪斯·利耶（Thomas Lye）出版了《孩童的喜悅》（*The Child's Delight*），是仿照早期《舊約聖經》的風格寫作的，其中有一封信，是寫給英格蘭兼具才華與努力的學校教師的。1673 年，亨利·普勒斯頓（Henry Preston）發表了《正確拼寫的簡要說明》（"Brief Directions for True Spelling"），文中包括信函、發票、匯票、債票、收據等，其目標讀者是剛開始做貿易的年輕人，儼然是今天專門用途英語的早期版本。1674 年，以利沙·科爾斯（Elisha Coles）發表了《英格蘭校長全書》（*The Compleat English Schoolmaster*），其副標題是「根據當前牛津及倫敦正確發音得出的最自然、最簡易的英語拼寫方法」（*or the Most Natural and Easie Method of Spelling English According to the Present Proper Pronuntiation of the Language in Oxford and London*）。牛津是中世紀學術的古老中心，倫敦是國際貿易的嶄新中心。科爾斯堅信，英語單詞的拼寫必須與其讀音相一致。1680 年，托拜厄斯·埃利斯（Tobias Ellis）出版了《英國學校》（*The English School*），這是一本教學生正確拼寫英語單詞的書，扉頁印有英王查理二世的名言：「敬畏上帝，尊重國王」（Fear God, and honour the King）。1685 年，克里斯托弗·庫珀（Christopher Cooper）出版了《英語語法》（*Grammatica Linguae Anglicanae*），目的是教外國人和本國學生學習英語的發音、拼寫及語法。1693 年，約瑟夫·艾肯（Joseph Aickin）發表了《英語語法》（*The English Grammar*），目標讀者是英國學校師生，希望學校能夠不依賴拉丁語，而直接教授英語知識。

　　語言的科學猶如曇花一現，雖然絢爛卻短暫。史都華王朝復辟後的二三十年裡，英國學界從科學角度探索研究語言的勢頭減弱，成果不多。英國學校的主流觀點又回到過去的權威傳統，語言又一次無可避免地受制於當時流行的政治及社會看法。王朝的復辟，帶來權威的回歸，英語的發展也受制於語言權威，無論是拼寫還是讀音，都受到規定性語法的深刻影響。

（二）科學語言

科學的語言是指這個時代，人們開始強調語言的質樸無華與簡潔實用。

文藝復興時期，英國學者普遍重視修辭，因而非常看重學識的展示及寫作的技巧，這種修辭很適合當時的文體，例如純粹的學術訓練，或廷臣的文字遊戲。富含各種修辭手法的文本，是適合在閒暇時把玩的藝術品，作者的睿智與技巧深得志同道合者的欣賞。修辭性文本與純粹實用性文本非常不同，後者主要是向讀者傳達資訊或說服讀者。在激進的宗教人士眼中，傳統修辭說得好聽點是沒有任何作用，說得不好聽點是只有阻礙作用。約翰·威爾金斯主教（Bishop John Wilkins）堅決反對在佈道時濫用修辭，認為語言的晦澀艱深恰好暴露了思想的淺薄無知，最偉大的學識體現在最質樸的文風之中。曾幾何時，不少神職人員在佈道時喜歡模仿《聖經》裡的修辭風格，但 1660 年後這種做法也開始過時了，語言的浮誇矯飾完全失去了市場。

流行文風的轉向，顯示 17 世紀末期的英國學者面臨一個全新的難題：昔日的寫作風格不合時宜了，他們必須要創造出一種新的文章體裁來。1651 年，英國著名政治哲學家湯瑪斯·霍布斯（Thomas Hobbes）在《利維坦》（Leviathan）第四章中論及演講時，寫到運用隱喻、借喻或其他修辭手法是非常荒謬可笑的。霍布斯譴責修辭，但在莎士比亞作品中，這些修辭並不荒謬可笑，個中緣由恐怕與寫作目的有關，霍布斯在寫政治哲學，而莎士比亞在寫戲劇詩歌。這一時期英國學者對待語言的科學精神和態度，要求語言必須精准傳情達意。

科技論文的寫作，需要作者採用樸實的寫作風格。1667 年，英國羅徹斯特主教湯瑪斯·斯普拉特（Thomas Sprat）發表了《英國皇家學會歷史》（History of the Royal Society），他在書中提到英國皇家學會對科技論文的寫作方式非常關心，反對使用似是而非的借喻及其他修辭手法，反對辭藻華麗、口若懸河的浮誇文風。學會主張返璞歸真，儘量用簡明語言傳達準確資訊，要有數學推演一般的清晰邏輯，英國皇家學會推崇工匠、農民、商人的樸素語言，而不是智者、學者的矯飾語言。

英國皇家學會提倡的質樸文風，與都鐸王朝伊莉莎白時代的宮廷貴族文風迥異，與英國內戰時期的革命文風也有不同。湯瑪斯·斯普拉特認為英語一直在不斷完善，但英國內戰打斷了這一進程，戰爭期間英語詞彙量大增，一部分來自激

進宗教團體提出的概念理論，一部分來自域外的奇思妙想。因而有必要對英語來一次大清理，指出不好的單詞，不要再使用；能夠改進的單詞，修正後可以留用；好的單詞要發揚光大。對單詞的重音、語法等都需要完整梳理。

在湯瑪斯・斯普拉特等人的努力下，英國學界終於確立了一種嶄新的文風，即樸實無華的非韻文寫作風格。雖說這種文風產生的需求是特定的，但效果卻是廣泛的，未來的幾百年間，不僅科技論文的文風是質樸的，其他文體，例如公開發表的作品、政府法令，甚至私人日記等體裁都有文風質樸的特點，也是英語區別於其他國家語言的重要標誌。

科學的語言帶來質樸文風，儼然成了英語寫作的神話，但凡事都是過猶不及。長期以來英國學界有一種迷思，認為史都華王朝復辟之後的一個世紀裡，

安妮女王塑像，位於英國倫敦聖保羅大教堂前。某位反對托利黨的政客曾諷刺道：這尊塑像很傳神，女王屁股對著教堂，充滿渴望地盯著酒館。（攝影師：Chmee2）

湧現出了最優秀的英語非韻文，被譽為「英語非韻文的世紀」（Century of English Prose）。在第一位羅馬帝國皇帝奧古斯都統治時期，軍事獨裁者在權力爭鬥中敗下陣去，貴族統治者又上臺了，這段時期被稱作奧古斯都時代（Augustan Age），同時也是拉丁文學的黃金時代。英國史都華王朝最後一位統治者是安妮女王（Queen Anne, 1665 - 1714），她在位時期被稱為英國的奧古斯都時代，意即這段時期是英國文學的黃金時代，名家輩出。約翰・德萊頓（John Dryden）、強納森・史威夫特（Jonathan Swift）等都恃才傲物，自認是最優秀的作家。18 世紀，英國規定性語

法學家大都認為約瑟夫·艾迪生（Joseph Addison, 1672 - 1719）的作品是完美的代名詞。山繆·約翰遜（Samuel Johnson）在《詩人列傳》（*Lives of the Poets*）裡提出，無論是誰，如果想形成親切而不粗俗、雅致而不造作的英語行文風格，必須夜以繼日地研讀艾迪生的作品。然而有評論家指出，約翰遜自己的文風卻與艾迪生相去甚遠。在這個「英語非韻文的世紀」裡，很難找到文風不質樸的作品，但同時那個時代的作家之間的關係比較緊張，文人相輕現象特別嚴重，都認為別人的語言有瑕疵，只有自己才是語言大師。在科學的時代，這是非常不科學的看法。

英國詩人、劇作家約瑟夫·艾迪生肖像，18 世紀初由英國著名宮廷畫師戈弗雷·內勒（Godfrey Kneller）繪製。

（三）語言規範

17 世紀，英國社會劇烈變革，人們不僅在政治思想和宗教信仰方面的合規壓力很大，在語言方面的合規壓力也同樣巨大。因而，設立官方機構，監督語言的使用，負責語言標準的制定和推廣就成為不二選擇。其實，英國曾有過設立官方語言標準機構的呼聲，早在 16 世紀 70 年代，即伊莉莎白一世時期，就曾提出過這一建議，但無果而終。1617 年，英國歷史學家、詩人埃德蒙·博爾頓（Edmund Bolton）呼籲設立皇家學院（Royal Academy），負責語言文學事務，該建議甚至得到當時的國王詹姆士一世的贊許，但 1625 年國王去世後該建議又不了了之。

在規範民族語言方面，歐洲大陸國家走在英國前面，其做法帶給英國許多啟

示。1582 年，在義大利的佛羅倫斯成立了著名的「秕糠學會」（Academia della Crusca），Crusca 在義大利語中的意思是「糠」，隱喻學會的工作類似穀物揚場，旨在純潔義大利文藝復興時期的文學語言托斯卡納語。由於該學會成員的努力，加上文學大師佩脫拉克和薄伽丘都使用這種語言寫作，因此用托斯卡納方言書寫的作品毫無疑問成為 16 世紀和 17 世紀義大利文學的典範，該學會成員後來以語言上的保守而聞名。1612 年，秕糠學會出版了第一本義大利語詞典：《義大利語法詞典》（*Vocabolario della Lingua Italiana*），這也成為法語、西班牙語、德語和英語類似工程的先行範本。

1635 年，法蘭西學術院（Académie Française）成立，法國國王路易十三親下詔書予以批准，法國宰相、樞機主教黎希留（Cardinal Richelieu）親自負責組建，目的是規範法國語言，使標準規範的語言成為全體法國人及所有使用法語的人們的共同財富，並提升法語在國際上的地位。法蘭西學術院由 40 名院士組成，院士為終身制，去世一名才由本院院士選舉增補一名。法蘭西學術院最初由樞機主教黎希留監護，他去世後由掌璽大臣賽吉埃（Pierre Séguier）護持，受到路易十四及後續歷任法國國王、皇帝和國家元首庇護。學術院成員最初在院士家中聚會，1639 年後會議改在掌璽大臣賽吉埃家中舉行，1672 年後在羅浮宮舉行，從 1805 年至今在法蘭西學術院宮殿舉行。除了 1793 年至 1803 年法國大革命時期外，三個半世紀以來，該學術院一直在有規律地運行。學術院院士的終極目標是維持發展變化中的法語的清晰、純正，具體而言，就是通過編撰詞典來規範語言的正確運用，同時也通過院士的建言以及制定專業術語來實現這一目標。為了法蘭西語言的規範、明晰、純潔並為所有使用者理解，法蘭西學術院的院士們於 1660 年出版了語法書《皇家語法》（*Grammaire de Port-Royal*），1694 年編輯出版了第一部法語詞典《法蘭西學術院詞典》（*Dictionnaire de l'Académie Française*），此後於 1718 年、1740 年、1762 年、1798 年、1835 年、1878 年、1932-1935 年出版了修訂版本，1992 年開始編撰出版第九版。該學術院院士囊括了為法語的輝煌做出過傑出貢獻的詩人、小說家、戲劇家、哲學家、醫師、科學家、人類學家、藝術批評家、軍人、政治家和宗教家。法蘭西學術院組成人員的豐富多元性，展現了法國智庫的包容形象，體現了該院忠實於才華、智慧、文化、文學和科學想像力的辦院宗旨。

17 世紀，德國也成立了好幾個語言協會，這些協會對德語的態度，類似於英

國「歷史文物學會」對英語的態度,即認同日爾曼語的優越性,主張維護日爾曼語的純潔性。

1664 年,英國「歷史文物學會」下設了一個語言專門委員會,負責提高英語水準,這是英國最接近語言標準機構的組織。該專門委員會有 22 個委員,其中包括約翰·德萊頓(John Dryden, 1631 - 1700)、湯瑪斯·斯普拉特(Thomas Sprat)、約翰·伊夫林(John Evelyn)、山謬·皮普斯(Samuel Pepys)等。斯普拉特提出了散文風格的規範性問題。伊夫林提出了進行語法和拼寫改革的建議,並呼籲編撰字典,出版優雅文體的典範文章,他說,字典就是「收錄所有純潔英語單詞的詞典……在編撰出版新的版本之前,不要創新,亦不鼓勵創新」(lexicon or collection of all the pure English words ... so as no innovation might be us'd or favour'd, at least, till there should arise some necessity of providing a new edition)(諾爾斯,2004: 112)。專門委員會認真討論了這些建議,但卻沒有採取實質措施。17 世紀晚期,已有幾本英語字典相繼面世,但這些字典都是個人之作,其語言不受官方的規範或控制。

語言專門委員會的成果有限。雖然其初衷是設立一個語言學機構,但事實上很快就演變成一個政治機構,斯普拉特、皮普斯等委員會成員把這裡變成了給君主歌功頌德的地方。早在成為委員會成員之前,德萊頓也跟著唱起了讚歌,1659年,曾把第一部長詩《紀念護國英雄奧利弗·克倫威爾》(*Heroique Stanzas to the Glorious Memory of Cromwell*)獻給克倫威爾,謳歌這位清教徒領袖。1660 年,史都華王朝復辟,他寫了《回來的星辰》("A Poem on the Happy Restoration and Return of His Sacred Majesty Charles the Second")一詩,歌頌史都華王朝復辟以及查理二世復位,德萊頓成了查理二世的御用「宣傳主管」,1668 年成為英國第一位「桂冠詩人」(Poet Laureate)。語言專門委員會成員主要是保王黨人,當時最著名的大文豪約翰·彌爾頓同情革命,因而不是該委員會成員。語言委員會雖然在語言學方面缺乏建樹,但卻改變了英語與政治的聯繫:英語書面語越來越規範,但不再是激進分子、倫敦人或宮廷顯貴的語言,而是淪為權貴階層攻擊異見人士的有力武器。

語言專門委員會中,對英語語言發展做出最大貢獻的非德萊頓莫屬。他是英國著名詩人、劇作家、文學批評家。一生主要為貴族寫作,為君王和復辟王朝歌功頌德,是英國古典主義時期重要的批評家和戲劇家,通過戲劇批評和創作

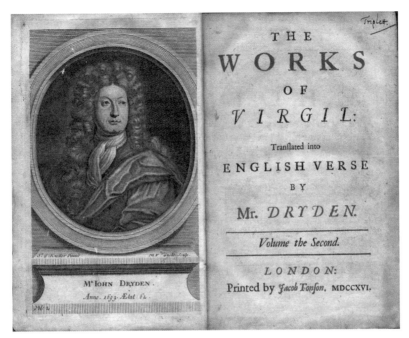

英國詩人、劇作家約翰・德萊頓（John Dryden）翻譯的《維吉爾作品集》（*The Works of Virgil*），第二卷扉頁，1716 年出版。

實踐為英國古典主義戲劇的發生、發展做出了傑出的貢獻，「玄學詩人」（the Metaphysical Poets）一詞就是他最先提出來的，是英國戲劇史上戲劇評論的鼻祖人物。從 1660 年王政復辟到 17 世紀結束，他一直是英國文學界的主導人物，深刻地影響了亞歷山大・波普（Alexander Pope）等年輕作家，歷史學家華特・司各特（Walter Scott）稱他為「光榮約翰」（Glorious John），在歐洲文學批評史上享有崇高地位，文學史家把他創作的時代稱為「德萊頓時代」（the Age of Dryden），以便向他致敬。

德萊頓出生於英格蘭北安普敦郡的清教徒家庭，大約在 1644 年進入倫敦著名私校西敏公學學習，受到良好的古典文學教育。1650 年就讀於劍橋大學，1654 年畢業獲得文學學士學位，在清教徒攝政政體結束前開始走上文學創作之路。1663 年，德萊頓娶了詩人朋友羅伯特・霍華德爵士的妹妹，婚姻生活雖然不幸福，但卻幫助德萊頓躋身王室和貴族的生活圈子。同年，德萊頓的第一部劇本《狂熱騎士》（*The Wild Gallant*）上演，不過反響平平。1667 年，他發表了早期著名的詩歌《神奇的年代》（"Annus Mirabilis"），描寫 1666 年倫敦大

火、瘟疫以及英荷戰爭等重大歷史事件。德萊頓獲封為桂冠詩人後開始在宮廷任職，此後寫了許多政論詩，如 1681 年的《押沙龍與阿奇托菲爾》（"Absalom and Achitophel"），攻擊力圖把蒙茅斯公爵立為王位繼承人的輝格黨人，是德萊頓優秀諷刺詩的代表作。1682 年的《獎章》（"The Medal"）一詩，也攻擊輝格黨，嘲笑他們愚弄煽惑民眾。同年又寫了諷刺詩《麥克·弗萊克諾》（"Mac Flecknoe"）。德萊頓原本是清教徒，1682 年他寫了《俗人的宗教》（"Religio Laici"）一詩，斥責天主教，歌頌英國國教，譴責不信奉國教的英國人。1687 年詹姆士二世企圖把英國變成一個羅馬天主教國家，同年，德萊頓又改宗天主教，並寫了《牝鹿與豹》（"The Hind and the Panther"）一詩，盛讚羅馬天主教會，把它比作潔淨、不朽的牝鹿，辱　英國國教為骯髒兇殘的豹。光榮革命後，為了謀生，德萊頓再次轉向戲劇和其他類型的創意寫作。德萊頓的頌詩中，最著名的是 1687 年獻給音樂女神聖西西莉亞的抒情頌歌：《聖西西莉亞日之歌》（"A Song for St. Cecilia's Day"），以及 1697 年的《亞歷山大的宴會，又名音樂的力量》（"Alexander's Feast, or the Power of Music"），詩中把音樂頌揚為無與倫比的美妙藝術（後來由著名德國作曲家亨德爾譜成曲子）。德萊頓的頌詩和諷刺詩確立了英國詩歌的古典主義傳統。1700 年的《古代和現代寓言集》（*Fables Ancient and Modern*）是一部以詩歌的形式來論述奧維德、喬叟和薄伽丘的作品。儘管德萊頓在倫敦的文學聲望無人能敵，他自己也很努力，但正如其所言，晚年掙扎在「困窘和疾病」中，死後葬於倫敦西敏寺的「詩人角」，算是終享哀榮。

作為英國「歷史文物學會」語言專門委員會成員，德萊頓希望該學會發展成為專業性強的語言文學學會，甚至可與法蘭西學術院媲美，他十分欣賞法蘭西學術院，同時對英語也很有信心。在《敵對的淑女》（*Rival Ladies*）這部悲喜劇的致辭中，德萊頓稱，1660 年以來，幾位偉大的作家（毫無疑問也包括他自己）大大提升了英語的品位，這是從諾曼征服到 1660 年間所未曾有過的英語盛世。在悲劇《格拉納達的征服》（*The Conquest of Granada*）第二部的後記裡，德萊頓花了很大篇幅專門講語言，他認為拜查理二世所賜，當代英語達到了前所未有的高度：「如果現在有人問我，我們的語言為何如此優雅？我必須歸功於王廷，尤其是國王，他以身作則，給語言帶來規則，這絕不是奉承。他個人的不幸，也是國家的不幸，使得他有機會……旅行。待他返回時，發現這個國家不僅（政治上）陷入叛亂，（語言上）也變得野蠻。他那高貴的天性寬恕了叛亂，他那優雅的禮

儀改造了野蠻。」（Now if any ask me, whence it is that our conversation is so much refin'd? I must freely, and without flattery, ascribe it to the Court: and, in it, particularly to the King; whose example gives law to it. His own mis-fortunes and the Nations, afforded him an opportunity ... of travelling. At his return, he found a Nation lost as much in Barbarism as in Rebellion. And as the excellency of his Nature forgave the one, so the excellency of his manners reform'd the other.）（諾爾斯，2004: 112-113）

　　德萊頓大肆攻擊前人的語言缺陷，仿佛是為了證明他生活那個時代語言的進步。他不攻擊上一代人，而是攻擊上上代人，包括莎士比亞、菲尼亞斯·弗萊徹（Phineas Fletcher）、班·強生（Ben Jonson）等都難逃他的口誅筆伐。他援引了強生的許多病句，來說明語言已經受到污染，例如，"Though Heav'n should speak with all his wrath" 這句話中的 his，德萊頓認為強生用詞不當，也許是德萊頓自己不知道在古英語裡 his 可以用作 it 的所有格，最近才被 its 取代了。德萊頓還反對雙重比較級，例如："Contain your spirit in more stricter bounds"，他認為不應該用 more stricter。德萊頓反對以介詞作為句子的結尾單詞，例如："The Waves, and Dens of beasts cou'd not receive; The bodies that those Souls were frighted from." 他認為不應該用介詞 from 來結束這個句子，並坦言最近自己的寫作中也會犯這種錯誤。今天，仍然有語法學家認為句子不能以介詞來結尾，至於具體原因誰也說不清楚。拉丁語不能用介詞來結尾，但英語與拉丁語是結構完全不同的兩種語言。用介詞來結尾是北日爾曼語的典型特徵，故有學者猜測這可能是北歐海盜入侵時給「丹麥區」英語留下的語言遺產，最後發展成為了地方方言特徵。

　　德萊頓還批評莎士比亞不自信，因為莎翁認為英語不如拉丁語穩定。莎士比亞在《特洛伊羅斯與克瑞西達》（*Troilus and Cressida*）的致辭裡寫道：「我常常很困惑，不知道自己寫的是規範語言還是錯誤語言……擺脫困惑的唯一辦法是把英語翻譯成拉丁語，畢竟拉丁語的詞意要比英語穩定。」（I was often put to a stand, in considering whether what I write be the Idiom of the Tongue, or false Grammar ... and have no other way to clear my doubts, but by translating my English into Latin, and thereby trying what sence the words will bear in a more stable language.）（諾爾斯，2004: 113）德萊頓說莎翁這種觀點，與 140 年前反對把拉丁語聖經翻譯成英語的人如出一轍，都不看好自己的民族語言。

　　德萊頓反對使用單音節詞彙，認為這些詞彙子音太多，阻塞了語流，聽上去

非常娘娘腔。很顯然，在意識形態爭論中，德萊頓把語言作為武器，打擊政治對手。英國革命前，激進分子大力鼓勵使用單音節詞彙，矛頭針對的是王權及法語。而現在德萊頓反對單音節詞，目的是為王權辯護，畢竟查理二世流亡歐陸期間曾靠法國國王接濟度日（Hill, Christoper. 1980: 167 - 168）。儘管德萊頓開啟了通過語言攻擊他人的傳統，但這並不能抹殺他作為時代標誌性人物的歷史地位，以他為代表的英國文人，為英語的規範奔走呼喊，試圖提高英語地位，使其可以媲美歐洲大陸語言。

英國「歷史文物學會」下設的語言專門委員會，雖然沒有取得太多具體成果，但其思想還是很有影響，丹尼爾・笛福（Daniel Defoe）就很贊同該委員會的理念。笛福是英國著名作家，當時是和政府有不同看法的異見人士，1697 年他呼籲建立和法蘭西學術院類似的官方學會（academy），來承擔淨化語言的功能。他說：該學會的宗旨是促進典雅教育，完善英語，扭轉語言規範長期遭忽視的狀況，建立語言純潔規範的標準，無知與做作給英語帶來很多不規範用法，這些都應該被清理乾淨。（The Work of this Society shou'd be to encourage Polite Learning, to polish and refine the English Tongue, and advance the so much neglected Faculty of Correct Language, to establish Purity and Propriety of Stile, and to purge it from all the Irregular Additions that Ignorance and Affectation have introduc'd.）

笛福宣導的官方學會沒有神職人員、醫師和律師。他認為學會成員結構如下：12 名貴族、12 名紳士、12 名語言大師，不包括英語不好的學者，比如行文生硬做作，喜用長難詞句、多音節詞彙的人，都是應該排除在外的人。他建議學會經常舉辦關於英語的講座。他最反對的是男人講話時咒罵帶髒字，當然女人更不應該使用這些語言。他認為，50 年前咒罵帶髒字是保王黨人的標誌，理性自尊的中產階級是不會這樣說話的。

在安妮女王統治後期，英國著名詩人、散文家約瑟夫・艾迪生（Joseph Addison）和著名作家強納森・史威夫特（Jonathan Swift, 1667-1745）也呼籲成立官方機構，規範英語的使用。正是從這個時期開始，英國文壇出現一種聲音，認為英語退化了，變化帶來的是語言污染。艾迪生對單音節詞沒有好感，一方面認為單音節詞能使表達更簡潔，但同時也失去了語言的優雅。他特別反對動詞過去式和過去分詞縮寫形式，例如 drown'd, walk'd, arriv'd 等，原本 -ed 要發音，縮寫後就少了一個音節，許多單詞就變成了單音節詞，這是他最不願意看見的。他還

反對隨意縮寫單詞，例如 mayn't, can't, sha'n't, wo'n't 等，他也反對姓名的縮略暱稱，例如 Nick, Jack 等。他認為隨意省略關係代詞 who, which, that 等也是不對的，

Exegi Monumentum Ære perennius. Hor.

英國作家、政論家強納森·史威夫特 1735 年作品的扉頁，描繪了他坐在主任牧師座椅上（他是愛爾蘭都柏林聖派屈克大教堂的主任牧師），小天使正在給他加冕，向他致謝的姑娘是愛爾蘭的化身，圖下拉丁文是仿照古羅馬詩人賀拉斯的名言所寫：我建造的紀念碑比黃銅更持久（I have completed a monument more lasting than brass.）。賀拉斯的原句是：我給自己建造的紀念碑比青銅更持久（I have made me a monument more lasting than bronze.）。黃銅在這裡是雙關語，既指建造紀念碑的材質，也指硬幣，即史威夫特腳下散落的用黃銅鑄造的面值半便士硬幣。當時英國政府指定鑄幣商人威廉·伍德（William Wood）壟斷在愛爾蘭發行銅幣的業務，伍德為賺取利潤偷工減料，引起愛爾蘭人民的憤慨，史威夫特在其匿名作品《布商的信》（*Drapier's Letters*）中揭露了伍德的卑劣行徑，英國政府懸賞尋找作者未果，只請牛頓去查核伍德銅幣是否造假，發現確實摻假後，這些硬幣在愛爾蘭停止流通，轉而發行到英屬美洲殖民地。

第七章　學術語言及貴族語言：「圈內人」與「圈外人」

因而很有必要成立一個專門官方機構來規範語言。

史威夫特也呼籲成立官方機構，他寫了一篇非常有名的文章「糾正、改進和確定英語語言的建議」（A Proposal for Correcting, Improving and Ascertaining the English Tongue），其中的名言是：「在此，我以全國博學有禮人的名義抗議……我們的語言非常糟糕，每天改進的步伐完全趕不上墮落的步伐……有許多例子證明，該語言完全不符合語法規範。」（I do here, in the Name of all the Learned and Polite Persons of the Nation, complain ... that our Language is extremely imperfect; that its daily Improvements are by no means in proportion to its daily Corruptions ... and, that in many Instances, it offends against every Part of Grammar.）史威夫特認為英語不如歐洲大陸語言，比義大利語、西班牙語、法語要落後，英語欲與歐洲語言競爭，必須要從規範標準入手。他提出了語言興衰的理論，希望可以避免英語的衰落。他也反對使用單音節詞，他最關心的是多年以後，讀者還能否看懂自己的作品，因為他最反對語言的變化。

法蘭西斯・培根比史威夫特早一百多年就看到了同樣的問題，但他採取了不同的解決方案。為了確保自己的作品不會因為英語的改變而無人能懂，培根把自己的作品翻譯成了拉丁語。

從 1660 年查理二世復辟，到 1714 年安妮女王去世這期間，見證了英語標準化的重要轉型階段，語言需要規範的觀念深入人心。從 14 世紀開始，社會因素及技術進步就促使英國全國上下使用統一的規範書面語，1660 年後，即便是在遠離首都的地方，教堂和法庭的抄寫員都自覺地向全國性書寫規範看齊。語言內生求同求穩的發展規律，與權力外在施加的統一規範壓力，兩者共同作用，促進英語標準的形成。

1660 年以前，對於英語態度的分歧是縱向的，在分歧的兩個陣營裡都有各種不同的社會階層人士。而 1660 年以後，對於英語態度的分歧是橫向的，在分歧的兩個陣營裡只有相同的社會階層，即語言分歧的一個陣營是高等階級人士，而另一個陣營是低等階級人士。

（四）貴族語言

英國社會長期存在著明顯的社會等級差別，這主要是由於英國貴族體制（British nobility）強大而持久的影響造成的。在英國歷史上，貴族體制從未被徹底否定過。儘管英國貴族在歷史上多次出現衰落，但每次都能絕處逢生，再次迸發出新的活力，並一直在英國發揮獨特的作用。英國貴族文化已成為英國文化的重要部分。文化與語言是共生共存、相互依賴、互為關照的，解讀英國貴族體制有助於理解掌握英語貴族詞語的來源，並知其所以然。

在英國，貴族概念始終有著廣義和狹義之分。貴族政治（aristocracy）一詞源於希臘和拉丁文，在希臘文中原有「傑出、優秀」之意，可以用來指貴族階層。但在含義較廣的拉丁文中，該詞除了用指貴族階層外，還包括地位較低的自由人，爾後同形異義地轉化為英文詞，意為服兵役的自由農民。從諾曼征服到近現代，aristocracy 用來稱呼包括騎士在內的大小貴族。五級貴族形成之後，為了區別，又用 peers 以及集合名詞 nobility 和 peerage 專稱擁有議會上院出席權的高級貴族（即公爵、侯爵、伯爵、子爵和男爵），或者說是狹義的世襲貴族。現在 nobility 除指上院貴族外，有時還泛指政界要員。

與歐洲大陸的西班牙、葡萄牙、法蘭西等國貴族相比較，英國貴族集團的人數較少，歐洲大陸一人獲封貴族，全家都是貴族，而英國貴族封號屬於個人，其家屬嚴格意義上並非貴族。在某些歐洲大陸國家，貴族人數一度約占國家總人口的 5%，但國家不承認也不管理貴族事務。而英國世襲貴族（公爵、侯爵、伯爵、子爵、男爵、準男爵）家庭大約兩千個，約占英國家庭總數的 0.01%，歸英國司法部管理。英國貴族儘管是一個人數較少的精英團體，但卻是一個相當複雜而系統的等級制群體。從封建貴族出現至今，英國貴族階層主要包括兩類：教會貴族（lords spiritual）和世俗貴族（lords temporal），這些人是英國議會上議院成員，英國其他人都是平民（commoners）。在貴族階層和平民之間是鄉紳階層，即沒有貴族爵位稱號的小貴族或低級貴族。與歐洲多數國家的貴族體制相比較，英國貴族體制的一個重要特點是低級貴族不能出席上院，沒有像五級貴族那樣的政治和司法特權。

教會貴族是基督教傳播和教會勢力擴張的結果，教會和修道院享有特權與地產。英國國教設立了坎特伯雷和約克兩個大主教區、若干主教區以及眾多基層教

區的宗教管理體系，形成了以大主教（archbishop）、主教（bishop）、修道院長（abbot）、隱修會長（prior）和中下級神職人員為序列的教會等級制。在 16 世紀宗教改革之前，英國教會貴族人數多於世俗貴族人數，1536 - 1540 年間英王亨利八世解散修道院後，英國教會貴族人數銳減，一直保持在 26 人。目前，英國國教有 42 個主教區，從 42 位主教中選出 26 人進入議會上議院，成為教會貴族。坎特伯雷大主教、約克大主教、倫敦主教、杜倫主教、溫徹斯特主教這 5 人自動進入上議院，成為教會貴族，其餘主教按擔任主教的任職年資排序，資歷最深的 21 人成為教會貴族。教會貴族號稱有宗教組織的神權理想與行為準則，同世俗貴族相比，教會貴族的劃分即「教階制」一直比較清晰，教會貴族人數較少，目前在英國上議院中的占比為 3.3%。

英國世俗貴族，分為有爵位的大貴族以及沒有爵位但有貴族紋章的小貴族。有爵位的大貴族人數少，目前大約有八百人，按爵位從高到低分別是公爵（Duke）、侯爵（Marquess）、伯爵（Earl）、子爵（Viscount）和男爵（Baron）這五級爵位體制，大貴族是財產和地位可以世襲的上院貴族，享有政治和司法特權。1999 年英國憲制改革後，英國上議院的世襲世俗貴族只有 92 人，從這 800 個大貴族中選舉產生。小貴族主要是由土地鄉紳（landed gentry）構成，包括準男爵（baronet）、縉紳（esquire）、紳士（gentleman），處於大貴族和平民之間，是英國社會的中堅精英，但卻不能進入上議院。英國世俗貴族並非是一個整齊劃一和凝固不變的封建等級，而是包含了經濟實力、社會地位與政治態度各有差異的有產群體。「英國世俗貴族階級屬性的變化次數之多，在世界各國中當是獨一無二的」（閻照祥，2000: 91）。從盎格魯 - 撒克遜人入侵不列顛至 20 世紀，英國世俗貴族先後有過 4 種階級形態，即部落貴族、封建貴族、工商貴族，以及終身貴族（life peer）。

英國世俗貴族體制和名號在過去一千多年間不斷變化，較大的變化有 5 次。第一次是在盎格魯 - 撒克遜時期；第二次是在諾曼征服之後，大約在 14 - 15 世紀形成五級大貴族制；第三次是 1611 年，在低級貴族「鄉紳」之上增設了一個世襲「準男爵」的新頭銜，這是詹姆士一世恢復 14 世紀做法、增加國庫收入的手段；第四次是 1867 年，首次出現非世襲的法律貴族，即上議院高級法官（Law Lords）；第五次變化發生在 1958 年，依據「終身貴族法案」（Life Peerages Act），英國不再增添世襲貴族（hereditary peer），同時開始冊封爵位不可世襲的

終身貴族。

英國最早的世俗貴族是原始貴族，被稱為「護衛武士」（gesith）。護衛武士的意思除包含著地位顯赫重要的意思之外，還含有「首領的扈從」（a member of the lord's comitatus）、「國王的友伴」（the companion of the king or great lord）之意。護衛武士平時出入宮廷，幫助國王治理國家，戰時則聚集在國王麾下，出謀劃策，率兵殺敵。護衛武士這一貴族群體一度被稱作 "gesithcund"。大約在 9 世紀，護衛武士這一不列顛貴族稱呼漸漸被「大鄉紳」（thegn / thane / thayn）代替。大鄉紳和護衛武士的原義有著微妙的差別，大鄉紳效勞的物件可以是國王，也可以是貴族，這意味著大鄉紳這一貴族群體內部的等級之差，即大鄉紳地位的高低主要取決於其服務物件地位的高低。大鄉紳中的上層是那些經常出入王宮，在宮廷中擔任要職的國王近侍，國王為了維護自身的權威，也希望高級大鄉紳保持較高的社會地位。得到國王重用的高級大鄉紳大多非富即貴，他們又可擁有自己的大鄉紳，人數不等。

王室通過文書形式辦理封賜土地的手續，所賜土地被稱為冊封地（bookland），以別於按照部落傳統方式分配的份地。有了領地之後，大鄉紳造舍獨居，不必陪住宮廷，其生活費用和武器裝備也靠領地收入操辦，不再向王室領取。就這樣，軍事義務和土地佔有密切結合起來，國王與貴族的關係逐漸成了封君和封臣的關係，封建貴族制逐漸形成。

大約在 9 世紀，「郡長」（ealdorman）被越來越多地用來稱呼大鄉紳中的大貴族，即高級大鄉紳，多是軍事領導。早期的「郡長」大都出身高貴，原本就是王室，只不過在王室兼併中被更大的王室征服了，因而只能屈尊做「郡長」。後期的「郡長」主要是國王的密友，是授命管轄一郡或數郡的封疆大吏，因而逐漸具備了「方伯」「伯爵」或「親王」的含義。以丹麥人為主的斯堪的那維亞人入侵不列顛之後，引入了丹麥語的郡長 "jarl"，受其影響英文單詞「郡長」ealdorman 逐漸演變成了 "eorl" "earl"，即「郡長」（ealdorman）變成了「伯爵」（earl）。相應之下，他們的權力管轄範圍或領地也由原來的郡長領地（ealdormanty）改稱為伯爵領地（earldom）。伯爵出現後，不列顛貴族已大致分為兩類：其一，被稱為伯爵的大貴族，其地位類似諸侯。其二，被稱為大鄉紳的中小貴族，他們仍需承奉王命，護衛宮廷，隨軍作戰。

在盎格魯 - 撒克遜時代的中後期，英國的封建貴族雖然已有等級差別，但始

終沒有形成整齊劃一的等級體系。在多數情況下，護衛武士、大鄉紳和伯爵等詞乃是某個時期流行的或約定俗成的稱呼，而非嚴格的、正式的和統一的法定稱號。直到 11 世紀前期，大貴族伯爵和普通中小貴族大鄉紳的等級差別才終於明朗化。

1066 年，法國諾曼人的統治加快了英國新型貴族制度的發展，開創了封建貴族制度的興盛期。英國的公爵、侯爵、伯爵，子爵和男爵五級爵位體制大致定型於 13 - 15 世紀，是在漫長的歲月裡逐漸形成、最終成為定制的。英國爵位的等級結構呈金字塔型，公爵、侯爵較少，伯爵、男爵最多。在英國五級爵位中，按爵位出現先後順序排列，最早出現的是伯爵，然後是男爵、公爵、侯爵、子爵，下面按爵位高低逐一介紹。

1337 年，英國金雀花王朝的愛德華三世創立公爵（Duke）爵位，任命自己的長子黑太子愛德華為康瓦爾公爵（Duke of Cornwall）。英國公爵爵位是諾曼征服之後的產物，是僅次於國王或親王的最高級貴族，諾曼征服之後的最初幾位諾曼王朝的英王沒有任命公爵，因為他們本身也只是法國的諾曼第公爵。雖然早在盎格魯 - 撒克遜時代英國已有關於僅次於國王的高級伯爵 duces 的記載，duces 是拉丁語 dux（頭領）的複數形式，但一般認為 duke 直接源於法語單詞 duc，意思是「首領」。數百年來，英國公爵爵位主要授予王室要員和宮廷近臣，例如，英國女王伊莉莎白二世的丈夫菲利浦、長子查理斯、長孫威廉分別獲封愛丁堡公爵（Duke of Edinburgh）、康瓦爾公爵（Duke of Cornwall）、劍橋公爵（Duke of Cambridge）。此外，只有軍功蓋世者方能獲此殊榮，例如史都華王朝時期英國著名將軍約翰・邱吉爾（John Churchill）獲封馬爾博羅公爵（Duke of Marlborough）、1815 年在滑鐵盧打敗拿破崙的英國將軍阿瑟 韋爾斯利（Arthur Wellesley）獲封威靈頓公爵（Duke of Wellington）。

1385 年，英國金雀花王朝末代君主理查二世創立侯爵（Marquess）爵位，任命第 9 任牛津伯爵為都柏林侯爵，一年後都柏林侯爵擢升都柏林公爵，其侯爵爵位由王室收回。侯爵由法語單詞 marchis 演變而來，指統轄一處的封疆大吏（ruler of a border area），marchis 一詞究其詞源，可追溯到法語單詞 marche（邊疆）以及拉丁語單詞 marca（邊疆）。在英格蘭，侯爵一詞最初指鎮守威爾斯、蘇格蘭邊疆的領主。到了 15 世紀，這級爵號被貴族們所看重，上升到貴族爵位中的第二級地位。該爵位一度數量很少，目前大多數侯爵同時具有公爵爵位。19 世紀末 20 世紀初，英國駐印度總督卸任後，通常被授予侯爵爵位一而同期英國首相卸任

後，卻被授予伯爵爵位—彰顯印度在大英帝國中的重要地位。

西元 800 - 1000 年間，盎格魯 - 撒克遜時代已經有關於雄霸一方的伯爵（Earl）的記載。11 世紀初丹麥人入侵不列顛後，英國正式創立了伯爵爵位。Earl 一詞是由丹麥語 eorl 演化而來，英國伯爵與法國伯爵稱號 count 並無繼承或連帶關係。諾曼征服後，法國統治者沒有沿用法語公爵 count 一詞，而是採用日爾曼語公爵 earl 一詞，可能是因為 count 在英語裡和 cunt（〈忌〉陰道；女性的陰部）發音很像。在盎格魯 - 撒克遜時代的後期，因王權不夠強大，英國廣大地區曾劃為幾個較大的伯爵管轄區（Great Earldom），當時最著名的伯爵是首任西撒克遜伯爵戈德溫（Earl Godwin），其子哈羅德．戈德溫森還曾短暫登上英格蘭王位，但卻在與諾曼第公爵威廉的王位爭奪戰中敗下陣來，亡命喪國。

1440 年，英國蘭卡斯特王朝的亨利六世創立了子爵（Viscount）爵位。Viscount 先源自古法語 viscomte 一詞，可追溯到拉丁語 vicecomes，意思是 vice（副）+ count（歐洲大陸的伯爵），原為郡守，地位在伯爵之下，男爵之上，但有時可能是實力強大的諸侯。目前英國有 270 位子爵，他們大都同時還擁有更高的爵位。

1066 年，諾曼征服後威廉一世創立了男爵（Baron）爵位，獎勵和他一起征服英格蘭的法國貴族。雖說男爵一詞可追溯到盎格魯 - 撒克遜時代的 beorn，即「勇士、貴族」（warrior, nobleman），但一般認為該詞來自法語單詞 baron，其詞源是拉丁語 baro，意即「僕從、士兵、雇傭軍」（servant, soldier, mercenary）。最初，但凡通過軍事效力直接從國王獲得土地的軍官都被稱作男爵，男爵在世俗貴族中占很大比例，因此 Baron 一詞長期作為英國貴族的集合名詞使用，英國歷史上諸侯反對國王的戰爭都被稱為諸侯戰爭（Barons' War）。到 12 世紀亨利二世時期，男爵內部發生分化，與王室關係密切、封地較多者又被稱作大男爵（Greater Baron），其餘的稱為「小男爵」（Lesser Baron）。

在五級貴族之上的王室貴族中，還有一個頗為獨特專為王儲而設的稱號—威爾斯親王（Prince of Wales）。該稱呼最早是為一度統一過全國的威爾斯王子 Lywelyn ap Gruffyddz 創立的名號。威爾斯併入英格蘭後，英格蘭國王把威爾斯親王之頭銜授予英格蘭王位的繼承者，從此這個封號成了英國王儲的專用頭銜，表明英格蘭統治威爾斯的決心和意志。

在五級貴族之下，英國還有四個受人尊敬、人數眾多的小貴族階級，由高到

低分別是：準男爵（baronet）、騎士（knight）、縉紳（esquire）、紳士（gentleman），他們統稱為鄉紳（gentry）。鄉紳是英國封建社會中晚期出現的新興資本主義生產關係的代表，肇始於 12 世紀末，形成於 16 世紀末。這期間的英國是一個以農業生產為主的國家，由於土地財富是衡量社會地位的最終尺度，因此，在城市賺了錢的人往往要投資於土地，加入鄉紳的行列。經濟實力的上升終究會帶來社會政治地位的變化，一些精於管理的鄉紳在社會等級的階梯上步步高升。少數上層自由土地持有者經營有方，不斷購進或租進土地，形成了一個富裕的「紐曼」或「自耕農」（yeoman，其複數為 yeomen，統稱為 yeomanry）階層。紐曼是位於小農（small husbandmen）和大農場主（large farmers）之間的耕種者（independent cultivators / independent owners-occupiers）。傑出的紐曼可被授予縉紳或紳士的頭銜，從而躋身鄉紳行列。中世紀晚期英國村莊的頭面人物都是傑出的紐曼。紐曼和紳士非常接近，以至於出現了「寧為紐曼頭，不做紳士尾」的英格蘭諺語。封建社會晚期，英國社會貴族以外的中等階層之間界限日益模糊起來。紳士、縉紳和騎士常常混同起來，英國史學家也常把這三種人籠統地稱為「紳士」（李自更，2003(11):135）。擁有財富的鄉紳階層的政治地位亦大有提高，許多鄉紳在司法界及地方政府中謀得一官半職，有的鄉紳還躋身中央大員之列。一部分鄉紳與貴族財富相當，甚至富過男爵，於是有的鄉紳購買爵位正式躋身高級貴族，出入宮廷，列席議會。

15 世紀、16 世紀以來，英國資本主義迅速發展，引起社會階級結構的變化，封建舊貴族開始衰落，鄉紳新貴族快速崛起，有經濟實力、並精於鑽營的鄉紳在社會等級的階梯上步步高升，成為英國貴族中的新貴（New Man）。這些新貴大都出身寒微、但卻識文有術，因而被稱為「起於塵土之人」（men raised from the dust）。這些人在新的資本主義生產關係中如魚得水，工商實業經營得風生水起，其政治地位也水漲船高。英國議會是英國政治權力的核心舞臺，其上議院和下議院之間的權力競爭也毫無懸念地偏向下議院一邊，畢竟下議院才是真正權力的中心。由於議員不能同時兼任上下議院成員，有的貴族成員為了能成為下議員，甚至願意放棄世襲貴族爵位，不當上議院議員，而競選下議院議員。英國女王伊莉莎白二世之女安妮公主所嫁的兩任丈夫都沒有貴族頭銜，其子女也都自願放棄貴族爵位，而選擇做平民。

英語誕生之際，"gentle" 與 "noble" 含義相近，都有「高貴的」之意，故

「紳士」（gentlemen）又被稱為「貴族」（noblemen）。gentleman 一詞在英國封建社會中可以泛指「老爺、貴人」，當時在英國人中流傳著這樣一句話：亞當種地、夏娃織布時，誰又是貴人呢？（When Adam delved and Eve span, who was then the gentleman?）18 世紀中葉起，gentleman 一詞廣泛使用，甚至達到濫用的程度，英國每個生活水準高於庶民的平民都自稱為 gentleman，這使得「貴族」從 gentleman 原有的概念中分離出來。現在英語演講開場白「女士們、先生們」（ladies and gentlemen），雖然都使用了貴族成員的兩個稱號，但卻已經沒有任何貴族含義了，僅僅表達演講者對聽眾的尊重。

英國上層社會的家族大都有世襲貴族頭銜，象徵著他們的地位與社會等級。對於貴族的稱呼也因其等級不同而有差異。對地位最高的公爵，一般必須稱其為「某公爵」，如 Duke of Cornwall（康瓦爾公爵）、Duke of York（約克公爵）等。對公爵及其配偶的尊稱是「大人」（Your Grace）。對擁有侯、伯、子等爵位的人來說，可以使用他們確切的爵位名稱，如 Marquess of Winchester（溫徹斯特侯爵），Earl of Lincoln（林肯伯爵）等。對侯爵的尊稱是「最尊敬的」（Most Honorable），而對侯爵以下的則稱「閣下」（Right Honorable Lord）。

勳爵閣下（Lord）——這是與侯爵、伯爵、子爵、男爵等貴族地位平等的人之間的尊稱。例如：Earl Nelson 可稱為 Lord Nelson。My Lord 和 Your(His)Lordship 通常用於身分低於侯爵、伯爵、子爵、男爵、準男爵的人對他們的尊稱。在 My 和 Lord 之間還可以加表敬的形容詞，例如：My Good Lord, My Honorable Lord, My Noble Lord 等。

爵士（Sir）＋名字或姓名是對準男爵、騎士、鄉紳、紳士的尊稱。以英國著名物理學家艾薩克·牛頓（Issac Newton）為例，其尊稱可以有三種形式：Sir Issac Newton, Sir I. Newton, Sir Issac，都表示「牛頓爵士」之意，直接稱呼多用最後一種。但不能使用 Sir ＋姓氏的格式，例如不能說 Sir Newton。爵士的夫人稱 "Lady"，後面加上她丈夫的姓，而不用她自己的名。稱爵士的夫人為 "Lady"，而不能用 "Mrs"。有的婦女由於其自身的貢獻或名氣而被封為爵士。這時她的名前就要加 "Dame" 的尊稱，而不再使用一般的「太太」「小姐」或「女士」的稱呼。

Lady ＋姓氏通常用於下列兩種人：侯爵、伯爵、子爵、男爵彼此之間對爵位對等一方的夫人的尊稱；地位較低之人對準男爵等低級貴族夫人的尊稱。夫人（My

Lady, Your / Her Ladyship）是對侯爵、伯爵、子爵、男爵的配偶的尊稱。如果爵位、職稱、學銜等幾種稱號用在一起，通常的次序為：職稱、學銜、爵號、姓名。例如：Professor Doctor Sir Wallace（教授博士爵士華萊士）。

在等級社會裡，權力的金字塔會帶來語言的金字塔嗎？英國貴族體系確立了貴族在社會上的尊崇地位，同時也確保其語言的權威性與示範性，然而英國貴族與英語的關係卻很難一概論之，必須分開探討。英國最大的貴族是王室，然而鑒於英國王室的外國屬性，其對英語的貢獻實在有限。英國歷史上主要有 9 大王室：西撒克遜王朝（House of Wessex）、丹麥王朝（House of Denmark）、諾曼王朝（House of Normandy）、安茹王朝（House of Anjou）、金雀花王朝（House of Plantagenet）、都鐸王朝（House of Tudor）、史都華王朝（House of Stuart）、漢諾威王朝（House of Hanover）、薩克森 - 科堡 - 哥達王朝（House of Saxe-Coburg and Gotha），最後這個王朝從名稱上一看就知道是來自德國貴族的王朝，在第一次世界大戰期間，鑒於英德處於敵對交戰態勢，英國王室為了平息民怨，於 1917 年改國號為溫莎王朝（House of Windsor）。

在這 9 大王朝中，來自英格蘭本土的只有西撒克遜王朝和都鐸王朝這兩個王朝，前者催生了撒克遜英語，後者催生了英格蘭英語，都是英語在王室贊助下獲得大發展的黃金時代。尤其是伊莉莎白一世時期，是英格蘭民族國家形成、並崛起歐洲的時期，也是現代英語形成的關鍵時期，宮廷的語言習慣和規範成為全民競相模仿的完美標準，可以說此時的王室擁有語言的權威。

史都華王朝雖然來自蘇格蘭，其母語是蘇格蘭語，但也為英語的發展做出了貢獻。史都華王朝第一位君主詹姆士一世是一位非常有才華的學者，但他卻被自己的廢臣安東尼・韋爾登爵士（Sir Anthony Weldon）奚落為「基督教世界最睿智的傻瓜」（the wisest fool in Christendom），這一稱號伴隨了他幾百年，直到 20 世紀歷史學家才給他「平反」，嚴肅認真對待其學術成果。詹姆士一世上臺後，延續了伊莉莎白一世時期英格蘭文學藝術的繁榮，其最偉大的成就是組織編纂了以自己名字命名的《欽定聖經》，為英語的定型打下了堅實基礎。1660 年，史都華王朝復辟後，查理二世復位，後人認為他帶來了英語標準的普遍提高。在英國革命期間，雖然下層民眾可以快速奪取政治經濟軍事地位，但短期內無法確立其語言的文化權威性。1688 年光榮革命後，迎來了威廉三世和瑪麗二世的共治時代，但作為荷蘭人，威廉三世很難樹立英語權威的形象。

丹麥王朝和諾曼王朝是武力征服不列顛的外來王朝，其君主不屑於說被征服者的語言，給英語帶來的是致命打擊，幾乎把英語推向滅絕的邊緣。安茹王朝和金雀花王朝都是來自法國貴族的王朝，其君主高度認同法國，對法語和法國文化有天然好感，對英語和英國文化興趣不大，對英語發展採取自生自滅的態度，英語的權威性很難附會到這些王朝君主身上。

漢諾威王朝初期對英語沒有任何貢獻，其末代君主時期方重建英語權威。1714 年，54 歲的德意志人漢諾威選帝侯喬治繼承英國王位，史稱喬治一世（George I, 1660 - 1727），他原本在英國王位繼承人序列中排名五十開外，但規定天主教徒不能繼承王位的法律頒布後，他一躍登上英國王位，他的繼位號稱是「英國歷史上最大的奇蹟」（the greatest miracle in British history），英國從此進入漢諾威王朝。喬治當上英國國王後依然熱愛家鄉漢諾威，有五分之一的時間在德國居住。由於漢諾威王朝最初兩任君主基本不會講英語，令英語從整個王廷絕跡。喬治一世只會講德語和法語，完全不懂英語，也不打算年過半百才開始學習英語，因此需要借助翻譯與自己的臣民對話，非常不便。這位不會英語、對英國政治傳統缺乏瞭解和興趣的英國國王無為而治，在英國政治制度上留下了濃墨重彩的一筆。繼位最初幾年，他還能勉強參加內閣會議，1718 年後就不再出席會議，把國務完全交給大臣去處理。久而久之，喬治一世不出席內閣會議成為慣例。在國王不參會的情況下，為了在討論時取得一致的意見並把意見集中起來通報國王，在內閣大臣中出現了一個主持討論者，此人就成為內閣事實上的領袖—首相。正是在喬治一世時期，英國內

英王喬治一世肖像，現藏於倫敦英國國家肖像館。

閣產生了第一任首相羅伯特·沃波爾（Robert Walpole），從此開創了英國首相制度，內閣的權力得到極大的加強，對英國的政治制度產生深遠影響。漢諾威王朝最後一任君主維多利亞女王（Queen Victoria, 1819 - 1901）和母親在德國長大，母語是德語，維多利亞為繼承英國王位也曾苦學英語和英國宮廷禮儀，但在她統治後期，英國成為「日不落帝國」，英國民族自豪感爆棚，民眾自信心飆升，英國王室很受歡迎，臣民願意把帝國的榮耀奉獻給維多利亞女王，同時把英語的權威也一併奉上。

1835 年維多利亞自畫像，當時她還是公主，兩年後成為英國女王。

1901 年，維多利亞女王去世，其子愛德華七世繼位，拉開了薩克森 - 科堡 - 哥達王朝的序幕，雖說該王朝血統上是德國貴族，但其君主卻是在英國成長、以英語為母語的英國人，然而此時歷史已進入 20 世紀，英語君主立憲制下君主的影響力日漸式微，其語言影響力也相對下降，大眾傳媒的語言影響力節節攀升，語言權力早已從王室旁落，王室很難成為英語發展的指路明燈。另外，英國君主要面對的挑戰很多，包括王室的存廢等大問題，語言不是其關注的重點。

過去的一千餘年裡，如果王室大部分時間都不是英語權威，那麼英國貴族呢？他們是英語權威嗎？貴族為英語發展做出了多大貢獻？事實上，越是大貴族，越是與王室過從甚密，凡事向王室看齊，以王室的好惡為標準，因而貴族的語言能力、文化品位與王室驚人地相似，同樣很難為英語做出多大貢獻。丹尼爾·笛福就曾公開譴責貴族的不良語言習慣：說話時總喜歡帶髒字兒罵人。例如，典型的貴族話語是：傑克，該死的傑克，幹嘛呢，你這個婊子養的狗雜種？我的天哪，怎麼這麼長時間？……貴族打獵時，獵狗稍有差池，他們會罵該死的獵狗；馬稍有遲疑不前，他們會罵該死的馬：他們把人叫作婊子養的王八蛋，把

狗叫作婊子養的狗雜種（Jack, God damn me Jack, How do'st do, thou little dear Son of a Whore? How hast thou done this long time, by God? ... Among the Sportsmen 'tis, God damn the Hounds, when they are at a Fault; or God damn the Horse, if he bau'ks a Leap: They call men Sons of Bitches, and Dogs, Sons of Whores.）（諾爾斯，2004：115）。笛福最憂慮的是貴族婦女說話也很不文雅，和男人一樣喜歡帶髒字兒，他認為這非常失禮，不合規矩，就像在大法官面前放屁，或在女王面前講淫穢段子一樣，與貴族身分完全不相符合。在英國內戰期間，說話帶髒字兒甚至一度成了保王黨人的特徵，保王黨人還因此被稱作「該死黨」（Dammees），因為這些人也常常學著貴族的腔調說「該死的」（damn me!）。貴族無論做什麼、說什麼，依然是貴族，這是由其世襲血統決定的，和語言無關。

歷史是人民群眾創造的，語言歷史更是普羅大眾創造的。在英國歷史上，為英語文學和語言做出貢獻的多是平民。語言和知識一樣，能帶來社會階層的向上流動，卻很少能直接導致社會階層的向下流動，即貴族低下的語言品質並不會令其身分低下，但平民高尚的語言品質卻會帶來身分地位的擢升。對語言文字特別較真的人，鮮少來自較高社會等級，但語言文學的成就確實可以造就貴族。例如，培根因為卓越的語言文學成就獲封男爵、子爵。語法大家羅伯特·洛思（Robert Lowth）成為倫敦主教，躋身教會貴族。丹尼爾·笛福原名叫丹尼爾·福（Daniel Foe），他自己在姓氏前增加了一個表示貴族血統的字首"De"，聲稱是德波夫（De Beau Faux）貴族家族的後裔，鑑於他在英語語言文學史上的彪炳地位，大家也就不去深究，順水推舟傳開了他那響亮的新名號。著名文人通過與貴族聯姻躋身上流社會的例子也很多，例如：約翰·德萊頓迎娶了貴族朋友的妹妹，通過這段並不幸福的婚姻進入了王室和貴族圈子。約瑟夫·艾迪生與富有的貴族寡婦（瓦立克伯爵夫人）成親，名利雙收。蕭伯納的《賣花女》更是對語言與社會地位的精彩演繹。

釐清語言脈絡、制定語言標準是典型的中產階級活動。17-18世紀正是英國資本主義迅猛發展時期，中產以上的新興資產階級通過文學家、語言學家樹立了資產階級語言的權威性，資產階級新貴族的語言儼然成為新的上流社會語言標準，但表面上新貴族依然需要老貴族的庇護。1714年漢諾威王朝喬治一世上臺後，英國文人作家繼續渴望獲得王室和貴族的庇護，希望他們能贊助自己的作品。語言變體具有社會價值，中產階級利用所謂的「正確」語言形式，可以在自我及普

通粗人之間劃出一條涇渭分明的界限，從而達到區分身分的識別作用，長此以往，英國的語言與社會階層之間便建立了緊密的聯繫，內化為英語的語言特質。

研究語言的階級性，很容易發現貴族階層的語言用法有不符合中產階級新貴標準的時候，事實上貴族的用法有時與下層社會的用法具有驚人的相似性。最典型的例子是這兩個階層在發音上有以下三大共同特徵：在現在分詞中不能發出 ing 中的子音 / ŋ /，例如：huntin'（狩獵）、shootin'（射擊）、fishin'（垂釣）；省略字首子音 / h /，例如：humble（謙遜）聽上去像 'umble；把短母音 / ɔ / 讀作長母音 / ɔː /，例如：often（經常）與 orphan（孤兒）讀音相同，gone（走了）與 lawn（草坪）押韻。如何看待這些不合規的發音方式，完全取決於說話者的社會地位，如果是貴族這麼發音，那是高雅的發音方式；如果是底層民眾這麼發音，那則是缺乏教養的粗鄙發音方式。

17 世紀、18 世紀的英國語言文學史鮮少記錄普通人的語言行為方式，到 19 世紀隨著教育的普及，語言學家才開始從方言入手，認真研究普通英國人的語言。如果用維多利亞時代中產階級的語言標準，去觀察英國城市化過程中工人階級的語言，不難發現英國工人完全沒有學好自己的母語。

第八章
大不列顛英語：
從經濟優勢到語言優勢

1707 年，在史都華王朝末代君主安妮女王統治下，蘇格蘭和英格蘭兩國議會批准兩個國家聯合，成立「大不列顛王國」（Kingdom of Great Britain）。在 18 世紀，大不列顛雖經歷了數次革命、叛亂、運動，王位幾經更迭，但當時君主立憲制是代表社會進步的先進制度，英國的資本主義萌芽、人文思想與現代科技都在突飛猛進，其海上霸權與世界貿易日益擴大。1801 年，愛爾蘭併入大不列顛王國，成立了「大不列顛暨愛爾蘭聯合王國」（United Kingdom of Great Britain and Ireland），英國統一了大不列顛島及愛爾蘭島，英語成為這些地區的官方語言。

18 世紀，英國農業革命取得豐碩成果，人口激增。英國農業革命是指 17 世紀中期至 19 世紀晚期農業生產方式發生巨大變革的過程，包括圈地運動、機械化、四輪作業、良種培育等，其結果是農業生產效率大大提高。貴族出身的農業改革家，例如，查理斯・湯森（Charles Townshend）、傑思羅・塔爾（Jethro Tull）等人，大力改進耕作方法，引進全新作物，推出新型農耕工具及方式，大大提高了英國農產品的數量和品質。在資產階級革命前，英國還是一個封建專制的農業國家，以國王為首的封建貴族集團是這個國家的統治者。1700 年，英格蘭和威爾斯共有人口 550 萬，其中 410 萬人居住在農村。最大的城市是倫敦，其人口也只有 20 萬，其他城市的人口最多不超過兩萬。1801 年，英國人口增至 900 萬。農業革命一方面提供了大量的農產品以支持人口的增長，另一方面又分流出大量農村剩餘勞動力，為工業革命儲備了人力條件。

18 世紀也是英國工業革命蓬勃發展之際。英國工業革命始於 18 世紀 60 年代，通常認為它發源於英格蘭中部地區，是指資本主義工業化的早期歷程，即資本主義生產完成了從工廠手工業向機器大工業過渡的階段。工業革命是以機器取代人力，以大規模工廠化生產取代個體工廠手工生產的一場生產與科技革命。英國工

業革命以棉紡織業的技術革新為起點，以瓦特蒸汽機的改良和廣泛使用為樞紐，以 19 世紀三四十年代機器製造業機械化的實現為基本完成的標誌。一般認為，蒸汽機、煤、鐵和鋼是促成工業革命技術加速發展的四項主要因素。英國最早開始工業革命，也是最早結束工業革命的國家。17 世紀時，英國資產階級政權的建立促進了資本主義的進一步發展，英國的殖民擴張為資本主義的發展積累了大量資本，圈地運動為資本主義的發展提供了大量生產所必需的勞動力。18 世紀中期，英國成為世界上最大的資本主義殖民國家，國內外市場的擴大對工廠手工業提出了技術改革的要求，因此以技術革新為目標的工業革命首先發生在英國。英國工業革命的發生絕非偶然，是英國社會政治、經濟、生產技術以及科學研究發展的必然結果，使英國社會結構和生產關係發生重大改變，生產力迅速提高，這次革命從開始到完成，大致經歷了一百年的時間，影響範圍不僅擴展到西歐和北美，推動了法、美、德等國的技術革新，而且還擴展到東歐和亞洲，俄國和日本也掀起了工業革命的浪潮，標誌著更大範圍內工業革命新高潮的到來。

18 世紀是繁榮和進步的時代，英國各地一片欣欣向榮。語言領域也精彩紛呈，首先，新技術新產品帶來許多新詞彙，擴大了英語詞彙量；其次，農業人口流向工業中心，促使地方口音的形成；最後，英國的經濟優勢開始轉化為語言優勢，英語由語言輸入大國開始變為語言輸出大國。由於農業革命、工業革命對英語的影響有一個顯著的滯後效應，18 世紀英語給後世留下的印象是有文化、有品位的優雅語言，是封建農業文明時代語言的最後絕唱，是被溫馨回憶的玫色眼鏡美化了的語言幻象。這一印象也許不夠客觀全面，也許僅僅反映了少數特權階級充滿懷舊的浪漫情愫，也許沒有充分體現工農業革命殘酷代價的一面，但 18 世紀英語的重要性毋庸置疑，18 世紀末形成的標準英語為現代英語奠定了堅實基礎。

（一）英語標準修訂

18 世紀的英國語言學者大都被後人視為規定性語法學家，然而這是以偏概全的看法。這些語言學者只不過繼承了 17 世紀學者對語言標準的不懈追求，到 18 世紀時，這些標準逐漸成熟、定型。

語言標準是指使用某種語言的人所應共同遵守的語音、詞彙、語法、書寫等方面的標準和典範。語言規範化指根據語言發展規律，從語言的語音、詞彙、語法等角度出發，從分歧或混亂的現象中，找出甚至確定大家都應遵循的規範，指出不合規範的用法，通過語言研究的著述如語法書、詞典、語言學著作等明文規定下來，並通過各種宣傳教育的管道，推廣那些合乎規範的用法，限制並逐漸淘汰那些不合規範的現象，使人們共同遵守語言規範而進行有效的交際，使語言循著一條統一的正確道路向前發展。

　　英語標準的形成走過了一條漫長的路。18世紀，英國文人已經認識到英語標準的重要性，許多學者紛紛發表自己對語言標準的看法，湧現出了一大批的詞典和語法書。其中最重要的是1755年山謬・約翰遜（Samuel Johnson, 1709-1784）編撰的《英語詞典》（*A Dictionary of the English Language*），以及1762年羅伯特・洛思（Robert Lowth）編寫的《英語語法簡介》（*A Short Introduction to English Grammar*）。

　　《英語詞典》又被稱為《約翰遜詞典》（*Johnson's Dictionary*），是英國學者山謬・約翰遜編輯的英文詞典。約翰遜的詞典既不是第一本，也不是最早的幾

諷刺山謬・約翰遜文學批評思想的漫畫，畫中他赤裸上身，繞著金光閃閃的希臘帕納索斯山（Mount Parnassus）作贖罪之行，該山是謬斯女神之家，他身後是太陽神阿波羅和眾謬斯女神。漫畫作者是英國著名漫畫家詹姆斯・吉爾雷（James Gillray）。

本英語詞典，卻是英語史上最重要的詞典之一。早期英語詞典大多組織不善，解釋過於生硬模糊，而 1755 年 4 月 15 日出版的《約翰遜詞典》基本克服了這些問題。該詞典一直是英語的詞義標準和句法典範，並被評論家稱為英語史和英國文化史上的劃時代成就。1928 年，《牛津英語詞典》（*The Oxford English Dictionary*）第一版各卷終於出齊，《約翰遜詞典》才被取代，英語才有了新的標準。

約翰遜出生於小康的書商之家，母親生他時已年屆四十，在當時可謂高齡產婦。他出生時沒有啼哭，先天體弱，不幸又染上瘰癧（scrofula），手術在他的臉龐和身上留下了永久疤痕。他弟弟出生後，父親開始陷入債務危機，家庭經濟狀況惡化。約翰遜從小聰慧過人，3 歲時母親就教他背誦祈禱書，4 歲開始上學，7 歲進入當地有名的文法學校，並在拉丁文學習上嶄露頭角，這時他開始出現抽搐症狀，後人據此猜測他患有妥瑞氏症（Tourette Syndrome），9 歲時，他在文法學校跳級進入高年級。後來多虧其母親繼承親戚遺產，家庭經濟狀況方有所改善，約翰遜在 19 歲時入讀牛津大學，然而在大學學習 13 個月後，因無力負擔學費而被迫從牛津輟學。由於沒有大學文憑且有妥瑞氏症，約翰遜很難找到理想的工作。25 歲時，他和 46 歲的富有寡婦結婚，在妻子的資助下創辦了自己的學校，然而卻只招到 3 名學生，經濟損失慘重，創業失敗後他赴倫敦發展，開啟寫作生涯。

約翰遜並非英國歷史上第一個詞典編纂者。在他之前的 150 年裡，英國已經有了二十多本詞典，其中最早的是湯瑪斯·伊里亞德爵士（Sir Thomas Elyot）1538 年編纂的拉丁語英語「詞書」（wordbook）。這些早期詞典最大的不足是結構混亂，釋義隨意，大都只收錄所謂難詞，即專業技術性詞彙、外來詞彙、古詞等，沒有關注當代英語的使用。另外，以前書籍因為珍貴稀少而自帶神聖光環，到約翰遜的時代，隨著民眾讀寫能力的提高以及印刷術的普及，書籍開始走入尋常百姓家，因而對拼寫規範的需求更迫切了。

1746 年，倫敦的出版商聯合起來邀請約翰遜編寫詞典，開價 1500 個金基尼（相當於 2018 年的 22 萬英鎊），這對約翰遜而言無疑是筆鉅款，他答應在 3 年內交稿。當時法蘭西學術院（Académie Française）編詞典，動用了 40 名學者，歷時 40 年才完成一部詞典，而約翰遜實際上幹了 9 年才完工，1755 年他編寫的詞典正式出版。雖然出版商的預付金按當時的標準算高的，但約翰遜需要支付買書、場地租金、人員工資等費用，日子也一直不寬裕。他曾四處尋求贊助人，登門拜訪過國務大臣蔡斯菲爾德伯爵（Earl of Chesterfield），不料被拒之門外，約

翰遜只好帶著 6 位助手投入編詞典的浩繁工程。在詞典編撰工作開始後的第六年，約翰遜經歷了喪妻之痛，一度心灰意懶，幾乎放棄，但他最終還是堅持下來了。詞典快完成時，國務大臣蔡斯菲爾德伯爵又向他示好，約翰遜沒好氣地回絕了他。詞典完成前，約翰遜的朋友勸說牛津大學領導，如此重要的鴻篇巨制，應當出自牛津人之手，於是牛津大學為約翰遜補發了文學碩士學位。1765 年，都柏林聖三一學院授予約翰遜名譽博士學位；1775 年，牛津大學也給他頒發了名譽博士學位，後人在提到他時都尊稱他為「約翰遜博士」。

《約翰遜詞典》是史無前例的巨著。該詞典收錄了 42773 個詞條，引用了 114000 個文學例句，例如，僅 take 這個詞條就佔據了 5 頁，列出了 134 個定義，其釋義一共有八千多個單詞。該詞典塊頭很大，每頁上下長 46 釐米，左右寬 51 釐米，當時沒有哪一家出版社能獨立印製這樣的巨著，只能是聯合出版。英國歷史上除了少數特製《聖經》的紙張規格更大，其他印刷物沒有比約翰遜詞典更大的。該詞典原定分上下 2 卷出版，但實際卻是分 4 卷出版。該詞典價格不菲，每本定價相當於 2018 年的 642 英鎊，這直接導致該詞典銷量有限，在詞典首次出版後的 30 年裡，先後推出 5 個版本，總銷量 6000 本。

約翰遜獨創了一套全新的詞典編纂方法，奠定了現代英語詞典編制之基本原則。以前人們編詞典是將字母表分段，分給不同的人去負責。約翰遜拋棄了這種方式，他大量翻閱 16 世紀中葉以來的名家著作，畫出考慮引用的句子，並在書頁邊上寫下該句子所歸屬的單詞。他前後雇用了 6 位助手，負責將句子抄在紙條上，並按單詞順序，分別插入 80 個筆記本。這一工作大致完成後，約翰遜根據收集的例句，厘定單詞定義，分出細微區別，並寫出單詞的詞源。按通常編法，不同人為不同單詞所查找的材料，可能高度重複，比如兩人都會翻閱莎士比亞和彌爾頓。這樣的重複勞動，在約翰遜的編法裡，都杜絕了。約翰遜的詞典新編法，需要編者具有過目不忘的記憶力，好在博聞強識，正是約翰遜的特長。

約翰遜的工作得到了世人的認可。18 世紀下半葉被稱作英語史上的「約翰遜時代」，英國人認為約翰遜詞典為標準英語奠定了基石，英語從此趨於穩定。儘管《約翰遜詞典》常常拿法國人開玩笑，例如，將法語對男人的尊稱「先生」（Monsieur）解讀為貶義詞（Monsieur: a term of reproach for a Frenchman），法國人依然對他讚歎有加，伏爾泰等法國大學者仍然建議法蘭西學術院向約翰遜學習，當時法語詞典只有文學例句，而約翰遜詞典不僅有文學例句，還收錄了來自

哲學和自然科學的例句。

　　《約翰遜詞典》是一本可讀性相當高的著作，充滿典雅的文學詞句以及各種古怪有趣的知識。其最大特色是例句廣泛取材於著名的文學作品，如莎士比亞、約翰·彌爾頓、約瑟夫·艾迪生（Joseph Addison）、法蘭西斯·培根（Francis Bacon）、亞歷山大·波普（Alexander Pope）、《聖經》等，當代著述一概不取。例如：curse（詛咒）一詞，引自莎劇《暴風雨》（*The Tempest*）中醜人卡戾笨（Caliban）的臺詞「我知道如何詛咒」（I know how to curse），約翰遜在 know 後面加上 not，變成「我不知如何詛咒」（I know not how to curse）。又如：片語 "with bated breath" 意思是「屏息地」，即出自《威尼斯商人》（*The Merchant of Venice*）。又如： "a foregone conclusion" 意思是「預料中的結局」，出自《奧賽羅》（*Othello*）。約翰遜還引用了培根的一句名言：「讀書時不可存心詰難作者，不可盡信書上所言，亦不可只為尋章摘句，而應推敲細思。」（Read not to contradict and confute, nor to believe and take for granted, nor to find talk and discourse, but to weigh and consider.）整本詞典更像是一冊文集，讀者可隨時隨地取閱。約翰遜對字義的解釋盡可能具體而微，一改過去「大而化之」的風格。為此他特地向新聞人大衛·加雷克（David Garrick）借了一套《莎士比亞全集》（*Complete Works of William Shakespeare*），專抄莎翁名句，結果整套《莎士比亞全集》都被他翻爛了。

　　編字典出錯在所難免，《約翰遜詞典》也不例外，約翰遜對自己所犯的錯誤毫不隱諱。《約翰遜傳》（*Life of Samuel Johnson*）中記載他把 pastern 這個單詞錯誤地定義為「馬的膝蓋」，而實際應該是「馬腿的繫部」，有一位女士問他怎麼會犯如此低級的錯誤，期待他為自己辯護一番，誰知他坦誠地回答：「無知，夫人，純粹的無知。」

　　約翰遜博聞強記、妙語連珠，常在詞條的解釋中開玩笑，因此《約翰遜詞典》亦編寫得輕鬆有趣，例如：

　　廣告（advertising）一詞的解釋就是「承諾，漫天承諾」（promise, large promise）。

　　他不喜歡蘇格蘭人，給燕麥（oat）下的定義是：「英格蘭人用來餵馬，蘇格蘭人拿來食用的穀物」（a grain, which in England is generally given to horses, but in Scotland appears to support the people）。

又說十四行詩（sonnet）是「一種 14 行短詩體……不太適合英語」。

退休金（pension）就是「付給與某人能力不相稱的津貼，在英國，頒給公務員以感謝他對國家的反叛」（In England it is generally understood to mean pay given to a state hireling for treason to his country）。

國稅（excise）的定義是「一種人人恨之入骨的貨物稅，按抽稅者的興致任意調整，抽稅者不是普通的財產判官，而是可惡的稅收受益者」（a hateful tax levied upon commodities and adjudged not by the common judges of property but wretches hired by those to whom excise is paid）。

贊助者（patron）的定義是「贊同者、支持者、保護者；通常是驕橫地捐助而收穫諂媚的壞蛋」。（One who countenances, supports or protects. Commonly a wretch who supports with insolence, and is repaid in flattery.）

辭典編纂人（lexicographer）的定義是「辭典的編輯，長期追溯字源字義，累自己而無傷於他人的窮人」（a writer of dictionaries; a harmless drudge that busies himself in tracing the original, and detailing the signification of words）。

雖然現在《約翰遜詞典》不再是當代英語標準，但仍然是重要參考書，特別是在美國。1775 年，美國革命如火如荼時，美國建國之父紛紛拿起筆來，表達自己的政治理念，他們都是將《約翰遜詞典》奉為行文圭臬，儘管約翰遜本人並不支持美國革命。美國《獨立宣言》主要起草者湯瑪斯‧傑弗遜（Thomas Jefferson），更是把這本詞典當作格言集來用，因為裡面的例句皆出自名家之手。這樣，當美國法官們討論與憲法有關的案例時，常常需要借助《約翰遜詞典》，以便探討建國之父 1787 年制定憲法時的確實用意。

《約翰遜詞典》是現代英語詞典的開山之作，兩百多年以來，一直是學術界熱衷討論和研究的物件。近二十年來國外關於這部詞典的研究異常活躍，並取得了重大進展。理論上，新的研究表明，約翰遜詞典是一部包含百科性質的語文詞典，其編纂方法既有規約主義特徵，也有描寫主義傾向，這些特點對現代英語詞典有直接的影響。到目前為止，詞典至少出版發行 52 種版本、13 種修訂本、120 種簡寫本、309 種袖珍本、7 種印刷摹真本、4 種節選本和 2 種電子版本。討論這部詞典的著作有三百五十多種，其中專著至少有 28 種，另外還有 1 本文獻目錄集，在眾多約翰遜詞典版本以及研究詞典的出版物中，近一半為最近三十年出版

（Lynch, Jack and Anne McDermott. 2005）。僅 2005 年，在《約翰遜詞典》問世 250 周年之際，至少出版了 6 部研究這部詞典的專著或文集；《國際詞典學期刊》（*International Journal of Lexicography*）在這一年的夏季刊上開闢約翰遜詞典研究專輯，刊載了 7 篇論文。這些研究的視角和範圍不斷擴大，其理論和方法都有較大突破。

《約翰遜詞典》引發了規約主義與描寫主義之爭。毋庸置疑，約翰遜詞典在規範英語方面發揮了重大作用。約翰遜因此長期被視為規約主義的代表。最近幾十年來，隨著描寫語言學的迅猛發展，這種觀點開始受到質疑，關於約翰遜詞典規約主義和描寫主義之間的爭論越發激烈。

在詞典學中，規約主義的編纂方法規定語言應該如何使用，而描寫主義則如實記錄觀察到的語言事實（Hartmann, Reinhard R. K. and Gregory James. 2000）。規約主義者往往要對詞語挑選、規範以及制定正確的用法規則。他們認為語言的不斷變化意味著退化，所以詞典編纂目的應當是把語言固定下來，防止進一步退化。而描寫主義者則認為，語言沒有優劣和正誤之分，因而無法對語言進行評判和規定，也不存在語言退化之說（Béjoint, Henri. 2002）。有學者認為約翰遜是規約主義者的代表，這至少有兩個理由。一方面，這是由當時歐洲規約主義的詞典編纂傳統決定的。義大利和法國分別在 17 世紀早期和末期編成本民族語言詞典，而英國同期雖有一些詞典問世，卻難以起到規範英語的作用。自 17 世紀中葉開始，英國作家約翰・德萊頓（John Dryden）、丹尼爾・笛福（Daniel Defoe）、強納森・史威夫特（Jonathan Swift）等，紛紛呼籲編纂一部英語詞典來規範民族語言（Baugh, Albert C. and Thomas Cable. 2001）。約翰遜正是在這種時代背景下，應出版商的邀請承擔了這一重任。另一方面，約翰遜的個人態度有明顯的規約主義傾向。1747 年，在《英語詞典編寫計畫》（*The Plan of a Dictionary of the English Language*）中，他開篇即宣稱詞典編纂的主要目的是「保持英語的純潔，確定日常用語的意義」（preserve the purity and ascertain the meaning of our English idiom），錄入詞典中的詞彙應屬於「本民族語言；日常生活中使用的語言；優秀作家作品中的語言」（Kolb, Gwin J. and Robert DeMaria, 2005: 29）。在近結尾處他又重申，編纂這部詞典旨在固定詞語的讀音、確定詞語的用法、保持語言的純潔、延長英語的壽命（Kolb, Gwin J. and Robert DeMaria. 2005: 57）。在《約翰遜詞典》序言中，約翰遜的這種規約主義傾向有所緩和，但他仍然呼籲說「生命終

究要結束，但可以通過細心照料來適當延長。語言……有墮落傾向……我們應該竭力加以維護」（Kolb, Gwin J. and Robert DeMaria. 2005: 109）。

　　一直到 20 世紀，認為約翰遜是規約主義詞典家的觀點仍然占上風。後來，隨著語言學研究的蓬勃發展，詞典學的研究也逐漸豐富起來。自 20 世紀 80 年代起，關於《約翰遜詞典》的研究有重大發展，認為約翰遜是規約主義詞典家的觀點開始受到質疑。當代學者羅伯特‧德馬里亞（Robert DeMaria）較早提出約翰遜主要是「忠實地記錄英語」而不是「固定、調整或改造英語」的詞典家（DeMaria, Robert. 1986a）。安妮‧麥克德莫特（Anne McDermott）比較詳細地探討了這個問題，她通過對詞典引文和釋義的分析，認為約翰遜非常重視語言的習慣用法，而不是給語言制定規則。麥克德莫特認為，約翰遜並不專門挑選他認為是常用的或合乎規範的用法和意義，而是客觀記錄詞彙的所有意義和用法，例如在 take 詞條下羅列了 134 項意義和用法。此外，這些詞義和用法不是約翰遜憑空想像的，而是從眾多引文中總結出來的。有的詞義約翰遜沒有給出，只是提供引文，讓讀者通過上下文來判斷詞義，例如在 twister 詞條下，約翰遜說：「我選取了一系列精彩引文，其各種意義都能得到顯示」（McDermott, Anne. 2005a）。這種注重語言事實的態度充分說明他具有描寫主義傾向。

　　近年來，圍繞《約翰遜詞典》規約主義和描寫主義的討論，出現了一些新視角或研究方法。傑夫‧巴恩布魯克（Geoff Barnbrook）採用統計方法，輔以語料庫的研究，對詞典中的用法說明（usage notes）進行分析，試圖弄清具有規定性的用法說明究竟占多大比例。統計結果是，詞典第一版和第四版的詞目數分別為 43065 和 41835，用法說明數量分別是 4875 和 5826，附有用法說明的詞目占總詞目比例分別是 11.3% 和 13.9%，其中規定性說明（如含有 low, proper, can't, improper, ludicrous, corruption, bad, barbarous, false 等詞語的說明）所占比例分別為 24.5% 和 24.7%，約占整個用法說明的四分之一（Barnbrook, Geoff. 2005）。這個比例資料證明：約翰遜在努力制定正確運用語言的規則，屬於規約主義方法。此外，巴恩布魯克還把約翰遜的用法說明放在赫爾辛基語料庫（The Helsinki Corpus）收集的早期現代英語語料中去檢驗，以驗證他的用法說明與那時的真實語料是否大致相符。結論認為，約翰遜建立在客觀語言材料基礎上的用法說明是準確無誤的（Barnbrook, Geoff. 2005）。

　　約翰遜所處的時代要求他對語言進行規範，他的規約主義實際上是時代的

需要，但他對語言的正確認識決定他更多地採取描寫主義編纂方法。他認為不存在完全符合規則的語言，任何語言都有不規則的地方。從選詞、正字、正音到下定義，他都尊重語言的約定俗成特性。在詞典序言中，他寫到詞典編纂者的任務應該是「記錄」（register）而不是「建構」（form）語言，記錄人們如何表達思想，而不是教人如何思考（not to form but register the language, not to teach men how they should think, but relate how they have hitherto expressed their thoughts）（Barnbrook, Geoff. 2005: 102）。後來的事實也證明約翰遜這種處理語言的態度是相當科學的，20 世紀相繼出版的描寫主義詞典應該有約翰遜的功勞。隨著研究視角和方法的不斷變化，關於約翰遜詞典編纂的規約主義與描寫主義的討論不會停止，因為語言是不斷變化的，完全規約性的詞典並不現實，完全描寫性的詞典也不大可能（Béjoint, Henri. 2002）。

《約翰遜詞典》引發了百科性的爭論。如果有人說《約翰遜詞典》是語文詳解詞典，多數人會贊同，因為從選詞到釋義、引證，無不具備語文詳解詞典的特徵；但如果有人說他的詞典是百科全書，贊同者則寥寥無幾，因為怎麼看它都不像百科詞典。可是，近年來，越來越多的學者指出約翰遜詞典具有百科性、知識性特點。

羅伯特・德馬里亞的《約翰遜詞典與知識語言》（*Johnson's Dictionary and the Language of Learning*），是當代研究約翰遜詞典的重要專著，他認為，約翰遜詞典中豐富的引文材料，不僅僅用來佐證詞義，明讀者學習規範的語言，而且旨在提高讀者的文化知識和道德水準。這不是一部純粹意義上的語言詞典，而是一部相容百科知識的語文詞典（DeMaria, Robert. 1986b）。德馬里亞力求對這些引文進行系統分析，為詞典建構起龐大的知識體系。繼德馬里亞之後，關注約翰遜詞典引文的著述逐漸增多，如基斯・沃克（Keith Walker）關注詞典對德萊頓的處理（Walker, Keith. 1998）；日本學者長島（Nagashima D.）討論詞典中引用《聖經》的例文（Nagashima, D. 1999）；羅伯特・梅休（Robert J. Mayhew）研究引文中描寫大自然的語言等（Mayhew, Robert J. 2004）。隨著對《約翰遜詞典》研究的進一步深入，詞典中的引文將繼續引起學者的關注。

當代學者傑克・林奇（Jack Lynch）則從釋義入手，闡釋了約翰遜詞典的百科性特點。傳統上，詞典和百科全書並非涇渭分明。18 世紀，英國出版的許多百科全書都以詞典或詞彙書的名稱命名，如 1704 年，約翰・哈里斯（John Harris）

出版的《科技詞彙》（*Lexicon Technicum*）；有的辭書名稱同時包括詞典和百科全書的字眼，如 1771 年伊弗雷姆‧錢伯斯（Ephraim Chambers）出版的《大英百科或稱文理專科詞典》（*Encyclopaedia Britannica; or, A Dictionary of Arts and Sciences*）。通過研究約翰遜詞典中名詞的釋義，林奇認為它同 18 世紀時期的其他詞典一樣，具有百科的性質，而且絕大多數釋義借鑒或參考了其他百科全書或專科詞典中的釋文。當然有些地方也做了大量的刪減，例如他運用 62 個詞解釋 "daffodil"（黃水仙），其釋義取自菲利浦‧米勒（Philip Miller）的《園藝詞典》（*The Gardeners Dictionary*），而原文用了近四千個詞（Lynch, Jack. 2005）。

此外，林奇注意到詞典第四版的許多百科性釋文被大量刪減，如 ahouai（黃花夾竹桃）的釋文在第一版用了 169 個詞，內容包括這種植物的習性、種類、範圍和特徵等，在第四版裡只用了 6 個詞：The name of a poisonous plant（一種有毒植物的名稱）。許多植物名稱的釋文都同樣被大幅度刪減，其原因林奇沒有做深入探究，只是猜測可能是給新增的釋文讓位，或者認為原來的釋文過長沒有多大意義（Lynch, Jack. 2005）。

《約翰遜詞典》的問世，改變了人們對詞典的認識。人們不再把詞典看作僅僅是查閱生詞的工具書，它與其他文藝作品一樣，還能 明人們增長知識，增添閱讀的樂趣。19 世紀英國著名詩人羅勃特 白朗寧（Robert Browning）為了提高自己的文學創作才能，日夜研讀整部詞典（Clifford, James L. 1979）。

《約翰遜詞典》引發了詞典文獻研究的新角度。繼德馬里亞突破傳統研究開始關注詞典的引文之後，艾倫‧雷迪克（Allen Reddick）1990 年出版了《1746 - 1773 年約翰遜詞典的編纂》（*The Making of Johnson's Dictionary*, 1746-1773），1996 年推出修訂版，開始關注約翰遜詞典的成書過程。雷迪克最大的優勢是佔有約翰遜的第一手材料，即約翰遜三卷本手稿，也被稱為「斯尼德─金貝爾」（Sneyd-Gimbel）手稿。通過研究原稿，雷迪克糾正了過去一些作者關於詞典編纂的臆測，「斯尼德─金貝爾」手稿顯示了第四版的修改細節，不但有約翰遜的手跡，還有抄寫員改過的痕跡。這些修改的內容既反映了約翰遜語言思想變化的軌跡，又體現了他與抄寫員之間的合作關係（Reddick, Allen. 1996）。從修改稿中可以看出，約翰遜對詞典第二卷，即從字母 M 到 Z 修改的內容較多，增添了許多詩句作例證；此外，新增引文中的宗教思想和政治傾向也比較明顯。為展示約翰遜的手跡，2005 年雷迪克還出版了《山謬‧約翰遜未出版的〈英語詞典〉

修改稿》（*Samuel Johnson's Unpublished Revisions to the Dictionary of the English Language*）。這部文獻集首次向讀者展示約翰遜和另一個抄寫員對詞典初版的修改稿，共 122 頁。雷迪克指出第四版並沒有使用這些修改的內容，但究竟是什麼原因，目前尚無法考證。由於原稿有的地方筆跡模糊，雷迪克等人便將其還原成現代印刷體，並做適當的注解和評說。編者介紹了約翰遜的修改過程和意圖，為進一步研究約翰遜的詞典編纂理論和方法提供了有益的文獻資料。

2005 年，耶魯大學出版社出版了《約翰遜文集》（*The Works of Samuel Johnson*）第十八卷《約翰遜論英語》（*Johnson on the English Language*），由格溫·科爾布（Gwin Kolb）和德馬里亞編寫，這是關於約翰遜詞典研究的另一重要文獻集。本書收集了《英語詞典編寫計畫》，詞典初版時的序言、英語史、英語語法，此外還收集了 1756 年詞典首次發行的簡明版前言和 1773 年第四次修訂版的「宣傳廣告」。編者對每部分文獻的背景都做了深入細緻的介紹，注解也很全面，為約翰遜詞典研究提供了豐富的文獻資料。

大衛·克里斯托（David Crystal）於 2005 年出版的《約翰遜詞典選讀》（*Johnson's Dictionary: An Anthology*）是另一部關於約翰遜詞典的重要文獻。克里斯托認為，「選讀」應體現作品中最好的或最有特色的部分。為此，他首先節選了《英語詞典編寫計畫》和序言中的部分內容。至於詞典的正文部分，克里斯托重點選編反映約翰遜時代的英語詞彙和用法，這些詞彙和用法在現代英語中已經很少使用。例如字首 circum- 和 ob- 那時比現在用得多，許多詞彙現在已不再使用，如 airling, nappiness, smellfeast, worldling 等。克里斯托認為約翰遜詞典保存了豐富的語言史料，對英語史的研究具有重要作用。

《約翰遜詞典》對詞典編撰業的偉大貢獻是毋庸置疑的。《約翰遜詞典》並非第一部英語詞典，一般認為 1604 年羅伯特·考德里（Robert Cawdrey）出版的《按字母順序排列的詞表》（*A Table Alphabeticall*）才是第一部英語詞典。在編纂技巧上，約翰遜詞典的創新很有限，雖說約翰遜引用例證和使用數字區分各義項是偉大創舉，但這些編纂技巧並非他首創。英國最早廣泛使用闡釋性引文的做法始於湯瑪斯·威爾遜（Thomas Wilson），1612 年他出版的《基督教詞典》（*A Christian Dictionarie*）已開始大量使用闡釋性引文。1749 年，班傑明·馬丁（Benjamin Martin）出版了《英語創新詞典》（*Lingua Britannica Reformata*），是首次系統區分各義項的詞典。儘管如此，約翰遜在詞典學上的貢獻依然是有目

共睹的，關於這方面的討論一直方興未艾。

辭典專家佩妮·席爾瓦（Penny Silva）統計出《約翰遜詞典》在 3 個方面對《牛津英語詞典》直接產生影響：

（1）在詞條方面，直接介紹《約翰遜詞典》收錄的詞條，如 arbourvine（藤本植物）包含下述資訊：in Johnson 1755，"arbourvine, a species of bind weed"，with a quotation from Miller；

（2）釋義方面，共有 723 處釋義注明出自約翰遜（標注為 "J."），其中從字母 A 到 F 占 61%；

（3）引文方面，《牛津英語詞典》初版引用《約翰遜詞典》引文 2976 條，直接標注為「約翰遜 1755」（Silva, Penny. 2005）。

1828 年，美國辭典編纂家諾亞·韋伯斯特（Noah Webster）出版了《美國英語詞典》（*An American Dictionary of the English Language*），其中字母 L 包括的引文，有三分之一源自約翰遜的詞典或受其詞典的影響（Landau, Sidney I. 2005）。諾亞·韋伯斯特是 19 世紀初對《約翰遜詞典》提出批評最多的人，但這並不妨礙他向約翰遜學習和借鑒。

辭典專家 A. D. 霍根（A. D. Horgan）認為約翰遜至少有一個創新：「他是第一位系統且有效地解釋動詞片語的英語詞典家。」（Horgan, A. D. 1994: 128）由於許多片語的意義並不是其組成詞意義的簡單疊加，約翰遜詳細解釋這些片語的用法，其中一個重要原因是為國外英語學習者提供方便。以前的詞典編纂者只考慮為本國識字不多的人學英語服務，而約翰遜則開始考慮國外英語學習者的需求，這是英語詞典學發展的一大進步。自約翰遜之後，解釋動詞片語成為英語詞典必不可少的部分，現代英語學習者詞典更是把其作為編纂重點。西德尼·蘭多（Sidney Landau）專門比較了《約翰遜詞典》、《韋伯字典》和《伍斯特字典》（*Worcester Dictionary*），以 come, make 和 set 這 3 個動詞為例，對這 3 部詞典中收錄的動詞片語做了統計，其中 come 片語的統計結果是：約翰遜詞典收錄 come 片語 26 條，韋伯字典選取其中的 25 條，新增 13 條片語，伍斯特字典選取其中的 19 條，新增 1 條片語。統計結果表明，《約翰遜詞典》中的動詞片語絕大部分被韋伯斯特和伍斯特沿用，而韋伯斯特在此基礎上新添了許多片語，並且借鑒了許多《約翰遜詞典》片語後的引文。儘管韋伯斯特常常不大願意承認，但約翰遜對他的影響是「深遠和深刻的」（Landau, Sidney I. 2005: 225）。

現代詞典最直接得益於約翰遜的地方應推他的詞語釋義。關於約翰遜的釋義理論和方法的討論，許多學者做了有益的嘗試。例如：詹姆斯·麥克萊弗蒂（James McLaverty）分析約翰遜在詞典序言裡多次使用解釋（explanation）或解讀（interpretation），但從不使用定義（definition），主要是受英國哲學家約翰·洛克（John Locke）的影響。洛克認為，知識存在於人的思想之中，語言是思想的符號，不同的人對事物的理解不同。受其影響，約翰遜認為，詞典中的釋義只是詞典編纂者對某個詞義的理解，不可能給某個詞語規定一個大家都能接受的「定義」（definition）（McLaverty, James. 1986）。安妮·麥克德莫特分析比較了《約翰遜詞典》與其同時代的詞典，尤其是約翰遜大量借鑒的南森·貝利（Nathan Bailey）的詞典，在解釋科技術語方面的不同，認為約翰遜在處理科技術語時不使用插圖的主要原因是他對這些科技術語不感興趣。在詞典的前面部分，約翰遜的許多科技術語釋義借自其他專業詞典，有的內容很詳盡，如 algebra（代數），但到了詞典後面的部分，科技術語的釋義很簡潔，有的乾脆省去不解釋（McDermott, Anne. 2005b）。

另一位為英語標準做出巨大貢獻的是羅伯特·洛思（Robert Lowth, 1710-1787），他是英國著名的《聖經》學者、主教、語法學家。他父親是神職人員，《聖經》學者，在牛津大學取得學士、碩士、博士學位。洛思出身於書香門第，從小接受良好教育，在著名私立男校溫徹斯特公學上中學，也在牛津大學取得文學學士學位、文學碩士學位以及神學博士學位。還在牛津攻讀碩士期間，洛思已經被任命為英國國教的教區牧師，他精通拉丁文，翻譯過《聖經》，其英譯本被認為是英語語言品質最高的譯本之一。他與英國著名哲學家大衛·休謨（David Hume）是好朋友，他曾歷任牛津大學詩歌教授、牛津主教、倫敦主教，原本還被任命為坎特伯雷大主教，但因為身體健康狀況不佳而沒有接受。

倫敦主教羅伯特·洛思肖像。

洛思對英語語法的貢獻很大。1762 年，他出版了《英語語法簡介》（*A Short Introduction to English Grammar*），他認為當時缺乏權威的英語語法書，因此自己動手編寫了一本。他在該書中寫下的種種語法規定，無疑給語言帶來了確定性和權威性，深受志同道合者的贊許。這本書原本不是寫給學生的教材，但出版不到十年就被改編成各種教材，他那充滿個性風格的評論逐漸變成了教室裡的金科玉律，不容挑戰。例如，他認為動詞不定式不能拆分使用、連詞不能放在句首、介詞不能放在句尾、不能使用雙重否定句、兩者相比不能用最高級而只能用比較級等。他這本語法書改編的教材一直沿用到 20 世紀初才退出歷史舞臺。正是該書提出的許多規定性語法準則，奠定了他在英語語法界的泰斗地位。

他對語法的認識，與同時代其他語言學家一樣，深受拉丁語語法的影響，其實他自己也知道這兩種語言不具可比性，他自己甚至還說過，不要「把外語規則強加到英語頭上」（… condemned "forcing the English under the rules of a foreign Language"），但這並不妨礙他成為一名強勢的英語規則制定者。他繼承了英語語法集大成者強納森 史威夫特對英語的看法，兩人都認為英語必須有一套標準規則，1712 年史威夫特發表了「矯正改進英語的提議」（A Proposal for Correcting, Improving and Ascertaining the English Tongue）一文，對洛思影響很大。

洛思指出了許多所謂的不當句法，他選擇的病句都是來自名家名作，例如莎士比亞、約翰‧彌爾頓、強納森 史威夫特、亞歷山大‧波普、《欽定聖經》等。例如，他認為 whose 只能用來指人的所屬格，用來作為 which 的所屬格就是錯誤的（Whose is by some authors made the possessive case of which, and applied to things as well as persons; I think, improperly.）。他還批評約瑟夫‧艾迪生（Joseph Addison）的句子：Who should I meet the other night, but my old friend?（那天晚上，除了見老朋友，我還能見誰呢？）他認為不應該用主格 who，而應該用賓格 whom 來指代動詞賓語。雖然《欽定聖經》和莎士比亞都大量使用雙重否定句，莎翁在戲劇《理查三世》（Richard III）裡還用到了三重否定句，例如：I never was nor never will be（無論過去還是將來，我都絕不會這樣做），但是洛思建議不要使用雙重否定句，更不要使用多重否定句，因為他認為這是多此一舉的語法冗毒，只會徒增讀者的閱讀負擔。

洛思最著名的觀點是不能把介詞放在句末，即不能出現介詞懸空（preposition stranding）的情況，這對後世有很大的影響。介詞懸空又被稱為介詞後吊，指介

詞與後接賓語分開了，通常是介詞出現在句末。這種用法不僅出現在英語中，在其他日爾曼語中也有這種現象，因此關於這種用法是否符合英語語法規則一直沒有定論。支持者認為這是英語句法固有的特徵之一，存在即合理，從喬叟、彌爾頓到莎士比亞、《欽定聖經》，無一例外都有這種用法。反對者認為這種用法完全不能接受，第一個反對該用法的是約翰・德萊頓（John Dryden），他批評班・強生（Ben Jonson）的這種用法："The Waves, and Dens of beasts cou'd not receive; The bodies that those Souls were frighted from." 他認為強生不應該把 from 放在句子的末尾。

洛思的意見非常重要，他認為介詞懸空在非正式口語裡可以用，但在正式書面文體中應該儘量避免。例如，他認為口語中可以說 What did you ask for（你想要什麼？），但用在正式書面語就顯得不恰當了，而應該寫作：For what did you ask? 他認為：在英語中，這種表達方式已經成為慣用法了；在日常口語中很常見，在書面語裡用來表達稔熟風格也算得當；把介詞放在關係詞前面更文雅、更通達，更適合莊重高雅的文風。（This is an Idiom which our language is strongly inclined to; it prevails in common conversation, and suits very well with the familiar style in writing; but the placing of the Preposition before the Relative is more graceful, as well as more perspicuous; and agrees much better with the solemn and elevated Style.）細心的讀者已經注意到了，在上述洛思探討介詞懸空的第一句英語句子裡：This is an Idiom which our language is strongly inclined to，他故意犯下了介詞懸空的錯誤，把介詞 to 放在了句末，其目的無非是希望有更多人關注並避免這種語法現象。

無論是編纂詞典還是撰寫語法書，都是難度非常大的學術活動，而編寫英語用法指南則相對容易得多。18 世紀後期，英國出現了許多列舉易犯英語錯誤的書，其關注點各不相同，涉及語法、詞彙、讀音、拼寫、標點符號、寫作風格等各個方面，這些都統稱為「用法」（usage）。其中最著名的用法指南當屬 1770 年羅伯特・貝克（Robert Baker）出版的《英語語言反思》（*Reflections on the English Language*）。貝克受過扎實的拉丁語教育，但他並沒有從拉丁語語法出發來要求英語語法，而是指出了當時人們容易犯的 127 個具體錯誤，例如：went 不能用作 go 的過去分詞形式；different 後面的介詞只能接 from，不能接 to 或者 than；不能混淆拼寫相似的單詞，例如 fly 和 flee，set 和 sit，lie 和 lay 等；less 不能修飾可數名詞；不能說 the reason is because；人稱代詞的賓格主格不能混用；mutual 和

common 意思有差別等。值得注意的是，後人高度認同貝克的看法，他列出的不少錯誤用法後來都被排斥在標準英語之外。

　　類似這樣的用法指南還有很多，在英國教育界代代相傳，其結果是受過教育的人確實遵守英語的規定性用法，不會犯下常見的錯誤。例如，他們不會用 worser 這種雙重比較級，也不會用 I don't know nothing 這樣的雙重否定句，因為用法指南早就指出，這種用法是語言的墮落。但凡受過教育的人，都使用傳統的拼寫方式和標點符號，說話時注重單詞發音及重音的準確性，力求符合規範。這種做法滿足了任意性語法的規定，強化了所謂「正確」英語的觀點。推行共同的語言標準無疑具有社會實用價值，有利於加強社會階層融合，然而任何事物都有兩面性，如果混淆了「標準」與「正確」這兩個概念，則很容易帶來新的弊端，畢竟不是所有的人都能「正確」地談吐或書寫英語，這又導致新的社會分裂。在英國文化中，英語用法發揮著獨特的作用，不僅能夠衡量一個人的讀寫能力，還能夠通過其英語能力透露其社會階層，甚至是智力水準。

　　約翰遜的詞典、洛思的語法，以及形形色色的英語用法指南，促進了英語標準的形成與推廣，使英語成為規約性很強的一門語言。

（二）倫敦英語與英格蘭其他地方英語

　　探討倫敦英語與英格蘭其他地方的英語，實質是研究英語的地域變體，首先要分清方言（dialect）和口音（accent）這兩個概念。廣義來講，口音指把英語作為母語者的一種發音模式，從其發音往往可以聽出某人屬於哪一個社會階層或地區。口音應當是方言的一部分，往往帶有明顯的性別、年齡、職業、社會地位、教育程度等特徵。

　　口音的差異主要指發音模式的不同，而方言的差異範圍要廣得多，還包括語法、詞彙的不同。理論上一個人說英語的發音方式可以透露他來自何處、現在住在哪裡、所屬社會階層等資訊。英國一度曾流傳一種說法：通過口音判斷一個英國人的出生地，其誤差經常可以控制在大約 24 公里的範圍內。

　　英國有多少種方言？這個問題很難回答。在英國，從一個地方到另一個地方，

方言在不斷變化。兩個地方相距越遠,方言變化就越大,不同的方言相互融合,很難清晰畫出一條語言突變的分界線。英國有很多不同級別的土話,在鄉村有最古老的地區方言,城鎮與城市裡有無數混合方言,還有廣為人們接受的標準英語。所謂標準英語,一般是指由倫敦方言發展而來的語言,從倫敦方言到英國標準語,經歷了一個漫長的過程。18 世紀,在書面英語方面,倫敦英語早就成為英國標準英語,而在口頭英語方面,倫敦英語與英格蘭其他地方英語的依然存在著較大的差異。

西元 449 年,盎格魯 - 撒克遜入侵,使得日爾曼入侵者把不同方言的日爾曼語帶到了不列顛,這些並不統一的語言融合形成了最早的英語,即古英語。之後英國數次經歷外族入侵,每次入侵對其民族語言的發展都有很大的影響。北歐海盜入侵時,北歐語在英國逐漸普及。諾曼征服後,諾曼法語成為英國統治階級的語言,廣泛使用於宮廷、官方、知識界和上層社會,成為英國高雅的宮廷語言。法語壟斷下的中古英語雖然長期在民間流傳,卻沒有統一的規範可循,實際上是任其自由演變,鮮受任何約束。由於語言中的離心因素時刻在起作用,一些原有方言中的支派再分裂出去,形成若干新的小方言,於是英語中的方言越分越多,越分越細。中世紀後期已經形成了 3 種主要方言:

1. **南方方言(Southern Dialect)**:這種方言流行於泰晤士河以南地區,是由西撒克遜語(West Saxon)發展而成的。西撒克遜語可追溯到條頓民族部落在歐洲大陸時所用的低地德語(Low German),盎格魯 - 撒克遜部落遷移到不列顛島之後,西撒克遜語也就逐漸脫離了歐陸母系語言,獨立發展成為具有自身特點的南方方言。這種語言的形式十分古老、保守,字尾變化很複雜,在阿菲烈特大帝(Alfred the Great)統治時期,即西元 9 世紀,曾一度成為英國的文學語言。

2. **北方方言(Northern Dialect)**:主要流行於英格蘭北部及蘇格蘭南部低地,是由古北方語(Old Northumbrian)發展而成的。西元 9 世紀,丹麥人入侵英國並佔領了英國北部地方。丹麥人和該地區英國人的風俗習慣很相近,語言也基本相通,丹麥語和蘇格蘭地區的古北方語實際上是日爾曼語族中的兩種方言,差別僅在於字尾變化不同。在兩個民族長期混合居住和交往的過程中,兩種方言逐漸變得非常相似,當地的古北方語不再帶有複雜的字尾,從而發展成為北方方言。北方方言字尾的簡化,較之南方方言早兩個世紀,詞彙量也比南方方言大得多,因而比南方方言更為進步。南北兩大方言由於歷史等方面的原因,發展極不平衡,

幾乎成為完全分離的兩種不同語言。

3. 中部方言（Midland Dialect）：主要流行於北方方言區以南，泰晤士河以北。這種方言不如北方方言進步，又不像南方方言那樣保守，介於兩者之間。但這種方言對於南北雙方的人民來說，都比較容易接受和理解，因而它也就具有統一南北兩種語言的基礎。

以上 3 個地區的人民都說自己的方言，作家也用自己的地區方言從事寫作。雖然 1362 年英國法庭和學校重新採用英語，但當時的英國卻沒有一種方言能為全民所通用。小小的不列顛島上方言叢生，各個地區的人民並不能完全理解彼此的語言。在這種情況下，中部方言由於群眾基礎好，能為較多的人接受，且比較自由，不受任何文學傳統的影響，便得到了迅速發展。中部方言又分為兩個支系：一是西中部方言（West Midland），它在中部方言中算是比較保守、形式古老；二是東中部方言（East Midland），這種方言受丹麥語的影響較大，比西中部方言進步，因為它的中心區是倫敦，所以又稱倫敦方言。

13 - 14 世紀，由於城市經濟的發展，大量人口流向倫敦，另外倫敦、牛津、劍橋這一所謂黃金三角地帶，有王廷、政府機構、高等學府、碼頭商埠，是英國的政治、經濟、文化、教育中心，具有成為標準英語發源地的客觀條件。標準英語的書寫形式，是在中世紀後期倫敦方言的基礎上發展起來的上層階級的方言，同時又受中東部移民家鄉方言的影響。倫敦方言對於當時的商人、貴族來說是比較熟悉的，因為他們經常出入倫敦城。同時倫敦方言又是英國兩個最古老的學術中心─牛津大學和劍橋大學所使用的方言，因而學者和文化界人士對這一方言也比較熟悉。於是，倫敦英語在英國眾多方言中脫穎而出，每個地區受過教育之人，無論從事何種職業，都用它來書寫，早在 17 世紀末就開始成為書寫的唯一標準，在優勝劣汰的方言競爭中，倫敦方言逐漸統一了英國語言，成為標準英語。

早期的標準英語與現在的標準英語是有區別的，保留了許多社會方言並且深受地方拼寫形式的影響。18 世紀，英國開展了固定讀音的運動，那些與書寫形式最近的、最好聽的發音被保留下來。從此以後，各種不同發音就逐漸趨同消失了。

從作家和文學作品對語言的影響來看，一種語言的誕生和流行，與偉大作家對該語言的使用有著十分密切的關係。但丁對現代義大利語的形成功不可沒，馬丁‧路德對德語的貢獻也是巨大的。14 世紀後期，在英語重新統一的過程中，英國作家喬叟也發揮了類似的作用，因此被譽為「英語語言之父」（Father of the

English Language）。儘管喬叟開始用倫敦方言寫作時，倫敦方言已發展得相當完善，但由於喬叟使用這種方言時表現出了前所未有的嫻熟、優雅和睿智，從而使倫敦方言具有了高雅的文學色彩。喬叟以倫敦市民、宮廷官吏、旅行家、外交家的身分，用倫敦方言與各界人士進行廣泛交往，並通過這種方言對世界領域裡的各種知識進行深入探討；再加上他的詩歌天賦，其作品的廣泛流傳，這就使他在語言的推廣方面發揮了重大作用。他的《坎特伯雷故事集》（*The Canterbury Tales*）以及其他大量散文、譯文、占星術著作等，除了文字上的流暢和洗練外，還大量地借用了外來詞彙，並使之融合在本民族的語言中。英語中很多重要的學術性詞彙都可以追溯到喬叟，例如：attention, diffusion, duration, fraction 等都是在他的作品中第一次出現的。這些詞彙後來曾一度停止了使用，16 世紀英國文藝復興時才又重返英語。雖說即便沒有喬叟，倫敦方言也照樣會發展成為英語標準語，但是如果沒有喬叟作品的廣泛流傳和深遠影響，這個發展過程則要緩慢坎坷得多。

在倫敦方言發展成為全國統一標準語的過程中，另一個偉大的語言大師威克利夫也起了很大作用。在喬叟的詩歌廣泛流傳的同時，威克利夫用倫敦方言翻譯了全部《聖經》。他的譯品文字優美、清新、動人，加之後來《聖經》家家都有，人人皆讀，這就使倫敦方言迅速得到普及，他的這一功績不亞於喬叟。唯一不同的是：喬叟多從法語中借用新詞，而威克利夫主要從拉丁語《聖經》中借用新詞。喬叟和威克利夫時期，以倫敦方言為基礎的語言，是介於中古英語和現代英語之間的過渡性語言，亦稱為早期現代英語。英語經過三百多年法語的壓抑，到 14 世紀後期，在大量吸收外來新詞彙的基礎上重新蘇醒過來，喬叟和威克利夫曾經使用過的倫敦方言終於在 18 世紀成了英國的標準語，隨著時間的推移，社會的進展，又逐漸發展成為現代英語。

18 世紀時，倫敦英語已確立了在英語方言中的壟斷地位。在書面英語中，完全沒有必要區分倫敦英語與書面英語，因為兩者高度趨同。在口語中情況稍微複雜一些。中世紀時，說法語是身分和地位的象徵，1489 年法語不再是英國的官方語言後，英國人對法語高看一眼的定式思維依然又延續了兩百多年。在法語獨大的背景下，倫敦英語在英國社會中並沒有特殊地位。相反，英格蘭北方以及中東部地區的語言形式不斷湧入倫敦英語，說明北方，尤其是約克，可能一度是英語語言權力的中心。但自從法語徹底退出英國，英語口語重新受到重視以來，倫敦

口音也逐漸確立了在英語諸口音中的獨尊地位，並開始影響其他地方英語方言。

倫敦是英國首都，王廷語言的尊榮與威嚴派生出了首都英語的重要性與權威性。然而，王廷語言與倫敦普通人的語言有很大的差別。16 世紀中期的布商亨利・梅欽（Henry Machin）留下了最早關於普通人口語發音情況的記錄，他日記裡的拼寫方式與 19 世紀倫敦東區土話（Cockney）有相似之處。例如，字母 "u" 和 "w" 混用， "woyce" 即今天的 "voice" 。山姆・韋勒（Sam Weller）總是說 "voman" 而不是 "woman" ，韋勒是查理・狄更斯（Charles Dickens）第一部小說《匹克威克外傳》（*The Pickwick Papers*）中的人物，狄更斯使得世人都知曉了這一用法。這些拼寫形式有別於標準英語的拼寫形式，反映了當時各個社會階層在發音方面都有不規範性的共性。還有一些拼寫也很有意思，這些拼寫反映的發音方式是最近才開始流行開來的，例如： "sweat" 中的母音發音變短了， "guard" 中的母音發音變長了， "morrow" 中第一個母音發音時嘴唇沒有呈圓形，最後這種情況現在已成為美國英語的發音特徵之一。

面對各種各樣的英語口音，如果以「正確性」作為社會規範來看待，勢必要對這些發音變體進行價值評判。語言創新可能是粗俗的，也可能是高雅的；復古形式可能是鄉野的，也可能是古風的，這一切取決於說話者的社會身分和地位。在對英語口音進行價值判斷時，提到倫敦英語，往往是指高雅知性的貴族英語，而不是倫敦東區土語，全英各地城鎮中產階級極力模仿的也是倫敦高雅知性的貴族英語。

18 世紀以前，大部分英語使用者都是說的家鄉鄉村方言。隨著城鎮化程度的快速提高，農村人口向城市流動，不同農村方言很快整合成新的城市方言。交通運輸方式的進步，帶來了溝通的便利，也有助於倫敦方言的傳播。英國各地城鎮比鄉村更早、更多受到倫敦方言的影響，城鎮中產階級比工人階級更早、更多受到倫敦方言的影響。倫敦方言慢慢由一種地域方言演變成了階級方言，受教育程度越高，社會地位越高，其語言的地域性越弱，越難通過口音判斷一個人的出生地，因為大家都向倫敦口音看齊，尤其是那些處心積慮要提升社會階層的人。

英國劇作家蕭伯納曾寫過一部著名劇作《賣花女》（*Pygmalion*），並改編成電影《窈窕淑女》（*My Fair Lady*），引起了人們對英語口音的興趣。《賣花女》劇中女主角伊莉莎（Eliza）是個賣花姑娘，某天她在街上說話時，偶然被語言學家希金斯教授（Prof. Higgins）和上校聽見，教授覺得她的口音很罕見，於是跟上

校打賭說，經過訓練，能夠把口音粗俗的賣花女改造成上流社會的淑女，最後教授果然成功。從蕭伯納的這個著名劇作中，可以看出口音對一個人的影響之大。在《賣花女》中，希金斯教授能夠根據一個人的口音來判斷他來自何處，其準確性之高是十分令人吃驚的，如：

The Bystander: He aint a tec. He's a blooming busy body: that's what he is. I tell you, look at his boots.

路人：他不是偵探，他就是他媽的好管閒事，我的話不會錯，你們瞧他的皮靴就知道了。

The Note Taker(Higgins): [turning on him genially] And how are all your people down at Selsey?

記錄者（希金斯）：（和氣地轉身對他說）你住在塞爾西的家人都好嗎？

The Bystander: [suspiciously] Who told you my people come from Selsey?

路人：（驚疑）誰告訴你我老家是塞爾西的？

The Note Taker:Never you mind. They did. [To the girl] How do you come to be up so far east？You were born in Lisson Grove.

記錄者：你別管。反正錯不了就是了。（向賣花女）你怎麼跑到大東邊來了？你是里森林區的人呀。

過了一會兒，希金斯教授又說出了另一個旁觀者的身分，「卓特咸（Cheltenham）、哈羅（Harrow）、劍橋（Cambridge），以及印度（India）」（Shaw, Bernard. 1912）。

從這裡可以看出英語方言以及不同的口音確實能透露出某些個人資訊。在《賣花女》中，希金斯教授認為如果伊莉莎能說一口標準的英語，她的命運將會改變，這說明英語的方言與社會階層是有關聯的。在英國，社會各階層的人往往都帶有不同程度的地域口音。概括來講，社會階層越高，地域口音就越輕，社會階層越低，地域口音就越重。

在艾拉·萊文（Ira Levin）的小說《死前之吻》（*A Kiss Before Dying*）裡，有一個一心向上爬的角色，他一旦發現自己也有他所認為別人才有的口音時，就感到十分難過。許多人想到口音時，會不自覺地把它和社會階層相聯繫，要麼是「粗俗的口音」（a vulgar accent），要麼是「優雅有教養的口音」（a posh accent）。

在英格蘭，有一些人沒有地域口音（local accent），從他們的言語只能知道他們是英國人。這種沒有明顯地域口音的發音通常被稱為標準發音，是上流社會或中產階級以及受教育程度較高的標誌，這種發音在英國人中占約 3%（Trudgill, Peter. 1979）。

在所有以英語為母語的國家裡，都或多或少存在著語言與社會階層的緊密聯繫。語音因素（phonetic factors），主要是口音（accent），與非語音因素（non-phonetic factors），比如構詞（morphology）、句法（syntax）、詞彙（vocabulary）等，在這種聯繫中都起著重要的作用。正如在賣花女中希金斯教授所說，「如果伊莉莎能有標準的英語發音，她就不會在街上賣花……她可以配得上王子」（Shaw, Bernard. 1912）。在英國，尤其是 19 世紀，英語發音與社會階層有著比今天更明顯、更緊密的聯繫。

（三）英格蘭以外的英語

不列顛是一個島國，主要民族有英格蘭人、威爾斯人、蘇格蘭人和愛爾蘭人，官方語言是英語。英語由於使用的地域不同，又形成了許多方言。早在 1536 年，威爾斯便與英格蘭合併，威爾斯人的語言深受英語影響，故威爾斯英語與英格蘭英語差別不大。英語的擴張導致英語變體（varieties of English）的產生，變體正是英語的一大特色。但直至 17 世紀，英語仍是一門很少人講的語言，基本僅限於不列顛島。即使在不列顛島上還有人不講英語：在威爾斯的所有地方和康瓦爾（Cornwall）的多數地區分別講威爾斯語（Welsh）和康瓦爾語（Cornish），這兩種都是凱爾特語；而蘇格蘭高地、蘇格蘭南部和北部島嶼都講由愛爾蘭傳過來的另一種凱爾特語——蓋爾語（Gaelic）。蘇格蘭北部奧克尼群島（Orkney）和設德蘭群島（Shetland）還講斯堪地那維亞語——諾恩語（Norn）。17 世紀，英語才開始了在地域和人口方面的擴張。本節主要講 18 世紀已經形成的 3 種主要的英語方言：蘇格蘭英語、愛爾蘭英語、北美英語。

歷史原因是形成方言的重要因素。蘇格蘭和愛爾蘭原住民的語言屬於凱爾特

語，在與盎格魯 - 撒克遜人融合的過程中形成了蘇格蘭英語和愛爾蘭英語。早期去北美拓殖的英國人，由於交通通信不便，和母國交流有限，因而在語言上也形成了獨特的北美英語。

地理、政治、經濟、社會原因也會影響方言的發展。地理方面，原來住在某地的人，遷移到了一個新地區，住在山這邊的與住在山那邊的人如果常往來，其語言就會發生變化。同樣兩個相鄰的地區，如果經常往來，語言不通的可能性就很小。社會政治地位、就業與收入、教育程度等也會使語言發生變化，形成所謂的階級方言。

18 世紀，英語開始從英格蘭往外大規模擴張時，其書寫形式已經基本定型，與現代英語非常接近了，印刷術在確立標準英語書寫形式方面功不可沒。3 種英語方言並未形成自己獨特的書寫形式，因而並未對以倫敦方言為基礎的標準英語構成挑戰。當然，地域差別依然存在，方言與標準英語的差別主要在用詞、拼寫等細節方面，例如標準英語中的女孩（girl），在康瓦爾稱為 maid，倫敦東區方言叫 kid，諾森伯蘭（Northumberland）叫作 lass，在蘇格蘭邊界則是 lassie，彼此不同。另外，標準英語中動詞 get 的過去分詞是 got，而北美英語則保留了 gotten 這種形式。

不同方言在口語發音方面存在較大的地區差別，有多種變體。英語口語有倫敦口音、諾森伯蘭口音、蘇格蘭邊界（Scottish Borders）口音、康瓦爾（Cornwall）口音、北美口音等多種口音。這些方言口音彼此交流並不容易，由於缺乏標準英語口語推廣的技術手段，倫敦口音的影響有限，可能僅限於英格蘭的上流社會，20 世紀廣播電視的出現後才會促進標準英語口語的形成和擴散。18 世紀時，主要英語方言都已經形成了各自的發音特徵，這些特徵保留了最早到達這些地方的英語使用者的發音習慣。關於這些習慣有許多並不準確卻流傳很廣的說法，例如：北美英語保留了比較古老的發音方式、蘇格蘭高地最北部的印威內斯（Inverness）地區講的英語才是最純正的英語、北愛爾蘭阿爾斯特（Ulster）地區仍然在講伊莉莎白一世時期的英語等。

蘇格蘭英語（Scottish / Scots）是居住在蘇格蘭的當地人說的英語，起源於中世紀英語的北支，其譜系可回溯至 6 世紀和 7 世紀盎格魯 - 撒克遜人對蘇格蘭的入侵，到 13 世紀時，其使用範圍大大增加。現在說蘇格蘭英語的人，主要分佈在蘇格蘭東南部和英格蘭北部。15 世紀之前，蘇格蘭英語用 Inglis 表示，Scottish

或 Scots 指的是蘇格蘭蓋爾語，15 世紀後，這兩個詞被公認為蘇格蘭英語，而蘇格蘭蓋爾語則用 Scottish Gaelic 或 Scots Gaelic 表示。

蘇格蘭英語與英格蘭英語的歷史非常相似，主要差別是時間後移了。中世紀時，蘇格蘭用拉丁語作為保存記錄的語言（the language of record），法語在蘇格蘭佔有重要地位，這種地位不是來自征服，而是來自聯盟。1295 年，蘇格蘭和法國簽署了「古老盟約」（Auld Alliance），共同對付英格蘭。和英格蘭英語一樣，蘇格蘭英語也大量從法語借入詞彙，但所借入的詞彙有不同，例如：蘇格蘭英語用 tassie 表示 cup（杯子），用 hogmanay 表示 New Year's Eve（元旦前夜）。14 世紀晚期，蘇格蘭英語書寫形式開始逐步固定下來，這與英格蘭英語同步，主要是蘇格蘭詩人（makar）這個時期開始用這種語言進行文學創作，這些詩人大都是宮廷詩人，例如羅伯特・亨利森（Robert Henryson）、威廉・鄧巴（William Dunbar）、加文・道格拉斯（Gavin Douglas）等，他們是北方文藝復興（Northern Renaissance）的幹將，文學批評家通常稱他們為「蘇格蘭喬叟」（Scottish Chaucerians）。雖然喬叟對蘇格蘭文人影響很大，但這些蘇格蘭詩人主要是從蘇格蘭本土題材挖掘寫作靈感。

16 世紀，蘇格蘭英語有自己比較成熟的書寫形式，有別於英格蘭英語書寫形式。當時西班牙駐蘇格蘭大使認為，這兩種語言的差異類似西班牙國內卡斯蒂利亞語（Castilian）和阿拉貢語（Aragonese）之間的關係。1587 年，英格蘭神父威廉・哈里森（William Harrison）在其文章「本島語言」（Of the Languages Spoken in This Island）中這樣描述蘇格蘭英語：

蘇格蘭英語在發音方面比英格蘭英語口型更開闊，聽上去更刺耳，因為一直到最近之前，蘇格蘭英語都缺乏完美秩序……然而在我們這個時代，蘇格蘭英語終於有所改進，但在片語構詞、單詞拼寫方面還是不能與英格蘭英語相提並論。（The Scottish english hath beene much broader and lesse pleasant in vtterance than ours, because that nation hath not till of late indeuored to bring the same to any perfect order ... Howbeit in our time the Scottish language endeuoreth to come neere, if not altogither to match our toong in finenesse of phrase, and copie of words.）

蘇格蘭英語書寫形式最終被倫敦英語取代，主要有兩個原因，一是《聖經》譯本的選擇對語言的影響力很大，二是蘇格蘭國王成了英格蘭國王。1560 年，蘇格蘭宗教改革後，也和英格蘭一樣，迫切需要用民族語翻譯拉丁語《聖經》。由

於印刷術對蘇格蘭英語的促進作用，遠不如印刷術對英格蘭英語的促進作用，倫敦的威廉·卡克斯頓（William Caxton）很清楚，必須根據市場的需要選擇翻譯《聖經》的語言，他選擇了倫敦英語，蘇格蘭英語無法與倫敦英語競爭。蘇格蘭採用的《日內瓦聖經》（*Geneva Bible*）和《祈禱聖詩集》（*Psalter*）都是用倫敦英語寫成的，這大大提高了倫敦英語在蘇格蘭的地位。

1603 年，英格蘭女王伊莉莎白一世無嗣而終，蘇格蘭國王詹姆士六世繼承其王位，成為英格蘭的詹姆士一世，他和他的朝廷都從愛丁堡搬到倫敦。從此，蘇格蘭英語開始衰落，例如，詹姆士的朝臣威廉·亞歷山大（William Alexander）在寫作中使用了蘇格蘭英語的表達方法後，一定會致歉。17 世紀後期，蘇格蘭英語的書寫形式與口語都高度英格蘭化了。到 1707 年，蘇格蘭英格蘭正式聯合成立「大不列顛王國」時，倫敦英語毫無懸念地成為整個不列顛王國的官方語言。

18 世紀，尤其是 1760 年以後，有關蘇格蘭英語的評論，主要是指責其發音和拼寫方式的不規範性。《約翰遜詞典》就專門列出了蘇格蘭哲學家大衛·休謨（David Hume）作品中的語法不規範之處。1768 年，《牛津雜誌》（*Oxford Magazine*）有篇文章寫道：「蘇格蘭人常常省略形容詞或副詞最高級形式前面的定冠詞 the，他們高產的作品對英語的污染不是一星半點。」（The Article - the - before Superlatives, is frequently omitted by the Scots [who have not contributed a little to corrupt our Language by the Multiplicity of their Works.]）（Leonard, Sterling A. 1962: 90）

從上述批評可以看出，蘇格蘭文人對於保持蘇格蘭英語的獨立性做出了很大貢獻，許多著名的文學作品是用蘇格蘭英語寫成的。蘇格蘭文學史上曾經群星璀璨，在 19 世紀前的浪漫文學年代，詩人羅伯特·彭斯（Robert Burns）和歷史小說家華特·司各特（Walter Scott）的作品就奠定了蘇格蘭文學的基礎。20 世紀，亞瑟·柯南·道爾（Arthur Conan Doyle）塑造的福爾摩斯形象深入人心，雖然福爾摩斯的故事發生在倫敦，但其中很多的思維方式都是典型的蘇格蘭式的。當代的蘇格蘭作家更是推陳出新，歐文·威爾許（Irvine Welsh）的《猜火車》（*Trainspotting*）以獨特的蘇格蘭英語寫成，反映了當代蘇格蘭社會的現實。其他著名作家如伊恩·班克斯（Iain Banks）、伊恩·藍欽（Ian Rankin）等人的作品也紛紛被改編成電影和電視，為蘇格蘭贏得了國際聲譽，同時也為蘇格蘭英語帶來榮耀。1990 年後，另一部來自蘇格蘭的兒童文學系列作品更是在全球掀起熱潮，

J. K. 羅琳（Joanne Rowling）成為全世界千百萬哈利波特迷心中的偶像。2004 年，愛丁堡被聯合國教科文組織（UNESCO）授予「文學之都」的美譽。

蘇格蘭英語保持獨立的另一個原因，是它過去一直是蘇格蘭議會的官方語言。由於蘇格蘭在政治、法律和宗教系統方面都具有獨立性，許多蘇格蘭英語的特殊詞彙一直在使用。歷史上即便在蘇格蘭沒有自己的議會時，仍然保留自己的法律體系，這使得保留一些與這個體系相對應的詞語成為必要。因此，蘇格蘭人稱市長為 provost，而不是 mayor；破產是 sequestration，而非 bankruptcy；過失殺人罪是 culpable homicide，而不是 manslaughter；律師是 advocate，而不是 barrister 或者 solicitor。除了這些術語以外，蘇格蘭的現代標準英語中還保留了許多表現蘇格蘭人追求自由與獨立的痕跡。

英語最早進入愛爾蘭可以追溯到 12 世紀，當時盎格魯 - 諾曼拓殖者從北歐海盜手裡奪取了都柏林一帶（Geipel, John. 1971: 56）。與英格蘭一樣，14 世紀之前的愛爾蘭統治階級主要使用拉丁語和法語，而民間仍然使用愛爾蘭語。1367 年，英格蘭人通過了「基爾肯尼法案」（Statutes of Kilkenny），該法案的主要目的就是要使愛爾蘭徹底盎格魯化，大力壓制愛爾蘭人的語言和習慣，是英語對愛爾蘭語的打壓。然而可以追溯到 12 世紀的愛爾蘭英語還是慢慢消亡了。

英國工業革命促使英語擴張的最典型的例子，就是英語在愛爾蘭的廣泛使用。愛爾蘭語在 18 世紀和 19 世紀一直處於衰退之中，重要原因就是英格蘭大城市的經濟活動向邊緣的愛爾蘭擴張，使愛爾蘭人轉向使用英語，以致 19 世紀英國下院中第一位偉大的愛爾蘭領袖丹尼爾·歐康諾（Daniel O'Connell）感歎道「英語作為現代交流工具，具有至高無上的效用，使我不得不歎息地看著愛爾蘭語的漸漸廢棄」（Brown,Terence. 1985: 273）。愛爾蘭重大活動基本都是用英語進行的，許多愛爾蘭父母不得不讓孩子學習英語，目的是為了孩子能在英國找到工作或移民去美國。1815 年，只有 25% 的愛爾蘭人將愛爾蘭語作為第一語言，1911 年，這一數字更是降至 12%（Finnegan, Richard B., and Edward T. McCarron. 2000: 114-115）。

現在的愛爾蘭英語是 16 - 17 世紀英格蘭和蘇格蘭的拓殖者帶到愛爾蘭的。當時，英國政府鼓勵向愛爾蘭移民，目的是鎮壓、控制愛爾蘭。這些新移民主要信仰英國國教，而愛爾蘭的宗教是天主教，因此英語和愛爾蘭語之間的對立，不僅是兩種語言的競爭，還反映了兩種宗教的衝突，本質是外國侵略者對當地語言的

滅絕政策。1601 年，愛爾蘭人反抗英國的企圖再一次失敗，在這一年以後，愛爾蘭本地貴族力量幾乎全線崩潰。1641 年，愛爾蘭人再次爆發反抗運動，這次是以天主教徒對英國新教徒的反抗作為主軸。1649 年，克倫威爾率英軍血腥鎮壓了這次起義，整個愛爾蘭終於在實質上完全置於英國統治之下。經過一百多年的高壓統治，在 1800 年左右，英語在愛爾蘭已經變成了一個不折不扣的強勢語言。在愛爾蘭島上，幾乎任何在政治、社會、經濟、文化上享有權勢的人，使用的都是英語，而不是愛爾蘭語。雖然如此，仍然有大約四百萬人使用愛爾蘭語，他們大多數都是處於社會底層的農民。

在書面語方面，愛爾蘭英語與英格蘭英語沒有太大差異。在口語方面，愛爾蘭英語保留了拓殖者家鄉英語的口語特徵。這些拓殖者來自英國各地，到愛爾蘭後互相交流融合，其口音也發生融合趨同，但整個愛爾蘭島從北到南的口音差別仍清晰可辨。例如：北愛爾蘭阿爾斯特（Ulster）北部地方的英語帶有明顯的蘇格蘭英語口音。再往南，可以聽出英格蘭西北部口音，北愛爾蘭首府貝爾法斯特（Belfast）英語在發 fir, fair 這兩個單詞時，沒有區別，這和英格蘭西北部默西河（River Mersey）流域的發音一樣。

1801 年，愛爾蘭和英國正式合併，成立「大不列顛及愛爾蘭聯合王國」（United Kingdom of Great Britain and Ireland），在接下來的一個世紀裡，愛爾蘭語萎縮步伐加快，甚至連愛爾蘭民族主義者也認為愛爾蘭語是進步的絆腳石。在 20 世紀愛爾蘭獨立運動中，愛爾蘭語才成為愛爾蘭民族主義的象徵。1921 年，愛爾蘭南部 26 個郡從英國獨立出去後，愛爾蘭規定以首都都柏林英語口音為國家標準發音，大約在同一時期英國也確立了自己的「英語標準發音」（Received Pronunciation）。愛爾蘭北部 6 個郡則繼續留在英國，其英語發音與蘇格蘭英語很接近。

北美英語最早可以追溯到 15 世紀末期。1497 年，義大利航海家約翰・卡伯特（John Cabot）受英格蘭國王亨利七世（Henry VII）委託，尋找從西北方通往中國的航道，他橫跨大西洋，來到了紐芬蘭，並把英語帶到了北美（Bailey, Richard W. 1982: 137）。早期去北美的英國拓殖者，大都是出於經濟壓力遠走他鄉的，並非在英國的風雲人物。可以想像，這些人的英語水準也不是太高，早就有學者質疑他們所謂的語言「創新」是不符合語法規範的。關於北美英語的創新，最早有記錄的單詞是 1663 年的 ordinary，北美英語用這個單詞來指代「小酒

館、客棧」（tavern），而當時英格蘭用 ordinary 指代「寄宿處、公寓」（boarding house）。最早遭到譴責的典型北美英語用詞是 bluff，北美英語用這個單詞指代「向水中突出的陸地、岬」（headland）（Cassidy, Frederic G. 1982: 186）

最早抵達北美新英格蘭地區的英國殖民者主要來自英格蘭中東部地區，其語言相對具有一致性，因而北美口語差別不大，無論是地域差別還是階級差別都不如英格蘭突出。關於北美英語更加「純潔」的說法最早出現在 1724 年（Cassidy, Frederic G. 1982: 187），美國獨立後這種說法更有市場，美國人認為自己講的英語比英格蘭的英語更優越。諾亞・韋伯斯特（Noah Webster）就曾說過：「……美國人，尤其是英國後裔，他們所說的英語是當今世界上最純正的英語……英格蘭不同方言之間差別很大，相距較遠的人很難聽懂彼此的語言；但遠在一千九百多公里之外的美國，大家聽不懂的單詞可謂鳳毛麟角。」（... the people of America, in particular the English descendants, speak the most pure English now known in the world ... The people of distant counties in England can hardly understand one another, so various are their dialects; but in the extent of twelve hundred miles in America, there are very few ... words ... which are not universally intelligible.）（Webster, Noah. 1789: 288-289）

韋伯斯特已經注意到了語言獨立的政治意義。他說過：「我們的政治和諧與語言協調密切相關，作為一個獨立國家，我們的尊嚴要求我們無論是在語言上還是政治上，都要有自己的一套體系。」（Our political harmony is concerned in a uniformity of language. As an independent nation, our honor requires us to have a system of our own, in language as in government.）

北美英語與英格蘭英語的不同，主要體現在拼寫改革上。最明顯的例子是英格蘭英語的 honour（尊重）、colour（顏色）變成北美英語的 honor, color，去掉了字母 u；plough（犁）變成 plow；waggon（四輪馬車）變成 wagon。這些拼寫方面的不同基本無傷大雅，不影響理解溝通。北美英語一直在挑戰英國英語的權威性，但最具諷刺意味的是，北美英語全盤繼承了英國英語關於語言正確性的態度，北美英語也充滿了規定性語法。

其實在語言的發展初期，沒有什麼標準和非標準之區別，當某種方言的地位上升而成為標準語言後，其他方言就成了非標準語言，標準英語的產生並不會取代方言。在語音、語法、詞彙方面，標準英語並不比其他方言優越，其優越性體

現在社會作用上。隨著教育的普及，標準英語地位的上升，大多數英國人成了雙語者，在家人與朋友間用方言，對外人則說標準英語。不同國家和地區之間，關於語言標準之爭，反映了國家和地區之間綜合實力的競爭。

英語的擴張還包括它對其他語言的借鑒。借詞（borrowing）是獲取新詞最常見的方法之一，而講英語者一直是世界上最熱心於向其他語言借詞者之一，英語中有成千上萬的詞就是由此得來的。費爾南德‧莫塞（Fernande Mossé）等語言研究者發現：「自從浪漫主義興起以後，英語演變過程中最顯著的特色就是詞彙驚人地增長」（莫塞，1998：6）。

15 - 18 世紀英語借詞的情況如下：15 世紀，從法語、斯堪地那維亞語、低地德語、拉丁語、西班牙語、阿拉伯語、凱爾特語借入 111 個單詞；16 世紀，從法語、斯堪地那維亞語、低地德語、拉丁語、西班牙語、阿拉伯語、凱爾特語、義大利語、葡萄牙語、俄語借入 201 個單詞；17 世紀，從法語、斯堪地那維亞語、低地德語、拉丁語、西班牙語、阿拉伯語、凱爾特語、義大利語、葡萄牙語、德語、希臘語、烏爾都語、印地語、日語、漢語借入 248 個單詞；18 世紀，從法語、低地德語、拉丁語、西班牙語、阿拉伯語、凱爾特語、義大利語、葡萄牙語、德語、烏爾都語、印地語、日語、漢語、俄語借入 145 個單詞（弗里伯恩，2000：271-272, 302-304, 319-321, 346-351, 372-375, 403-406）。

18 世紀英語的借詞數量銳減，標誌著英語逐漸由詞語輸入國演變成詞語輸出國。從 1740 年起，隨著英國工業革命對歐洲大陸的影響，先是法國，後是歐陸上的其他國家都經歷了一陣「英國熱」。許多歐洲人去英國參觀，學習生產方式，回國後自己也嘗試生產，這就無形中提高了英語的影響力。自那時起，歐洲其他語言從英語借詞的做法一直未停息。18 - 19 世紀，尤其是工業革命期間，英語的對外擴張一方面表現為一些英語變體的形成，另一方面表現為英語詞彙被其他語言所借用。

沒有英國工業革命就沒有英語語言的這些變化。可說是英國工業革命推動了英國對外擴張，促使了英語詞彙的增加，形成了地方口音和英語變體，加速了英語標準化，更使英語從一個「詞語借入大國」變成「詞語借出大國」，擴大了英語在歐洲甚至全世界的影響，為英語最終成為國際通用語言發揮重要的作用。

（四）標準英語的變化

所謂標準（standard），《現代漢語詞典》的定義是指衡量事物的準則，也可以理解為本身合於準則，可供同類事物比較核對的事物。核心前提是為大眾普遍接受，因此，標準英語（standard English）也應當是為大家普遍接受的英語。書面英語的標準已經形成，而口頭英語的標準還在摸索之中。18 世紀時，書面英語（written English）由於在各地變化不大，能夠被各地、各階層的人們所普遍接受，因此可以認為書面英語的標準已經基本形成。標準書面英語包括英語語法系統、詞彙和話語，當然，其中還包括了英語書寫方式、拼寫習慣、標點符號等。

談到口頭英語（oral English），許多人往往理解為英國本土人士所說的英語，其實不然。不同地方、不同時期、不同階層的英國本土人士所說的英語，發音上往往存在很大區別，並非都能普遍為大家所接受，因此標準口頭英語尚在探索之中，發音標準要到 20 世紀才定型推廣。

首先探討標準英語的濫觴。標準英語大約在 15 世紀發源於英國東南部，之所以起源於此，並非這個地方的書面語具有某種內在的品質優越性。當時英格蘭僅有的兩所大學是牛津大學和劍橋大學，倫敦不僅是一個港口，還是英國的首都和法庭所在地，這使得英國東南部牛津 - 劍橋 - 倫敦黃金三角地區不僅成為英國當時的文化中心，也是對外貿易中心及政治中心。在此之前，此地的書面語只是一種地方變體而已。正因為英國東南部是當時英國政治、貿易和文化的中心，所以此地權貴、富豪、博學之人的生活方式便成為人們爭相效仿的時尚，此地的書面英語也成為標準英語發源地，然而這並非因為書面語本身的特質，而是文化和歷史際遇使然。

1476 年，威廉・卡克斯頓（William Caxton）從歐洲大陸學習了印刷技術，並在倫敦開辦了英國第一家印刷廠，從此倫敦標準英語在英國各地傳播開來。在此之前，有兩件事對標準英語的傳播起了非常重要的推動作用。其一是當時英國政府所從事的教育改革，拉丁語首次被允許翻譯成英語，從而使英語在文教領域獲得崇高的地位；其二是英國著名作家喬叟選擇用英語寫作。喬叟的作品流傳很廣，深受英國人民喜愛，儘管喬叟本人在世時未能見到他的詩集出版，但喬叟的詩歌廣為傳誦，尤其是在英國印刷術出現以後，客觀上對標準英語的推廣起了巨大的推動作用。

18 世紀，英國人之間的社會接觸日益增多，人們開始注意到彼此發音的不同，同期英語書寫形式的固定，為英語口語標準化提供了先例。強納森・史威夫特非常關注他人的發音錯誤，每當有來訪的布道者宣道時，他都會仔細記下布道者的發音錯誤，事後會在人家當面指出。整個 18 世紀，英國人對英語口語的關注與日俱增，尤其注重每個單詞的準確發音方式，人們主動意識到口語也需要規範，應該有統一的國家標準。《約翰遜詞典》的出版促進了英國人語言標準意識的形成，1747 年，約翰遜在《英語詞典編寫計畫》中提到「可以規範英語發音的詞典」，並探討了確定多音節單詞的重音以及單音節單詞的讀音問題，例如，他認為 wound 與 sound、wind 與 mind 這兩組單詞不應該押韻（Johnson, Samuel. 1747: 11-13）。約翰遜的觀點呼應了史威夫特的看法。

18 世紀 40 年代，英語讀音問題已成為國際問題，倫敦口音在蘇格蘭和愛爾蘭的權威性有待建立。大約 1748 年，演說家開始攻擊蘇格蘭口音。1761 年，愛爾蘭演員及教育家湯瑪斯・謝里丹（Thomas Sheridan, 1719-1788）在蘇格蘭愛丁堡發表演講，講述蘇格蘭人最容易犯的發音錯誤以及蘇格蘭英語在發音方面的缺陷。這次演講後，愛丁堡成立了一個專門學會，目的是在蘇格蘭推廣倫敦英語，蘇格蘭學校不再使用蘇格蘭英語，而是倫敦英語（Romaine, Suzanne. 1982: 61）。

毫無疑問，謝里丹認定需要給英語發音制定統一標準，他說：「毋庸置疑，迫切需要規範英語發音的統一標準，該標準應在蘇格蘭、威爾斯、愛爾蘭以及英格蘭諸郡推廣開來。」（It can not be denied that an uniformity of pronunciation throughout Scotland, Wales and Ireland, as well as through the several counties of England, would be a point much to be wished.）（Sheridan, Thomas. 1762: 206）謝里丹對自己的英語水準很有信心，深信自己的發音

愛爾蘭演員、教育家湯瑪斯・謝里丹肖像。

非常標準，他的信心來自兩位父親的言傳身教。一位是他的親生父親，他父親是在安妮女王統治時期才開始學習英語的，當時的英語被認為是英國歷史上最規範、最優雅的英語。另一位是他的教父強納森·史威夫特，史威夫特雖然也是愛爾蘭人，卻是那個時代公認的英語語言權威。

1764 年，蘇格蘭人詹姆斯·布坎南（James Buchanan）也提出了類似觀點，他發表了一篇「關於建立英語優雅統一發音標準的文章」（An Essay towards Establishing a Standard for an Elegant and Uniform Pronunciation of the English Language），文中提出，建立統一發音標準是為國爭光的事。雖然他沒有明確指出應以哪裡的發音為標準，但他認為蘇格蘭人的發音水準有待提高。

謝里丹在其學術研究的過程中，對口語的性質有深入探究，但後人卻沒有把他的研究繼續下去。他說：「關於語音……古人認為含義非常廣，包括整個表述方式，例如伴隨說話同時出現的表情、手勢等；而如今到我們這裡卻變成了一個非常窄的概念，僅僅只限於單詞發音。」（Pronunciation ... which had such a comprehensive meaning among the ancients, as to take in the whole compass of delivery, with its concomitants of look and gesture; is confined with us to very narrow bounds, and refers only to the manner of sounding our words.）（Sheridan, Thomas. 1762: 29）他還注意到了口語和書面語的複雜聯繫，他說：「我知道人們會說，書面語不過是口語的翻版，與發音吻合；紙面文字只是發音的符號而已」。（I am aware it will be said, that written language is only a copy of that which is spoken, and has a constant reference to articulation; the characters upon paper, being only symbols of articulate sounds.）（Sheridan, Thomas. 1762: 95）他顯然不認同這種觀點，但這種觀點在語言學家和語音學家中確實很有市場，直到最近才受到挑戰。

謝里丹的看法對後世影響很大，是英語語言研究史繞不過去的人，但同時也是有爭議的人。1773 年，英國小說家威廉·肯里克（William Kenrick）在其《新編英語詞典》（*A New Dictionary of the English Language*）的序言中寫道：「讓蘇格蘭亞伯丁和愛爾蘭蒂珀雷里的人來教倫敦人如何發音書寫，這簡直就是可笑的謬論。」（There seems indeed a most ridiculous absurdity in the pretensions of a native of Aberdeen or Tipperary to teach the natives of London to speak and read.）（Kenrick, William. 1773）

1791 年，英國演員、詞典編纂家約翰·沃克（John Walker）編寫了一本《英

語發音詞典》（*A Critical Pronouncing Dictionary of the English Language*），他提出了幫助愛爾蘭人學習英語發音的規則，後來又推出了幫助蘇格蘭人學習英語發音的規則，他堅信倫敦英語廣為各方接受，因而比外地英語正宗，雖然他也曾羅列了一份倫敦人容易犯的錯誤清單。

上述學者提出的問題主要涉及單詞的發音。例如，balcony（陽臺）和 academy（學院）這兩個單詞的重音應該落在第一個音節還是在第二個音節上？European（歐洲的）這個單詞的重音應該落在第二個音節還是在第三個音節上？Rome（羅馬）的發音是否應該和 roam（漫遊）或 room（房間）相同？單詞 gold（黃金）是否應該和 cold（寒冷）或 cooled（冷卻的）押韻？單詞 quality（品質）的第一個母音是否應該和 wax（蠟）或 was（be 的過去式）的母音發音一樣？人們對某些單詞的詞源有爭議，進而認為其讀音有誤，例如 cucumber（黃瓜）讀作 cowcumber，asparagus（蘆筍）讀作 sparrow-grass。直到今天大家對某些單詞的發音還是沒有達成統一意見，例如，controversy（爭議）的重音應該落在第一個音節還是在第二個音節上？單詞 vase（花瓶）應該與 face（臉）、shahs（伊朗國王的稱號）、cause（原因）這 3 個單詞中的哪一個押韻？（諾爾斯，2004: 136）

發音詞典，尤其是沃克編纂的《英語發音詞典》，在 19 世紀受到越來越多的重視，人們普遍認為發音也應該有統一標準。然而當時人們對發音的細節缺乏科學的認識，要到 20 世紀英語發音標準才確立起來。

書面英語方面，到 18 世紀末期，標準英語基本已經成型，自此以後書面英語的改變比較少，這容易造成誤解，讓人以為英語發展史可以終結了。其實不然，標準書面英語依然有活力，變化從未停止。

新單詞和新表達方法不斷進入英語，老單詞的意思也在發生新變化。雖然古詞消亡是大勢所趨，但規定性語法規則也許會人為延長某些古詞的生命，例如，談到虛擬語氣時，大家可能會覺得自然應該說 if I was you（如果我是你），但又會覺得語法規定應該說 if I were you（如果我是你）。同樣還有一些類似的語法規定的正確表達方法：the bigger of two, between two, the biggest of three, among three 即兩者比較用形容詞比較級，三者及以上比較用形容詞最高級。這些用法顯示語言自然的表達方法與人為有意識的規範語言之間的矛盾。

英國人使用語言的方式不斷在改變。17 世紀後期史都華王朝復辟後，非韻文的整體文風趨向簡潔明快，這是對前朝繁複文風的自我糾偏。18 世紀早期，

文風又發生轉向了，人們開始認為質樸語言無法傳達高雅文學意境。約瑟夫·艾迪生（Joseph Addison）在第 285 期《旁觀者》（*Spectator*）雜誌中寫道：「許多優雅片語被日常濫用後，便不再適合詩人或演說家使用了。」（Many an elegant phrase becomes improper for a poet or an orator, when it has been debased by common use.）蔡斯菲爾德伯爵（Earl of Chesterfield）是文學造詣頗深的貴族，18 世紀中期，他鼓勵使用不同於日常的優雅文風，他在給兒子的信中寫道：「文風是思想的衣服，兩者關係如下：不管思想多麼有內涵，如果文風樸實無華、通俗大眾，就像一個人蓬頭垢面、衣衫襤褸一樣，是不會招人待見的。」（Style is the dress of thoughts, and let them be ever so just, if your style is homely, coarse, and vulgar, they will appear to as much disadvantage, and be as ill-received as your person, though ever so well proportioned, would if dressed in rags, dirt and tatters.）這一時期，約翰遜的詞典問世了，洛思的語法書出版了，謝里丹推出了關於演講的系列講座。到 18 世紀 60 年代，喬治三世統治時期，高雅的文風又流行起來。

這種文風的代表人物正是山謬·約翰遜（Samuel Johnson），他認同艾迪生和蔡斯菲爾德伯爵的觀點，曾說：「語言是思想的衣服……如果用來傳達思想的語言是日常低端瑣碎之話、經庸俗之口受到貶低之話，或被不文雅用語所玷污之話，那麼無論多麼閃光的思想也會黯然失色」。（Language is the dress of thought ... and the most splendid ideas drop their magnificence, if they are conveyed by words used commonly upon low and trivial occasions, debased by vulgar mouths, and contaminated by inelegant applications.）（Wimsatt, William. 1941: 105）這種觀點很有代表性，當時許多人認為記錄重要文本的語言，必須要與日常文本語言有所區別，應更加雅致高尚。中世紀時，拉丁語是用作書面記錄的語言，18 世紀末期，拉丁化的英語發揮了同樣的作用。

18 世紀英國傳記作家詹姆斯·博斯韋爾（James Boswell）在其《約翰遜傳》（*Life of Johnson*）這本書裡記載了幾件趣事。約翰遜在評論約翰·德萊頓（John Dryden）的諷刺劇《彩排》（*The Rehearsal*）時，先說「不夠睿智不夠好」（It has not wit enough to keep it sweet），後來又說「沒有足夠活力確保其不會褪色」（It hath not vitality enough to preserve itself from putrefaction）。後一句話用了古體 hath 取代 has，並用了 3 個多音節詞 vitality, preserve, putrefaction 取代 3 個單音節詞 wit, keep, sweet，整句用詞更考究、更文雅。還有一個類似例子是約翰遜

在一封信中的措辭選擇，他先說：「我們被帶上樓時，一個髒兮兮的傢伙從床上蹦起來，我們中有人得睡這張床」（When we were taken upstairs a dirty fellow bounced out of the bed in which one of us was to lie），後來公開發表時約翰遜改成了：「我們進去時，從我們將要睡的某張床上，突然跳起來一個男人，黑漆漆的，好似剛從鐵匠鋪裡出來的獨眼巨人」。（Out of one of the beds, on which we were to repose, started up, at our entrance, a man black as a Cyclops from the forge.）（Wimsatt, William. 1941: 78）修改後的句子用詞更講究，例如用 repose 代替 lie，還使用了倒裝句型，並引經據典提到了希臘神話中的獨眼巨人，以此來形容從床上蹦起來的這個傢伙有多麼髒。這種矯飾的文風一直延續到 19 世紀，英國某些報紙和文學評論很喜歡此一文風。

第九章
帝國英語：全球通用語

　　1837 年，年僅 18 歲的肯特郡主維多利亞登基成為英國女王，英國進入「維多利亞女王時代」（Age of Queen Victoria），1901 年維多利亞逝世。在她統治的六十多年中，英國控制了全球海權，主宰世界貿易，其廣闊的殖民地遍布各大洲。1914 年，英國的殖民地達到其本土面積的一百多倍。1922 年，英國根據第一次世界大戰後巴黎和會簽署的《凡爾賽條約》（*Treaty of Versailles*），奪取了德國殖民地，從而達到歷史上領土面積最大時期，覆蓋地球四分之一的土地和四分之一的人口，成為世界歷史上跨度最廣的國家。由於大英帝國的領土、屬土遍及包括南極洲在內的七大洲、四大洋，有「英國的太陽永遠不會落下」的說法，所以被形容為繼西班牙帝國之後的第二個「日不落帝國」（the empire on which the sun never sets）。

　　最早使用「大英帝國」（British Empire）一詞的是伊莉莎白一世女王的占星師兼數學家約翰・迪伊（John Dee）。不過事實上英國一直沒有放棄王國（Kingdom）的稱號，大英帝國只能算是對鼎盛時期英國這個「非正式帝國」的稱呼，以此來指代英國本土加上其海外殖民地整體，不能僅指英國本土。大英帝國，由英國本土、自治領、殖民地、託管國及其他由英國管理統治的地區組成，被國際社會及歷史學界視為人類歷史上最大的殖民帝國，其統治面積最大時達到約 3400 萬平方公里。

　　英國人的海洋探險活動以及在不列顛島與歐洲大陸以外地區的殖民活動，可追溯到 1485 年至 1509 年在位的亨利七世（Henry VII）。在理查三世（Richard III）建立起來的羊毛貿易的基礎上，亨利七世創建了現代英國海洋商貿體系，並極大地發展英國的造船工業與導航技術，這套體系為日後貿易機構的建立創造了條件，例如，麻薩諸塞灣公司（Massachusetts Bay Company）和英國東印度公司

等商貿企業，為大英帝國海外擴張做出了重要貢獻。亨利七世下令在樸茨茅斯（Portsmouth）建造英國的第一個乾船塢，加強建設當時規模很小的英國海軍，並把紐芬蘭變成英格蘭的殖民地。1688 年，光榮革命推翻了封建統治，1689 年頒布《權利法案》（*Bill of Rights*），以法律形式對王權做出明確制約，確立了資產階級執政的君主立憲制，資本主義制度的確立為英國提供前所未有的生產力，使其經濟、軍力、科技、文化迅猛發展，標誌著英國的崛起。

1588 年，英格蘭擊敗西班牙無敵艦隊。1607 年，英格蘭在維吉尼亞的詹姆士城（Jamestown）建立了第一個海外殖民地。在其後的三百年間，英格蘭不斷在海外擴張勢力範圍，並鞏固本土的封建君主專制。大英帝國的雛形成於 17 世紀初，此時英格蘭已經在北美建立了多片殖民地，這些殖民地包括日後的美國、加拿大的大西洋省份，以及加勒比海上的一些小島嶼，例如牙買加和巴貝多。1763 年七年戰爭結束後，英國從法國手裡奪取了整個加拿大，標誌著英國成為無可爭議的海洋霸主。1770 年，澳洲成為英國殖民地。1815 年，英國擊敗拿破崙領導的法蘭西第一帝國後，一躍成為世界第一強國，主導國際事務達一個世紀之久。1840 年，紐西蘭成為英國殖民地。第一次世界大戰後，英國由盛而衰。第二次世界大戰後，全球民族解放運動蓬勃興起，英國國力日漸式微，大英帝國開始分崩離析。

伴隨著大英帝國在全球的擴張，英語也得以在全世界廣為傳播，英語不但成為殖民者的語言和地位的象徵，也成了落後或被殖民的民族進入用英語書寫世界秩序的第一把鑰匙。

（一）英語國際化

在世界語言大家庭裡，英語是非常年輕的語言，只有近一千六百年的歷史。西元 7 世紀出現英語文獻，到 11 世紀初諾曼人入侵英國時，世界上說英語的人僅有一百五十萬左右；在 16 世紀中後期的莎士比亞時代，說英語的人也不過五百餘萬人。然而在當今世界六千多種語言裡，英語已經成為國際化程度最高的語言。英語成為「國際語言」（international language）、「世界語言」（world language）、「全球語言」（global language），在英語前面也相應扣上了各種大帽子：「全球英語」（global English）、「國際英語」（international English）、「國際標準英語」（international standard English）、「世界英語」（world English）、「世界標準英語」（world standard English），英語甚至還出現了複數形式，例如「全球英語」（world Englishes）。18 世紀中葉，山謬‧約翰遜編纂的英語詞典的問世，標誌著英語完整規範的語言系統正式形成。至此，經過大約一千三百多年的演進，英語完成了誕生、成長、融合和現代化的整個過程，在維多利亞女王時代達至輝煌巔峰，與英國國運軌跡同步。

英語自身向現代化演進的同時，也開始跨出國門，大步流行實現國際化。從地理分布上看，伴隨著英國海外殖民地的建立，英語在 17 世紀擴張到北美和南非，在 18 世紀擴張到印度、澳洲和紐西蘭等地。同時，隨著英國在政治上成為世界霸主，經濟和貿易上成為頭號強國，英語也伴隨著英國軍人和商人的足跡遍布世界各處。在這一過程中，英語同其他語言相互接觸與交流，進一步豐富了自己的語彙，同時也把自己推向了世界。第二次世界大戰後，雖然大英帝國衰落了，但同樣講英語的美國繼之成為世界頭號霸主，冷戰後更成為全球唯一的超級大國，美國的強勢地位是英語的福音，進一步推動了由英國開始的英語國際化進程的深化。從使用範圍來看，英語在科學技術、商業貿易、旅遊觀光、外交、文化、法律等領域是使用頻率最高的語言。英語已經成為名副其實的全球化語言。

英國東方學家、語言學家威廉‧瓊斯之墓，位於印度加爾各答。（攝影師：Jayantanth）

值得一提的是，早在維多利亞女王出生之前，在印度的英國語言學家已經構建了聯繫英語和梵文的語言框架，威廉‧瓊斯爵士（Sir William Jones, 1746 - 1749）提出了「印歐語假說」（Indo-European languages）。既然在語言學上，英語和梵語屬於同一個語系，在政治體系上，英國和印度為什麼不能屬

於同一個帝國呢？這是英語在國際化進程中，為大英帝國服務的經典案例，語言學為政治學站臺，維多利亞女王戴上印度的王冠早有語言學鋪墊，一切都在情理之中。在英語語言文化史上，威廉・瓊斯是繞不過去的名字，有必要詳細介紹其「印歐語假說」，中國人更應該瞭解他，畢竟他還是英國第一位漢學家。

威廉・瓊斯爵士，英國東方學家、語言學家、法學家、翻譯家。曾在印度當法官，用業餘時間學習東方語言，最早正式提出「印歐語假說」，認為梵語、希臘語、拉丁語、日爾曼語、凱爾特語之間有親緣關係，是歷史比較語言學的奠基人，也有人認為他是整個語言科學的奠基人。

瓊斯出生在書香門第，父親是數學家，是引入數學符號 π 的第一人。瓊斯從小就表現出超人的記憶力，曾經背誦莎士比亞《暴風雨》的全部臺詞，兒童和少年時代學習了多種外語，是語言天才。從哈羅公學畢業後進入牛津大學，獲文學碩士學位，大學期間曾撰寫波斯語語法著作、翻譯波斯語和阿拉伯語的文學作品。年僅 26 歲便當選為英國皇家學會會員，28 歲成為倫敦訴訟律師和巡迴律師，37 歲被英國政府派去東印度公司，並封為爵士，在孟加拉最高法院擔任法官，此後再沒有回過英國，病逝於印度。由於他對英國東方學的傑出貢獻，這位西方學者被稱為「東方瓊斯」（Oriental Jones）。

瓊斯在印度從事司法工作之餘，幾乎把全部時間用於語言學習和東方學研究，尤其是古印度的梵語。1784 年，瓊斯在加爾各答創建「亞洲學會」（Asiatic Society），並一直擔任會長直到去世。這個學會積極從事東方學的研究，有會刊《亞洲研究》（*Asiatick Researches*），在瓊斯的主持下發表了一系列論文，影響很大，瓊斯在該學會的年會上都會發表週年演講（Anniversary Discourse），一共11 次。

瓊斯在語言方面的成就引人矚目。他學習了 28 門語言，精通 8 門語言：英語、波斯語、拉丁語、法語、義大利語、希臘語、阿拉伯語、梵語；粗通 8 門語言：西班牙語、葡萄牙語、德語、盧恩符文、希伯來語、孟加拉語、土耳其語、印地語；借助字典能理解 12 門語言：藏語、巴厘語、巴列維語（Phalavi，現在一般拼作 Palawi）、德利語（Deri）、俄語、古敘利亞語、衣索比亞語、科普特語（Coptic）、威爾斯語、瑞典語、荷蘭語、漢語。他在語言方面的成就可以概括為兩個方面：一是翻譯和注釋了大批東方國家的重要典籍，為西方人瞭解東方做出了貢獻。瓊斯翻譯的典籍主要是梵語，還從阿拉伯語翻譯了兩部著名的法律文獻，亦有波斯、

印度、阿拉伯等國家的文學作品。除了翻譯，他還注釋了一大批多種文字的經典，包括少量的中國經典，如《大學》、《詩經》、《論語》等的部分段落。二是提出了「印歐語假說」。

「印歐語假說」是瓊斯在語言研究上做出的劃時代貢獻。1786 年 2 月 2 日，在「亞洲學會」發表第三週年演講（the third anniversary discourse）時，他正式提出梵語與拉丁語、希臘語同源，這一思想被稱為經典的構想（formulation），即著名的「印歐語假說」。瓊斯這一次演講成了語言學史上的一件大事，他說：「梵語不管多麼古老，其結構是令人驚歎的，比希臘語更完美，比拉丁語更豐富，比二者更精緻，但是與它們在動詞詞根方面和語法形式方面都有很顯著的相似性，這不可能是偶然出現的，這種相似性如此顯著，沒有一個考察這三種語言的語文學家會不相信它們同出一源，這個源頭可能已不復存在；同樣有理由（雖然這理由的說服力不是特別強）認為，哥德語和凱爾特語儘管夾雜了迥異的文法，還是與梵語同源；假如這裡有篇幅討論與波斯歷史有關的問題，或許能把古波斯語加入同一個語系。」（The Sanscrit language, whatever be its antiquity, is of a wonderful structure; more perfect than the Greek, more copious than the Latin, and more exquisitely refined than either, yet bearing to both of them a stronger affinity, both in the roots of verbs and in the forms of grammar, than could possibly have been produced by accident; so strong indeed, that no philologer could examine them all three, without believing them to have sprung from some common source, which, perhaps, no longer exists: there is a similar reason, though not quite so forcible, for supposing that both the Gothick and the Celtick, though blended with a very different idiom, had the same origin with the Sanscrit; and the old Persian might be added to the same family, if this were the place for discussing any question concerning the antiquities of Persia.）

這段話被稱為語言學上引用率最高的段落。瓊斯的這段話以及後來一系列論述，勾勒出印歐語系的輪廓，並提出了語言歷史比較研究的原則和方法，例如確認同源詞及同來源語言，初步奠定了歷史比較語言學的基礎，將人類對語言的探索引向一個全新的時代——歷史比較語言學時代，同時在歐洲掀起了研究東方語言的熱潮，是英語國際化進程中與當地語言碰撞發出的耀眼火花。

英語國際化具有四大特徵。

首先，英語國際化是伴隨著英國國力擴張的語言傳播過程。在英國本土，英語經歷了相當長時間才完成自身整合。英國之所以能走出國門，根本原因是英國國力的提升。自 17 世紀初葉，英國在北美相繼建立了 13 個殖民地。與西班牙在南美建立的殖民地不同，英國人在北美建立了一種「定居者的殖民地」，即大量英國移民在此定居，成了當地的主人，這些移民及移民的後裔便是後來美國人的先驅。隨著英國人的足跡與炮艦所至，英國移民先後到達了北美、非洲、亞洲、大洋州。英國人成為當地國家的主體或統治者，英語理所當然也成了當地的通用語言或官方語言。此後，雖然英國的殖民體系在兩次世界大戰和民族獨立浪潮的衝擊下土崩瓦解，但同樣以英語為母語的美國繼之而起，挾其超強的經濟、技術和軍事實力雄霸世界。由英帝國開創的英語強勢地位不僅得到鞏固，而且開始了更為迅猛的全球擴張。

其次，英語的國際化進程與英語所承載的強勢文化的主動輸出相伴隨。早在殖民擴張時代，殖民者所到之處，帶去的不僅是堅船利炮和廉價商品，還有他們的文化觀念、意識形態、價值標準和生活方式。19 世紀的大英帝國不僅是一個軍事和經濟大國，也是一個文化大國，它所承載的民主、自由、平等、博愛等近代文明觀念是足以摧毀落後國家文化心理防線的另一種類型的堅船利炮。

再次，英語不斷國際化的過程，其實也是英語自身持續進化的過程。與歐洲其他語言相比，英語是比較年輕的語言，又是一門非常富有開放性和包容性的語言。英語與德語最接近，但比較而言，德語受外來影響要小得多。就語言類型來說，現代德語仍然屬於綜合性語言，英語則發生了翻天覆地的變化，現代英語帶有更多分析性語言的特點。詞彙的變化更能顯示出英語的包容性。早在古英語時期，其基本詞彙中就出現了不少從拉丁語中借來的詞語；丹麥人入侵後，英語又吸收了很多屬於北日爾曼語族的斯堪地那維亞語詞彙。諾曼征服後，又有大量拉丁語詞彙通過法語融入英語。例如，喬叟使用了大約八千個英語詞彙，其中半數來自法語或其他羅曼語系（即拉丁語系）的語言（李賦寧，1991: 7）。文藝復興時期，英語在從拉丁語吸納拉丁詞或從法語借來拉丁詞的同時，又從希臘語中借來了不少新詞。經過文藝復興，英語已經可以同古代希臘語、拉丁語、現代法語和義大利語分庭抗禮了。17 世紀，英國皇家學會成立，英語逐漸代替拉丁語成為哲學和自然科學的語言。18 世紀、19 世紀，通過與世界各民族和文化的接觸，

英語又從世界各地吸收了數千個新詞，英語詞彙得到更進一步的豐富和擴展。古英語詞彙大約只有 5 萬至 6 萬個，而現代英語大辭典所收詞條已達 65 萬至 75 萬之多（李賦寧，1991: 13）。英語自身的持續進化，使英語成為一門最能與時俱進，因而也最具適應力的語言。英語一方面變得越來越簡單、易學，另一方面其包容性越來越強，這也是人們樂意接受它成為全球性交際工具的一個重要原因。

最後，英語的國際化是一個與英語的本土化相伴而生、交互推動的過程。英語在國際化的同時也促使英語本土化的迅速發展。這是普遍的文化傳播現象在語言傳播領域的反映。一種文化離開母域傳播到另一個地區，不可避免地要與所在地域的文化習俗相結合，才可能紮根、存活並得到發展。隨著英語在世界各個地方落地生根，很快便出現了結合當地生活習慣、文化傳統，包括人種生理結構的語言變異，於是在英國英語之外便有了美國英語、澳洲英語、南非英語等眾多的英語類型，還有印度英語、菲律賓英語、北歐英語、日本英語、韓國英語、中國英語等各種變體。事實上，20 世紀 70 年代就已經出現了英語的複數形式（Englishes），到 90 年代，英語語言的複數形式 the English languages 已經被普遍使用。「本土化是一種語言充滿活力的表現，是語言創新的結果」（Kachru, Braj B. 1985: 213）。英語的本土化不僅沒有削弱英語國際化的強勁勢頭，反而為它注入了強大的生命力。同時，本土化也進一步鞏固和擴大了英語的陣地，每一種本土化的英語，都令所在國成為英語的一個新的擴張據點。換言之，英語的本土化反過來成了進一步推動英語國際化的強大力量之一。

20 世紀初，「女王英語」或「國王英語」是人們競相模仿的標準。第二次世界大戰之後，隨著美國英語強勢地位的確立，又出現了英國標準英語（British Standard English）和美國標準英語（American Standard English）這兩種標準英語。20 世紀末，伴隨著英語的全球化，除英國標準英語、美國標準英語之外，又出現了更多的標準英語變體，如澳洲標準英語、加拿大標準英語、菲律賓標準英語、南非標準英語等。對於英語國際化過程中的這兩種交互作用共同推動英語發展的力量，李賦寧在其所著《英語史》中曾有非常形象的概括：「有兩種趨勢推動了英語的發展：一種趨勢使英語豐富、典雅；另一種趨勢使英語保持純潔、樸素。第一種趨勢防止英語營養不足，第二種趨勢避免英語消化不良」（李賦寧，1991: 12）。

英語國際化的歷程表明，國運盛衰與語言傳播存在著緊密聯繫。國運強盛往

往往會推動語言和文化的對外傳播，而國運衰微則往往會導致語言乃至文化的受挫（高增霞，2007[6]）。歷史上，希臘語、拉丁語、阿拉伯語、西班牙語、葡萄牙語、法語都曾一度成為國際性語言，其背後所依託的都是母國各自繁榮期內的軍事侵略或殖民擴張。英語也正是隨著大英帝國的崛起，依靠其強大的國力走向全世界，並成為一種國際性的語言。美國取代英國成為具有政治、經濟和軍事實力的超級大國之後，英語作為國際語言的地位得到進一步鞏固和加強。

語言是文化的符號，文化是語言的靈魂。國際化的語言必然具有足夠的開放性和包容性，本土化是不可避免的現象，這是各民族不同的歷史、文化、政治、經濟等因素共同作用的必然結果。但是，對於一門國際化的語言而言，本土化不是無限制的，否則就不成其為國際化語言了。如果一味地放任本土化，那將勢必重蹈昔日拉丁語的覆轍，即一種國際化語言最終分化成各自獨立而又彼此無法交流的不同語言。在國際化的進程中，英語如何處理國際化與本土化之間的矛盾關係，英語的本土化是國際化的助力還是阻力呢？這些問題還沒有答案，有待進一步觀察。

（二）工人階級英語

英語的變遷不可避免，伴隨著工業革命、農業改良、技術革新和機器發明等，英語也發生了前所未有的巨大變化，主要有詞彙、語義、音系、形態和句法等方面的變遷。誠然，英語一直在變化，不僅有新詞，還有新發音，甚至新的語法形式；同時舊詞、舊規則和舊發音漸漸退出使用。18 世紀英國工業革命所帶來的巨變，使英語快速發展，這種發展不僅有英語本身的變化，還有英語的對外擴張，但最重要的是工人階級英語首次進入語言學家的視野。

探討 19 世紀英語，離不開 18 世紀的語言歷史背景，語言的標準被打上了科學的烙印，語言學家的研究容易給人造成錯覺，以為英國人都是按照語言學家的要求來講英語的。作家要比語言學家敏感，看看狄更斯的小說，就會發現普通工人階級的語言與語言學家描繪的理想語言相去甚遠。19 世紀語言學家研究工人階級語言，主要從方言入手，包括農村方言、城市方言、大眾教育的引入，以及工

人階級的語言匱乏（language deficit）。

過去幾百年裡，關於農村方言，英國一直流傳著毫無根據的迷思，認為英國西部及北部農村方言，保留了在其他地方已經消亡的古老語言形式。《牛津英語詞典》（*Oxford English Dictionary*）主編詹姆斯・穆雷（James Murray）在詞典前言中提到了標準英語的方言起源：15 世紀之前，方言是英語的唯一存在形式，各種方言都有自己的文學傳統，本詞典在收錄這段時期的單詞時，所有方言的地位都是平等的。「唯一」顯示穆雷對方言的承認是迫於無奈。19 世紀下半葉，英國各地的教區牧師、學校教師、鄉村紳士等，開始把本地的方言詞彙編輯成冊，他們是最早關注農村方言的群體。1870 年後，語言學家才開始關注農村方言，因為他們試圖為發音的改變總結出一套規律性的東西，然而他們很快發現，標準語言是沒有規律可循的。現在回頭看英語標準語形成的過程，就能理解這一點，因為標準語是由各種方言混合而成的，英語也不例外。語言學家研究農村方言取得了豐碩成果——展開多次方言普查，並出版許多方言詞典。語言學家擔心，語言標準化進程正在摧毀方言。

城市方言進入英國語言學家視線的時間更晚。雖然語言學家、方言學家都試圖找出發音演變的規律，但他們卻對身邊的城市方言視而不見，完全沒有注意到城市方言每天都在發生變化。專家們對小社區的方言研究表明，發音方式在小範圍內也並不統一，很難找出所謂的規律，在方言演變中必須考慮到社會變數。20 世紀 60 年代，英國社會語言學家才開始認真研究城市方言。

19 世紀英國城市化進程加快，城市規模不斷擴大，城市群開始形成。城市的主體是工人階級，他們的語言形成了城市方言。現在回頭看，能清晰意識到英國的幾大城市方言在 19 世紀已開始萌芽，例如曼徹斯特方言、利物浦方言、里茲方言、倫敦東區土語等。1830 年以前，利物浦方言與周圍的蘭開夏郡（Lancashire）農村方言並無多大差別，但隨著利物浦的城市化以及大量愛爾蘭移民的湧入，1840 年以後利物浦開始出現自己的語言特色，1880 年後已經形成了獨特的利物浦方言（Scouse）。城市方言並不局限於城市中，而是隨著交通網絡向四周輻射，影響到周圍的小城鎮，再通過小城鎮影響附近的農村地區，這意味著絕大部分英國人都受到這樣或那樣的城市方言影響。

與此同時，隨著鐵路、運河興起，大部分英國人都或多或少受到倫敦上流社會高雅語言影響，這帶來了全國性語言標準與地方性語言標準之間的競爭，從而

導致城市方言的社會分化。通常情況是，城市中產階級主動按照全國性標準修正自己的語言，而廣大的工人階級則固守地方性標準。20世紀60年代，對利物浦地區的方言研究顯示，當地中產階級的語言傾向於全國性標準，而當地原本的英國西北部語言特徵並不明顯，當地工人階級的語言則具有鮮明的地方特色，尤其在方言上深受愛爾蘭移民影響，與全國性標準相去甚遠。工人階級的地方性城市方言，對所謂的高雅標準英語構成了挑戰。

英國工人階級對英語的影響主要體現在詞彙變化、地方口音形成，以及英語標準化等方面。工業革命的標誌是機器的應用和工廠的產生，機器名稱和各種發明創造等相關詞彙的普遍使用，是英國工業革命對英語語言，尤其是詞彙的發展和貢獻，而工人則是這些新鮮詞彙的最初消費者。正如法國學者費爾南德·莫塞所言：「自從浪漫主義興起以後，英語演變過程中最顯著的特色就是它的詞彙驚人的增長」（莫塞，1998: 155 - 156）。英國威爾斯學者雷蒙·威廉斯（Raymond Williams）在其《文化與社會》（*Culture and Society*）導論中總結了5個單詞，這是18世紀末至19世紀前半葉期間英國工業革命開始後最重要的5個單詞。這些詞在這期間要麼變成英語的通用詞，要麼在原來通用的基礎上有了新的重要意義。這5個單詞分別是：industry（工業）、democracy（民主）、class（階級）、art（藝術）和culture（文化）。威廉斯認為，這5個單詞至今在我們生活中依然非常重要，其用法在工業革命期間發生了改變，有了現在我們所熟悉的意義，見證了我們對生活態度的改變。他還列舉了英國工業革命期間新創或獲得新義的其他單詞，例如：scientist（科學家）、capitalism（資本主義）、commercialism（商業主義）、operative（操作工人）、proletariat（無產階級）和unemployment（失業）等，共27個新詞和19個已被賦予現代意義的詞（威廉斯，1985）。可以說，這些詞是工業革命所帶來的各種變化的語言見證，因為工業革命所帶來的變化必須用語言來描述，而這些具有現代意義的新詞和新義的出現，說明了工業革命的影響是前所未有的。對於這些新詞新義，工人階級享有近水樓臺的天然優勢。

英國工業階級對英語語言的另一大影響就是促使了地方口音的形成，最典型的例子就是流行於利物浦（Liverpool）和默西賽德郡（Merseyside）地區的利物浦口音（Scouse）。1962 - 1963年隨著披頭四樂團（The Beatles）的巨大成功，這個獨一無二的城市聲音響徹世人耳中。利物浦口音的形成，主要是在工業革命高潮中，大批愛爾蘭移民湧入英格蘭蘭卡斯特地區而形成的。利物浦口音帶有愛爾

蘭語的特徵，如 you 的複數是 youse，three 讀作 tree，that 讀作 dat。把字首子音 / h / 略去不發音，便是典型的倫敦東區土語的一大特點（McCrum, Robert. 1988: 272-273）。

又如，工業革命的聚集力使英格蘭艾塞克斯（Essex）、薩福克（Suffolk）、肯特和米德爾塞克斯（Middlesex）附近鄉村的人口減少，成千上萬的貧困農場工人被迫到倫敦東區去尋找工作。這些鄉村移民將他們的講話習慣注入了倫敦語言中，這就是所謂的「倫敦東區土語」（Cockney），在 18 世紀時成為倫敦東區工人階級的語言，這也使得倫敦東區土語漸漸被貼上了標籤：「低級的（low）」「醜陋的（ugly）」「粗俗的（coarse）」。只要讀一讀狄更斯的小說，就能瞭解蕭伯納名言的真實性：「當一個英國人開口說話時，另一個英國人卻露出鄙視的神情。」階級抱負的壓力，無疑有利於推動英語口語標準的形成。

雖然工人階級在語言合規方面的主動性沒有中產階級強烈，但英語的標準化是英國工人階級逃不掉的宿命。隨著蘭開夏郡（Lancashire）和英格蘭中部工礦區（Black Country）這些工業城鎮的發展，鄉村勞動力被吸引過去，民眾讀寫能力的逐步提高，使標準的書面英語得到更廣泛的傳播。而工業革命所帶來的公路、運河，尤其是鐵路的發展使得人們的旅行和社交增多。

大眾義務教育的普及，對英國工人階級的英語水準意義重大，而教會是英國大眾教育的先驅。英國教會分為兩大派：英國國教教會以及非國教教會，兩者都積極發展大眾教育事業，舉辦主日學堂，投身窮人教育。為爭奪對大眾教育的領導權，1811 年，英國國教教會成立了「國家協會」（National Society），而非國教教會也成立了「英國協會」（British Society）與之抗衡，雙方都力爭在教育標準的制定方面佔據主導權。19 世紀，英國教會辦學有動力也有阻力，動力主要來自工廠對受過教育的勞工迫切需求，而阻力主要來自兩個方面：一方面，受過教育的勞工期待和要求都更高，如果得不到滿足則容易引發社會動盪；另一方面，教育是有成本的，公共財政是教會的財源之一，成本壓力永遠存在。動力和阻力相互作用，其結果是教會辦學進展緩慢。

19 世紀，英國的社會變革，推動政府進入教育領域。1832 年，英國推出了「改革法」（Reform Act）；1833 年，英國議會首次向教育事業撥款，總計兩萬英鎊，由「國家協會」和「英國協會」負責分配；1867 年，英國推出新版「改革法」（Reform Act）；1870 年，英國頒布「教育法」（Education Act）。其實，在「教

育法」頒布前，英國政府早已把財政撥款與學生的 3R 技能掛鉤，3R 指閱讀、寫作、算術（reading, writing and arithmetic）。根據 1862 年的規定，英國政府給在校學生按人頭撥款，每個學生 8 先令，如果學生沒有通過考試，則政府要扣除三分之一的學生人頭費。這樣做的初衷是好的，是對學校的績效管理，然而以考試來衡量學生水準則有不少副作用。首先，考試的標準對工人階級孩子不友好，考試的重點是他們並不熟悉的標準英語，而非伴隨他們成長的方言英語；其次，按教學結果付費，扭曲了教育生態，催生了應試教育；最後，在語言能力的評估中引入了失敗的概念，例如，15 世紀文盲的標準是沒有學會閱讀，而 19 世紀文盲的標準是學習閱讀失敗。這一標準就是統一考試，號稱能夠客觀評價學生，許多工人階級孩子淪為這一標準的犧牲品。

19 世紀後期，人們開始把工人階級低劣的英語水準與教育的失敗掛鉤。當時的學者不瞭解語言社會學，教師也面臨中產階級與工人階級的文化衝突，因而傾向於認為工人階級孩子所使用的英語用法自然是不正確的，因為這會導致他們在標準化聯考中失利，進而把工人階級英語用法與教育失敗畫上等號。20 世紀 20 年代，英國社會普遍認為工人階級有語言匱乏，小學教育的目的是教會工人階級的孩子讀寫英語，使之成為文明人。毫無疑問，所謂英語讀寫是中產階級的英語讀寫。1921 年，語言學家喬治·桑普森（George Sampson）發表《英國人的英語》（*English for the English*），指出教育的目的是教會工人階級孩子生活，而不僅僅是成為工廠的一顆螺絲釘，因此英語應該在所有科目的教學大綱中佔有重要地位。他的思想比較先進，但仍然沒有跳出時代的窠臼，他依然認可當時盛行的英語標準論，不贊成語言的地方主義，認為標準關乎帝國命運。畢竟英語已經成為世界的通用語，最標準的英語當然在英國，然而實情是英國方言林立，許多工人不能講標準英語，這不是要拆大英帝國的臺嗎？

工人階級的英語水準生來就低人一等嗎？其認知能力真的有缺陷嗎？認知能力果真有階級差別嗎？工人的孩子在語言類測試中的表現較差，但在非語言類測試中的表現較好，顯示其語言能力與認知能力不一致，說明某個環節出了差錯。後人有理由相信是評判語言能力的標準出現了偏差。

19 世紀，英國推出了許多關於英語用法的書籍，這些書大都沿襲了 18 世紀的傳統。尤其是 1860 年以後，這些書紛紛把不規範的英語用法，與工人階級語言聯繫起來，而同時認為中產階級語言才是受過教育的語言，是國家應該大力推

廣的標準，甚至把該標準神話為皇室語言。20 世紀以來，關於工人階級英語的看法有所轉變。有兩本書籍是這兩個時期的代表作：1864 年，亨利・阿爾福德（Henry Alford）撰寫的《女王英語》（*The Queen's English*）、1919 年，富勒兄弟（Fowler brothers）撰寫的《國王英語》（*The King's English*）。

《女王英語》指出語言是進步之路：「如果把女王英語比作這個國家的思想和語言的道路，過去這條路很粗糙，如同走在這條路上的原始初民一樣。經過好幾百年的努力，這條道路總算變得又平、又硬、又寬了」。（The Queen's English ... is, so to speak, this land's great highway of thought and speech ... There was a day when it was as rough as the primitive inhabitants. Centuries have laboured at levelling, hardening, widening it.）（Alford, Henry. 1870: 2-3）阿爾福德認為女王英語的進步之路遭遇了敵人的阻撓，他所謂的敵人是指語法學家的矯情規定、拉丁詞彙的氾濫以及半文盲工人階級的濫用。例如，他認為工人階級不會使用縮略語撇號、單詞經常拼寫錯誤等。

《國王英語》提出了一系列應該遵循的語言規則，這些規則從側面呼應了工人階級英語的合理性，例如：儘量使用熟悉的日常單詞，而不是牽強的外來單詞；儘量使用具體的單詞，而不是抽象的單詞；儘量使用單音節詞，而不是迂迴累贅的多音節詞。

英國工人階級英語地位的改變，反映了英國工人階級地位的變遷。

（三）英語發音標準

19 世紀中後期，英國東南部倫敦地區受教育人士的口音成為「英語標準發音」（Received Pronunciation，簡稱 RP）。英語發音標準的形成落後於英語書寫標準的形成，英語發音標準受到的壓力和挑戰也大於英語書寫標準。

語言學家喬治・桑普森（George Sampson）曾說過：「毋庸置疑，英語已經成為世界通用語了。除了英格蘭，標準英語口語還能上哪兒找呢？然而英格蘭確實沒有標準英語。這裡每個郡，甚至每座城都有自己的發音標準，每個地方都聲稱自己的發音是最純正的。這不是獨立，而是地方主義。學校的任務不是鼓

勵地方主義，而是為大英帝國制定發音標準」。（English is now incontestably the language of the world. Where should the standard of spoken English be found if not in England? But there is no standard here. Each county, almost each town, is a law to itself and claims the right purity for itself. This is not independence, it is mere provincialism; and it is not the duty of the schools to encourage provincialism, but to set the standard of speech for the Empire.）（Sampson, George. 1921: 51）

英語發音標準的形成走過了一條漫長的路。大約 14 世紀開始，英國上流社會逐漸從法語回歸英語，英語成為英國主要的、被各階層廣泛採用的交際語言。從 16 世紀開始，現代英語逐漸成形，18 世紀英語書寫標準確立。然而在英國不同地區間存在各種方言和口音，妨礙了人們有效溝通。為了讓英語能更好地方便交流，研究英國各地不同方言口音，由此歸納出一套簡便易學的英語語音體系，便成為語言學家奮鬥的目標，作為英國政治經濟文化中心的倫敦及附近區域的口音自然得到了語言學家的推崇。

RP 是英國眾多方言中的一種，沒有明顯地域口音，是上流社會受過良好教育者的口音，是舞臺用語，是公共演講用語。這種發音方式大約只有兩百餘年的歷史，最初是 18 世紀末開始在上流社會出現的口音，然後成為私立男子寄宿學校口音，繼而成為政府部門口音，最後成為整個大英帝國的標準口音，這個過程歷時一百多年。1992 年，英國語言學家湯姆・麥克阿瑟（Tom McArthur）在《牛津英語指南》（*The Oxford Companion to the English Language*）中寫道：「RP 一直是少數人的口音，有 RP 口音的人最多只占英國人口的 3% - 4%。」

RP 與英國其他方言口音最大的不同體現在母音上，例如 bath 這個單詞，RP 母音發長母音，而英格蘭北部母音則發短母音。RP 還有兩個典型的發音特徵：首先是單詞首字母 h 要發音，沒有字母 h 不會增加子音 / h / 的發音，例如 hurt 第一個子音 / h / 要發音，arm 不會在母音前面增加子音 / h /，而倫敦東區土語則剛好相反，I hurt my arm. 會讀做 I'urt my harm. 其次，世界大部分地區在讀單詞 car 和 heart 時，會發出子音 / r /，而 RP 則是極少數不會發出子音 / r / 的口音。

1569 年，英國教育家、語法學家約翰・哈特（John Hart）在其《正字法》（*The Orthographie*）一書中把當時的倫敦口音稱為「英語的精華」，並認為當時英國人的拼寫混亂而沒有邏輯，應該根據倫敦口音來統一規範書寫形式，在早期英語拼寫歷史上，他提出了「第一個真正的語音方案」（the first truly phonological scheme）。（Doval-Suárez, Susana. [7]1996: 115-126）

1589 年，英國作家、文學批評家喬治‧派特納姆（George Puttenham）在《英語韻文藝術》（*The Arte of English Poesie*）中寫道：「即使是北方的貴族或紳士所說的英語也不如我們南方人的英語那麼典雅而為人們所普遍接受」（蔣紅柳，2000[4]: 63）。

1791 年，英國演員、詞典編纂家約翰‧沃克（John Walker）在《英語發音詞典》（*A Critical Pronouncing Dictionary of the English Language*）的序言中推薦倫敦地區的發音，他認為這種發音能被大多數人所接受，無疑是一種「好」的發音，他的這本詞典很受歡迎，一共推出了 40 個版本，他的前半生在愛爾蘭都柏林當演員，後半生在倫敦教授英語發音及演講技巧。

1869 年，英國語言學家亞歷山大‧約翰‧艾理斯（Alexander John Ellis, 1814-1890）在其《論早期英語發音》（*On Early English Pronunciation*）一書中將這種發音稱為「普遍接受的標準發音」（Received Standard），並將其定義成：「大都會、宮廷、教會和法庭中受過教育的人的發音」（Gimson, Alfred C. 1977: 152）。艾理斯在語音、數學、音樂方面都很有造詣，他出生殷實人家，父親是藝術家、醫師，母親來自貴族家庭，為了獲得母親娘家人的經濟資助，他成年後改隨母姓「艾理斯」。他在伊頓公學、劍橋大學求學，主攻數學和古典學。1887 年，為《大英百科全書》（*Encyclopaedia Britannica*）撰寫有關語音方面的章節。在其《論早期英語發音》第五部分，他記錄了自己在全國進行「方言測試」（Dialect Test）的情況，發現在英格蘭及蘇格蘭南部一共有 42 種英語方言，這是英國歷史上最早進行的語音測試之一。20 世紀上半葉，雖然該測試受到了英國語言學家約瑟夫‧賴特（Joseph Wright, 1855 - 1930）、瑞士語言學家歐根‧迪斯（Eugen Dieth）等人批評，但即便這些批評者也在自己的研究和著作中引用、借鑒艾理斯的方言測試成果，例如約瑟夫‧賴特關於英格蘭東北部方言的資料基本照搬艾理斯的研究成果。20 世紀下半葉，隨著英國方言研究的深入，人們重新認識到艾理斯研究的價值，因為即便再做方言測試，也基本不可能超越當年艾理斯研究的成果。1864 年，艾理斯成為英國皇家學會會員。蕭伯納承認，其《賣花女》中男主角亨利‧希金斯教授（Prof. Henry Higgins）的原型之一就是語言學家亞歷山大‧約翰‧艾理斯。

1898 - 1905 年間，英國語言學家約瑟夫‧賴特編輯出版了六卷本的《英語方

言詞典》（*The English Dialect Dictionary*），記錄 19 世紀末期的英國方言，加深了人們對英國地域口音的理論認識。賴特出生於普通工人家庭，15 歲還不會讀寫，他邊打工邊自學，最後到德國海德堡大學讀書，並取得博士學位，成為牛津大學語言學教授。他對方言很感興趣，1892 年出版了《風丘方言語法》（*A Grammar of the Dialect of Windhill*），記錄英格蘭西約克郡風丘地區的方言，他自稱這是英格蘭第一部寫方言的語法書（the first grammar of its kind in England）。在編寫《英語方言詞典》的過程中，他成立了搜集約克郡方言資料的委員會，1897 年該委員會發展成了「約克郡方言學會」（Yorkshire Dialect Society），他自稱這是英國最古老的依然活躍的方言學會。他臨終前說的最後一個字是「詞典」（Dictionary）。

1919 年，英國詞典編纂家、語言學家亨利・懷爾德（Henry Cecil Wyld, 1870-1945）在《現代英語口語歷史》（*A History of Modern Colloquial English*）一書中，對 RP 作了如下的定義：「作為一個術語，我們可以將這種發音稱為好的英語、受過良好教育的英語、上流社會英語、標準英語等。但我認為應將其稱為『被廣泛接受的標準英語』（Received Standard English）」。

英國語言學家丹尼爾・瓊斯（Daniel Jones, 1881 - 1967）為了解決人們發音中的分歧問題，於 1917 年出版了《英語發音詞典》（*English Pronouncing Dictionary*），在該詞典中瓊斯最初採用的是「公學發音」（Public School Pronunciation）這一稱謂來指代標準發音，他對標準發音的定義是：「英國南方家庭的日常用語，這些家庭的男人都是在著名公學接受教育的」（the everyday speech of families of Southern English persons whose menfolk were educated in the great public boarding schools）。在 1926 年出版的《英語發音詞典》第二版中，他採用「英語標準發音」（Received Pronunciation）這一術語來描述這種發音，他寫道：

英國語言學家丹尼爾・瓊斯 40 歲肖像。

「由於沒有更好的術語，接下來我就用『英語標準發音』這個詞吧」（In what follows I call it Received Pronunciation, for want of a better term）。學界認為瓊斯是第一個用「英語標準發音」（Received Pronunciation）這個名詞來指稱英語標準發音。由於瓊斯等人的努力，RP 在英語語音教學中得到了廣泛的使用。瓊斯一再聲明，RP 只不過是一種「可以被廣泛聽懂的發音」，而非人人都必須採用的發音標準，也非官方授意的發音標準，並聲明推薦使用 RP 發音並不說明其是「最好」的。即使如此，RP 客觀上所帶有的較為濃厚的上流社會色彩，使人們把它看成是貴族化的發音，這在當時階級森嚴的英國社會是可以理解的。蕭伯納就在其名劇《賣花女》的序言中說過這樣一句話：「當一個英國人開口說話時，另一個英國人卻露出鄙視的神情」（Shaw, Bernard. 1912）。這是當時英國社會和語言環境的真實寫照。蕭伯納所處的時代是標準發音在英國（特別是在英格蘭）盛行的時代，因此，語音是人們社會地位最明顯的標誌，不僅方言土語為上流社會所不齒，即便是標準語中夾帶了地方口音也會遭人恥笑。「人們通常會將並非來自上流階層而講標準發音的人稱為講『雕花玻璃口音的人』。由於標準發音被打上了上流階層的印記，因此，人們認為講標準發音者比講地區方言者更有能力和才智」（McArthur, Tom. 1998a: 556）。這樣一個看似普通的口音，卻打上了深深的階級烙印，成為文化傳承的一部分。

許多英國語音學家都對 RP 理論和教學體系的形成做出自己的貢獻。其中，瓊斯作為承先啟後的一代語音學家，致力於 RP 的規範化，並在 RP 研究方面形成完整的理論體系。由於瓊斯的努力，RP 成了無地域色彩的英國英語發音，也成為英國乃至世界各地人們學習和模仿英語語音的標準。20 世紀 50 年代以前，英國學生上大學後會主動改變其家鄉口音，向 RP 靠攏。20 世紀 50 年代，RP 成為英國廣播公司（BBC）播音員的工作口音，因此又被稱為 BBC 英語（BBC English）。語音學家彼得・羅奇（Peter Roach）注意到，英國教師總是選擇 RP 來教外國學生發音，因為這種發音在大多數英語教科書和發音詞典中得到了最完整的介紹（Roach, Peter. 1991: 5）。應該說瓊斯在 20 世紀上半葉所結出的豐碩學術成果，助推 RP 進入了發展的鼎盛時期。在 20 世紀很長的一段時間裡，RP 使世界各地的人們在用英語溝通時變得更為方便和容易，這種發音還成為世界範圍內英語教學的語音標準。英語教師無論是否以英語為母語，都可以很方便地從大量的聲像資料、教材以及發音詞典等資料中獲得有關 RP 的知識。但是，語言畢

竟與時代的發展息息相關，時代的變化也必然會促使語音發生演變。國際交往日益頻繁，不同的方言發音也在不斷地相互吸納和趨同，語言學家自然不會忽視這些變化。

正是在這種背景下，阿爾弗雷德‧金森（Alfred Gimson）接替老師瓊斯，擔任新版《英語發音詞典》（*English Pronouncing Dictionary*）的主編，他對詞典內容和格式都做了較大改動，第 14 版在 1977 年問世。作為瓊斯的弟子，金森在繼承瓊斯 RP 理論體系的基礎上又形成了自己的特色，他根據現實生活中人們發音的變化來不斷充實 RP 的定義和理論，形成金森 RP 理論體系，目前該發音體系已得到了較為廣泛的認同和使用。因此，現在人們所稱的 RP，已不再是瓊斯在九十多年前所定義的 RP 了。RP 通過不斷的更新完善，使其一直成為英語教學中普遍採用的英語發音標準。

RP 是語音學家所推崇的標準發音，同時也是英語教學廣泛採用的標準發音，但幾乎就在瓊斯提倡將 RP 作為英語教學的發音標準時，就有反對的意見出現。早在 1919 年，英國桂冠詩人羅伯特‧布里奇斯（Robert Bridges）就對 RP 成為學校英語語音教學的唯一標準提出異議，他認為這是一件危險的事情（Gimson, Alfred C. 1977）。

RP 體系從瓊斯到金森，經歷了一個較大幅度的修正和完善的過程。即便如此，仍有一些英國的語音學家認為 RP 已經過時。他們宣稱不論是從語音學的角度還是從社會心理學的角度，RP 都已不再能反映當前英國人的發音現實，因此主張拋棄 RP，採用其他認同度更高的方言發音作為英語的標準發音。這種主張在 20 世紀末期變得尤為強烈，如《英語發音詞典》第十五版的編者在詞典前言中提出：「RP 這一過時的稱謂應該被拋棄了」（Roach and Hartman. 1997）。語音學家大衛‧阿伯克龍比（David Abercrombie）則認為蘇格蘭口音應是一個較為理想的發音模式，因為它比 RP 更簡明易懂（Abercrombie, David. 1991: 53），並說「有跡象表明 RP 的威望、特權和吸引力都正在被削弱」（Abercrombie, David‧1991: 51）。阿伯克龍比也是瓊斯的學生，他在愛丁堡大學創立了語音系。20 世紀 70 年代開始，英國廣播公司不再要求所有播音員必須使用 RP 口音，而是對地方口音採取更加包容的態度。現在英國廣播公司播音員、主持人可以帶有自己家鄉的地方口音，前提是觀眾能聽懂，不會產生溝通障礙。

反對把 RP 繼續作為英語標準發音的呼聲是在特定社會背景下產生的：英國

社會內部結構發生了較大的變化；社會經濟的發展使阻礙人們交往的各種源自階級和地區差異等方面的壁壘被打破；各種方言發音相互融合日益深入等。這些變化，使 RP 很難再保持過去作為英語發音標準的壟斷地位了。RP 的上流社會發音專利這一印記在階級觀念日益淡化的今天，反而成為許多人反對 RP 的主要理由。現在，英國中產階級對語音與身分地位的關聯性認知顯得十分淡漠，他們大多不再以「音」取人，各種不同的方言發音都較以往更容易得到認同。這使原本在英國就只有少數人採用的 RP 的影響力大大削弱。與此同時，英國在國際社會中的地位江河日下，RP 作為外語教學中發音標準的地位隨之受到美國英語的挑戰。諸多因素使 RP 目前處於一種較為尷尬的境地，加之年輕一代強烈的反叛心理以及對權威的懷疑等各種因素，使人們更樂於接受一個 RP 以外的發音。於是，更具包容性的「河口英語（Estuary English）」等所謂的新方言發音相繼出現，成為可能替代 RP 的新英語發音標準。

在英國，RP 作為最有威望的英國英語發音的稱謂，主要是在英語語音學家和英語教師間使用。而在普通大眾中，對這一發音有多種叫法，人們更廣泛採用的是「BBC 英語」。由此看來，BBC 英語並不是一個不同於 RP 的方言音，而主要是因為 BBC 英語不像 RP 那樣帶有上層社會和特權階層的意味和內涵。（Roach, Peter, and James Hartman. 1997）《英語發音詞典》第十五版是由羅奇和哈特曼主編的，該版正式用 BBC 英語一詞來取代 RP。雖然羅奇等人提出拋棄 RP 這一名稱，但第十五版除了在音節的劃分等方面作了一些變化，並同時標注了美國英語發音外，其標音原則與金森主編的第十四版《英語發音詞典》的差別並不大。雖然 BBC 廣播和電視節目主持人相互之間的發音有差別，但他們的共同點卻是其發音大都帶有鮮明的 RP 特徵。就連羅奇本人也說 RP「之所以讓人們熟悉是因為 BBC 的播音員們在國內和國際的各個頻道中大都採用這種發音」（Roach, Peter. 1991: 4）。由此可見，BBC 英語與 RP 的差異主要是形式上的，而實質上語音本身的差異很小，也許 BBC 這個名字更容易讓人接受罷了。

（四）好英語的新標準

19 世紀末，英語語言文化史上最重大的事件當數《牛津英語詞典》（*Oxford English Dictionary*）的問世，該詞典是由牛津大學出版社出版，號稱最全面和最權威的英語詞典，為好英語設置了新標準，並成為英語世界的金科玉律。該詞典號稱收錄了出版時已知所有進入英文中的詞彙，以及該詞的來源和流變。每一個單詞都列有注音，第一版時英語國際音標尚不成熟，因而使用了其獨有的注音方式。很多詞從西元 8 世紀、9 世紀起釋義，每一項釋義按時間順序排列，歷史上出現過的用法都收錄進去，每一百年的用例列舉一至兩個。因此，與其說這是一部英文詞典，還不如說是一部英語史巨著。作為歷史主義原則的應用典範，這部詞典記錄了古英語、中古英語、現代英語的演變歷史，是英語發展軌跡研究的集大成者。歷史主義原則在這部詞典中主要表現為：收詞釋義尊重歷史，以書證作為依據；義項排列遵循由古到今的時間順序，詞義的歷史演變脈絡清晰。

英語詞彙類圖書的編修起步很晚，17 世紀末才有真正意義上的英文詞典，18 世紀中期《約翰遜詞典》出版，19 世紀掀起了詞典出版的新高潮。1836 - 1837 年，查理斯・理查森（Charles Richardson）出版了第一本歷史主義英語詞典。維基百科資料顯示，19 世紀 50 年代，英國語言學會（Philological Society）會員有感於當時英文詞典之不足，於是發起編寫詞典的計畫。1857 年 6 月成立「未被收錄詞彙委員會」（Unregistered Words Committee），旨在列出未被約翰遜和理查森詞典收錄的單詞，後來研究更擴展到針對當時詞典的缺點進行改進。當時詞典編纂者面臨的最大難題是缺乏可用的中世紀文獻，因而很難追溯單詞的歷史用法，當時的手抄本中世紀文獻使用起來很不方便。1864 年，語言學家弗雷德里克・詹姆斯・弗尼瓦爾（Frederick James Furnivall）創辦了「早期英語文獻學會」（Early English Text Society），1868 年創辦「喬叟學會」（Chaucer Society），這兩個學會印刷出版許多歷史文獻，為編撰詞典提供了可能。

1858 年，英國語言學會決定編纂新詞典，並給詞典命名為《按歷史原則編訂的新英語辭典》（*A New English Dictionary on Historical Principles*）。倫敦西敏寺教務長理查・特倫奇（Richard Chenevix Trench）在計畫之初扮演重要角色，但繁重的教會工作，使其難以兼顧需時動輒十年的詞典編纂工作，遂退出，由赫伯特・柯爾律治（Herbert Coleridge）接替其工作，成為詞典的首位主編。1860 年 5 月

12 日，柯爾律治公布詞典樣式詳情，編纂工作全面展開。他家成為編寫詞典的辦公室，他特別訂製設有 54 格的木箱，著手把 10 萬條引文分類。1861 年，赫伯特因肺結核病逝世，年僅 31 歲。弗雷德里克・弗尼瓦爾接手，但他對這項工作缺乏耐心，致使這項苦差事幾乎胎死腹中。

1876 年，在語言學會的一次會議上，出身寒微、靠自學成才的詹姆斯・穆雷（James Murray）表示願意接手。這時，學會開始找出版社，希望出版這部厚重的詞典。他們曾接觸過劍橋大學出版社和牛津大學出版社，但兩家出版社都拒絕出版這部書。經過多年與牛津大學出版社艱苦的商議，1879 年牛津大學出版社終於同意出版，且願意向穆雷支付版稅，計畫 10 年完成。穆雷在家旁建了一幢小屋作為繕寫室，內置一個有 1092 格的木箱和大書架，他把小屋命名為「藏經樓」（Scriptorium)。他在報紙、書店、圖書館發放傳單廣告，呼籲讀者除了注意罕見、過時、古怪的字，也希望提供常用字的引文。同時邀請美國賓夕法尼亞州的語言學家法蘭西斯・馬奇（Francis March）收集北美讀者的引文。1882 年，引文數目累計達 250 萬條。

1884 年 2 月 1 日，柯爾律治的詞典樣式公布 24 年後，詞典的第一分冊終於面世了，初版時書名為《基於語言學會所收集的材料、以歷史原則編纂的新英語詞典》（*A New English dictionary on Historical Principles: Founded Mainly on the Materials Collected by the Philological Society*），全書 3522 頁，收錄了由 A 至 Ant 的單詞，僅印 4000 本。1885 年，穆雷搬到牛津出版社全職編寫詞典。爾後，由於其編寫方式和速度的問題，由亨利・布拉德利（Henry Bradley）接手編寫。1915 年，穆雷去世。1923 年，布拉德利去世。1901 年，威廉・克雷吉（William Craigie）接手編寫工作。1914 年，查理・奧尼恩斯（Charles Talbut Onoions）負責剩餘條目。

1894 年，《牛津英語詞典》第一版出版了第十一分冊。自 1895 年起，詞典開始用《牛津英語詞典》的名字，但僅出現在分冊的封面上。1928 年 4 月 19 日，最後一個分冊出版。第一版出版前後花了 71 年時間。1933 年，詞典重版時，正式全面啟用《牛津英語詞典》的名字。

1971 年，《牛津英語詞典》縮印版問世，第一版全部十三分冊由每 4 頁縮印成 1 頁，分兩冊出版。

1988 年，電子版詞典面世，是基於標準通用標記語言的軟體，不允許使用者

進行更複雜的查詢。

1989 年，《牛津英語詞典（第二版）》面世。語言是不斷發展變化的，第二次世界大戰以後，1933 年最終完整出版的牛津詞典的內容已變得過時，出版社開始考慮更新詞典。1957 年，由羅伯特・伯奇菲爾德（Robert Bruchfield）擔任編者，原計畫為 10 年左右，最終卻用了 33 年，於 1989 年出齊第二版，主編為艾德蒙・韋納（Edmund Weiner）和約翰・辛普森（John Simpson）。每套售價 750 英鎊，迄今共售出大約 3 萬套。詞典出版後至 1997 年，先後共出版了 3 小冊的《詞典增編》（*Oxford English Dictionary Additions Series*）。第二版共收錄了 301100 個主詞彙，全書字母數目高達 3.5 億個，單詞數目合計 5900 萬個，詞典收錄的單詞片語達到六十一萬餘個，共列出 137000 條讀音、249300 個詞源、577000 個互相參照、2412400 個例句，採用英語國際音標，共 20 卷，21728 頁，2018 年定價 845 英鎊。

1991 年，《牛津英語詞典（第二版）》的縮印版問世，將第二版每 9 頁縮印成 1 頁，以單冊出版，名為《縮印版牛津英語詞典》（*The Compact of Oxford English Dictionary*）。2018 年定價 400 英鎊，用皮革書匣裝盛，內附有高倍放大鏡，輔助讀者閱讀微縮字體。

2000 年 3 月，網路版詞典上線，但價格昂貴，第一年需支付 195 英鎊，每月點擊率高達 200 萬次。

2000 年開始第三版修訂工作，已經完成三分之一。據說第三版不再出版紙質版本，而只推出電子版。牛津大學出版社行政總裁奈杰爾・波特伍德（Nigel Portwood）表示，受互聯網影響，《牛津英語詞典》將來可能僅以電子版形式出現。他說：「印刷版詞典市場正在消失，每年縮水 10%。」波特伍德預計，隨著電子圖書和類似美國蘋果公司平板電腦 iPad 等工具的普及，印刷版詞典可能還有大約三十年的「貨架壽命」。按美聯社說法，網路版《牛津英語詞典》除方便用戶查閱外，同時更便於出版方掌握詞義的快速變化，及時更新大量新詞彙。詞典編輯人員大約每 3 個月更新 1 次詞條，superbug（超級細菌）等新詞已收入網路版。精簡版《牛津英語詞典》，即書店常見的單卷版，仍在繼續出版。

《牛津英語詞典》中，莎士比亞是被引用得最多的作者，不同版本的《聖經》是被引用得最多的作品。就單篇作品來看，被引用得最多的是中世紀關於世界歷史的長詩《世界的測量者》（*Cursor Mundi*）。詞條 set(v.) 很長時間都是釋義最

長的單詞，共用了6萬個單詞來解釋其430種用法。但是在2007年3月修訂之後，make(v.) 超過了它，編輯組指出，在不久的將來，set 可能又會超過它，因為目前 set 還未被修訂。

《牛津英語詞典》出版後，牛津大學出版社陸續在此基礎上出版了一系列的英文工具書，如：《新牛津英語詞典》（*New Oxford Dictionary of English*）（第二版）；《牛津英語大詞典》（簡編本）（*Shorter Oxford English Dictionary*）目前已出版第六版，售價230英鎊；《牛津簡明英語詞典》（*Concise Oxford English Dictionary*）2009年出版第十一版；《牛津高階學習詞典》（*Oxford Advanced Learner's Dictionary*）供母語非英語的學習者使用，另有適用於不同年齡層和學習階段的中階版和初階版。還有《新牛津美語詞典》（*New Oxford American Dictionary*）、《牛津英語詞源詞典》（*Oxford Dictionary of English Etymology*）等系列工具書。

《牛津英語詞典》是老牌詞典中的王牌，一百多年來一直被視作英語詞語的「終極權威」（the last word）。自1928年《牛津英語詞典》的第一版出齊問世以來，牛津系統的各種詞典，包括簡編（shorter）、簡明（concise）、袖珍（pocket），無不給人一種老成持重的傳統感：義項的排列，正如最初的書名所述，以歷史沿革為依據，由遠及近，往往是從中古英語的原義，跨越七八百年，始及於今。多數例證都是引自名著、學刊等的書證，讀者可以從中找到喬叟的名言，也可瞭解莎士比亞率先創用了哪些詞語。就權威性而言，固然難有出其右者，但從例證鮮活的現實致用性衡量，則不足為訓。英國以外的英語變體雖有所涉及，但所占分量較輕，而對各種「非主流」的用法更是不屑一顧的。牛津詞典多以廢義或古義帶頭，有旺盛生命力的今義卻被掩藏在大篇釋文中，苦煞查閱人。

《牛津英語詞典》的第二版是從當代英語實際出發，重新梳理意群（sense group），大幅精簡義項，實用性大增，更便於查閱；與此同時，新版牛津的釋文力求精練，措辭力求簡易。從語言哲學指導思想看，《牛津英語詞典》尊奉「存在即合理」，是修正傳統（revisionist），而不再強調語法學家、教書先生提倡的用法，當然更不再是「國王英語」或「女王英語」了。這種真實英語的例證在當年的舊版牛津詞典中是很難找到的。新版牛津的不少「用法注解」（usage notes）雖屬「另類」，卻為真實的英語大開綠燈，諸如 Caribbean 和 harass 的重音偏移；「獨一無二」仍可說 very unique；due to 只能後接表語是迂腐之見，實

際使用時與 because of 沒有差別……等等。如此激進的立場，難免招來批評之聲。《每日電訊報》指責新版牛津是老版牛津的「智力退化型」（dumbed down）變種；《衛報》在論及新版牛津對分裂不定式採取容忍態度時，更是引用某權威的危言讜論：「要是我們繼續這麼幹，我們將創造出一個特種階層，這些人連求職信都不會寫，因而將找不到職業。」

　　中文新詞英譯 tuhao（土豪）、dama（大媽）、hukou（戶口）等詞語已經進入牛津英語詞典編纂者的關注範圍。對於 tuhao 等詞語有可能收錄進《牛津英語詞典》之事，人們有兩種不同的態度。「自豪者」認為，這是中國全球影響力日益提升的一種表現，也是中國文化輸出的重要契機；「擔憂者」認為，該詞本身帶有貶義或嘲諷意味，有損中國人形象。其實，無論是「自豪」還是「擔憂」的心態，都是不足取的。人們應該以一種平常心來看待它們，而學界應該以一種新視野來關注和研究它們。以漢語為來源的英語詞語是漢英兩種語言接觸的必然產物，也是中西文化融合的必然結果；隨著中華民族與英語民族的交流交往日益頻繁，來自漢語的英語詞語及表達方式將會越來越多。

　　《牛津英語詞典》的編撰反映了人們對研究單詞的興趣，當時的語法書也開始增補歷史背景，通常是附上一份單詞表，新教師都要刻苦背誦單詞詞源。

　　20 世紀初的英國，出版了許多教材和專著，神話了英語發展歷史。英語單詞從不起眼的歷史深處走來，至維多利亞時代臻於完善。《牛津英語詞典》是一粒璀璨的琥珀，完好保存了維多利亞英語的芳容。

第十章
英國帝國：
語言的演變超越國家的發展

　　沒有人能夠預見未來，嘗試預見未來也許是愚蠢之舉。然而已經發生的重大變革，確實對未來的發展方向具有指導性意義。隨著英語從大英帝國的語言變成國際交流的語言，某些過去看來完全合理的想法也顯得過時可笑了。在互聯網的時代，說君主在語言方面擁有絕對權威，或者說上流社會或中產階級也有權威，這種看法好比在中世紀時期，人們認為君主只要觸摸到患者就能治癒一切疾病一樣，完全是荒謬的無稽之談。進入 21 世紀後，關於英國的許多說法開始站不住腳了，例如：維多利亞時代認為，男子私立學校的師生確立了正確的英語發音標準，這種說法如今無疑是天方夜譚，好比說伊甸園裡亞當和夏娃是講德語的。目前英國與英語的關係，就好比中世紀時期義大利與拉丁語的關係，語言的演變完全超越了國家的發展。

　　20 世紀有兩大事件深刻影響了英語的發展，一是第二次世界大戰後大英帝國衰落，二是全球資訊技術日新月異。影響英語發展的決定性力量發生轉移，由英國的權力集團轉移到了美國的權力集團以及跨國商務組織。倫敦英語及其蘊含的文化價值，在英語世界獨領風騷的壟斷地位超過五百年，1945 年以後，大英帝國從殖民地及軍事基地撤軍，其軍事力量在全球範圍內大規模收縮，所幸英語是新興超級大國美國的語言，美國英語標準迅速傳播，大有對英國英語標準取而代之之勢。另外，資訊技術發展需要通用國際語言，而英語在大英帝國時代已經扮演了通用國際語言的角色，資訊時代的語言需求只會更加鞏固英語的通用語地位。現在探討英語發展，不能再局限於英國這個語境，而是應該放眼全球，在更大範圍內考察英語的使用情況，畢竟在說英語的人中，非母語人士的數量大大超過母語人士的數量。

　　英國正在喪失對英語的主導權，英語世界裡出現的權力真空亟待填補。

一千五百多年前，西羅馬帝國衰落後，權力北移，語言權力也相應北移，先是法蘭克人，而後是盎格魯-撒克遜人掌握了語言的權力。西元5世紀，保衛不列顛東海岸的羅馬將士很難想到，有朝一日撒克遜海盜的語言會成為溝通世界的語言，不僅全球的人都在說，而且機器也懂這門語言。有人認為，總會有一個組織或力量來控制英語。21世紀初，看來很可能是亞洲，畢竟在東亞有最大的懂英語的群體、最富有活力的經濟，且在印度有嫻熟的電腦程式設計人員，人們通過英語彼此交流溝通。未來典型的英語使用者很可能沒有聽說過莎士比亞，更沒有讀過《欽定聖經》，若莎士比亞以他當年的詞彙量活在今天，也就是個半文盲。

（一）帝國餘暉

在1871年至1900年的30年間，英國的土地增加了1100萬平方公里，人口增加了6600萬。英語也伴隨著大英帝國的擴張走向全球，並形成了自己的英語帝國，這是一個在大英帝國衰落後依然存在的龐大帝國，英美等英語國家依然享受著英語霸權帶來的各種語言制度紅利。

英語霸權是盎格魯-撒克遜民族國家的語言霸權形式。英美民族國家霸權的歷史進程，不僅確立了英語在全球國際體系中的霸權地位，而且決定了英語霸權內涵的演變——這是一個從地域語言霸權到制度語言霸權，再到軟實力語言霸權不斷深化的過程。語言霸權是文化霸權的核心，其霸道的本質毋庸置疑，英語語言霸權目前在全球導致了新的社會不平等。

英語作為英格蘭民族國家語言，是在中世紀晚期伴隨民族意識的覺醒、民族文化的孕育和民族國家的形成、興起而發展起來的，具有鮮明的民族國家語言性質。英法百年戰爭（1337-1453）是英格蘭走向民族國家的第一個重要時期；對於英語而言，「百年戰爭」結束了在英國少數統治者使用法語而廣大人民使用英語的語言分離現象，為英語在英國恢復使用掃清了障礙。都鐸王朝（1485-1603）的統治是英國走向民族國家的又一個重要的轉折時期，該王朝在對英格蘭一百多年的統治中，其幾代君主接力完成了統一和創建民族國家的任務。1648年，根據《西發里亞和約》（*The Peace Treaty of Westphalia*）建立起來的西發里亞體系，

使得「獨立的主權國家之間的關係，構成了自 1648 年西發利亞和會以來數百年裡國際關係體系的最本質的內容，直到今天也沒有離開這個主題」（王聯，2005：313）。民族語言作為民族國家身分認同的顯性標誌，是民族文化的表達形式，在民族國家與國際體系中的重要作用也日趨彰顯。1688 年「光榮革命」後，英國確立了君主立憲制度，國家不再屬於君主個人，而屬於整個「民族」，英國民族國家的雛形已基本形成。18 世紀，法國大革命具有示範效應，極大地推動了歐洲民族主義的發展。國家軍隊、公民教育和傳媒通信的陸續出現，也大大地推動了民族主義與民族國家的發展，而民族語言成為這一進程的核心：「所有大不列顛人，無論是英國本土還是遍布世界各地的殖民地，都被要求忠於大不列顛民族的象徵：標準英語、起立並高唱皇家國歌《上帝保佑吾王》，還要表示對英國國旗的尊重」（戴維斯，2007：830）。英語作為大不列顛民族的語言成為英國最重要的民族標誌，英語緊緊追隨大英帝國的擴張步伐，開啟了征服世界的旅程。

「英語地域語言霸權」的建立，指英語伴隨大英帝國在各個殖民地的擴張而傳播到世界各地，並通過帝國的殖民統治，成為遍布世界各地的殖民地占主導地位語言的過程。英語作為英國的民族語言，其海外擴張的第一步始於 17 世紀初，英國人拓殖北美的初始航行為英語的發展揭開了嶄新的篇章。1607 年，第一批英國移民抵達北美，並建立英國在北美的第一個據點詹姆士城（Jamestown），這就是大英帝國的開始，從這一年到 1776 年美國獨立，大英帝國建立起了以北美為中心的殖民帝國。北美早期移民以英國人為主，英國人又是最大的民族群體，占殖民地總人口的 90%（Handlin, Oscar. 1980: 323），且在殖民地政治經濟生活中大權在握，因而他們的語言文化、生活方式、法律制度等構成了日後美國社會的基礎，即使在殖民地時期，美國的語言已經表現出驚人的一致性，人們通用的語言是英語。在加勒比海地區，移民的主要來源為從非洲大量輸入的黑奴。從 1680 年到 1786 年，英國在加勒比海的屬地接收了 200 萬來自非洲的奴隸（Sherlock, Philip. 1966: 42）。由於這些黑人的母語各不相同，出於交流的需要，一種以英語為基礎的黑人混合語便出現了。在南亞，1600 年東印度公司成立後，其勢力範圍不斷擴展，印度成為英語帝國皇冠上的明珠。由於印度土邦眾多，部落林立，很難形成統一的民族語言，英國的殖民統治者乘虛而入，使英語在南亞次大陸逐漸成為政治、經濟、教育、文化等領域的通用語。1835 年制定《麥考利的印度教育備忘錄》（*Macaulay's Minute on Indian Education*）成為英國在南亞殖民地的語言

和文化政策的綱領性文件，對印度的教育制度和語言政策產生了深遠的影響。

美國獨立後僅僅幾十年的時間裡，一個更為龐大的、歷史上前所未有的「日不落大英帝國」就建立起來了，並逐步達到了輝煌的頂峰。伴隨大英帝國遍布世界的殖民地的建立與發展，英語地域擴張的步伐也在加快：在加拿大、澳洲、紐西蘭建立起來的移入式殖民地，由於依舊以英裔移民為主導，那裡英語佔據主導地位的過程與當年北美殖民地類似：1921 年，加拿大人口達 8788483 人，絕大多數是白種人（桑戴克，2005: 560），由於法語在加拿大的歷史勢力，加拿大英語人口只占總人口的 58% 左右（Crystal, David. 2001: 57）；在澳洲與紐西蘭，不列顛群島殖民者作為最早和主要的移民來源，使英語從一開始就在那裡占據了主導地位，1921 年，澳洲的白人有 5436794 人（桑戴克，2005: 560），以英語為第一語言的人口占總人口的 80% - 90%；在紐西蘭以英語為第一語言的人，大約占總人口的 90%（Crystal, David. 2001: 57）。

在侵占式殖民地，英語地域擴張主要反映於英語在殖民地所占據的主導性地位，以及以英語為第二語言的人數上。在非洲，18 世紀後期，英國開始把黑人遣返回西非，例如，英國把加拿大、西印度群島及倫敦的黑人集中運回西非，建立了獅子山（Sierra Leone）這個國家。受英國啟發，美國也設立了「美國殖民協會」（American Colonization Society），負責把美國自由黑人送回非洲。這些黑人回到非洲後，主要的交流方式就是以英語為基礎的克里奧爾語（Creole），這種獨特的英語變體伴隨 19 世紀初經貿的發展遍布整個西非海岸。在東非，大批的英國移民在此定居，因此有許多英國僑民以及非洲出生的白人，使東非也出現了大量以英語為基礎的變體。在北非埃及，伴隨著蘇伊士運河的開鑿，到 1865 年，已有 8 萬歐洲移民進入埃及（Syzliowicz, Joseph. 1973: 112）。19 世紀 80 年代，英國占領埃及之後，英語在該國取得了長足進展，然而在私立外語學校，法語依然維持了部分歷史優勢。在南非，由於英國對這個地區從一開始便強制實施英國化，到 1814 年，荷蘭把開普敦割讓給英國時，好望角居民約七萬三千人，其中半數為歐洲籍，英語已成為殖民地官方語言（Kamwangamalu, Nkonko M. 2002(2)）。1910 年，南非組成了聯邦，確立荷蘭語和英語同為其官方語言。然而，實際上英國人從不接受荷蘭語和英語平起平坐。在東南亞和南太平洋，英語對這個地區的大規模影響始於 18 世紀後期，1896 年馬來聯邦成為大英帝國皇室領地時，英語已在整個地區成為政治、法律的傳播工具，並在其他場合廣泛使用。1900 年，英

國在東南亞占有大片領土。英國教育體制在這一地區的引入，使得學習者很早就接觸了標準的英國英語，隨著 19 世紀大批中國和印度的移民湧入該地區，英語學習者人數有所增加，英語迅速成為職業用語和正式場合用語。到 19 世紀末 20 世紀初，通過大英帝國的不懈努力，「日不落英語」遍及世界每個角落，英語的地域語言霸權地位最終確立。

英語在歐洲的傳播很有意思，特別是在日爾曼語國家，英語越來越不像外語，而更像第二語言。這種現象，不僅出現在荷蘭、丹麥等小語種國家，在德國也有同樣的趨勢，在德國召開的國際會議上，德國人也傾向於說英語。雖然歐盟內部有一個保護小語種的語言政策，但事實上英語正在發揮越來越大的作用。

「英語制度語言霸權」是指大英帝國政治、經貿、法律、教育、通信和文化等方面的制度，通過遍布世界各地的殖民地傳播並逐步確立起來，對當今世界大部分民族國家的形成具有決定性影響力，確立了其各項制度的藍圖；而英語也伴隨大英帝國的殖民擴張與殖民統治，在建立起地域語言霸權的基礎上，成為世界各地英國殖民地建立起來的一系列政治、經濟、文化制度的通用語言，進而逐步形成制度語言霸權，具體表現在以下 4 個方面：

第一，表現為行政、立法和司法制度等政治制度的語言霸權。19 世紀 20 年代，大部分殖民地廣泛使用英語，英國殖民當局也意識到在政府部門普及英語的必要性，不僅在道德上是符合邏輯的，在行政上也是有實用價值的，因此殖民者開始有意識地在大英帝國殖民地推行「英國化」，殖民政府通過政府政策來加強英語的傳播：政治制度上，包括行政、立法和司法制度都用英語制定；思想觀念上，文職人員、司法人員以及軍隊等的行為規範都用英語擬定；英語通過制度的實施和人員行為的規範，深入到政治制度的方方面面。例如，19 世紀在南非的「英國化」時期，好望角總督查理斯‧薩默塞特勳爵（Lord Charles Somerset）頒布了一個公告，要求從 1825 年起，所有官方檔必須使用英語（Malherbe, Ernest G. 1925: 57）。19 世紀，英國創建非洲帝國時，以自身體制為藍圖，強制推行新的管理和行政制度，逐漸取代古老的以長老、酋長、秘密組織以及年齡等級的權力為基礎的統治模式。行政部門、員警、軍隊和審判制度全部承襲英國體制，其語言載體自然也是英語。

第二，表現為國際經貿制度的語言霸權。從 17 世紀到 20 世紀初，英國擁有毋庸置疑的海上霸主地位，全球貿易、金融體系一開始就是按照英國的模式建立

和發展起來的。「是英國商人在歷史上逐漸創造出今天的股份制、銀行、交易市場、保險業、跨國公司及其基本管理與經貿模式，成為今日『國際商務慣例』始作俑者」（滕藤，1998: 291）。在商品貿易方面，無論是商品交易還是商品本身，都附帶有大量的語言資訊：「在英國貨物銷往世界各地的同時，英語也隨之到達世界各地。英國著名的陶器製造商韋奇伍德（Wedgwood），在向歐洲大陸推銷貨物時，配上了雙語商品目錄，正是從這些目錄上，世界各地的商人與顧客，學到了第一批英語單詞」（Graddol, David. 1997: 424）。而金融業與相關服務行業的發展，無論是金融機構的管理還是服務，都更多地涉及書面語言的使用與口頭語言的交流，英語奠定了作為國際經貿及其相關服務行業領域的通用語的基礎。

第三，表現為教育領域的語言霸權。英國的教育制度對其殖民地國家教育事業的奠基和發展具有重要的影響，這些國家教育制度上的一致性通常是在中學奠定的，其中等學校以英國學校為原型，常常受到當地英國教會組織的監督，並從英國本土派遣教師到學校任教。英國在向亞非地區進行殖民擴張的後期，英國大學的考試制度也來到各個殖民地，目的是確保大學新生的錄取品質。教育制度上的一致性為英殖民地國家形成共同的文化奠定了基礎，而英語是他們共同文化的根基。例如，印度的公立中小學既開設印地語，又開設英語，但大部分家長願意把孩子送到英語學校去，因為大學考試使用英語，並且大學課程有 94% 是用英語開設（Platt, J. , H. Weber, and M. L. Ho. 1984: 20）。

第四，表現為通信與傳媒領域的語言霸權。19 世紀中期出現電纜通信，英國人把全世界連接起來，這使得他們擁有推廣英語的早期優勢；他們對全球電報網路的控制則導致英語成為國際貿易和服務業的主要語言。在新聞出版業，英語作為主導媒介語言的地位已有四百年歷史。19 世紀末，電報在大眾傳播媒體中的廣泛使用，讓英文報紙的傳播更廣泛、更快捷，影響力更大。1922 年，英國廣播公司（BBC）的建立是英語發展又一座里程碑，BBC 對英語持有一種全球性的態度，其宗旨是「推行英語及其影響力」，以及向全世界「傳達英國的價值標準」（屠蘇，2004: 227, 199）。

1945 年以後，英國軍隊從全球殖民地及軍事基地大規模收縮撤軍，倫敦對全球英語的影響力日益下降。然而英語作為新興大國美國的語言，借助大英帝國搭建的全球平臺，在新技術的推動下發揮了全球通用語的作用，英國則憑藉母語優勢搭上美國英語的順風車，繼續對英語發揮超國力的影響力，是其軟實力的體現。

（二）從 BBC 英語到「河口英語」

20 世紀 20 年代英國廣播業開始起步，當時丹尼爾・瓊斯（Daniel Jones）正在積極推廣「英語標準發音」。英國廣播公司（British Broadcasting Corporation，簡稱 BBC）首任總裁約翰・里思（John Reith）是蘇格蘭人，但他卻規定「英語標準發音」必須成為 BBC 播音員的發音標準。「英語標準發音」插上全新傳媒技術的翅膀，飛得更高更遠，日後 BBC 英語一度是人們爭相模仿的標準英國英語，這與英國廣播公司在全國塑造標準英語口語，以及在全球推廣標準英國英語的努力分不開，媒體對英語的影響不容小覷。然而隨著社會的發展，BBC 英語也在發生變化，新的發音標準正在形成，例如「河口英語」（Estuary English）。

1922 年，英國廣播公司成立，這是英國最大的新聞廣播機構，也是當時世界最大的新聞廣播機構之一，2017 年全職雇員 20950 人，是員工人數最多的新聞廣播機構。BBC 接受英國政府財政資助，是公營媒體，經營 8 個電視頻道、10 個廣播頻道，以及網路平臺，還直接由英國政府出資經營有 28 種語言（最多時候有 43 種語言）的全球廣播。

1922 年，BBC 開始對全國廣播。1932 年，「BBC 帝國服務」（BBC Empire Service）開播，這是 BBC 第一個向英國本土以外地區廣播的電臺頻道。1938 年，BBC 阿拉伯語電臺開播，這是 BBC 的第一個外語頻道。到第二次世界大戰結束時，BBC 已經用英語、阿拉伯語、法語、德語、義大利語、葡萄牙語和西班牙語 7 種語言向全世界廣播，這是 BBC 全球服務（BBC World Service）的前身。目前 BBC 擁有 10 個廣播頻道，面對不同的聽眾，針對不同的地區，有不同的節目選擇。

1936 年，BBC 開始了全球第一個電視播送服務，當時叫作「BBC 電視服務」（BBC Television Service），在第二次世界大戰爆發前，已經有大約兩萬五千個家庭收看電視節目。電視廣播在第二次世界大戰期間曾經中斷，1946 年重新開播。1953 年 6 月 2 日，BBC 現場直播伊莉莎白二世在倫敦西敏寺（Westminster Abby）的登基大典，估計全英國約有兩千萬人直接目睹了女王登基的現場實況。1964 年 BBC 第二頻道（BBC Two）開播，1967 年 12 月，BBC 第二頻道成為歐洲第一個彩色電視頻道。

1991 年 10 月，「BBC 全球電視服務」（BBC World Service Television）開播，推出面向亞洲及中東受眾的電視節目，標誌著 BBC 正式上線全球新聞服務電視

頻道。1991 年至 1992 年 12 月，這個頻道的覆蓋範圍擴展到了非洲。1995 年 1 月，「BBC 全球電視服務」進行重組，並進一步覆蓋了歐洲地區，同時更名為「BBC 世界頻道」（BBC World）。2001 年，「BBC 世界頻道」完成全球覆蓋。2008 年「BBC 世界頻道」更名為「BBC 世界新聞頻道」（BBC World News）。

1998 年 8 月，BBC 的國內頻道也開始採用衛星播送，這麼做的結果是，只要歐洲觀眾使用英國製造的衛星接收器，他們就可以收看 BBC1 和 BBC2 這兩個頻道的電視節目。

「BBC 全球有限公司」（BBC Worldwide Ltd.）是 BBC 影音、書籍等產品的國際銷售商，向世界各國直接出售關於 BBC 的各種商品，或是同相關國家就 BBC 音像、書籍等製品的使用版權進行交易，其收入占 BBC 集團總收入的四分之一。

值得一提的是 BBC 的語言政策。BBC 成立後不久就意識到標準語音對媒體的重要性，於是邀請了語言學大師亞瑟·詹姆斯（Arthur James）對播音員進行發音培訓。播音員紛紛表示受益良多，建議 BBC 聘用全職正音顧問，負責播音員上崗之前的正音培訓，以確保 BBC 發音的準確性。BBC 雖然沒有採納該建議，但於 1924 年設置了「英語口語諮詢委員會」（Advisory Committee on Spoken English），由亞瑟·詹姆斯擔任秘書長。該委員會創始成員都是當時的語言學名家，例如，委員會主席是桂冠詩人羅伯特·布里奇斯（Robert Bridges），副主席是戲劇大師蕭伯納，委員有散文家羅根·史密斯（Logan Pearsall Smith）、語音學家丹尼爾·瓊斯（Daniel Jones）、朱利安·赫胥黎（Julian Huxley）等。這些委員定期會晤商討正確發音，後來該委員會擴大到三十多位成員。但凡播音員遇到不會念的單詞，尤其是外國地名人名時，可向諮詢委員會專家求助。該委員會不僅負責正音，還負責英語的正確使用，其研究成果以小冊子形式出版，名為《英語口語》（*Spoken English*）。

在此要重點介紹丹尼爾·瓊斯在 BBC「英語口語諮詢委員會」中發揮的作用。他主要是給播音員搞培訓以及制定發音準則。委員會之所以這樣做是為了促使廣播英語發音有一定程度的統一性，另外也是為了給播音員提供一定程度的安全，因為他們的工作就其性質來說是特別容易受到外來的批評。瓊斯對播音員的評估與他們的播音效果息息相關，但有些評估也流露出他對發音標準的某些個人偏見。在這些標準中，以音色和說話速度為例，他喜歡「清脆洪亮」的聲音，經

常批評「刺耳、沙啞、帶喉音」的發音方式，以及「不送氣、若即若離」的播音方式。他還批評說話時錯誤的停頓，例如，在由 that 引導的從句中，在 that 之後停頓是他不能接受的。在他看來，播音員的語調也存在問題，例如他對 morning（早晨）一詞中的母音過分鼻音化有意見，對 bag（包）、land（土地）等詞中母音 / æ / 發音開口太狹有意見，對長母音 / i: / 和 / u: / 過分雙母音化有意見，反對 day（白天）、stay（停留）中雙母音的單母音化，雖然他承認這是當下可以接受的時髦發音方式。他責備播音員使用諸如 of, was, for, the 語法規則中的強讀發音方式。他贊成應該更廣泛使用連接子音 / r /（Linking R）的意見，他也不反對在詞的分界處用外加子音 / r /（Intrusive R）的看法。另外，瓊斯很不贊成誤讀外來詞，如把 Munich（慕尼黑）讀成 / ˈmju: nic /，把 Bologna（波隆那）發成 / bəˈlɒgnə /。瓊斯喜歡把 Austria（奧地利）中的短母音 / ɒ / 讀成長母音 / ɔ: /，把 accomplish（完成）中的母音 / ʌ / 讀作母音 / ɒ /，把 Asia（亞洲）中的清子音 / ʃ / 發成濁子音 / ʒ /。從上面這些瓊斯的好惡情況中，我們不難看出他本身發音中的保守性，但偶爾他也會贊同採用那些被語音純正癖者們所譴責的較為時髦的發音，例如他認為將 our 一詞發成單母音 / a: / 是正常的。很重要的一點是，瓊斯一直敦促 BBC 播音員在廣播中應當儘量自然、樸實和口語化，他的這一論點和他編寫的語音教科書以及發音字典的精神始終如一。

倫敦大學語音學教授勞埃德・詹姆斯（Lloyd James）也曾擔任 BBC「英語口語諮詢委員會」委員，他認為方言非常不適合用於播音，會導致社會交流障礙（social handicap），他說：「對於地方標準中那些缺乏教養的細節，應該鼓勵大家堅決予以剷除」（The eradication of those details of the local standard that are recognized as not educated is always to be encouraged）（諾爾斯，2004: 157）。這種觀點好像很有市場，第二次世界大戰期間 BBC 遭遇的一次觀眾投訴就很能說明問題。當時播音員威爾弗里德・皮克爾斯（Wilfrid Pickles）用帶約克郡口音的英語播報新聞，引發了觀眾的投訴。令人詫異的是投訴者不是來自倫敦及其附近的郡（Home Counties），而是來自約克郡，因為約克郡的中產階級明顯感覺受到約克郡工人階級口音的威脅。當然，也許約克郡也有很多人非常享受聽見用自己家鄉口音播報的新聞，但當時他們都不夠自信，沒有給 BBC 寫信讚揚播音員威爾弗里德・皮克爾斯的約克郡口音。

BBC「英語口語諮詢委員會」成立之後的頭 13 年非常重要，因為這段時間

該委員會致力於規範播音員的英語發音，推廣所謂的標準英語，但很快該委員會就認識到這是一件很有挑戰性且頗有爭議之事，畢竟這種規定性語法難逃結構性危機，BBC 的語言政策遭遇挑戰是無法避免之事（Schwyter, Jurg Rainer. 2016）。1938 年，蕭伯納委員請求辭職，理由是：「人只要講話像個君子，管他怎麼發音！」（南台星，1993(1)）該委員會的失敗與解體是必然的，但其在語言政策方面的遺產意義深遠。現在，BBC 還有一個發音小組（BBC Pronunciation Unit），主要負責確定外國名稱的發音。關於外國人名地名，該小組專家通常會請教母語國家人士，然後再選擇英語中最近似的發音，予以建檔、存檔。該小組不再規定播音員必須用「英語標準發音」（Received Pronunciation）作為播音標準，而是更加寬容，只要發音清晰，不影響觀眾理解就行。

1934 年，英國文化教育協會（British Council）成立，標誌著英國政府對英語的傳播逐步重視起來。英國文化教育協會的庇護人是伊莉莎白二世，副庖護人是查理斯王子。20 世紀五六十年代，該委員會提出的兩份報告以及召開的兩次會議，體現了英國政府的語言政策。1954 年，《海外情報局獨立委員會調查報告》（*Report of the Independent Committee of Enquiry into the Overseas Information Services*）發布。1956 年，該委員會下屬的海外英語教學指導委員會（Official Committee on the Teaching of English Overseas）提出一份報告，確定了英語傳播的目的、師資培訓管道、多樣化的傳播方式等內容。前者將支援英國的外交政策、維護並加強英聯邦和英帝國、促進本國貿易並保護英國在海外的投資確立為英語傳播的目的。後者認為，為使英國有機會在大多數非英語國家傳播英語，並使之成為該國的第一外語，應在英國本土為海外英語教師提供培訓，並且擴大英國廣播公司的業務範圍。這兩份報告無疑是英國政府正式將英語傳播納入國家戰略體系的標誌，英國文化教育協會由此成為政府對外語言傳播和對外宣傳的重要機構。接著，英國文化教育協會召開了兩次重要的對外英語教學規畫大會。第一次是 1960 年以「英語作為第二或外語教學的大學培訓和研究」為主題的高層研討會，制定了對外英語教學的具體政策和專業規畫。第二次是 1961 年召開的「英語作為第二語言教學的英聯邦大會」，英聯邦內部 23 個國家的代表與會，明確了英語教學的一些具體原則。這兩次會議的正式報告具有一定的語言政策和語言法規的性質，是英語教學快速擴展的最重要里程碑（武波，2008: 22）。

「英語標準發音」在英國之所以一度成為人們效仿的標準之一，是因為在重

視階級區分的時代，它是講話者身分的象徵。社會語言學研究表明，就語音而言，社會地位的不同，會帶來方言和口音的差異，口音具有階級烙印。其關係可以用一個等邊三角形來表示，「頂部是最高社會階層的話語者：他們使用帶很少地方口音的語音。在這一頂端還有講沒有地域特徵的、代表受過良好教育的標準發音話語者。從頂端移向下面的階層，越到下面的階層，就越能聽到更多不同的口音和方言」（Crystal, David. 1997: 39）。這也表明了對英國人而言，言語方式及其外在表徵的口音，是一個人社會形象的重要標誌，成為社會「以音取人」的依據。標準發音曾經被附會為英國上流社會的標籤，皇室與貴族講話的口音給人以高高在上的感覺，自然顯現出他們與普通百姓在社會地位等方面的不同。在當時的社會環境下，人們是無法迴避口音的階級性的。

隨著社會經濟的發展、教育的逐步普及、中產階級的出現和壯大，尤其是媒體的推動傳播，標準發音不再只是上流社會的特權，也成為受過良好教育的知識份子、中產階級等階層所採用的發音標準。伴隨時代的變遷，1945 年以後，尤其是 20 世紀 60 年代以降，年輕一代階級意識逐漸淡化，這期間出現的反傳統、標榜個性的潮流，開始衝擊人們許多傳統觀念。80 年代興起的全球化浪潮，導致不同文化間相互影響和交融，使得「以音取人」在英國不再是社會主流，標準發音不再是代表身分地位的標籤了，人們更崇拜足球明星、影視紅星，而不是私立學校男生。這種社會環境的變遷，導致了更加大眾化的發音在英國流行。

在社會文化轉型的過程中，英國人的口音取向出現了一種趨中融和的態勢：一種是講倫敦土語的人們向標準發音靠攏的所謂「上升」；另一種是由講標準發音口音的人士向倫敦土語接近的「下降」。這兩種趨勢交匯融合，便產生了現今被英國各階層逐步接受的所謂「河口英語」（Estuary English），這反映了當代英國社會乃至全球社會結構、經濟、文化等方面的巨大變化。

儘管像丹尼爾·瓊斯這樣的語音學家盡力想維護語音的純學術性定義，並期望人們以這種標準化的發音來增進溝通，但由於社會現實中，經濟地位、社會地位的巨大差異造成人們心理之間的隔膜，這種隔膜又通過各種外在表徵得到強化，標準發音便是其中之一。標準發音的階級相關性使其無論在社會或在政治方面都具有爭議性，因此，對標準發音的討論常使人們感到困窘。這種現象自標準發音有了清晰的定義後就一直存在，隨著「河口英語」的興起，到了 20 世紀 90 年代，這一爭論更是到了白熱化的程度。

語音變化雖然有其內部自身特性使然的因素，但其具有較強的社會文化伴隨性這一特點，決定了它與時代的發展變化息息相關。時代的變化也必然會促使社會主流在語音上的演變，特別是具有「階級相關性」的標準發音。「雖然標準發音在英國，特別是在英格蘭地區繼續具有代表性發音的地位，但近年來無論是在語言學方面還是在社會層面上，都已變得不太強勢了」（McArthur, Tom. 1998a: 498）。

英國社會自工業革命以來經歷了一個較長的發展時期。英國資本主義社會發展到目前，其社會內部結構發生了較大的變化。社會經濟的發展使阻礙人們交往的各種源自階級和地區差異等方面的壁壘被打破，主流社會已從以皇室、貴族等少數人為代表的上流階層主導的社會，逐步演變為以廣大中產階級為代表的社會。各種方言發音的相互影響、融合日益深入等變化，使得傳統定義的標準發音很難再保持一成不變的發音標準。

伴隨這一社會結構演變的結果還表現在：接受良好的教育已不再是上流社會的特權。自 20 世紀 60 年代後期，一種名為「綜合中學」（comprehensive school）的公立學校在英國迅速發展，這類學校可以接納來自不同階層、不同背景、不同資質、不同能力的學生。因此，它不同於傳統的貴族式「公學」（public school）以及只接納資質優秀的學生的「文法學校」（grammar school）。在這類學校裡，家庭背景迥異、個人智力不同的學生在一起朝夕相處，必然面臨一個語言融合的問題。「少數來自上流社會的學生為了合群，自覺『修正』自己的標準發音，一些出身下層社會的學生為了改善自己的形象，也不得不『修正』自己的土語。這兩個『修正』的結果，便是『河口英語』在綜合中學的普及」（左飆，1997[2]）。

這一變化也表現在英國人對標準發音的態度上。20 世紀 70 年代，英國社會心理學家霍華德·吉爾斯（Howard Giles）的一項公眾調查研究表明：「標準發音顯示講話者有能力、有信心、受過良好教育，且值得信賴；另一方面，與地方口音相比，標準發音顯得不真誠、不友好，因而缺乏說服力和感染力。最近二十年來，標準發音已不再是某些工作招聘時必需的通行證。英國社會對語音與身分地位的關聯性認知已顯得較為淡漠，人們大多不再以音取人。」（Trudgill, Peter. 1983）。

在這種形勢下，各種不同的方言發音都較以往更容易得到認同，這致使原

本在英國就只有少數人所採用的標準發音的影響力被大大地削弱了。與此同時，英國在國際社會中的地位也江河日下，標準發音作為外語教學中發音標準的地位又受到美國英語的挑戰。諸多因素使標準發音目前處於一種較為尷尬的境地，加之年輕一代較強烈的反叛心理以及對權威的懷疑等各種因素，使人們更樂於接受一個標準發音以外的發音。1993 年，英國《星期日泰晤士報》（*The Sunday Times*）引用一位英國大企業主管帶點調侃的話稱「如果你不幸講這種口音（標準發音），你就應該主動弱化這種特徵，以期變得對客戶更加友好」。

在這種背景下，20 世紀 80 年代以來，英國學術界、媒體以及政界就開始辯論標準發音的地位、標準發音是否應繼續作為英語發音標準等問題，這一爭論在 90 年代更是引起了全社會的關注，期間產生了大量針鋒相對的觀點。一些人士反對把標準發音繼續作為英國英語標準發音，而且這種主張在最近的十多年裡變得尤為強烈。如《英語發音詞典》第十五版的編者在該詞典的前言中提出「標準發音這一過時的稱謂應該被拋棄了」。有跡象表明標準發音的威望、特權和吸引力都在減弱。與此同時，「河口英語」在英國地方政府機構、服務性行業、大眾傳媒、廣告界、醫學界以及教育界得到廣泛使用。於是，一些學者和媒體等便認為「河口英語」等所謂新方言發音，可以替代標準發音，成為新的英國英語標準發音。

與之相對立的觀點則認為，隨著英國社會變得開放，標準發音作為一個沒有地區特徵的英語發音，開始吸收中下階層的口音，而不再是少數上流階層人士的發音。另一方面，隨著人們社會、經濟地位的上升，許多人仍會（雖然不再刻意地）減少說話時的方言口音。這一觀點認定標準發音不會消亡，而是會以一種更加大眾化的姿態出現。同時這一派還指出，在把英語（英國英語）作為外語進行教授時，最好還是用非地區方言的發音。

不論是主張用「河口英語」替代原來的標準發音，還是認為標準發音在吸收了中下階層的口音而趨於大眾化，出現在英國的這場爭論本身，就表明了發音本身絕不僅是一個語言現象，而更是一個社會文化現象。就如有學者指出的那樣：「『河口英語』也是一種社會現象，表現年輕一代標新立異，不願意接受傳統的一面」。

因此，從社會語言學的角度看，英語標準語音的變化是英國社會不斷演變的結果。社會各階層在經濟地位的升降、高等教育的普及、人們平等交往的出現等因素，使人們意識到需要以不同角度來改變自己的社會形象，以便能融於主流社

會之中。「這種交融在 80 年代後期以來已逐漸形成一股社會潮流,使自己的言語順合主流,趨於一般,而不至於因為自己的口音迥異於他人而引人注目、遭人非議,或自覺格格不入而少了交談的情趣」。社會寬容度的提高,在語音方面,便表現為「不僅寬容,還有一種尊重方言土語,而且更有一種認為保持一定地方語言特色更為樸實、親切、自然的傾向」(左飆,1997[2])。

「河口英語」能否替代標準發音成為新的英國英語標準語音,尚無定論,但從社會語言學的角度,我們可以確定的一點是:只要階級社會沒有消亡,即使人們待人接物的態度變得愈加寬容,但要完全消除以音取人似乎還是不可能的。雖然講標準發音口音的人群逐漸變少,但在英國社會結構發生根本性變化之前,標準發音還是會繼續保持一定的影響力。

1984 年,英國英語教師大衛・羅斯旺(David Rosewarne)率先提出「河口英語」一詞。他把「河口英語」歸納為「一種變化了的地區發音……一種非地區化發音與東南部當地英語語音和語調的混合體。如果人們將標準發音和倫敦土音想像成一條線段的兩個端點,『河口英語』則位於這條線段的中點」(Rosewarne, David. 1984)。其實在羅斯旺之前,前倫敦大學學院(University College London)語音學系主任約翰・威爾斯(John Wells)教授便注意到了這一方言音的存在,「居住在倫敦地區的人們通常的發音要麼是倫敦土音(Cockney),要麼是標準發音,還有就是介於這兩種發音之間的口音」。威爾斯將這種中間發音稱為「大眾化倫敦音」(Popular London)(Wells, John C. 1982: 302)。

羅斯旺之所以要把這種「大眾化倫敦音」稱為「河口英語」,是因為「該發音主要出現在位於泰晤士河兩岸及其河口地區的議會下院、倫敦金融城、中央行政機構、地方政府、傳媒、廣告以及東南部地區的醫師和教師等職業人員之中」(Rosewarne, David. 1984)。從社會語言學的角度來看,一個社會群體的社會經濟地位越高,他們所操的語言聲望也就越高。說「河口英語」的代表性人群是所謂的「雅痞士」(Yuppies),他們受惠於時代,是富有創意的新一代成功人士。當然,說「河口英語」的人群並非單一的同質化人群,除了「雅痞士」,還有政客、學者、工會領導等,這是一個多元化群體。

按照《牛津簡明英語語言詞典》(*Oxford Concise Companion to the English Language*)的說法,「河口英語」的形成大致有如下三方面的原因。首先是人口居住變化方面。據統計,1831 年英國城市人口大約占總人口的 34%,而 1931 年

已高達 80%，到 1991 年為 90%。第二次世界大戰以來，大量的人口從倫敦市區遷往倫敦周邊的各郡，這些人口的口音與當地傳統的口音相比，更有權威。其次是廣播與電視傳媒的影響。傳統的標準發音獨霸這一領域的現象已發生了變化，播音員的口音已開始更多地帶有地方口音，即使如英國廣播公司這樣在建立之初就確定必須採用標準發音的機構也不例外。最後，從語言學的角度看，出現折中與融合是大勢所趨（McArthur, Tom. 1998b: 220）。

「河口英語」發音很有特點。例如，在 water（水）這類單詞中，其 / t / 的發音變成了聲門塞音（glottal stop）；母音之後的子音 / l / 通常發成子音 / w /，例如單詞 bell（鐘）讀作 / bew /；常常省略半母音 / j /，例如單詞 news（新聞）聽上去好像是 / nu:z /，而不是 / nju:z /。

語言學家保羅‧克斯威爾（Paul Kerswil）認為，英國已處於一個更寬容地對待語音多樣化的時代。自 20 世紀六七十年代以來，整個英國社會在諸如墮胎、避孕以及同性戀等方面放鬆管制，並立法宣導男女平等、種族平等，語言多樣化也是該潮流的一部分。義務教育的逐步普及，也推動社會朝著「無階級化」方向邁進，而語言也遵循著同樣的民主化方向。在英國，越來越多的成功新貴傾向於保留自己原來的口音，而不是刻意改變口音去模仿所謂標準英語口音，仿佛這樣才能使成功更加令人欽佩。

這種現象出現在英國的語言研究領域，便是方言歧視已逐漸為方言民主所替代。一種民主方言學正在悄然興起，漸得人心。語言學家大衛‧克里斯托（David Crystal）認為「至關重要的第一步是要意識到，每一種方言都具有其語言的高度複雜性和巨大的潛能，並以這種認識去代替那種認為語言的地方變異缺少標準語的聲望而『僅是方言而已』的觀念」。他認為，英語的各種地方變異都應受到同樣的尊重，具有同樣的生存權利。英國方言研究中這種民主化的傾向，也是「河口英語」得以發展的原因之一。既然倫敦土語有其生存和受到尊重的權利，「河口英語」作為它與標準發音相結合的產物，有著雅俗共賞的效果，更能得到社會各階層的接受和歡迎。其實，圍繞標準發音與「河口英語」在英國媒體和學術界的各種爭論本身，就是語言學研究的民主化體現。

「河口英語」的興起固然有英國社會結構變化的主因，整個國際社會發展變化的客觀因素也不容忽視。從全球化的角度看，隨著美國的經濟、軍事實力在第二次世界大戰後不斷壯大，美國成為世界上的超級大國。美國英語也隨著美國人、

美國電影以及美國的大眾文化產品進入世界的各個角落，就像當年英國將英國英語傳向世界一樣。美國英語對英國英語的影響從「河口英語」中便可窺見一斑，「河口英語」中的某些發音就比較接近美音（如 r 化音）。這也反映了「河口英語」比傳統標準發音更帶有流行語音的特點，這也是年輕一代更願意採用這種流行化發音的原因之一。因此，它很快便得到了英國年輕一代的認同。社會變化能導致相應的語言變化，社會環境、社會結構和社會價值觀等都能對語言的變化產生影響。「河口英語」迅速崛起正是變化中的英國社會諸多因素交互影響的結果。

英國英語標準發音經歷了很大的變遷，而這種變遷的背後是與標準發音相關的諸多因素。隨著社會經濟的發展，全球化浪潮的衝擊，把口音與社會地位和受教育程度等因素聯繫起來的狀況正在逐步消除。最近半個世紀以來，英國社會結構、觀念等方面都發生較大的變化，媒體不可避免地積極參與，使得「河口英語」的使用率呈上升趨勢，對「河口英語」的傳播起著重要作用，對多樣化社會的認同影響人們對多樣化口音的寬容。

（三）資訊革命對英語的衝擊

自 20 世紀以來，人們覺得能夠聽見自己社交圈外的人講話，或者聽見過去的人講話是理所當然的事，這一切其實都要拜技術進步所賜，背後是人類發明創造的不斷升級換代。先是有留聲機，標誌著人類歷史上第一次可以把聲音儲存起來，並自由傳播，然後有了唱片、有聲電影、廣播、電視、答錄機、攝像機、互聯網、手機等新一代技術。這意味著人們能夠聽到的口語種類大大增加了，每天接觸到的口語只有一少部分來自面對面的對話交流，大部分都是間接從各種途徑「聽」到的二手資訊。

截至目前，對英語發展影響最大的顯然是電腦及其帶來的各個領域的聯動革命。人類發明電腦後，不到一代人的功夫，電腦便已覆蓋全球，其語言媒介是英語。電腦已進展到大規模資料庫、電子郵件、雲端運算、物聯網、移動式資料等新一代技術，英語的使用也相應擴展。這些新技術在設計時，就要求使用者必須通過英語發出指令。單個程式的使用者介面也許可以有不同語言的選擇，但程式

本身的指令語言幾乎都是英語。在以往的技術革命中，技術必須要適應不同語言環境的需求，而在新一輪電腦資訊化革命中，英語以外的語言必須要自我調整，以適應現有的電腦語言，即英語。20 世紀 90 年代以來，由於互聯網的迅猛發展，更加速了英語的全球化。據統計，互聯網上 80% 以上的網頁是英語網頁。

英語是互聯網的主導語言，是資訊公路的初始語言，是連接全球電腦網路的工作語言。互聯網已經催生了新文本，新文本需要新技巧，關於新技巧的標準尚未成型。傳統技巧，例如寫散文的技巧已經不那麼重要了，這對母語非英語的人而言是個重大利多消息。電子郵件用於私人交流時，尚未形成統一規範。傳統信函要寫明收信人姓名、地址，寫信人姓名、位址、時間等關鍵資訊，但電子郵件已經內置這些信息了，是否還有必要在電子郵件裡附上這些內容呢？傳統信函不能互動，電子郵件卻可以在回覆時複製所收到郵件的內容，電子郵件貴在速度，是否還需要在電子郵件中加上問候和告別的話呢？如果不加，是否會顯得粗魯無理？電子郵件還可以通過符號類比口語效果，例如通過加星號（＊）表達強調之意，或通過 :-) 以及 :-(表達作者的態度與情感。從這個意義上說，電子郵件的文本已經與傳統文本大相逕庭了，不是所有的電子郵件使用者都願意遵循傳統書面文本的格式與禮節，有的電子郵件故意不用標準拼寫形式，不寫完整的句子等。

互聯網上的公共文獻通常是由短小精悍、相互連接的資訊頁面構成。傳統文獻通常是由開頭、中間、結尾三部分構成，而現在有了超文字連結形式後，作者可以用許多種不同方式來組織資訊，讀者也可以有許多種不同路徑來流覽資訊。傳統文本是無聲的書面語，而現在網路文本卻可以有相應的音訊、視訊，還能還原口語現場。網上多媒體資源環境可以把文本、圖片、音訊、視訊等整合到一起，優化表達效果。

研究語言離不開對歷史資料的搜集和處理。基於電腦的新技術使人們有可能研究海量的自然語言資料，即語料庫。語料庫本身並非新概念，1755 年山謬·約翰遜編字典時就用到了語料庫，現在的語料庫存在硬碟上，最大的特點是儲存量大，查詢速度快，取用方便。1961 年推出的「布朗語料庫」（Brown Corpus of American English）是最早的現代語料庫，其文本包含一百萬個英語單詞。1978 年推出的「LOB 語料庫」（Lancaster-Oslo-Bergen，簡稱 LOB）包含了 20 世紀 60 年代的一百萬個英國英語單詞。1986 年推出的「科爾哈帕語料庫」（Kolhapur Corpus）包含一百萬個印度英語單詞。紐西蘭推出了紐西蘭英語語料庫「威靈頓

語料庫」（Wellington Corpus），澳洲也推出了「澳大利亞英語語料庫」（Australian Corpus of English）。20世紀90年代，英美都及時更新了自己的語料庫，英國牛津大學、蘭卡斯特大學、英國國家圖書館攜手推出了「英國國家語料庫」（British National Corpus），該語料庫包含20世紀90年代的一百萬個英國英語單詞的書面語及口語資料。美國也著手編制「美國國家語料庫」（American National Corpus），但編制工作卻停滯不前了，所幸另外一個語料庫「當代美國英語語料庫」（Corpus of Contemporary American English）已經推出網路版，該語料庫包含20世紀90年代的四百萬個美國英語單詞。1996年，還推出了按「布朗美國英語語料庫」方法組建的「國際英語語料庫」（International Corpus of English，簡稱ICE），該語料庫包含二十多個國家和地區的英語語料庫，其中大部分是非英語地區的英語變體，例如喀麥隆英語、斐濟英語等，這是第一次把英語變體收入權威語料庫，標誌著規定性標準向現實低頭，存在就是合理。電腦支撐的海量語料庫是過去人力無法想像的超級工程，對語言研究意義重大。

20世紀80年代已經有很發達的語音辨識技術了，大部分技術都是針對美國英語開發的，而面向英國英語的語音辨識技術，主要是針對「英語標準發音」（Received Pronunciation）設計的。雖然目前語音辨識技術專家還是遵從傳統觀點，認可傳統發音標準，但從長期看，新技術很可能會動搖以前制定的標準。從商業利益角度看，語音辨識系統最好能夠識別各種不同口音的發音，儘量向現實生活中真實的場景靠攏。如果能說「英語標準發音」（Received Pronunciation）的人數只有總人口的3%，那麼專門為這些人開發語音辨識系統就太缺乏商業頭腦了。從目前的趨勢來看，技術最傾向支持的口音是美國英語標準口音，可見語音辨識技術對人們如何發音也是有間接導向性意見的。在這種新形勢下，過去傳統的社會價值觀喪失了意義和相關性。

在寫作本書時，作者很能理解15世紀英國抄寫員的心態，當時正是印刷新技術萌芽之際，大家都隱約意識到未來文本資料的建構將會發生重大變革，但具體怎麼變則鮮有人能提前預見。今天我們也處在一個重大變革的前夜，技術革命才剛剛開始，資訊技術對英語的影響遠未塵埃落定。在新的重大變革到來之前，讀者對傳統文本、傳統語言的需求依然存在。

（四）英語挑戰者

一千五百多年前，西羅馬帝國衰落後，羅馬也就喪失了對拉丁語的主導權。天主教會控制了書面拉丁語，日爾曼語族的哥特人和法蘭克人控制了口頭拉丁語。大英帝國衰落後，英國也逐漸失去了對英語的主導權。

標準書面英語的全球傳播，意味著全球人民在英語方面享有同樣的權利。早在 19 世紀，「如何寫英語」不僅是英國的查理斯・狄更斯（Charles Dickens）有很大的發言權，愛爾蘭的詹姆斯・喬伊斯（James Joyce）和美國的馬克・吐溫（Mark Twain）同樣也有發言權。今天，中國人和印度人也能對英語的走向產生影響。口語英語的情況更加複雜，與倫敦一樣，雪梨和紐約也能對口語英語的未來發揮主導作用。從這個意義上說，英語不再是英語母語國家的財產，所有英語使用者都能對英語的發展進程產生影響。歷史上，愛爾蘭學者和英國學者一度是拉丁語的全球權威，如果某天印度人和中國人成為英語的全球權威，也是完全符合邏輯的。

英語作為世界通用語（English as a lingua franca），在國際交流中起著舉足輕重的作用。全球化的進程中需要國際通用語，英語在世界範圍內的使用有著絕對的優勢。根據語言學家大衛・克里斯托（David Crystal）的統計，全球有 3.37 億—4.5 億人把英語作為第一語言使用，有 2.35 億—3.5 億人把英語作為第二語言使用，有 1 億—10 億人把英語作為外語使用，有至少 6.7 億—8 億、平均約 12 億—15 億人把英語作為本族語或近似本族語使用。英語是世界範圍交流的工具，三分之二的印刷品是用英語出版的，90% 的科學論文用英語寫成的，50% 的內容用英語廣播，英語還是國際協議和合同的首選語言（Crystal, David. 2001: 60-61）。英語正以世界通用語的角色在各個領域發揮重要作用。

英語的使用者可以粗略分為兩大類：本族語使用者（native speakers）和非本族語使用者（non-native speakers）。本族語使用者的國家可以稱為內圈國家（inner circle），即英國（Britain）、澳洲（Australia）和北美（North America），簡稱為 BANA（Holliday, Adrian. 1994: 125-143）。非本族語使用者的國家情況較為複雜，大致可以分為兩個部分：外圈國家（outer circle）和延伸圈國家（expanding circle）（Quirk, Randolph. 1990）。外圈國家指的是以英語為第二語言（a second language）的國家，例如新加坡、印度等；延伸圈國家指的是英語是外語（a foreign language）的國家，如中國、日本等。

英語有許多變體。在以英語為主的國家，形成了多個強勢的英語變體，例如美國英語深刻影響了加拿大英語以及全球英語，加拿大英語與美國英語同一性很高。澳洲英語深刻影響了紐西蘭英語，人們有時很難區別這兩種英語。這些區域性英語變體的崛起，無可避免地使英國英語的權威性受到挑戰。在英語曾經是官方語言的國家，英語的地位在新老定位之間勢必發生衝突，英語昔日是殖民地宗主國的語言，現今是國際交流的語言，這些國家對英語的感情和態度比較複雜，作為去殖民化的需要，應該弱化英語的作用，但在全球一體化背景下，英語具有不可替代的作用。在埃及和伊拉克等非英國殖民地國家，雖然英語一度發揮了重要作用，但隨著英國勢力逐漸淡出這些地區，當地民族語言很快取代了英語，成為人們溝通交流的首選語言。在馬來西亞和東非地區，馬來語（Bahasa Malaysia）和史瓦希利語（Swahili）已經取代了英語，成為人們內部交流的語言，但英語仍然是這些國家和地區參與國際合作的工作語言。在印度，由於本土方言數量眾多，方言之間競爭激烈，英語竟然具有神奇的中立作用，因此英語不僅用於國際交流，還用於國內不同方言集團之間的內部交流。在西非和加勒比海地區，英語有不同程度的克里奧爾語化（creolization）現象，被稱為「新克里奧爾語」（creole continuum），當然當地學校還是在傳授標準英語。

然而英語的「三圈」理論似乎太過於簡化，如今已經不足以概括英語在世界上的分佈和英語使用者的狀況，因為真實的情況要複雜得多。首先，像美國、加拿大以及澳洲等內圈國家，在經濟全球化的背景下，歸化了許多母語並非英語的移民，英語本族語使用者與非本族語使用者的比例在內圈國家中已今非昔比；其次，受政治和政策的影響，外圈國家和延伸圈國家的界限也在模糊，並且相互轉換。如荷蘭、丹麥、阿根廷等延伸圈國家有向外圈國家轉變的跡象。

英語在世界範圍內的迅速發展，催生了眾多的英語變體（world Englishes）。英語在走向國際化的同時，由於文化等因素的不同，使用者在國際交往中使用的英語勢必體現本民族、本國家的語言和文化烙印，這就出現了在語音、拼寫、詞彙、語法等方面千差萬別的眾多英語變體（English varieties），如美國英語（American English）、澳洲英語（Australian English）、新加坡英語（Singaporean English）、印度英語（Indian English）等，English 這個名詞本身也有了複數形式 Englishes。非本族語英語使用者的人數迅速增加，非本族語者之間的英語交流頻

次遠超過本族語者之間甚至非本族語者和本族語者之間的交流（Jenkins, Jennifer. 1996: 10-11）。印度英語、菲律賓英語、新加坡英語等新英語（New Englishes）的出現增加了帶有強烈語言文化因素的英語變體。中國英語、日本英語等延伸圈國家的英語變體也開始在世界範圍內引發更多關注。因此，非本族語英語使用者英語變體的地位日益重要，世界英語呈現出「多變體」、「多方言」的現象。

世界範圍內英語變體紛繁複雜的局面，使得語言學界對世界英語未來的展望眾說紛紜，莫衷一是。由於英語變體的發展和英語標準的模糊，英語的未來是統一還是分裂？是否會出現持不同口音的英語使用者互相不能理解的局面？在未來的發展中，英語在世界範圍內是否會有新標準，從而更好地發揮其國際通用語的作用？果真如此，英語的標準是什麼？是英國英語，美國英語，還是新加坡英語？中國英語又能發揮什麼作用？這些問題見仁見智，沒有標準答案。

關於標準英語和國際英語標準的話題日益引人注目。從 16 世紀的女王英語（Queen's English）到 19 世紀的世界英語變體，再到 20 世紀的標準國際英語（Standard International English），勾勒出了英語發展的軌跡，同時也顯示了英國英語面臨的困境與挑戰。英國歷史上關於「標準英語」之爭前文已有論述，目前在世界範圍內亦在重複同樣的「標準英語」之爭，不過這次範圍更大，涉及的變體更多，尤其是美國英語來勢洶洶，銳不可當。

美國標準英語（General American English）的形成並沒有像英國英語那樣有著明顯的社會等級色彩。由於美國人的流動性大，各個地區的方言都顯得很不穩定，所以美國英語的標準是開放、概括性的，而不是封閉、純粹性的。只有在區分大眾使用的英語和少數人使用的明顯帶有地方或種族色彩的英語，或者區分不同美國人和其他國家的人使用英語的差異時，標準這一概念才會被使用。美國英語在語音、詞彙和語法等方面有著明顯的特點，由於美國在國際經濟政治軍事文化領域的超級地位，美國英語在世界英語舞臺上的位置日益重要。

與此同時，各個國家英語變體的「標準化」也在迅速發展，如印度標準英語，奈及利亞標準英語以及加勒比海標準英語等概念也相繼提出，20 世紀下半葉，「標準國際英語」的概念誕生了。標準國際英語是英語的標準形式，可作為世界共同語使用、教學、和傳播，或作為一個整體概念，以區別於美國英語、英國英語、南非英語等（McArthur, Tom. 1998b）。這個解釋揭示了標準國際英語的兩個特點：一是標準國際英語是國際通用語，二是標準國際英語不是具體某個國家的英語變

體。由此引發的關於國際英語標準以哪種英語變體為基礎的爭論更是難以平息。

在探索「標準國際英語」標準的問題上，主要有兩種觀點：一是沿用英國英語和美國英語的權威標準（prestigious standard）；二是創造出一種各種英語都會用到的共同核心（common core）。然而，這兩種觀點都有其局限性。

第一種觀點認為世界英語的標準要以英美本族英語為標準，並在世界範圍內推行這個標準，使其成為國際通用準則。原因很簡單，本族英語標準歷來都是各個外圈國家、延伸圈國家英語使用者的模仿標準。這個標準似乎也可以解決英語變體紛繁複雜的局面，然而，讓英美本族英語標準成為國際標準，在實踐中有著一定的現實困難。首先，英美本族英語標準的概念模糊。即便在英國國內，英語的標準也沒有像我們想像的解決得那樣好。就語音來說，用來教外國人的「英國英語標準發音」（RP）在英國只有 3% - 5% 的人在用，到 20 世紀 90 年代末，RP 的使用者已經降至 2%（Crystal, David. 1999）。與此同時，語言的發展和變化、新詞的出現、語法的變化等不穩定因素與語料收集和標準建立在時間上的內在矛盾無法得到妥善解決。這些不定因素又給在外圈和延伸圈的英語作為外語的國家推行標準帶來極大的困擾。其次，從語言習得的規律上看，英語為第二語言或外語的人要達到母語標準的可能性很小。從英語教育的角度來講，即便政府設想的教學目的是以英國或美國英語為主，然而，本國人教、本國人學、主要在本國使用的現實，使得人們無法達到英國或美國英語的理想標準，學到很好英語水準的人僅僅是鳳毛麟角，而他們的英語也是各種英語變體的綜合體。最後，英語使用者的文化身分和英語使用的環境，給沿用英語母語國家標準帶來更大的困難。語言是文化的載體，生活在本族文化的英語使用者，不論是講母語，還是第二語言或外語，文化身分都會有所體現。這種文化身分的不同，在英語中的影響和英語使用的區域環境，使得遵循英語本族語標準幾乎是不可能的任務。

第二種觀點以世界各種英語變體為基礎，力求找到可以被英語本族人和非本族人相容的英語，即英語標準的共同核心。語言學界很多人試圖用這個途徑解決英語的標準問題，並做了大量的實踐工作。阿爾弗雷德‧金森（Alfred Gimson）的國際英語發音（rudimentary international pronunciation）通過減少英語音素確立了國際英語發音模式；倫道夫‧夸克（Randolph Quirk）的「核心英語」（Nuclear English）在詞法和句法上做了同樣的努力；珍妮佛‧詹金斯（Jennifer Jenkins）的英語共同核心（common core）概念的提出，同樣是以國際英語作為通用語言

的效果，她的英語教學在語音上包括 3 個方面：英語核心發音（core sounds of English）、句子重讀部分（the main stress in a word group such as a sentence）和發音時音長、音高、音量上的變化（utterance of sounds with changes in their length, pitch and volume）。在語音的訓練上，對英語語音中最有特點的發音進行重點訓練。例如："the" 和 "think" 中 "th" 的發音。還包括音長（length）、音高（pitch）和音量（volume）的訓練，訓練的目的是達到世界所有英語使用者的相互理解（mutual intelligibility）。她的國際英語教師培訓對象不僅包括非本族語的教師，還包括本族語的教師。然而創造國際英語使用的共同核心同樣存在現實困難，畢竟國際英語相互理解的程度很難確定。英語的相互理解和一定的語言環境及不同語言使用者有著緊密關係，所以很難確定什麼樣的英語在什麼樣的上下文中可以包容。例如，印度英語的 this 說成 / dis /，如果熟悉了說話者的語言，在理解上就不會有任何的問題。同樣的問題也存在於歐洲很多英語的使用者中，例如 / r / 在歐洲有著不同種類的發音，歐洲人之間交流沒有障礙，但其他地區的人不一定能夠理解。如果不能確定相互理解的標準，創造的英語共同核心就無法實現。

以上兩種解決國際英語標準途徑面臨的最大困難是語言標準的推行和保持。語言的發展是非規畫、自發性的，不是自上而下的。一個國家的政府可以大力推行標準普及的政策，而世界範圍內，國際英語標準沒有任何個人或機構有絕對權威來推行；同時，由於非母語英語變體受到當地媒體、地方規範、團體身分等的影響，保持這種人為規畫的模式也是很困難的。

那麼世界英語的未來是「統一」還是「裂變」？世界英語的發展是國際交流的需要，英語的「國際化」是各個國家和地區日益增多的國際交流機會決定的。同時，由於來自不同文化背景英語使用者的增多，在一定區域範圍內，英語「區域化」特徵也進一步增強。從這個意義上講，世界英語的未來發展趨勢是「統一」和「裂變」同時存在。首先，由於國際交流的需要，在國際範圍內，來自不同國家（包括內圈、外圈以及延伸圈國家）的英語使用者一定有統一的、可以用來交流的英語變體。語言是交流的工具，國家間日益增多的交流機會無疑給英語的發展提供了機會。隨著經濟全球化的進一步發展，人員流動、國際交流機會增多、互聯網資訊技術的支援等因素，世界英語在這樣的背景下應該可以繼續維持國際通用語的地位。由於各個國家文化，語言政策的不同，英語使用者狀況不同，英語在一定程度上會有裂變的狀況出現。英語變體承載著英語使用者的文化內涵，

有些英語只在一定的文化背景下可以理解和使用，在國際交往中表現為裂變，比如，新加坡英語使用者在國內背景下使用的英語，很可能中國人理解不了。也就是說，英語變體在區域範圍內差異會更大甚至分裂。這裡舉一個例子：中國英語使用者在中國都知道這句中式英語 good good study, day day up，毋庸置疑，不瞭解中國文化的英國人，不一定能理解這句話的含義。

世界英語也有其規範及特點。鑒於世界英語變體紛繁複雜的局面，標準國際英語的存在和推行令人懷疑，是什麼可以保證世界英語的國際通用語的地位呢？事實上，世界英語在國際使用的過程中，存在著世界範圍內的英語規範（English norm），它包括了作為有效交際工具能使別人理解的所有英語變體。這種規範不是任何人或組織推行的結果，而是來自不同國家地區的英語使用者以「可理解，可接受」的原則，在不同的地點與交際情境下，為了完成交際任務自然形成的。世界英語的規範有以下 3 大特點：

第一，世界英語的規範是存在的，即規範的動態存在。來自不同國家的人員之間使用英語進行交流，他們得以完成交際任務，這一現實可以證明——英語的規範一定是存在的。這種規範不是由於一個國家內部的語言政策規畫和標準語言推廣等辦法來保持其標準，而是在英語交流者之間實現有效交際的過程中自然形成。同時，這種規範隨著時間、地點、情景、交際者、交際內容等不同而不斷變化，所以說，規範的存在形式是動態的。也就是說，區域範圍內會有帶有不同文化特徵的英語變體存在，不同國家間的世界英語是保持動態一致的。舉例說，在英語作為第二語言的馬來西亞，帶有很多地方特色的英語變體，對於本國英語使用者之間的交流沒有問題；然而，馬來西亞人在和美國人、日本人或中國人用英語交流時，他所用的英語必須是合乎國際英語規範的英語變體，因為只有這樣，才可以達到有效交際。

第二，英語規範以「可理解，可接受」為原則。世界通用語英語的使用者包括英語本族語者、英語作為第二語言者以及英語作為外語者。如今，英語作為第二語言和外語的人數急劇增加，非本族語英語使用者在世界英語界中佔有越來越高的地位。世界範圍內的交流，特別是非本族語者之間的交流中，由於英語使用者的英語能力有所不同，再加上語言所承載的文化、社會等非語言因素的影響，英語規範的界限寬泛。特別是在口語交際時，交際雙方在交際過程中主要是為實現有效交際，英語使用中的失誤或者由於本族語言對英語的影響等都是可以忽略

的，也是說，英語的規範以「可理解，可接受」為原則。

第三，不同文化特徵的英語變體和規範英語共存。英語規範中帶有不同文化特徵的英語變體主要存在於一定區域範圍內，同時會影響英語規範的發展。英語的使用者遍布世界，他們面臨的社會、文化等環境不同，在一定的區域內，英語的變體反映著社會、文化等問題，這樣的變體會給規範英語注入新的活力。隨著世界英語被更多來自不同社會、文化的使用者在世界範圍內的應用，也隨著國家之間在文化上的相互瞭解和交流，這種帶有地方特色的英語變體會越來越多地充實規範英語。以中國英語變體為例，像 long time no see 這樣的中國英語變體早已被世界英語使用者接受。卡拉 OK（Karaoke）源於日語的 kara（empty 空的）+ oke（orchestra 樂隊），這樣的英文變體也已納入規範英語的行列。當然，有些只用於區域內部交流的英語變體也可能一直局限在區域的交際中。

語言是不斷發展的，世界英語在國際交際過程中，各種英語變體相互影響，各種文化特徵相互交融，將呈現以下 4 大發展趨勢：

第一，英美等本族英語繼續占世界英語的統治地位。在以英語為第二語言及外語的國家，雖然其英語變體會隨著對本國文化等因素的影響而變得更加具有地方特點，但是，在國際交往中，這些國家的英語將繼續以英美英語為規範。在國際英語變體共存的前提下，英美英語會繼續其重要地位。由於美國經濟，政治的超級地位，美國英語的發展將呈上升趨勢。英國英語由於其學術地位等原因將會繼續在國際上發揮其影響。因此，英國英語和美國英語如何在世界範圍內找到各自的位置，還需要拭目以待。

第二，不同背景的英語使用者的國際交流要求世界英語具有更大的相容性。表現在語言形式上，很多原本複雜的語言標準得以簡化。以美國英語，英國英語之間的相互影響來看，國際英語的規範有簡化的趨勢，很多不規則變化都有規則變化的趨勢。例如，現在很多人會很自然地把 centre, aeroplane 寫成 center, airplane，原因是後者符合讀音規則，更有助於記憶。不規則變化會逐漸減少，有些人預測：man 的複數形式可能會變成 mans，而不是 men；在句法上，更多的人更願意使用肯定形式句尾聲調來提問等。但是，所有的「簡化」沒有任何人推行，而是在語言的使用中得以發展、改變，並最終得到認可。

第三，「國際通用的英語變體」會增多。以口語交際為例，如果交際雙方彼此瞭解發音的特點，有些發音問題是可以在不影響有效交際的情況下忽略的。例

如，think 中國人可能讀成 / sink /，法國人可能讀成 / vink /，如果雙方瞭解彼此的發音習慣，這樣的問題不會影響交際效果，能順利完成交際任務。由於不同變體的發展，會有更多的體現地方文化的新詞出現在世界英語規範裡，例如中國英語的 Kongfu, Fengshui 等。隨著世界對中國文化的逐步瞭解，英語 dragon 這個詞的含義外延也會包括中國文化中「龍」的概念。

第四，世界規範英語的使用者在交際中更注重交際目的，對英語變體的態度更加寬容。很多表達形式在傳統的標準裡是錯誤的，而隨著使用頻率的增加，卻有可能成為規範的世界英語。例如 He is taller than me（他比我高）原本不符合傳統語法，而今已成為規範的英語。隨著使用英語的人們之間的交際增多，人們彼此在文化上的瞭解會更多，同時在接受英語變體的時候就會更寬容。那些耳朵只能聽懂所謂「純正英音」「正宗美音」的人是需要在國際英語變體的環境中進行國際英語的培訓。這種態度上的寬容可以更好地瞭解不同英語變體背後的文化內涵，這也是國際交流中基本的能力要求。

國力擴張帶來語言擴張。如果說英語國際化的第一階段，即以英國為主體的推廣階段，是以國力為後盾，以軍事為先導的話，那麼，英語國際化的第二階段，即以美國為主體的推廣階段，則是以國力為後盾，以技術和文化為先導。如今，英語的使用範圍日益擴大，不僅在全球外交、經貿、科技、文化和旅遊等傳統領域獨領風騷，而且還在全球視聽市場、衛星電視、互聯網、檔處理軟體、技術轉讓以及英語教學等領域佔有絕對優勢。在高科技領域，美國的實力居於無可匹敵的強勢地位。美國是當今世界最大的技術輸出國，它向世界各國輸出的技術，遠遠超出從其他國家所獲得的技術。這是英語國際化勢頭依然強勁的最強大的支持力與推動力。

強勢文化的擴張帶來語言的擴張。20 世紀，英美兩國以其強勢的文化意識形態四處「攻城掠地」，所向披靡。目前美國的文化產業已占其 GDP 的 30% 以上，其視聽產品出口僅次於航空航太等少數行業，並有日益增多的大型企業躋身於文化產業之列，包括聞名全球的迪士尼樂園。而且其文化不僅作為產業存在，它還滲透在社會生活的方方面面：旅遊是文化，汽車是文化，電影電視是文化，音樂遊戲是文化，服裝是文化，像麥當勞、可口可樂這樣的餐飲也是文化。落後國家只要打開國門，只要學習先進國家的技術和管理經驗，就不能不時時處處面臨強勢文化的衝擊。在這裡，既有英語大國推行文化霸權、實行文化滲透的一面，也

有落後國家主動吸收和被動接受先進國家文化理念的一面。例如，許多非英語國家主動選用英語國家的教材作為學習標準英語甚至專業基礎知識的權威教材。反過來，由於美國在軍事、經濟、技術、文化等方面都處於強勢地位，母語為英語的國家，卻沒有學習其他國家語言的動力。再如，目前美國控制了世界上 75% 的電視節目和 60% 以上廣播節目的生產和製作，每年向國外發行的電視節目總量達 30 萬小時，許多國家的電視節目中美國節目往往占到 60% - 70%，有的占到 80% 以上，而美國自己的電視節目中，外國節目僅占 1% - 2%（常林，2004(3)）。這樣，我們看到的便不是文化的雙向交流，而是強勢文化向弱勢文化的單向輸出。英語正是借助這種無孔不入、無處不在的文化滲透力把觸角伸向了全球的各個角落。

美國於 1996 年頒布的《21 世紀外語學習標準》（*Standards for Foreign Language Learning: Preparing for the 21st Century*）（1999 年修訂）體現了美國社會對外語學習所達成的共識。該標準圍繞交際（communication）、文化（cultures）、聯繫（connections）、比較（comparisons）、社區（communities）來闡述外語學習所要達到的中心目標，其中特別強調了外語教學中的文化內容，「提出從 3 個方面來認識文化，即文化觀念（perspectives，包括概念、態度、價值觀、觀念等）、文化習俗（practices，包括社會交往方式）與文化產品（products，包括書籍、食品、工具、法律、音樂、遊戲等）。三者互相聯繫、互相影響。習俗和產品都與觀念相關，並都體現出社會文化的觀念形態」（羅青松，2006[1]）。

英語對英國至關重要，然而誰才是未來英語的主導者？答案卻不一定是英國。英國文化委員會在 1983 - 1984 年度報告中說：「我們的語言是一筆巨大的財富，甚至比北海的石油還要豐富，因為它們的儲量是取之不盡的。有必要對這筆無形的、上帝恩賜的財產進行投資，予以開發」（何南林，2003[3]）。英語教學成為每年給英國帶來高達 70 億英鎊收入的產業。除了能獲得經濟利益，英語帝國主義還能滿足政治需要。「美國只要把用在星球大戰計畫上的錢拿出十分之一來，就足以讓亞洲聽命其總統。英語教學是英語國家武器庫中遠比星球大戰厲害得多的武器。……從前，我們派往海外的常常是炮艦和外交家，今天送出去的則是英語教師」（何南林，2003[3]）。從這些赤裸裸的表白中，不難看出英語作為一種強勢語言已顯示出在資訊化時代為帝國主義國家開道的先鋒作用。這正如未來學家阿爾文·托夫勒（Alvin Toffler）所言：「世界已越來越離開依靠暴力與金

錢控制的時代，而未來政治控制的魔方將控制在擁有資訊強權的人手中。他們使用手中掌握的網路控制權、資訊發布權，利用英語這種強大的文化語言優勢，達到征服和控制世界的目的」（托夫勒，2006）。

英語不僅面臨來自其他國家英語的挑戰，也必須應對其他語言的競爭。英國文化委員會使命的變化彰顯了英語面臨的挑戰。自 1934 年成立以來，英國文化委員會一直以在國際上推廣英語教育、傳播英國文化為主旨，其年度報告也主要關注這兩方面內容。然而自 2002 年開始，該委員會新推出《語言趨勢》（*Language Trends*）年度報告，總結英格蘭中小學外語教育情況，推動英國學校外語教育的規範化與標準化。2004 年開始，英國把外語作為 14 - 16 歲中學生的選修課；2012 年開始，英國把外語作為 7 - 11 歲小學生的必修課。以前不重視外語，或者說沒有外語需求的英國也開始學習外語，反映了英語開始感受到來自其他語言的競爭與挑戰。

大英帝國早已日薄西山，但英語帝國仍不可一世。英語國家主導西方主流社會，是當今世界格局的突出特徵。在國際舞臺上，英語國家用一個聲音說話，顯示出超越國力的強大力量，無論是法語國家、西班牙語國家，還是阿拉伯語國家都無法與之抗衡。這不僅是一個語言格局，亦是政經格局、文教格局和科技格局。英語在今天的地位，恰是當年大英帝國精英夢寐以求的未來。英國雖然早已沒有能力繼續充當世界領袖，但試圖主宰世界的依然是一個說英語的國家，而英國利用自己和美國的特殊關係，從中受益匪淺，語言紅利只是其中之一，雅思與托福的競爭不過是英語帝國內部分紅的遊戲或分贓不均的爭鬥。展望英語帝國之後的世界語言版圖，誰將是英語最有力的挑戰者？那些為人類進步付出努力，為人類福祉做出貢獻的民族，他們的語言必將成為下一個世界通用語言。

第十章　英國帝國：語言的演變超越國家的發展

參考文獻

（以下格式與排序遵照原著用法）

常林：《從英語的國際化看全球性文化經濟》，載《邊疆經濟與文化》，
　　2004(3)。

成昭偉、周麗紅：《英語拼寫體系初探》，載《遼寧工學院學報》，
　　2003(6)。

高增霞：《漢語國際化簡論》，載《中國社會科學院研究生院學報》，
　　2007(6)。

何南林：《英語是如何「熱」起來的》，載《讀書》，2003(3)。

蔣紅柳：《英語標準發音 RP 能繼續作為發音標準嗎？》，載《電子科技大
　　學學報社科版》，2000(4)。

李賦寧：《英語史》，商務印書館，1991 年。

李自更：《論英國鄉紳的形成》，載《山西高等學校社會科學學報》，
　　2003(11)。

羅青松：《美國〈21 世紀外語學習標準〉評析》，載《世界漢語教學》，
　　2006(1)。

南台星：《BBC 的正音研究小組》，載《國際新聞界》，1993(1)。

蒲凡、王山：《〈聖經〉對英語語言的影響》，載《懷化師專學報》，
　　1994(3)。

秦秀白：《英語簡史》，湖南教育出版社，1983 年。

譚載喜：《西方翻譯簡史》，商務印書館，1991 年。

滕藤：《開創現代文明的帝國—英國百年強國歷程》，黑龍江人民出版社，
　　1998 年。

田學軍：《英語的發展及其啟示》，載《鹽城師範學院學報（人文社會科學
　　版）》，2005(2)。

王聯：《世界民族主義論》，北京大學出版社，2005 年。

武波：《英國》，張西平、柳若梅編《世界主要國家語言推廣政策概覽》，
　　外語教學與研究出版社，2008 年。

邢福義：《文化語言學》，湖北教育出版社，2000 年。

閭照祥：《英國貴族史》，人民出版社，2000 年。

葉品娟：《淺談英語母音的演變》，載《時代文學（下半月）》，
2009(11)。

張世滿：《封建時代英國議會的產生與發展》，載《山西大學學報》，
2000(4)。

張勇先：《英語發展史》，外語教學與研究出版社，2014 年。

朱文振：《英語簡史》，四川大學出版社，1994 年。

左飆：《「河口英語」的崛起》，載《外語教學與研究》，1997(2)。

〔德〕海森堡：《嚴密自然科學基礎近年來的變化》，《海森堡論文選》翻
譯組譯，上海譯文出版社，1978 年。

〔德〕海森堡：《物理學與哲學》，範岱年譯，商務印書館，1981 年。

〔德〕馬克思、恩格斯：《馬克思恩格斯選集》，中共中央馬克思恩格斯列
寧史達林著作編譯局譯，人民出版社，1972 年。

〔法〕莫塞：《英語簡史》，外語教學與研究出版社，1998 年。

〔美〕桑戴克：《世界文化史》，陳廷璠譯，三聯書店，2005 年。

〔美〕托夫勒：《權力的轉移》，吳迎春等譯，中信出版社，2006 年。

〔英〕鮑：《英語史》（第四版），外語教學與研究出版社，2001 年。

〔英〕戴維斯：《歐洲史》，郭方譯，世界知識出版社，2007 年。

〔英〕芬內爾：《英語語言史：社會語言學研究》，北京大學出版社，2005 年。

〔英〕弗里伯恩：《英語史：從古英語到標準英語》，外語教學與研究出版社，
2000 年。

〔英〕弗里伯恩：《英語史：從古英語到標準英語》，上海外語教育出版社，
2009 年。

〔英〕克里斯特爾：《英語：全球通用語》，外語教學與研究出版社，2001 年。

〔英〕馬格爾斯通：《牛津英語語言史》，外語教學與研究出版社，2011 年。

〔英〕諾爾斯：《英語語言文化史》，北京大學出版社，2004 年。

〔英〕屠蘇：《國際傳播：延續與變革》，新華出版社，2004 年。

〔英〕威廉斯：《文化與社會：1780 年至 1950 年英國文化觀念之發展》，
彭淮棟譯，聯經出版事業公司，1985 年。

Abercrombie, David. *Fifty Years* in Phonetics. Edinburgh: Edinburgh University Press, 1991.

Alford, Henry. The *Queen's English*. London: George Bell and Sons, 1864.

Bailey, Richard W. and Manfred Görlach. (eds.) *English as a World Language.* Cambridge: Cambridge University Press, 1982.

Bailey, Richard W. *Images of English: A Cultural History of the Language.* Ann Arbor: University of Michigan Press, 1991.

Barnbrook, Geoff. "Johnson the Prescriptivist? The Case for the Prosecution." In Jack Lynch & Anne McDermott (eds.) *Anniversary Essays on Johnson's Dictionary.* Cambridge: Cambridge University Press, 2005.

Baugh, Albert C. and Thomas Cable. *A History of the English Language* (4th Edition). Beijing: Foreign Language Teaching and Research Press, 2001.

Béjoint, Henri. Modern Lexicography: *An Introduction*. Beijing: Foreign Language Teaching and Research Press, 2002.

Botha, Rudolf P. *Language Evolution: The Windows Approach*. Cambridge: Cambridge University Press, 2016.

Brennan, Gillian. "Patriotism, Language and Power: English Translations of the Bible, 1520 - 1580." *History Workshop.* No. 27, 1989.

Brook, George. L. *A History of the English Language*. London: Andre Deutsch, 1977.

Brown, Terence. Ireland: *A Social and Cultural History 1922-1985*. Revised edition. London：Fontana，1985.

Cassidy, Frederic G. "Geographical Variation of English in the United States." In Richard W. Bailey and Manfred Görlach (eds.) *English as a World Language.* Cambridge: Cambridge University Press, 1982.

Clanchy, Michael T. *From Memory to Written Record: England, 1066-1307.* Cambridge, MA: Harvard University Press, 1979.

Clifford, James L. *Dictionary Johnson:Samuel Johnson's Middle Years*. New York: McGraw-Hill, 1979.

Crystal, David. *The English Language.* Harmondsworth: Penguin Books, 1988.

Crystal, David. *The Cambridge Encyclopedia of Language*. Cambridge: Cambridge

University Press, 1997.

Crystal, David. "The Future of Englishes." In Chris Kennedy (ed.) *Innovation and Best Practice.* London: Longman, 1999.

Crystal, David. *English as a Global Language*. Beijing: Foreign Language Teaching and Research Press, 2001.

Crystal, David. Dr. *Johnson's Dictionary: An Anthology.* London: Penguin Classics, 2005.

Crystal, David and Hilary Crystal. *Wordsmiths and Warriors: The English-Language Tourist's Guide to Britain*. Oxford: Oxford University Press, 2013.

Dawes, James. *The Language of War: Literature and Culture in the U.S. from the Civil War Through World War II.* Cambridge; London: Harvard University Press, 2002.

DeMaria, Robert. "The Theory of Language in Johnson's Dictionary." In Paul J. Korshin (ed.) *Johnson After Two Hundred Years*. Philadelphia: University of Pennsylvania Press, 1986a .

DeMaria, Robert. *Johnson's Dictionary and the Language of Learning*. Chapel Hill: University of North Carolina Press, 1986b.

Doval-Suárez, Susana. "The English Spelling Reform in the Light of the Works of Richard Mulcaster and John Hart." Sederi, No. 7, 1997.

Ellis, Peter B. *The Cornish Language and Its Literature*. London: Routledge & Kegan Paul Ltd., 1974.

Facchinetti, Roberta. *A Cultural Journey Through the English Lexicon*. Newcastle upon Tyne: Cambridge Scholars Publishing, 2012.

Finnegan, Richard B. and Edward T. McCarron. *Ireland: Historical Echoes, Contemporary Politics*. Boulder: Westview Press, 2000.

Fowler, Henry W. and Francis G. Fowler. *The King's English*. Oxford: Clarendon, 1919.

Fox, George. et al. *A Battle-door for Teachers and Professors to Learn Singular and Plural*. Menston: Scolar Reprint 115, 1660.

Gadamer，Hans-Georg. *Truth and Method*. London: Sheed and Ward, 1975.

Geipel, John. *The Viking Legacy*: *The Scandinavian Influence on the English and Gaelic Languages*. Newton Abbot: David and Charles, 1971.

參
考
文
獻

Gimson, Alfred C. "Daniel Jones and Standards of English Pronunciation." *English Studies,* Vol.58, No.2, 1977.

Graddol, David. *The Future of English?: A Guide to Forecasting the Popularity of the English Language in the 21st Century.* London: British Council, 1997.

Hanks, Patrick. "Johnson and Modern Lexicography." *International Journal of Lexicography,* Vol. 18, No. 2, 2005.

Hardy, John P. Samuel Johnson: *A Critical Study.* London, Boston and Henley: Routledge and Kegan Paul, 1979.

Hartmann, Reinhard R. K. and Gregory James. *Dictionary of Lexicography.* Beijing: Foreign Language Teaching and Research Press, 2000.

Hickey, Raymond. *Irish English: History and Present-day Forms.* Cambridge: Cambridge University Press, 2007.

Hill, Christopher. *The Century of Revolution 1603-1714*. London: Routledge, 1980.

Hill, Christopher. *The World Turned Upside Down*. London: Penguin, 1975.

Hodge, Pol. *The History of Cornish in the Parish of St. Stephen in Brannel*. Hayle: Cornish Language Board, 1998.

Hogg, Richard M. *The Cambridge History of the English Language*. Cambridge: Cambridge University Press, 1992-2001.

Holliday, Adrian. "Student Culture and English Language Education: An International Perspective." *Language, Culture and Curriculum,* Vol. 7, No. 2, 1994.

Horgan, A. D. *Johnson on Language: An Introduction*. New York: St.Martin's Press, 1994.

Hosaka, Michio, et al. *Phases of the History of English*. Frankfurt: Peter Lang, 2013.

Jackson, Kenneth. *Language and History in Early Britain*. Edinburgh: Edinburgh University Press, 1953.

Jenkins, Jennifer. "Native Speaker, Non-native Speaker and English as a Foreign Language: Time for a Change." *IATEFL News letter,* Vol. 131, 1996.

Johns, Lorin L. "Ordination in the King James Version of the Bible." In The American Academy of Arts and Sciences. *The Heart of the Matter.* Cambridge：Cascadia Publishing House，2004.

英語帝國：從部落到全球 1600 年

Johnson, Samuel. *The Plan of a Dictionary*. Menston: Scolar Reprint 223, 1747.

Jones, Richard F. *The Triumph of the English Language*. Stanford: Stanford University Press, 1953.

Kachru, Braj B. "Institutionalized Second-language Varieties." In Sidney Greenbaum (ed.) *The English Language Today.* Oxford: Pergamon Press Ltd., 1985.

Kamwangamalu, Nkonko M. "The Social History of English in South Africa." *World Englishes*, Vol. 21, No. 1 , 2002.

Kenrick, William. *A New Dictionary of the English Language*. London, 1773.

Kline, Daniel T. *Medieval Literature for Children*. New York: Routledge, 2003.

Koch, John T. and Barry Cunliffe. *Celtic from the West 2*. Oxford: Oxbow Books, 2013.

Kolb, Gwin J. and Robert DeMaria. (eds.) *Johnson on the English Language*. New Haven and London: Yale University Press, 2005.

Labov, William. *Principles of Linguistic Change: Cognitive and Cultural Factors.* Oxford: Wiley-Blackwell, 2010.

Landau, Sidney I. "Johnson's Influence on Webster and Worcester in Early American Lexicography." *International Journal of Lexicography,* Vol. 18, No.2, 2005.

Leith, Dick. *A Social History of English.* London & Boston: Routledge and Kegan Paul, 1983.

Leonard, Sterling A. *The Doctrine of Correctness in English Usage 1700-1800.* New York: Russell and Russell, 1962.

Lynch, Jack. "Johnson's Encyclopedia." In Jack Lynch & Anne McDermott (eds.) *Anniversary Essays on Johnson's Dictionary.* Cambridge: Cambridge University Press, 2005.

Lynch, Jack and Anne McDermott. (eds.) *Anniversary Essays on Johnson's Dictionary*. Cambridge: Cambridge University Press, 2005.

Machan, Tim W. and Charles T. Scott. (eds.) *English in its Social Contexts: Essays in Historical Sociolinguistics*. Oxford: Oxford University Press, 1992.

Malherbe, Ernest G. *Education in South Africa* (1652-1922). Cape Town: Juta and Co., 1925.

Mayhew, Robert J. *Landscape, Literature and English Religious Culture, 1660-1800:*

參
考
文
獻

Samuel Johnson and Languages of Natural Description. New York: Palgrave
MacMillan, 2004.

McArthur, Tom. (ed.) *Concise Oxford Companion to the English Language.* Oxford:
Oxford University Press, 1998a.

McArthur, Tom. *The English Languages*. Cambridge: Cambridge University Press,
1998b.

McCrum, Robert, William Cran and Robert MacNeil. *The Story of English.* London:
BBC Books, 1988.

McDermott, Anne. "Johnson the Prescriptivist? The Case of the Defense." In Jack
Lynch & Anne McDermott (eds.) *Anniversary Essays on Johnson's Dictionary.*
Cambridge: Cambridge University Press, 2005a.

McDermott, Anne. "Johnson's Definitions of Technical Terms and the Absence of
Illustrations." *International Journal of Lexicography,* Vol. 18, No.2, 2005b.

McLaverty, James. "From Definition to Explanation: Locke's Influence on Johnson's
Dictionary." *Journal of the History of Ideas,* Vol. 47, No. 3,1986.

Metzger, Bruce M. *The Bible in Translation: Ancient and English Versions*. Grand
Rapids: Baker Academic, 2001.

Millward, Celia M. *A Biography of the English Language*. 2nd ed. New York: Holt,
Rinehart, and Winston, 1996.

Momma, Haruko and Michael Matto. (eds.) *A Companion to the History of the English
Language*. Oxford: Wiley-Blackwell, 2011.

Mulcaster, Richard. *The First Part of the Elementarie*. Menston: Scolar Reprint 219,
1582.

Nagashima, D. "The Biblical Quotations in Johnson's Dictionary." *The Age of
Johnson: A Scholarly Annual*, No. 10, 1999.

O'Sullivan, Michael, et al. (eds.) *The Future of English in Asia: Perspectives on
Language and Literature*. London: Routledge, 2015.

Platt, John, Heidi Weber and Ho Mian Lian. *The New Englishes*. London: Routledge
and Kegan Paul,1984.

Quirk, Randolph. "Language Varieties and Standard Language." *English Today,* Vol. 6,

No. 1. 1990.

Rather, Michael G. "About the Political Dimensions of the Formation of the King James Bible." *Comparative Literature and Culture*. Vol. 11, No. 2, 2009.

Ray, John. *A Collection of English* Words. Menston: Scolar Reprint 145, 1691.

Reaney, Percy H. *The Origins of English Place Names.* London: Routledge and Kegan Paul, 1960.

Reddick, Allen. *The Making of Johnson's "Dictionary"* 1746-1773 (Revised edition). Cambridge: Cambridge University Press, 1996.

Reddick, Allen. *Samuel Johnson's Unpublished Revisions to His Dictionary of the English Language* (A Facsimile edition). Cambridge: Cambridge University Press, 2005.

Ringe, Don and Ann Taylor. *The Development of Old English*. Oxford: Oxford University Press, 2014.

Roach, Peter. *English Phonetics and Phonology* (2nd Edition) . Cambridge: Cambridge University Press, 1991.

Roach, Peter and James Hartman. *English Pronouncing Dictionary (15th Edition)*，Cambridge: Cambridge University Press, 1997.

Romaine, Suzanne. "The English Language in Scotland." In Richard W. Bailey and Manfred Görlach (eds.) *English as a World Language*. Cambridge: Cambridge University Press, 1982.

Rosewarne, David. "Estuary English." *Times Educational Supplement*, October 19, 1984.

Sampson, George. *English for the English*. Cambridge: Cambridge University Press, 1921.

Schwyter, J ü rg Rainer. *Dictating to the Mob: The History of the BBC Advisory Committee on Spoken English*. Oxford: Oxford University Press, 2016.

Searle, John. (ed.) *The Philosophy of Language.* Oxford: Oxford University Press, 1971.

Seward, Desmond. *The Hundred Years War: The English in France 1337-1453.* London: Constable, 1978.

Shaw, Bernard. *Pygmalion*. London: Constable and Company Ltd, 1912.

參
考
文
獻

Sheridan, Thomas. *Course of Lectures on Elocution*. Menston: Scolar Reprint 129, 1762.

Sherlock, Philip. *West Indies*. London: Thames and Hudson, 1966.

Silva, Penny. "Johnson and the OED." *International Journal of Lexicography.* Vol. 18, No. 2, 2005.

Starnes, de Witt Talmage & Gertrude E. Noyes. *The English Dictionary from Cawdrey to Johnson 1604-1755.* (New edition by G. Stein). Amsterdam, Philadelphia: John Benjamins Publishing Company, 1991.

Steiner, George. *After Babel: Aspects of Language and Translation.* Oxford: Oxford University Press,1975.

Syzliowicz, Joseph. *Education and Modernization in the Middle East*. Ithaca: Cornell University Press, 1973.

Tadmor, Naomi. *The Social Universe of the English Bible: Scripture, Society, and Culture in Early Modern England.* Cambridge: Cambridge University Press, 2010.

Thernstrom, Stephan. et al. (eds.) *Harvard Encyclopedia of American Ethnic Groups*. Cambridge: Harvard University Press, 1980.

Trudgill, Peter. *The Social Differentiation of English in Norwich.* Cambridge: Cambridge University Press, 1974.

Trudgill，Peter. *Sociolinguistics*. London: Penguin Books, 1983.

Votaw, Clyde Weber. "Martyrs for the English Bible." *The Biblical World,* Vol. 52, No. 3, 1918.

Walker, John. *A Critical Pronouncing Dictionary of the English Language.* Menston: Scolar Reprint 117, 1791.

Walker, Keith. "Some Notes on the Treatment of Dryden in Johnson′s Dictionary." *Yearbook of English Studies*. Vol. 28, 1998.

Webster, Noah. *Dissertations on the English Language.* Menston: Scolar Reprint 54, 1789.

Weekley, Ernest. *The English Language.* London: Andre Deutsch, 1970.

Wells, John C. *Accents of English*. Cambridge: Cambridge University Press, 1982.

Wilson, Richard M. *Early Middle English Literature* (3rd Edition). London: Methuen, 1968.

Wilson, Thomas. *The Arte of Rhetorique* (1553）. Gainesville: Scholars´ Facsimiles & Reprints, 1962.

Wimsatt, William K. *The Prose Style of Samuel Johnson.* New Haven: Yale University Press, 1941.

參
考
文
獻